Michael Kibler
Fremder Tod

Michael Kibler

FREMDER TOD

Kriminalroman

PIPER

Mehr über unsere Autoren und Bücher:
www.piper.de

Wenn Ihnen dieser Kriminalroman gefallen hat, schreiben Sie uns unter Nennung des Titels »Fremder Tod« an *empfehlungen@piper.de*, und wir empfehlen Ihnen gerne vergleichbare Bücher.

Von Michael Kibler liegen im Piper Verlag vor:
BKA-Hauptkommissar Lorenz Rasper:
Sterbenszeit

Darmstadt-Krimis:
Zarengold
Rosengrab
Schattenwasser
Todesfahrt
Engelsblut
Opfergrube
Totensee
Seelenraub
Treueschwur
Abendfrost
Zornesglut

Nachlasspflegerin Jana Welzer ermittelt:
Fremder Tod

MIX
Papier aus verantwortungsvollen Quellen
FSC® C083411
FSC www.fsc.org

ISBN 978-3-492-06236-7

Redaktion: Christine Neumann
Satz: Kösel Media GmbH, Krugzell
Gesetzt aus der Minion
Druck und Bindung: CPI books GmbH
Printed in the EU

Für jene, die den Sternen näher ist

CAESAR I

Cory hustet. Ist so ein komischer Husten. Irgendwie trocken. Ich habe sie eingerieben. Mit der Billigversion von Pinimenthol. Kostet keine zehn Euro, sondern nur zwei Euro fünfzig. Verschreibt aber kein Arzt. Muss man selbst bezahlen.

Was soll ich machen? Seit vorgestern bellt die Kleine so, und heute kam das Fieber dazu. Die arme Maus weint die ganze Zeit. Cory liegt in meinem Bett. Die beiden Großen, Chris und Cassy, haben die Tür zu ihrem Zimmer zugemacht. Die Großen können wenigstens schlafen, ich kann es nicht, das habe ich mit Cory gemeinsam.

Ich habe gestern Bescheid gesagt im Supermarkt. Dass mein Kind krank ist. War mit Cory auch schon bei der Kinderärztin. Die hat irgendwie die Stirn gekräuselt, dann aber etwas von Grippe erzählt, Zäpfchen gegen das Fieber, wenn es kommen sollte. Ansonsten: Pinimenthol, vielleicht Nasenspray für Kleinkinder, und ansonsten: aussitzen.

Bis gestern hat sie ja nur gehustet. Jetzt bin ich froh, dass ich auch die Zäpfchen gegen das Fieber habe. Die Finger ihrer kleinen Hand umfassen meinen kleinen Finger.

Habe das alles ja schon zweimal durchgemacht. Christian, den ich nur Chris nenne, wie alle anderen auch, ist zwölf. Auch er ging durch alle frühen Krankheiten, die das Immunsystem doch stärken sollen. Cassandra, sie ist jetzt neun, sie hat das alles auch hinter sich gelassen.

Jedes Kind muss ein paar heftige Krankheiten durchleiden, damit es gestärkt ins Leben starten kann. Oder so ähnlich. Ich habe da mal einen Vortrag gehört. Der Vortrag hat neunzig Minuten gedauert. Ein toller Vortrag. Inspirierend. Ändert auch nichts daran, dass ich jetzt in dieser Nacht bereits seit dreihundert Minuten neben meiner Tochter liege, die seufzt, aufheult, hustet, für wenige Minuten einschläft, um dann für viele Minuten wieder aufzuwachen und weiterzuhusten. Überflüssig zu sagen, dass ich die ganze Zeit wach bin.

Ich muss morgen nicht arbeiten. Wenn ein Kind krank ist, dann kann ich als alleinerziehender Vater ein paar Tage bei meinem Kind bleiben. Drei werden wohl akzeptabel sein. Aber wer bringt die Mittlere und den Großen in die Schule? Mein Schwiegervater wird einspringen. Um sechs Uhr dreißig steht er auf der Matte, hier, bei uns mit seinen fünfundsiebzig Jahren. Er wird bei der Kleinen bleiben, während ich den Fahrdienst mache. Hoffentlich steckt er sich nicht an … Ich fahre Cassy und Chris in die Schule. Sehen wir es einmal positiv: Sowohl die Kinderkrippe als auch die Schule befinden sich im Nachbarort. Also nur gut vier Kilometer entfernt von meinem Haus.

Wieder zu Hause, versuche ich ein wenig zu schlafen. Mein Schwiegervater ist gegangen. »Papa«, murmelt die Kleine, und ihre Finger umfassen meinen kleinen Finger noch fester. Papa. Es war das erste Wort, das sie gesagt hat. Nicht Mama. Denn Mama gab es nicht mehr, als Cory angefangen hat zu sprechen. Ich habe keine Ahnung, wieso sie das Wort mit dem P und nicht das Wort mit dem M gewählt hat. Aber sie hat mich angesehen und hat »Papa« gesagt. So wie jetzt. Und in der Stunde davor. Und am Tag davor und in den Monaten davor. Papa. Synonym für: Fels in der Brandung.

Ich wünschte, ich könnte das sein.

MITTWOCH

Was bleibt von einem Menschen, der gesprungen ist?

Spuren seines Blutes. In den Ritzen. Denn die Stufen der Treppe vor der Haustür waren aus grobem Waschbeton gefertigt. Der Hausmeister hatte sein Bestes gegeben, die Rückstände zu beseitigen, aber wer wusste, was passiert war, konnte noch zwei Tage danach die dunklen Hinterlassenschaften zwischen den einzelnen Steinchen richtig interpretieren.

Jana Welzer hatte gehört, wie der Mensch auf dem Boden aufgeschlagen war. Einer dieser Zufälle. Sie hatte die Tür zum Balkon geöffnet, um ihre Wohnung im gegenüberliegenden Haus durchzulüften, war kurz hinausgegangen. Sie hatte aus den Augenwinkeln nur den Schatten einer Bewegung erkannt – und dann den Aufprall wahrgenommen. Es ist laut, wenn der Körper eines Menschen aus fast zwanzig Meter Höhe auf den Boden prallt. Sie meinte sogar die Erschütterung gespürt zu haben.

Das alles hatte sich vor zwei Tagen ereignet. Und jetzt setzte sie ihren Fuß auf ebenjene Treppenstufe, in deren Ritzen letzte Spuren Blut klebten. Sie schloss die Haustür auf, nahm den Aufzug, fuhr in den sechsten Stock.

Der Tote hatte inzwischen einen Namen: Rainer Hauptmann. Er war vom Balkon seiner Dreizimmerwohnung in die Tiefe gesprungen, um seinem Leben ein Ende zu bereiten. Was ihm geglückt war.

Jana öffnete die Wohnungstür, verletzte dabei das Polizeisiegel. Aber die Polizei hatte den Fall schon zu den Akten gelegt. Es hatte keinen Zweifel daran gegeben, dass der Mann aus eigenem Willen gesprungen war.

Sie betrat die Wohnung. Vielmehr wollte sie die Wohnung betreten. Doch bereits der Flur war kaum zugänglich. Eine ganze Batterie von Umzugskisten verbarg die rechte Seitenwand. Und der Bodenbelag war nicht zu erkennen unter der dicken Schicht von Prospekten und Seiten von Tageszeitungen. Jana zwängte sich seitwärts durch die Diele.

Zwei Handicaps machten ihr im Alltag zu schaffen, zumindest ab und zu: Sie litt unter Höhenangst. Und auch die Enge war so gar nicht ihr Ding. Der Türspalt am Ende des Flures schimmerte hell, quasi das Licht am Ende des Tunnels. Sie arbeitete sich voran. Und betrat das Wohnzimmer. Wenn man es denn so bezeichnen wollte. Kisten, Kisten, Kisten, Wände von Kisten, die den Raum verdunkelten. Nur der Weg zum Balkon war zugänglich. Ebenfalls gepflastert mit gefühlt zehntausend Prospekten des Darmstädter Einzelhandels, von Rewe bis Deichmann. Und wenn es dem *Darmstädter Echo* finanziell nicht gut ging – Rainer Hauptmann und sein Privatarchiv der Tageszeitung auf dem Boden waren daran gewiss nicht schuld.

Sie brauchte frische Luft. Schlängelte sich durch zum Balkon. Zum Glück gehörte sie nicht zu den übergewichtigen Menschen. Im Gegenteil, es gab Stimmen, die sie als dürr bezeichneten. Dem konnte sie nicht zustimmen. Zumal über dem flachen Bauch durchaus Muskeln lagen. Zierlich, so hätte sie sich selbst beschrieben, mit ihren gerade einmal 164 Zentimetern Körpergröße. Sie öffnete die Glastür. Trat hinaus. Erst einmal tief durchatmen.

Den Blick über die Brüstung ersparte sie sich, genoss jedoch die freie Sicht auf den Hochzeitsturm, das Wahrzeichen ihrer Stadt.

Jana Welzer war Nachlasspflegerin. Das Nachlassgericht schickte sie immer dann in Wohnungen oder Häuser, wenn darin Menschen gestorben waren, die offensichtlich Geld hinterlassen hatten, und es nicht klar war, ob es Erben gab. Denn Menschen starben oft einsam in Deutschland. Neunzigjährige Witwen, die bis zu ihrem Ende allein gelebt und ihr Leben ohne fremde Hilfe geregelt hatten. Mit ein bisschen Glück gab es die Nachbarin im Haus, die die Mitbewohnerin seit Tagen nicht mehr gesehen hatte und die Polizei anrief. Aber oft gab es eben keine Nachbarn oder Angehörige, denen so etwas aufgefallen wäre. Dann konnten Wochen vergehen, bevor solch ein Leichnam gefunden wurde. Und oft fanden sich Werte in der Wohnung – Schmuck, Antiquitäten, Gemälde, wertvolle Möbel –, nicht selten Belege über Immobilienbesitz und nicht zuletzt immer wieder beträchtliche Summen Bargeld. In diesem Fall betrat Jana Welzer die Bühne. Sie, die das Erbe sicherte. Und die schaute, ob es Erben gab. Wie bei Rainer Hauptmann. Beim Nachlassgericht war kein Testament von ihm hinterlegt gewesen. Ebenfalls waren keine Nachkommen bekannt.

Auf dem Sekretär im Wohnzimmer, dem einzig frei zugänglichen Möbelstück im ganzen Raum, hatte Rainer Hauptmann einen Briefumschlag hinterlassen. Dieser Briefumschlag war gefüllt mit einhundert Zweihunderteuroscheinen. Auch der Personalausweis von Rainer Hauptmann hatte auf dem Sekretär gelegen. Neben einem Schlüsselring mit zwei Schlüsseln – einen für die Haustür, einen für die Wohnungstür. Nach seinem Sprung war die Mordkommission aus dem Polizeipräsidium Südhessen angerückt. Sie hatten Geld, Perso und Schlüssel gesichert. Sie befanden sich nun in der Obhut von Jana.

Die Spurensicherung konnte keinerlei Hinweise auf einen Kampf oder auch nur eine Auseinandersetzung entdecken. Raubmord schied auch aus, sonst hätte der Täter kaum die Zwanzigtausend auf der edlen Schreibunterlage aus Mahagoni liegen lassen.

Rainer Hauptmann war gesprungen.

Warum auch immer.

Jana drehte sich um und sah durch das Fenster ins Innere der Wohnung. An der Zimmerwand konnte sie einen Holzschrank entdecken. Innerhalb des Zimmers war er nicht zu sehen gewesen, denn auch er war von einer Wand aus Kisten verdeckt. Sie holte noch einmal tief Atem, dann trat sie vom

Balkon zurück in die Wohnung. Der Raum ähnelte in vielen Details dem Domizil ihrer Großmutter. Diese war ein Mensch gewesen, dem es sehr schwergefallen war, irgendetwas wegzuwerfen, ganz besonders, nachdem ihr Mann vor fünfzehn Jahren gestorben war. Es gab schlichtweg gar nichts, was man wegwerfen durfte, weil alles vielleicht ja doch noch einmal zu gebrauchen war. Nippesfiguren hatten sich gestapelt, irgendwann auch die Wochenzeitungen, dann die Tageszeitungen, und in den zwei Jahren bevor sie starb, hatte ihre Oma auch die Werbeprospekte fein säuberlich aufgeschichtet.

Jana hatte sie einmal mit einem Freund besucht, hatte keine Diskussion mehr geduldet, sondern einfach im Flur fünf Stapel Prospekte entfernt, die den Zugang zum dritten Zimmer versperrten. Nein, ihre Oma war ihr nicht dankbar gewesen. Sie hatte gejammert und gezetert, sie habe die Prospekte noch gar nicht alle studiert und man wisse doch nicht, wofür sie noch gut sein könnten. Zum Beispiel als Anzündpapier für den Kamin. Nur dass es überhaupt keinen Kamin gab, sondern nur eine zentrale Bodenheizung, die Zündeln sicher nicht durch bessere Leistung goutiert hätte.

Jana konnte den Seufzer nicht unterdrücken, als ihr Blick entlang der Kistenwände wanderte. Rainer Hauptmann hatte nicht nur nichts wegwerfen können. Er hatte seine Wohnung aktiv mit zusätzlichem Müll beladen. Die Decke der Wohnung war vom Boden zwei Meter fünfzig entfernt. Das hieß, man konnte vom Boden aus rund sieben Standard-Umzugskartons aufeinanderstapeln. Das war Rainer Hauptmann nicht gelungen. Aber auf sechs Kartons übereinander hatte er es gebracht. Möbelkisten voller Bücher, voller Schallplatten, voller Handtücher, voller Bettwäsche, voller Zettel und Blätter, zumindest in den oberen Kisten der fein säuberlich aufgetürmten Stapel, wie es die Polizei nach ein paar Stichproben im Protokoll vermerkt hatte.

Sie verließ das Wohnzimmer, um einen Blick in die anderen Räume zu werfen.

Vom Flur führte eine der Türen ins Schlafzimmer. Das Bett war ebenfalls vollgestellt mit Kisten, doch bot es noch eine vielleicht fünfzig Zentimeter breite Fläche, auf der man hätte schlafen können. Die Bettwäsche war nicht frisch, aber auch nicht seit Jahren ungewaschen. Neben dem Bett stand ein Stuhl. Darauf nur zwei Kisten.

Die Wohnung verfügte über drei Zimmer. Im dritten Raum konnte sie keine Möbel erkennen, denn auch hier stand sie direkt vor einer Wand aus Kisten. Im Juni 2011 hatte Jana in München in der Olympiahalle das Spektakel von Roger Waters miterlebt, der »The Wall« seiner ehemaligen Band Pink Floyd wieder auf die Bühne gebracht hatte. Eine Wahnsinnsshow. Jana erinnerte sich nicht mehr an den Namen ihres Begleiters, mit dem sie damals dort gewesen war. Aber sie erinnerte sich sehr genau an die Wand, die auf der Bühne aufgetürmt worden war. Und sie hatte diese Wand als sehr beklemmend erlebt. Ebenso wie diese Wand vor ihr, über der nur ein schwacher Schimmer davon kündete, dass sich hinter den Stapeln ein Fenster befinden musste.

Die Tür zur Küche ließ sich nicht ganz öffnen. Und doch vermisste Jana sofort etwas: Gestank. Nicht, dass die Küche weniger zugestellt gewesen wäre als der Rest der Wohnung. Dennoch fehlten hier die typischen Ingredienzen einer Messie-Wohnung: verschimmelte und verdorbene Lebensmittel in einer Pfanne auf dem Herd, Berge von verschmutztem Geschirr rund um die Spüle. Einzig drei leere Pizzakartons wiesen Überreste von Krümeln auf. Jana öffnete die Tür unter der Spüle. Dort stand ein Mülleimer. Mit einer frischen Mülltüte. Hatte Rainer Hauptmann vor seinem Selbstmord etwa noch den Abfall weggebracht?

Sie verließ die Küche und betrat das Bad. Die Badewanne? Nicht benutzbar. Sechs Umzugskisten aufeinandergestapelt. Der Boden, ebenso wie die anderen, ausgekleidet mit Papier von Zeitungen und Prospekten. In der Ecke des Bades zwei Stapel von jeweils sechs Kisten. Aber auch hier fehlte Jana der typische Gestank einer solchen Wohnung. Die Toilette war zwar nicht frisch geputzt, aber auch nicht dreckig. Jana betätigte die Spülung. Sie funktionierte einwandfrei. Im Waschbecken stand ein roter Plastikbehälter. Ganz automatisch griff sie danach, und tatsächlich, der Rand der Badewanne war frei, sodass sie die Kiste dort absetzen konnte, um sich die Hände zu waschen. Dabei fiel ihr Blick auf ihr Spiegelbild. Das Glas war nicht poliert, aber sie konnte sich deutlich erkennen. Das hagere, sehr dezent geschminkte Gesicht, die hohen Wangenknochen – und der Mund, dessen Lippen sie selbst immer als zu schmal erachtete. Seit nunmehr einunddreißig Jahren. Die ersten fünf Lebensjahre hatte sie dabei nicht mitgezählt …

Nein, da hing kein Handtuch neben dem Waschbecken. Aber es lag eines auf dem Fensterbrett neben der Toilette. Und auch das Handtuch wirkte nicht so, als habe es in seinem Leben noch niemals das Innere eine Waschmaschine gesehen.

Jana verließ das Bad. Und war sofort wieder gefangen in – The Wall …

Wenn sie den Job bekam, in der Wohnung eines Verstorbenen nach Hinweisen zu suchen, zum einen, wie viel Geld noch vorhanden war, und zum anderen, wer potenzielle Erben wären, dann war der Weg niemals derselbe, aber doch immer ein definierter: zunächst zum Schreibtisch. In dem meistens wichtige Dokumente aufbewahrt wurden. Nummer zwei in den Charts: der Kleiderschrank. Zwischen Unterhosen und Socken wurden oft die geheimsten Unterlagen versteckt – oder das, was man als versteckt ansah. In der Wohnung von Rainer Hauptmann gab es sicher auch irgendwo einen Kleiderschrank. Aber der stand vermutlich hinter irgendwelchen Wänden von Kisten.

Das einzige Möbelstück, das nicht von Kisten zugestellt oder selbst die Basis eines Kistenturms war: der Sekretär. Jana öffnete die Klappe, zog die Schubladen heraus. Sie entnahm Stapel um Stapel Papiere – aber auch diese erzählten mehr über die Geschichte des Darmstädter Einzelhandels als über

Rainer Hauptmann. Kein Ordner mit Versicherungsscheinen, Grundbucheintragungen oder einfach nur Kontoauszügen. Nichts. Auch keine Münzsammlung, keine Smaragde, keine Waffen. Sie schloss die Klappe wieder, schob die Schubladen zurück.

Vom Lucasweg aus fuhr Jana direkt zum Amtsgericht. Den Weg dorthin legte sie, wenn es nicht gerade in Strömen regnete, immer mit dem Fahrrad zurück. Denn Parkplätze waren Mangelware im Umkreis des Gerichts.

Die Kollegen vom Gebäudeschutz grüßten freundlich. Jana steuerte auf den Lift zu. Leider hing vor der Aufzugtür ein Schild: »Wegen Reparaturarbeiten derzeit außer Betrieb.«

Ihr Seufzer war ein tiefer. Es gab noch einen zweiten Lift im Amtsgericht. Nachträglich eingebaut, um Barrierefreiheit zu gewährleisten. Grundsätzlich eine tolle Sache, aber nicht für sie. Denn der Aufzug war in einem Lichthof des Gebäudes installiert worden. Der Schacht bestand aus Glas. Die Außenhaut der Kabine ebenfalls. Für Jana unbenutzbar.

Das Gebäude des Amtsgerichts hatte mehr als hundert Jahre auf dem Buckel. Im Zweiten Weltkrieg zerstört, wurde es weitgehend originalgetreu wiederaufgebaut. Inklusive eines zusätzlichen Stockwerks. Das Bauwerk verfügte wahrlich über eine imposante Empfangshalle. Und auch das Treppenhaus aus Stein war optisch eine tolle Sache. Wenn man es denn nicht erklimmen musste. Das Nachlassgericht lag im dritten Stock – wobei die Deckenhöhe im Erdgeschoss allein bei rund fünf Metern lag. Jana erklomm die Stufen.

Ein wenig außer Puste erreichte sie das Büro von Lavinia Weber. Die Rechtspflegerin hatte sie am Tag zuvor angerufen. Denn sie vergab die Aufträge an Nachlasspfleger. Jana war dabei immer die Frau für die Fälle, die ein wenig abseits der Norm lagen. Und ein Selbstmörder mit zwanzigtausend Euro in der Wohnung, der dieselbe mit lauter Messie-Kisten zugestellt hatte, das war der passende Fall für Jana.

Sie war am Vortag bereits beim Nachlassgericht gewesen. Lavinia hatte ihr die sogenannte Bestallungsurkunde ausgestellt – ein Dokument, mit dem sie gegenüber allen Institutionen wie etwa dem Einwohnermeldeamt, Banken oder Versicherungsunternehmen die Rechtsgeschäfte des Verstorbenen abwickeln konnte. Also Einsicht in Konten bekam oder eventuelle Vermögenswerte auf das Treuhandkonto verschieben konnte, das sie nun verwaltete. Sie konnte auch irgendwelche Versicherungen kündigen, wie nutzlos gewordene Haftpflichtversicherungen, Hausrats- oder Lebensversicherungen.

Als Lavinia Jana gestern die Urkunde in die Hand gedrückt hatte, hatte sie noch angefügt: »Das Hamburger Einwohnermeldeamt hat da irgendwas verbockt. Rainer Hauptmann ist dort geboren, aber als ich die elektronische Abfrage zu seinem Geburtsort gestartet habe, war Hamburg nicht eingetragen.«

Inzwischen waren solche Vorgänge ja komplett automatisiert. Hatte man früher noch Briefe per Post verschickt, um solche Informationen zu bekommen, oder vor gut zehn Jahren immerhin noch E-Mails geschrieben, gab es heute ein zentrales Register, das Lavinia von ihrem Rechner aus einfach abfragen konnte.

»Ich hab denen in Hamburg jetzt eine E-Mail geschickt. Das können wir dann immer noch geradebiegen. Aber wir haben ja die Sterbeurkunde und Hauptmanns Personalausweis – Sie können also schon mal loslegen«, hatte sie gestern kundgetan. »Ich habe auch schon das Grundbuch gecheckt: Rainer Hauptmann war nicht der Eigentümer der Wohnung. Vielleicht gibt es eine Hausverwaltung, die Ihnen sagen kann, wer der Vermieter ist.«

Jana hatte bereits herausgefunden, dass es eine solche Hausverwaltung gab. Aber die zuständige Dame war krank, man würde Jana zurückrufen – das war der Stand der Dinge.

Nun schaute Lavinia Weber Jana über den Schreibtisch hinweg an und fragte nur: »Und?«

Jana zögerte kurz, dann sagte sie: »Komisch. Das ist das einzige Wort, das mir dazu einfällt. Rainer Hauptmann hat in dieser Wohnung gehaust, ohne tatsächlich irgendeinen Platz gehabt zu haben.«

Lavinias Stirn kräuselte sich. Dann stellte sie die Frage, die aus ihrer Perspektive am wichtigsten war: »Irgendwelche Hinweise auf irgendwelche Erben?«

Jana schüttelte den Kopf. »In dem Sekretär, auf dem diese zwanzigtausend Euro gelegen haben, habe ich außer Prospekten nichts entdeckt. Wenn unter all dem Müll irgendetwas zu finden ist, wird es dauern, bis der Inhalt jeder Kiste einmal durch die Hände eines Menschen gewandert ist. Aber allein kann ich das nicht bewältigen.« In Janas Eingeweiden rumorte dieses Bauchgefühl. Nichts, was man durch irgendwelche naturwissenschaftlichen Studien belegen konnte. Aber sie war sich sicher: Wenn sie all diesen Müll von Rainer Hauptmann durchsuchen würden, dann würden sie ganz bestimmt auf mehr stoßen als nur auf zwanzigtausend Euro in bar auf dem Sekretär. Und genau das sagte sie Lavinia.

»Okay. Also was ist Ihr nächster Schritt?«, wollte Lavinia wissen. Die beiden Frauen siezten sich immer noch, obwohl sie bereits mehrere Jahre miteinander arbeiteten. Doch eines teilte Jana mit Lavinia: Sie hielten Berufliches und Privates gern strikt getrennt.

»Ich werde das Zeug aus der Wohnung in ein Lager transportieren lassen. Ich muss einen Bekannten anrufen. Der ist auf Entrümpelungen spezialisiert. Und hat auch ein Depot, wo man all das Zeug erst mal unterbringen kann. Und dann werde ich jeder Kiste auf den Grund gehen.«

Jana arbeitete freiberuflich. Und Lavinia war nicht ihre Vorgesetzte. Aber wenn Lavinia sie als Nachlasspflegerin für einen Verstorbenen berief, musste Jana alles, was sie tat, mit Lavinia absprechen.

»Gut. Dann machen Sie das so. Aber dann müssen Sie das auch selbst organisieren.«

Der zweite Satz in Lavinias Antwort beschrieb nur eine Selbstverständlichkeit. Jana musste immer selbst organisieren.

Was bedeutete, dass ihr niemand reinredete. Was aber auch besagte, dass sie diese Mammutaufgabe hier aus eigener Kraft stemmen musste.

Benjamin Lorenz konnte nicht einmal mehr in eine Kneipe gehen, um sich zu besaufen. Vielmehr hockte er auf seinem Sofa. Vor ihm stand eine Pulle Bonzen-Plörre, daneben das Whisky-Nosing-Glas, mit schön geformtem Bauch, der sich nach oben elegant verjüngte. Allein, dass er dem fünfundzwanzigjährigen Bunnahabhain in Gedanken das Etikett *Bonzen-Plörre* aufdrückte, sagte einiges über seinen Gemütszustand aus. Die Flasche Whisky vor ihm hatte ihn zweihundertfünfzig Euro gekostet. Und Ben, wie ihn alle nannten, war ein sparsamer Mensch.

Er hatte diesen Bunnahabhain einmal vor ein paar Jahren in seiner Lieblingskneipe um die Ecke probieren dürfen. Und es hatte ihn umgehauen. Süßes Karamell mit kräftigem Sherry, gefolgt von Eiche und Leder, so hatte der Wirt das Aroma beschrieben. Dann hatte er vor zwei Jahren diese eine Flasche gekauft, nur weil ihm der Wirt eines dieser teuren Whiskygläser geschenkt hatte. Die seitdem ungeöffnet in seinem Wandschrank gestanden hatte, zwischen Korn und Chantré.

An einem ganz besonderen Tag hatte er diese Flasche öffnen wollen, an einem Tag, an dem es irgendetwas zu feiern gab.

Zu feiern gab es gar nichts. Nur vielleicht, dass sein Freund – passte diese Bezeichnung überhaupt noch? – ihn heute in der eigenen Firma überflüssig gemacht hatte.

Flüssig. Das war das Stichwort. Er goss sich den edlen Trank in das inzwischen schon wieder leere Glas. Verschloss die Flasche. Hob das Glas. Prostete der Krücke zu, die er vorher vom Sofa aus durchs Zimmer geschleudert hatte, brüllte ein *Slàinte Mhath* durchs Zimmer – die edle schottische Variante vom prolligen »Stößchen« – und kippte den Inhalt des Glases einfach hinunter. Fünfzehn Euro, wie ihm sein Gehirn stante pede ausrechnete, gänzlich ohne gefragt zu werden.

Diese verdammte Krücke. Ohne die er derzeit nicht mal mehr bis zum Klo kam. Der Wurf durchs Zimmer war leichtsinnig gewesen, mit ein bisschen Pech und noch einigen Gläsern Whisky würde er bis zu der Krücke robben müssen. Und für das Aufstehen, da konnte er auch noch mal locker zwei Minuten einrechnen. Aber sein linkes Bein versagte seinen Dienst. Und Krücke war besser als Rollstuhl. Dessen war er sich bewusst, aber in Momenten wie diesen war der Gedanke wenig tröstlich.

Doch all das war heute ja eigentlich gar nicht das Problem. Das Problem war, dass sein Freund und Geschäftspartner Kevin ihn quasi aus dem eigenen Unternehmen gemobbt hatte. Er bedachte ihn in Gedanken mit dem »W«-Wort, das auf vulgäre Art einen Mann beschrieb, der autoerotische Handlungen vornahm …

Vor sieben Jahren hatten sie die Firma gegründet: IT-Partner. Nein, der Name war nicht originell, aber es hatte funktioniert. Anfangs war ihr Unternehmen nur ein kleiner EDV-Service. Rechner einkaufen, zusammenstöpseln, dafür sorgen, dass fünf ihrer Art in einem Firmennetzwerk miteinander kommunizierten, auch noch nach irgendwelchen Updates oder Systemveränderungen. Kevin und er, sie beide waren Informatik-Experten, die sich ihr Wissen in keinem Studium, sondern in der Praxis und im Selbststudium angeeignet hatten. Ihre Kunden waren kleine, manchmal sogar mittelständische Firmen, die inzwischen oft die gesamte EDV-Betreuung in die Hände von IT-Partner legten. Kevin löste EDV-Probleme in Porsche-Geschwindigkeit. Und er war derjenige, der die Auftraggeber immer bei Laune hielt. Aber er, Benjamin, er war die Formel-1-Waffe, wenn nichts mehr ging, und er den IT-Knoten selbst dann aufdröselte, wenn alle anderen bereits das digitale Handtuch geworfen hatten.

Ben war froh gewesen über seine Rolle in der Höhle aus Bits und Bytes, von der aus er per Fernschaltung auf die Computer der Kunden zugreifen konnte und deren Schwierigkeiten löste. Anfangs hatte Ben sich selbst eingeredet, dass er sich hinter der eigenen Tastatur wohler fühlte als in den Büros beim Kunden vor Ort. Aber die Wahrheit war, und sie sprang ihm heute so unerbittlich klar vor Augen, dass er schon damals nicht mehr in der Lage gewesen war, lange Strecken zu laufen.

Noch ein Glas Whisky. Ben lachte auf und brüllte »Stößchen!« durchs Zimmer. Während er schwungvoll mit dem Glas in Richtung Krücke prostete, schwappten sicher sechs Euro Whisky auf den Boden.

Kevin war von Anfang an auf schnelle Expansion der Firma aus gewesen. Er war es, der zwei Informatikstudenten mit ins Boot holte, dann die Bürokraft, die sich um die Verwaltung kümmerte. All das hatte Ben noch mitgetragen. Doch heute hatte Kevin ihm eröffnet, dass er einen Informatiker eingestellt habe, der zur Not auch für ihn, Ben, einspringen könne.

Er, Ben, war überflüssig geworden in seiner eigenen Firma.

Noch ein Glas.

Ein simples Prost. Und die fünfzehn Euro hinuntergekippt und keinen Cent verläppert.

Neben dem Glas lag sein Smartphone. Er sollte lieber jetzt anrufen, bevor jeder an seiner Stimme erkennen konnte, dass er mit dem Alkohol Bruderschaft getrunken hatte. Er scrollte durch seine Kontakte, landete bei Cornelia, stellte die Verbindung her.

Cornelia nahm das Gespräch nach drei Freizeichentönen an: »Ben! Lange nichts von dir gehört!«

Ben schwieg.

»Hallo? Hörst du mich?«

»Ja, Conny, klar, ich hör dich.«

Schweigen. Weder er, Ben, noch sie, Conny, waren so die Plaudertaschen.

Conny brach das Schweigen: »Nein, sie hat sich nicht angemeldet. Auch in den vergangenen zwei Tagen nicht.« Conny beantwortete Bens Frage, die er gar nicht ausgesprochen hatte.

Er und Conny kannten sich schon lange. Weshalb es manchmal überflüssig war, Anliegen hörbar zu formulieren. Sie hatte die Antwort auf die Frage gegeben, die ihm tatsächlich neben allem Selbstmitleid immer wieder an diesem Abend durch den Kopf gegangen war. Wenn auch der Inhalt der Antwort Ben nicht gefiel.

Conny leitete die Regionalstelle des Technischen Hilfswerks in Erfurt. Und auch Ben war Mitglied dieses Vereins. Seit fast zwanzig Jahren bereits. Und daher kannte er viele von ihnen, nicht nur in Berlin.

»Aber ich würde mich sehr freuen, wenn *du* kommst.«

Ben schwieg. Sein Blick fiel auf die Krücke. Dann auf die Whiskyflasche, in der sich immer noch circa hundertachtzig Euro befanden. Es ging um das Jubiläumstreffen. Wenn man das so nennen konnte. Vor zehn Jahren hatten sie vom Technischen Hilfswerk in Haiti, am anderen Ende der Welt, Hilfe geleistet. Ein Erdbeben der Stärke sieben. Das die ohnehin fragile Infrastruktur des Landes kollabieren ließ. Das THW, wie die offizielle Abkürzung des Technischen Hilfswerks lautete, hatte damals eine Trinkwasserversorgung aufgebaut. Nun traf man sich, genau zehn Jahre später. *Sie* war seinerzeit ebenfalls dabei gewesen.

»Ben, ich würde mich wirklich freuen.«

Okay. Warum nicht? Was würde er verlieren, wenn er am Wochenende nach Erfurt führe? Nichts. Dreihundert Kilometer, er hatte es bereits recherchiert. Sein Wagen hatte Automatik. Da brauchte man kein linkes Bein. Wieso also nicht? Er wusste, dass er sonst nur in seiner Wohnung versauern würde, ausschließlich in Begleitung von Selbstmitleid und Wut. »Wo übernachtet ihr alle?«

»Wir sind im Hotel am Kaisersaal. Ich meine, die Veranstaltung findet ja auch im Kaisersaal statt.«

»Würdest du mir noch ein Einzelzimmer buchen?«

Es war nur ein Telefonat. Er sah Conny nicht. Aber er kannte sie so gut, dass er ihr Grinsen förmlich spürte. »Ich kann es versuchen«, sagte sie.

Und Ben wusste genau, was das bedeutete: *Betrachte das Zimmer als gebucht.*

»Danke, meine Liebe.«

»Für dich immer«, erwiderte Conny, und er wusste, wie aufrichtig diese Aussage gemeint war.

Jana liebte ihren Kamin. Er trennte das Feuer durch eine Glastür vom Raum, damit man die Flammen sah, aber sie die Belege ihrer Existenz nicht auf das umliegende Parkett schleudern konnten.

Es gab Menschen, die legten sich mitten im Sommer in ihre Badewanne. Jana zündete ab und an auch ein kleines Feuer an, wenn eher die Klimaanlage gefragt war als die Heizung. Jetzt im Januar war die Auftragslage für den Job einer Klimaanlage in diesen Breitengraden eher dünn gesät.

Jana hatte sich einen Lugana eingeschenkt. Seit sie vor ein paar Jahren einmal Darmstadts Partnerstadt Brescia unweit des Gardasees besucht hatte, war sie auf den edlen Tropfen dieses Anbaugebiets gestoßen und ihm seitdem treu geblieben. Ihr Blick wanderte durch den Raum. Sie fühlte sich wohl in ihrer Wohnung im zweiten Stock. Hundert Quadratmeter, vier Zimmer, Altbau, tatsächlich noch Stuck an den Decken. Das Wohnzimmer zierte ein kleiner Erker in Richtung Straße, in den sie ihren Lesesessel gestellt hatte. Dann der winzige Steinbalkon unmittelbar neben dem Erker. Sie mochte diese im Grunde unnützen architektonischen Accessoires der Altbauten aus der Gründerzeit, die sich heute kein Baumeister mehr trauen würde zu planen.

Als sie vor vier Jahren wieder nach Darmstadt zurückgekommen war, hatte ihre Mutter darauf bestanden, dass sie in diese Wohnung zog. Es war die Wohnung der Eltern ihrer Mutter gewesen. Nicht die des Vaters. Sonst hätte sie keinen Fuß über die Schwelle gesetzt.

Sie griff zu ihrem Smartphone, dessen Bildschirm ihr mitteilte, dass es inzwischen fast zwanzig Uhr war. Sie scrollte durch die Kontaktdaten, dann wählte sie den Anschluss von Jörn Großeimer. Er war der bekannteste Schädlingsbekämpfer in der Region. Aber eben nicht nur das: Viele Schädlinge fühlen sich geradezu magisch angezogen von Verstorbenen in ihren diversen Zersetzungsstadien. Und so war er immer öfter angefragt worden, ob er neben den biologischen Hinterlassenschaften der Verstorbenen nicht auch gleich die materiellen Überbleibsel beseitigen könnte. Daher hatte sich Jörn auch auf Entrümpelung spezialisiert.

»Jana! Was für eine Überraschung!«, sagte er. Und die Tonlage seiner Stimme zeugte von aufrichtiger Freude.

Janas Blick löste sich nicht vom Spiel des Feuers hinter der Glasscheibe des Kamins. »Jörn! Wie schön, dass du um diese Uhrzeit noch an dein Diensthandy gehst.«

»Ach, Jana, wenn ich deine Nummer sehe, dann weißt du genau, dass ich an jedes Telefon gehe, das sie anzeigt!«

Jana schmunzelte. Jeder, der ihrer Unterhaltung gelauscht hätte, hätte davon ausgehen können, dass sie ein Paar waren. Oder zumindest eine Affäre hatten. Jana mochte Jörn. Er mochte sie. Doch Jörn Großeimers Ehe erinnerte Jana immer an das Gebäude in der Innenstadt, das die Krone-Kneipe beheimatete: Es war das einzige Haus der Altstadt in Darmstadt gewesen, das nach dem Feuersturm im Zweiten Weltkrieg fast unbeschädigt aus den umliegenden Trümmern herausgeragt hatte. Und genauso solide erschien Jana Jörns Ehe. Sein Ehering funkelte. Und er markierte genau jene Grenze, die Jana nie überschritt. »Jörn, ich brauche dich. Ich habe gerade einen ganz besonderen Klienten. Hat in einer Messie-Wohnung gehaust. Zumindest so was in der Art. Auf siebzig Quadratmetern Berge von Umzugskartons mit Kruscht und Möbel mit ähnlich chaotischem Inhalt. All das muss in ein Lager gebracht werden. Hast du Kapazitäten frei? Ich fürchte, wir brauchen eine große Garage, also die, in der man einen Lastwagen unterstellt, keinen VW Käfer.«

Ein Zögern in der Leitung. Kurz, aber wahrnehmbar. »Befall?«

Ein Wort, das für einen ganzen Mikrokosmos stand: Larven, Fliegen, Schaben – das weite Universum von Insekten, die sich dann am wohlsten fühlten, wenn die Menschen vor Ekel das Weite suchten.

»Nein«, sagte Jana. »Nur Plunder. Der Bewohner der Wohnung ist vom Balkon gesprungen.«

Wieder ein kurzes Zögern in der Leitung, dann die erlösende Antwort: »Klar, für dich habe ich immer Kapazitäten frei.«

»Dann treffen wir uns morgen um halb neun Uhr im Lucasweg? Die Wohnung ist in dem Haus, das meiner Wohnung gegenüberliegt.«

»Ja, so machen wir's.«

»Und, Jörn, ich brauche deine zuverlässigen Leute.« Ein einfacher Satz. Der jedoch sehr viel bedeutete. In dieser Wohnung waren bereits zwanzigtausend Euro in bar entdeckt worden. Wer wusste, was man noch alles entdecken würde? Sie brauchte jemanden, der das Entrümpeln für sie übernahm. Und gleichzeitig benötigte sie jemanden, der, wenn er noch mal fünftausend Euro in einer Ecke fand, diese nicht einfach einsteckte.

Jana hatte inzwischen ihre eigene Praxis entwickelt. Wenn die von Jörn Beschäftigten ihren Job gut machten, bekamen sie ein Trinkgeld von hundert Euro. Bar auf die Kralle.

Natürlich zog sie den Betrag nicht von den sichergestellten Scheinen ab. Dass die Hinterlassenschaft unangetastet blieb, war ihr heilig. Aber Jana hatte für solche Zwecke im Laufe der Jahre eine schwarze Kasse mit Bargeld eingerichtet. Denn sie wusste genau: Ohne diese Schatulle würde sie ihrem Ziel, Erben zu finden und Erben auszuzahlen, mehr schaden als nützen.

Nein, Jana Welzer würde ihre Hand nicht für Jörns Mitarbeiter ins Feuer legen. Aber Jana Welzer hatte mit dieser Methode bislang gute Erfahrungen gemacht. Und das genügte ihr.

DONNERSTAG

Ein grauer Morgen. Mit dem Kaffeebecher in der Hand stand sie auf dem Balkon. Sie hatte zuvor in der Küche gesessen, gefrühstückt und dabei den ersten Becher Kaffee zu sich genommen.

Jörn war ein zuverlässiger Mensch. Und wenn er sagte, dass er um acht Uhr dreißig vor Ort wäre, durfte sie davon ausgehen, dass er eher drei Minuten früher einträfe.

Um acht Uhr sechsundzwanzig sah sie den Mercedes Sprinter. Er war unverkennbar. Zum einen durch sein Äußeres: Rote Lackierung und das skizzierte Mardergesicht, das frech neben dem Schriftzug »Großeimer GmbH« in die Welt grinste. Und dann war der Wagen über sieben Meter lang. Das Schätzchen, wie Jörn ihn nannte.

Hinter dem Sprinter folgte ein Smart – im gleichen Rot lackiert, mit dem gleichen Schriftzug und Marderantlitz daneben. Jörn war mit der großen Truppe angerückt: Vier Mitarbeiter würden die Wohnung von Rainer Hauptmann in wenigen Stunden ausgeräumt haben.

Jana trat vom Balkon, kippte den Rest des Kaffees in die Spüle, zog sich eine Jacke über und verließ ihre Wohnung.

Jörn hatte den Wagen einfach am Bürgersteig abgestellt. Halteverbot. Aber er hatte ihr mal erklärt, dass es für ihn nur zwei Kriterien für einen Platz gab, an dem er seinen Umzugswagen nicht abstellen würde: »In einer Feuerwehrzufahrt oder an einem Ort, an dem ein fetter Feuerwehrwagen nicht mehr an mir vorbeikommt. Alles andere sind 35-Euro-Parkplätze.« Zitat Ende.

»Hallo, Jana«, sagte Jörn, als er auf sie zutrat. »Habe die

üppige Mannschaft mitgebracht, so wie du mir die Wohnung geschildert hast.«

Seine Mitarbeiter traten neben den Chef. Louisa kannte sie, eine stämmige und durchtrainierte Boxerin, wie Jörn ihr verraten hatte. Neben ihr drei junge Männer, wahrscheinlich Studenten, die Jörn immer wieder mal für Entrümpelungen anheuerte. »Am liebsten Biologie-Studenten. Dann lernen die gleich mal was über die Fauna«, hatte Jörn ihr feixend erklärt.

»Hast du eine Ahnung, ob die Wohnung diesem Hauptmann gehört hat oder ob er zur Miete wohnte?«, wollte Jörn von ihr wissen, als sie die Haustür öffnete.

»Er ist Mieter. Ich warte noch auf eine Rückmeldung der Hausverwaltung, wer sein Vermieter war.« Jana drückte auf den Rufknopf für den Aufzug. Sofort gaben die Türen die Kabine frei. Sie stiegen in den Fahrstuhl.

»Keine Viecher?«, fragte Jörn.

»Hab ich dir ja schon gesagt. Keine tierischen Probleme. Nur solche aus Zellulose. Außer Prospekten, *Darmstädter Echo* und Möbelkisten ist da nichts Persönliches. Zumindest nicht auf den ersten Blick. Das werde ich alles erst rauskriegen, wenn ich den Inhalt der Kisten und die restlichen Bestandteile der Wohnung gesichtet habe.«

Sie verließen den Aufzug. Jana schloss die Wohnungstür auf.

Jörn schob sich hinter ihr durch den Flur. Sie hörte, wie er leise murmelte: »Ach du Scheiße …«

Er warf einen Blick in jeden Raum. Dafür brauchte er rund zwei Minuten. Im Wohnzimmer angekommen, nickte er ihr zu. Er war ganz bleich im Gesicht geworden.

»Was ist?«, fragte Jana.

»Unseren Sprinter können wir vergessen.«

»Warum das?«

»Das Zeug kriegen wir nie und nimmer in den Wagen. Das kriegen wir noch nicht mal in den Großen hinein!«

»Der Große«, das war der 7,5-Tonner. Ebenfalls in Rot.

Ebenfalls mit dem Marder-Logo an der Seitenfläche. Eben der Wagen für die ganz fetten Entrümplungen.

»Ich habe das gerade mal kurz überschlagen«, fuhr Jörn fort. »In dieser Wohnung befinden sich rund vierhundert Umzugskartons. Und Möbel. Ein Kubikmeter Ladefläche kann rein mathematisch dreizehneinhalb Umzugskartons aufnehmen.«

»Dann kommen wir auf rund dreißig Kubikmeter. Ohne den Inhalt der Möbel. Den müsst ihr ja auch noch in Kisten verpacken.« Im Kopfrechnen war Jana schon immer fix gewesen.

»Und in den Sprinter kriege ich nur fünfzehn Kubikmeter rein. Also zweimal der Sprinter voll bis Oberkante Unterlippe. Und dann ist noch kein Möbelstück eingeladen. Ich werde auch mit dem Großen zweimal fahren müssen.«

Jörn hatte intensiv in seinen Fuhrpark investiert. Jedoch nicht in einen eigenen Möbellift. Aber er hatte eine Kooperation mit einem befreundeten Speditionsunternehmen abgeschlossen, das ihm den Lift zur Verfügung stellte. Fünfundzwanzig Meter in die Höhe – zum Glück brauchte Jörn heute nur rund zwanzig Meter. War aber auch nicht billiger.

»Es ist nur mein Instinkt«, sagte Jana, »aber der sagt mir, du musst das alles dokumentieren. Fotografiere die Kisten, auch den Ort, an dem sie stehen. Wenn ihr Möbel ausräumt, beschriftet sie und die Kisten ganz genau. Ich muss im Nachhinein eindeutig nachvollziehen können, was sich an welcher Stelle befunden hat. Zeichne am besten eine Landkarte der Kisten.«

Jana nahm die Tektonik auf Jörns Stirn wahr. Er war der Pragmatiker. Er verwandelte eine stickige, stinkende Bude voller Insekten und voller Müll binnen Stunden in eine besenreine Wohnung. Wo welcher Müll herumstand, das interessierte ihn herzlich wenig.

Sie ignorierte den Graben auf Jörns Stirn. »Und wenn ihr die Kisten abstellt, dann bitte so, dass wir zuerst die auspacken können, in denen die Sachen aus den Möbeln abgelegt sind. Wenn ich herauskriegen möchte, ob es irgendein Vermögen oder irgendwelche Erben gibt, finde ich die Unterlagen am ehesten dort«, erklärte Jana. Mehr brauchte Jörn nicht zu wissen.

Jörn nickte. Er kannte seine Auftraggeberin gut. Und außerdem arbeitete er nach dem Motto: Der Kunde ist König.

»Sag mir bitte noch, wohin ihr das ganze Zeug fahrt.«

Jörn nannte ihr die Adresse in der Heimstättensiedlung, in der er die Garage angemietet hatte.

»Wie lange werdet ihr brauchen?«, wollte Jana wissen.

»So, wie die Wohnung aussieht, auf jeden Fall sechs Stunden. Können auch acht werden. Aber heute Abend haben wir alles in der Garage gestapelt. Und ich sorge persönlich dafür, dass alles perfekt dokumentiert wird.« Jörn drückte ihr einen Schlüssel in die Hand. »Das ist der Schlüssel für die Garage. Ich hab sie jetzt erst mal für einen Monat für dich geblockt. Wenn ich das richtig sehe, können drei Viertel oder auch neun Zehntel des Wohnungsinhalts später auf den Müll. Bin ich gerne wieder behilflich. Und mit dem Rest kannst du dann auch in eine kleinere Garage umziehen.«

Jana reichte ihm die Hand, aber Jörn nahm sie kurz in den Arm.

»Danke«, sagte sie.

»Für dich immer, Prinzessin.«

Verheiratet, dachte Jana. Und das war auch gut so. Denn das enthob sie irgendwelcher Überlegungen, die sie eigentlich gar nicht denken wollte.

Mehr als ein Viertel der Einwohner Darmstadts waren Studenten. Knapp hundertsechzigtausend Bürger zählte die Stadt derzeit, mehr als vierzigtausend davon studierten.

Nicht nur für Jörn, sondern auch für Jana ein riesiger Pool an temporären Mitarbeitern. Sie war froh, dass sie auf diese engagierten jungen Menschen zugreifen konnte, die ihrerseits zufrieden waren, ein paar Euros zu verdienen. Und sie zahlte ja nicht schlecht. Sie war eine der wenigen, die den Studentinnen und Studenten einen zweistelligen Stundenlohn bot. Der Mindestlohn lag derzeit bei neun Euro fünfunddreißig. Dreizehn Euro zahlte sie.

Zum Beispiel an Katharina Hochnagel. Achtes Semester Philosophie. Aber so, wie Jana Katharina einschätzte, würde sie ihr auch die kommenden vier Jahre noch erhalten bleiben. Für Jana war die Frau eine Spitzenkraft: Sie nannte ihr die Aufgabe, den Zeitraum und die Menge an Studenten, die sie benötigte. Und Katharina schaffte Kommilitonen heran. Der Auftrag diesmal: eher außergewöhnlich.

»Heute wird eine Wohnung ausgeräumt. Es wird eine ganze Wand von Möbelkisten geben, mit unbekanntem Inhalt. Euer Job wird sein, diese Kisten auszuräumen.«

»Na, das sollten wir gerade noch so hinkriegen«, sagte Katharina. Sie saßen in der Cafeteria der Universitäts- und Landesbibliothek in der Magdalenenstraße. Jana hatte den Cappuccino ausgegeben.

»Kannst du bis morgen früh drei deiner Kommilitonen auftreiben, die morgen, Samstag und Sonntag, dieses Chaos sichten?«

Katharina nickte. »Kein Problem. Ich weiß schon, wen. Und die sind alle froh über die Kohle. Aber ein wenig Wochenendzuschlag muss drin sein.«

»Passt. Ihr kriegt alle fünfzehn Euro pro Stunde. Und, ganz wichtig: Es muss exakt dokumentiert werden, was ihr in welcher Kiste findet.« Vielleicht war Jana pingelig. Aber lieber einmal zu ausführlich dokumentiert als einmal zu wenig.

Katharinas Gesicht hatte aristokratische Züge, wenn sie lächelte. Was sie tat, als sie nickte.

»Ich muss mich also jetzt um nichts kümmern?«, wollte Jana wissen.

»Jana, du weißt doch, dass du dich auf mich verlassen kannst.«

Ja, das wusste Jana. Und trotzdem. Da war so ein leises Kribbeln im Bauch, das ihr sagte, dass dieser Fall nicht ganz so reibungslos abzuwickeln sein würde. Dennoch drückte sie Katharina den Schlüssel der Garage in der Heimstättensiedlung in die Hand.

Und wieder ein Abend.

Wieder der Blick in den Kamin.

Wieder ein Glas Lugana.

Jörn hatte Jana um siebzehn Uhr mitgeteilt, dass die Wohnung von Rainer Hauptmann geräumt wäre. Besenrein. All seine Sachen stünden nun in der Garage. Und nicht nur seine Kisten, sondern auch seine – jetzt leeren – Möbel, deren Inhalt ebenfalls in akkurat beschrifteten Pappboxen abgelegt worden wäre.

Über einen Link hatte Jörn ihr die Dokumentation des Umzugs zukommen lassen. Jana lud all die Daten auf ihr MacBook. Alle Umzugskisten waren von Jörns Mitarbeitern mit einer Zahl versehen worden, mit dickem, fettem Edding. Unübersehbar. Und sämtliche Kartons waren an Ort und Stelle fotografiert worden. Ebenso die Möbel. Und Jörn hatte es sich nicht nehmen lassen, einen richtigen Plan aufzubereiten, an welchem Platz welche Kiste und welches Möbelstück in der Wohnung platziert gewesen waren.

Er hatte es sich auch nicht nehmen lassen, eine kleine Textdatei dazu zu packen: »Lies mich.txt« Jana öffnete die Datei, die nur aus ein paar Zeilen bestand: »Liebe Jana, nach acht Stunden Arbeit schreibe ich diese Zeilen. Alle Kisten stehen in der Garage, alle Kisten sind nummeriert, und wir haben auch den Inhalt der Möbel verpackt und mit Buchstabenkombinationen gekennzeichnet, sodass du genau weißt, welche Kiste frei herumstand und was Müll aus den Möbeln ist. Ich hab beim Ausräumen meinen Mitarbeitern immer mal wieder über die Schulter geschaut – aber auf den ersten Blick unterscheidet sich der Wert des Inhalts der Möbel nicht vom Bodenbelag aus Prospekten und Zeitungen. Viel Glück damit! LG Jörn.«

Perfekt. Genau so hatte sie es sich gewünscht. Jana klickte sich durch das Fotoalbum. Mit abnehmender Möbelkistenwand wurde plötzlich auch an einigen Stellen der Boden sichtbar. Parkett! Jana hätte in einer so zugemüllten Wohnung nur billigstes Linoleum erwartet.

Morgen früh würde sie die Studenten in Empfang nehmen. Die würden dann anfangen, die Kartons zu leeren und ihr eine Dokumentation der Inhalte zukommen lassen. Vielleicht wären sie bereits am Samstag fertig oder am Sonntag. Jana war das einerlei. Die Toten hatten keine Eile. Und auch die potenziellen Erben konnten ein paar Tage warten.

Das Feuer prasselte.

Sie prostete der Kamintür zu.

Sie hatte es sich lange überlegt, ob sie übermorgen nach Erfurt fahren würde. Zu diesem doch etwas schrägen Jubiläum. Zehn Jahre Haiti. Zehn verdammte Jahre. Dass sie in einem völlig anderen Teil der Welt gewesen war. Auf der Landkarte auf dem linken Teil der Insel, auf der sich rechts die Dominikanische Republik befand. Haiti, das zehn Jahre zuvor eines der schwersten Erdbeben seiner Geschichte erleben musste. Überleben musste.

Sie hatten dort alle gemeinsam geholfen. 400 000 Liter sauberes Trinkwasser hatten sie jeden Tag produziert. Und damit 120 000 Menschen in Port-au-Prince versorgt. Sie hatten gebaut, hatten verbessert, hatten die Menschen vor Ort in die Programme eingebunden.

Dennoch erschien es Jana im Rückblick zu wenig. Und dieses Treffen, es würde sie nur erinnern an die Diskrepanz zwischen Europa und Haiti.

Mehr als zehn Jahre ihres Lebens hatte sie hauptamtlich beim Technischen Hilfswerk gearbeitet und war schon Jahre zuvor während des Studiums in Berlin ehrenamtlich dabei gewesen. Hatte es bis zur Regionalleiterin in Erfurt gebracht.

Und seinerzeit ihren Einsatz in Haiti maßgeblich organisiert und koordiniert.

Und nun rief das Technische Hilfswerk seine Helfer auf, diesen zehnten Jahrestag in Erfurt gemeinsam zu feiern. Zu feiern … Was gab es da zu feiern? Ein Erdbeben?

Abermals prostete sie der Kamintür zu.

Sie würde wohl nicht nach Erfurt fahren.

CAESAR II

Cory ist wieder gesund. Es war heftig, aber es war heftig und kurz. Cassy war eifersüchtig, weil ich mich so intensiv um Cory gekümmert habe. Chris tat so, als ob ihn das alles nichts anginge. Er zeigt mir die kalte Schulter. Seit ich ihm gesagt habe, dass ich einfach nicht genug Kohle hätte, um ihm ein iPhone zu kaufen. Alle anderen hätten ein iPhone, hielt er entgegen. Ich glaube nicht, dass das wahr ist, aber es kann durchaus sein, dass es zumindest auf ein Drittel der anderen zutrifft. Und das ist natürlich die Gruppe, zu der er gehören will. Die, die ein iPhone haben.

Ich habe bei eBay geschaut. Für hundert Euro bekommt man ein älteres iPhone, habe ich meinem Sohn gesagt. »Mit so einem Teil wische ich mir noch nicht mal den Hintern ab«, hat er gebrüllt.

Ich kann es verstehen.

Aber ich kann es nicht bezahlen.

»Geht das nicht schneller?«, höre ich die Stimme einer Frau, die etwa zehn Meter von mir entfernt in der Schlange an der Kasse steht. Ich bin das Ende der Schlange. Aber nicht weil ich warten muss, sondern weil ich der Typ an der Kasse bin. »Geht das nicht schneller« – in den Top Ten der Sätze, die ich am meisten hasse, ungefähr auf Platz fünf.

Wir sind schnell. Ich bin schnell. Ich habe die Winkel raus, in denen ich die Produkte über die Scannerkasse ziehen muss, sodass sie gleich beim ersten Mal erkannt werden. Ich bin auch gut, die Centstücke wegzusortieren, wenn die alte Dame meint, die zwanzig Euro mit der Kleingeldsammlung bezahlen zu müssen.

»Ey, Alter, geht nich' neue Kasse?« Platz vier auf der Liste. Als ob ich, der ich an der Kasse sitze, etwas dafür könnte, dass eine andere Kasse nicht besetzt ist. Hab es übers Mikro schon vor zwei Minuten kundgetan, dass die Schlangen länger werden, dass wir eine dritte Kasse brauchen. Wenn dann niemand kommt, dann bin ich der, der angeraunzt wird.

Lebe mit den Kindern auf siebzig Quadratmetern. Könnte schlimmer sein. Ich meine, die Küche funktioniert, das Bad ist intakt. Und, ja, das Klo müsste mal erneuert werden. Aber, unterm Strich: Auch das Klo funktioniert. Meistens. Es verstopft nur manchmal. Wenn Cassy wieder eine halbe Rolle Klopapier auf einmal nutzt. Eigentlich bin ich Bäcker. Inzwischen bin ich auch Teilzeitklempner.

»Ey, Caesar, dein Handy klingelt die ganze Zeit«, sagt mir Rita über das Headset ins Ohr. Eine Kollegin. Die wohl gerade im Aufenthaltsraum sitzt. Wenn mein Handy die ganze Zeit klingelt, dann kann das nur ein schlechtes Omen sein. Normalerweise ruft mich niemand an. Nur dann, wenn wieder einmal irgendwo eine Katastrophe passiert ist. Ich hoffe, dass es nicht das Krankenhaus ist, das mir sagt, dass mein Schwiegervater dort mit einem Herzinfarkt liegt.

Über Mikro funke ich in die Weite: »Kann mich hier mal jemand ablösen? Nur für fünf Minuten?«

Keine Antwort.

»Ey! Mach mal nächste Kasse!« Die Stimme kenne ich schon. Sie ist kaum näher gerückt. Und heute ist nicht mal Samstag. Es ist ein simpler, verfickter Mittwochvormittag!

»Caesar, ich kann dich in zwei Minuten ablösen.« Ritas Stimme. Die Stimme meiner Göttin in diesem Moment.

Tatsächlich kommt Rita nach nur einer Minute auf mich zu. Mit ihrer Bargeldkasse unter dem Arm, die sie jetzt einklinken muss, damit ich mich ausklinken kann.

»Ey, Alte! Machst du mal neue Kasse auf!«

Rita macht es richtig. Sie ignoriert den Einwurf.

Ich klinke mich aus, gehe in den Aufenthaltsraum. Bin damit zum Glück auch von »Ey-Alter« befreit. Ich schaue auf mein Handy. Vier Anrufe von einer unbekannten Nummer. Ich rufe zurück.

Sofort meldet sich eine Stimme: »Schubert. Polizei Groß-Umstadt. Spreche ich mit Caesar Strauß?«

Ich nicke. Bin sprachlos. Polizei. Kann ich jetzt richtig gut gebrauchen.

Der Beamte deutet mein Schweigen richtig als Ja. »Mir gegenüber sitzt ein junger Herr, Christian Strauß. Leider haben wir ihn im Bus aufgegriffen. Ohne Fahrschein. Ohne Schülerausweis. Sie können ihn hier abholen. Auf dem Polizeirevier.«

Fuck!!! Habe ich meinem Sohn nicht die Kohle für die Monatskarte in die Hand gedrückt? Hat er sich damit das Ticket gekauft? Offensichtlich nicht. »Scheiße!«, brülle ich durch den Raum.

Proteus kommt rein. Ferdinand Proteus. Chef von das Ganze. »Herr Strauß, ich bitte Sie! Was war das denn jetzt? Die Kunden können uns hören! Diese Räume sind akustisch nicht abgetrennt vom Verkaufsraum!«

Fick dich!, denke ich. »Entschuldigen Sie bitte, familiäre Probleme«, sage ich.

»Ja. Die häufen sich in letzter Zeit. Da kann ich heute wirklich keine Rücksicht drauf nehmen. Sie sehen ja selbst, was los ist.«

Habe ich gerade noch gedacht, ich könnte jetzt vorzeitig Schluss machen und meinen Sohn bei der Polizei abholen, verpufft dieser Gedanke ebenso wie »Fick dich«. Chris wird wohl noch eine Weile bei der Polizei ausharren müssen. Vielleicht ist das für Chris auch heilsam …

FREITAG

Er war gegangen.

Und das war gut so.

Nachdem sie ihrem Kamin Ade gesagt hatte, war sie noch in die Disco gegangen. Immer wieder zog es sie in den Salsa-Salon. Noch zu Zeiten in Erfurt hatte sie den lateinamerikanischen Paartanz gelernt, in mehreren Wochenendseminaren. Sowohl die Musik als auch die Bewegung hatte ihr immer Freude bereitet. Während andere ihre Dates auf Tinder suchten, zog es sie eher auf die Tanzfläche.

Bei diesem Tanz spürte sie sofort, ob die Berührung ihres Partners angenehm war oder nicht. Das war die Art von Speeddating, die ihr mit Abstand am meisten zusagte.

Auch ihn hatte sie gestern dort kennengelernt, sogar zum ersten Mal gesehen. Es kam nicht oft vor, dass alleinstehende Herren – oder zumindest Herren allein – die Disco betraten.

Er war attraktiv gewesen, groß, trainiert, kantiges Gesicht, Dreitagebart, und die kleinen Stromstöße, die die Berührung seiner Hände auf ihrem Rücken und ihrer Schulter auslösten, hatte sie in letzter Zeit nicht oft verspürt.

Sie hatte nicht lange gezögert.

Vier Lieder. Dann fünf Küsse.

Dann ab zu ihr.

Klar, es barg immer ein gewisses Risiko, die Typen mit in ihre Wohnung zu nehmen. Und trotzdem. Jana mochte es, am Morgen in ihrem eigenen Bett aufzuwachen, wenn die Herren noch in der Nacht ihre Sachen gepackt hatten und gegangen waren. Nur einigen wenigen hatte sie klarmachen müssen, dass sie an einem gemeinsamen Frühstück kein Interesse hatte.

Risiko? Ja, mochte sein.

Aber was war schon ohne Risiko im Leben? Sie hatte Haiti überlebt. Und in der Wohnung eines One-Night-Stands konnte der Bursche die Fesseln bereithalten. In ihrer Wohnung gab es keine Fesseln.

Risikominimierung.

James war sein Name, kam aus Amerika. So hatte sie nicht nur ihre Verführungskünste, sondern auch ihr Englisch reaktivieren müssen. Na ja. Zur Not hätte es auch ohne Englisch funktioniert.

Jana trat unter die Dusche, gönnte sich Zeit bei der Körperpflege – von der Spülung fürs Haar bis zu den Cremes. Dann sah sie auf die Uhr: In einer halben Stunde würde sie die Studenten treffen, die das Chaos von Rainer Hauptmann ordnen würden.

Noch einen Kaffee aus ihrer alten Gaggia-Maschine – einer treuen Seele, wenn Kaffeemaschinen über so etwas verfügten.

Guter Kaffee.

Gutes Frühstück.

Sie konnte in den Tag starten.

Die Studenten waren pünktlich gewesen. Sie hatte den Arbeitsbereich für die jungen Mitarbeiter auf Zeit bereits eingerichtet.

»Hallo, Frau Welzer, das sind Peter, Jens und Valerie«, stellte Katharina ihre Kommilitonen vor. Die hoben zur Begrüßung die Hand.

»Prima, dann kann es ja losgehen«, sagte Jana.

Vor der Wand aus Kisten standen vier nagelneue Umzugskartons. Sie waren bereits zur fertigen Kiste gefaltet und leer. Daneben hatte sie einen kleinen Klapptisch aufgestellt. In einer weiteren Möbelkiste daneben befanden sich Büroutensilien: Leitzordner, Klarsichthüllen, Papier und Marker in Schwarz, Grün und Rot.

»Ihr geht folgendermaßen vor: Jeder von euch nimmt sich eine Kiste vor und lädt den Inhalt Stück für Stück und Blatt für

Blatt in eine der leeren Kisten. Wenn ihr irgendetwas findet, was nicht wie alte Zeitung, Prospekt oder Abfall aussieht, packt ihr es beiseite. Wenn einer von euch eine Kiste durchhat, kippt er den Inhalt wieder zurück in die Originalkiste, malt auf jede Seite mit dem grünen Marker einen Haken und signiert das Ganze bitte mit einem Namenskürzel, falls ich Rückfragen habe. So weit verstanden?«

Sie wusste, sie klang wie eine sechzigjährige Lehrerin mit Dutt und Hornbrille, und ihr war klar, dass auch ihr Gesichtsausdruck diesen Eindruck unterstrich. Aber sie musste diesen jungen Menschen klarmachen, dass sie keinen Fehler duldete.

»Logisch«, antwortete Jens. Für wie blöd hältst du uns eigentlich, war der Subtext seiner Antwort, unterstrichen durch ein etwas überhebliches Grinsen, wie Jana es empfand. Die anderen nickten nur. Jana ignorierte das und fuhr fort: »Wenn ihr irgendetwas gefunden habt, was auch nur halbwegs von Interesse sein könnte, packt ihr es in einen dieser Leitzordner.« Sie deutete auf die große Plastiktasche, in der sie sich befanden. »Hinein damit in eine Klarsichthülle, davor ein Trennblatt, darauf die Buchstaben- oder Zahlenkombination der Kiste.«

»Und wenn es nicht im Format DIN A4 ist?« Jens' Tonfall war eine kleine Spur schärfer geworden.

Jana sah ihm fünf Sekunden ins Gesicht, dann antwortete sie: »Dann haben Sie zwei Möglichkeiten: Entweder Sie zersägen es und packen es in eine Klarsichthülle, oder Sie falten es und packen es in eine Klarsichthülle. Ihre Wahl.«

Katharina konnte sich ein Grinsen nicht verkneifen. Sie kannte ihre Chefin.

»Und: Seid gründlich. Das ist viel wichtiger, als dass ihr irgendeinen Geschwindigkeitsrekord brecht. Ihr werdet nicht nach Akkord bezahlt.«

Die vier schwiegen.

»Noch Fragen?«, wollte Jana wissen.

»Die Guten ins Töpfchen, die schlechten ins Kröpfchen.

Und selbstverständlich haben wir auch unsere Handys dabei und dokumentieren alles, was wir tun.« Wieder Jens.

Jana sah Katharina an. »Du bist sicher, dass du hier die richtige Truppe zusammenhast?« Ihr entging nicht, wie Katharinas Blick einen kurzen Ausflug in Richtung Jens unternahm. Dennoch sagte sie: »Klar. Wir schaffen das.«

Auf eine unbestimmte und auch unangenehme Art fühlte Jana sich an einen Moment gut vier Jahre zuvor erinnert, als die Kanzlerin, die sie seinerzeit selbst gewählt hatte, ebenfalls verkündet hatte: »Wir schaffen das.« Bis heute war sie der Überzeugung, dass ihre Kanzlerin in diesem Moment richtig gehandelt hatte. Aber mit dem Schaffen war es dann doch nicht ganz so reibungslos vonstattengegangen wie erwünscht. Und irgendwie konnte Jana nicht die Überzeugung aufbringen, dass dies hier reibungslos über die Bühne gehen würde.

Von der Garage aus fuhr Jana direkt in ihr Büro. War ein Glückstreffer gewesen, als sie die Räume vor vier Jahren angemietet hatte. Sie lagen in der Pützerstraße 6 in Darmstadt, dem ehemaligen Ledigenwohnheim aus den Fünfzigerjahren. Oder der »Bullenburg«, wie die Darmstädter Bevölkerung das Gebäude liebevoll-despektierlich nannte. Nichtsdestotrotz: sechzig Quadratmeter im Erdgeschoss, direkt neben der Einfahrt zu den Garagen im Innenhof. Die jetzt auch nicht mehr als solche genutzt wurden. Denn der Innenhof diente dem Restaurant im Haus als Parkplatz.

Sie betrat das Büro. Es gab keinen Flur. Nachdem sie die Eingangstür geöffnet hatte, stand sie direkt im Hauptraum. Irina saß hinter dem Computer, wie Jana es erwartet hatte. Obwohl sie nur halbtags arbeitete, war sie die gute Seele des kleinen Unternehmens.

Die Räume waren perfekt geschnitten. Das Büro für die Mitarbeiter, in dem auch Irina saß, war großzügig bemessen mit seinen mehr als dreißig Quadratmetern. Neben der Toilette gab es noch eine kleine Küche und ein etwas größeres

Kabinett für das Archiv, abschließbar. Darin befand sich auch ein kleiner Server, ungefähr so groß wie eine Schuhschachtel.

»Hallo, Jana! Gibt es schon was Neues von Dr. Wiese?«, wurde sie von der Mitarbeiterin begrüßt.

»Einen kleinen Moment bitte«, bat Jana die Sekretärin. Dann betrat sie ihr Büro, dessen Zugang sich unmittelbar links neben der Eingangstür befand.

Sie hing ihre Jacke an die kleine Garderobe, dann setzte sie sich auf den Stuhl vor ihrem Schreibtisch. Das Büro maß knapp sechzehn Quadratmeter. Sie hatte es luftig eingerichtet. Ein Schreibtisch mit gläserner Tischplatte stand in einer Ecke des Raumes. Die Böden der beiden Regale waren ebenfalls aus Glas gefertigt. Zwei Möbel konterkarierten das moderne Ambiente: eine Chaiselongue, die stilistisch so gar nicht dazu passte, ihr jedoch immer die Möglichkeit gewährte, ein kurzes Nickerchen zu machen. Oft nutzte sie sie abends. Schläfchen von zehn bis halb elf, dann noch mal zwei Stunden Bürokruscht, bevor das eigene Bett rief.

Und dann stand da noch der Tresor. Er war etwas Besonderes. Vor mehr als hundert Jahren angefertigt, von einer Manufaktur H. Kuhn aus Berlin, damals ansässig in der Dresdener Straße 82. Viel mehr hatte sie nicht herausfinden können. Ihr Vater hatte ihn ihr geschenkt. Die letzten Worte ihres Vaters kamen ihr wieder ins Gedächtnis, unmittelbar bevor er sich aufgemacht hatte in die Justizvollzugsanstalt nach Frankfurt, um dort seine Haftstrafe anzutreten: »Bitte, Jana, tu mir den Gefallen und nimm den Tresor.«

Sie selbst hatte während ihrer Berliner Studienzeit auch in der Dresdener Straße in Kreuzberg gewohnt, dort, wo sie bereits Sackgasse war. Vielleicht hatte diese sentimentale Regung dafür gesorgt, dass sie den Tresor übernommen hatte. Vor vier Jahren erst, da war ihr Vater schon lange wieder entlassen gewesen.

Der Tresor sah aus wie eine mannshohe Standuhr ohne Uhr. Bestehend aus zwei fast würfelförmigen Aufsätzen über einem flachen Fußteil. Er war zu einer ähnlichen Zeit gebaut worden wie das Haus, in dem sie wohnte: vor mehr als hundert Jahren. Wie auch das Haus war der Geldschrank aufwendig verziert. Zwar bestand er aus massivem Metall, doch die Oberflächen waren so behandelt, dass sie wie Holz aussahen. Hinter der oberen Tür versteckten sich vier einzelne Schubladen, hinter der unteren ein großes Fach. Beschläge aus poliertem Messing verliehen dem Stahlschrank zusätzlich Würde. Viel beinhaltete der Tresor nicht, nur in einem seiner Einschübe etwas Bargeld. Ebenjene schwarze Kasse, aus der sie das Trinkgeld von Jörn Großeimers Mitarbeitern finanzieren würde.

Jana fuhr den Computer hoch, checkte ihre E-Mails, doch im Postfach befand sich nichts Weltbewegendes. Auch die Hausverwaltung hatte immer noch keinen Vermieter der Wohnung von Rainer Hauptmann benannt. Da würde sie noch einmal nachhaken müssen.

Sie stand auf. Würde jetzt mit Irina reden müssen. Über Dr. Wiese. Die Frage ihrer Mitarbeiterin nach dem Herrn lag nicht in ihrer Tätigkeit als Nachlasspflegerin begründet. Denn Jana Welzer arbeitete ebenso als Insolvenzverwalterin. Darin lag mehr Geld. Kaputte Firmen wieder auf Trab zu bringen oder mit möglichst wenig Verlusten abzuwickeln – auch das war ihr Ding. Irinas Job war es dabei, die Zahlen in Schach zu halten. Sie schrieb die Rechnungen, druckte die Mahnungen, passte auf, dass das, was Jana tat, irgendwann auch in Euro auf dem Konto landete.

Dr. Wiese war der Inhaber einer mittelständischen Fabrik, die Medizingeräte im Hightech-Bereich herstellte. Beatmungsgeräte und solche Sachen. Eigentlich eine sichere Bank. Die Geräte waren ausgeklügelt, hatten zahlreiche Auszeichnungen erhalten. Alles paletti, sollte man denken. Und dann Streit unter den beiden Firmenbesitzern.

Dr. Wiese. Und Dr. Wiese. Oder, etwas einfacher: Karl Wiese und Balthasar Wiese. Beide jeweils zu fünfzig Prozent an der Firma beteiligt. Beide jeweils dasselbe Mitspracherecht. Nicht einfach, wenn es galt, weitreichende Entscheidungen zu treffen. Jana freute sich immer über Unternehmen, in denen es eine ungerade Zahl an Vorständen gab, drei, fünf oder nur einen Einzelnen, der die Entscheidungen zu treffen hat. Das sicherte eine eindeutige Mehrheit bei Abstimmungen. Bei Firmen, in denen es zwei oder vier Vorstände gab, waren die Abstimmungsprozesse oft deutlich komplizierter.

Im Falle von Wiese und Wiese war der eine Wiese gegangen. Vielmehr gegangen worden. Vor zwei Jahren. Seitdem verdienten sich Anwälte eine goldene Nase, wenn es darum ging, dass der amtierende Wiese dem ausgeschiedenen Wiese Geld zukommen lassen sollte.

Karl Wiese, jetzt der einzige Inhaber der Firma, war völlig überfordert damit, zum einen die Firma effizient zu leiten und zum andern sich gegenüber den überzogenen Ansprüchen seines Bruders zu wehren. Balthasar Wiese würde sehr viel Geld bekommen. Das wusste er. Darüber gab es keinen Streit. Nur träumte er davon, alles sofort zu erhalten. Dadurch würde die Firma an die Wand gefahren. Karl Wiese hingegen wollte seine Firma solvent erhalten. Und den Bruder über Jahre hinaus Stück für Stück auszahlen. Der Streit eskalierte, die Firma wurde zahlungsunfähig.

Der Vorteil einer Insolvenz: Gibt es einen Insolvenzverwalter, gibt es plötzlich einen objektiven Dritten, dem es tatsächlich nur darum geht, eine Firma zu retten. Alle persönlichen Befindlichkeiten treten dahinter zurück. Gerade im Falle Wiese und Wiese war sich Jana mehr als Psychotherapeutin vorgekommen denn als Betriebswirtschaftlerin. In inzwischen drei Zusammenkünften, bei denen Wiese und Wiese, deren Rechtsvertreter und Jana an einem Mahagonitisch saßen, der Insolvenzantrag schwarz auf weiß auf demselben lag, waren sie inzwischen ein gutes Stück weitergekommen, Kompromisse zu finden. Jana schätzte, dass es noch einiger weiterer Sitzungen bedurfte, bevor Balthasar Wiese sich auf eine realistische Auszahlung seiner Anteile einlassen würde. Und es bedurfte dieser Treffen auch, damit Karl erkannte, dass er Balthasar wirklich würde auszahlen müssen, er dafür aber künftig der alleinige Entscheider sein konnte.

Jana trat in das große Büro. Seufzte. Tief. Dann sagte sie: »Ja, im Fall Wiese gibt es etwas Neues. Auf der Fahrt hierher habe ich noch einmal mit Karl Wiese telefoniert. Am Dienstag wird es ein weiteres Treffen zwischen ihm, seinem Bruder, den Rechtsanwälten und mir geben. Es wird nicht das letzte sein. Aber ich bin optimistisch, dass die Wiese GmbH das überleben wird.« Und wer weiß, dachte sie, irgendwie finde ich es beruhigend, wenn es eine Firma gibt, die über gutes Knowhow im Bereich der Beatmungsgeräte verfügt.

»Und im Fall von diesem Rainer Hauptmann? Was ist da der Stand?«

Jana seufzte abermals, aber nur leise. Irina wusste genauso viel wie sie selbst über den Fall. Denn immer wenn sie etwas Neues in Erfahrung gebracht hatte, informierte sie ihre Bürokraft. Wenn Jana etwas hasste, war es eine nicht vollständig geführte Dokumentation. Und sie, Jana, war die Letzte, die sich da einen Fehler erlaubte. »Du bist auf dem neuesten Stand«, antwortete Jana.

»Was steht heute noch an?«, wollte Irina wissen.

»So, wie es aussieht, passiert heute nur noch wenig. Ein paar Helfer werten die Hinterlassenschaft von Hauptmann aus.«

»Traurig, traurig«, sagte Irina. »Ich habe einen Onkel, der hat sich auch umgebracht. Ist auch gesprungen. Allerdings von einer Brücke vor einen Zug.«

Jana nickte.

So viele Informationen wollte sie eigentlich gar nicht erhalten.

Zwei weitere Fälle hatte Jana Welzer noch parallel zu bearbeiten. In einem Fall galt es, Erben, die sie ermittelt hatte, anzuschreiben. Im anderen musste ein Nachlass unter zerstrittenen

Erben aufgeteilt werden, nachdem bereits im Vorfeld Gelder hin und her geschoben worden waren.

Dabei musste sie sich mit viel Papierkram herumschlagen – wie man das früher nannte. Heute lagerte der Großteil aller Dokumente ja auf Festplatten und Servern. Hieß es nun »Dateikram«? Auch Jana ließ Irina inzwischen all jene Dokumente digitalisieren, bei denen es möglich und zulässig war.

Das hat Vorteile, aber ebenfalls eine Reihe von Nachteilen: Selbstverständlich war es sehr komfortabel, nach allen möglichen Begriffen, Aktenzeichen und Namen schnell im elektronischen Karteikasten suchen zu können. Doch wehe, der digitale Gott schickt ein Sturmgewitter hinab auf Janas Rechnersystem – dann dauerte es Stunden, manchmal Tage, bis alles wieder so funktionierte, wie es sollte.

Eine von Janas Stärken war, sehr strukturiert zu denken. Von der Vorgehensweise in einem konkreten Fall bis hin zu den Strukturen der elektronischen Ablage behielt Jana stets den Überblick. Und sie war auch in der Lage, diesen Strukturen konsequent zu folgen und sie gegebenenfalls anzupassen, wenn es notwendig wurde. Eine von Janas Schwächen jedoch lag im fast körperlichen Unbehagen, das sie befiel, wenn sie sich mit der Technik hinter Tastatur und Bildschirm auseinanderzusetzen hatte. Es musste funktionieren. Alles andere interessierte sie nicht.

Über die Jahre hatte sie mehrere EDV-Firmen verschlissen. Sie alle hatten das Blaue vom Himmel herunter versprochen: »Alles easy«, »No problem«, »Klar beseitigen wir jede Störung in Ihrem System innerhalb einer Stunde«. Das mit der einen Stunde hatte niemals geklappt. Was Jana dabei am meisten nervte, waren die Ausreden, mit denen die Techniker ihre eigene Unfähigkeit zu kaschieren suchten. So hatte es Jana zumindest wahrgenommen. Denn sie kannte es ja auch anders: Ihr erster EDV-Crack, Gerhard Blecher, er war ein Einzelkämpfer gewesen, der tatsächlich aller Probleme schnell, gründlich und vor allem nachhaltig Herr geworden war. Und das zu einem vernünftigen Preis. Das einzige Mal, wo er nicht aufgepasst hatte, war ihm zum Verhängnis geworden: ein Stromschlag, zweihundertzwanzig Volt, Kammerflimmern, Herzstillstand. Zum Glück hatte sich dieser Unfall nicht in Janas Räumen ereignet, sondern in Blechers eigener Wohnung. Keine der Firmen, die sie danach beauftragt hatte, hatten Blecher auch nur annähernd das Wasser reichen können. Von der letzten Firma hatte sie sich gerade getrennt, nun stand ganz oben auf der To-do-Liste, hier für Ersatz zu sorgen. Möglichst fähigen Ersatz.

Jana hatte an diesem Freitagvormittag bereits einiges weggeschafft. Sie klickte sich auf einem Bewertungsportal für EDV-Support von Meinung zu Meinung. Und spürte, dass sie dafür nicht in der richtigen Stimmung war. Das innere Teufelchen bezweifelte jede Lobeshymne mit einem zynischen »Ist sicher gekauft!« und etikettierte jeden Verriss mit »Ich hab's doch gewusst!«. Vielleicht sollte sie sich besser am Anfang der kommenden Woche damit auseinandersetzen.

Freitags erledigte sie am liebsten reine Ablagearbeiten. Dinge, die keinerlei Kreativität erforderten. Dann konnte man am Nachmittag entspannt ins Wochenende gehen.

Und was würde sie an diesem Wochenende unternehmen? Doch weiterarbeiten? Abends in den Salsa-Salon? Oder einfach nur ein Abend mit Freund Netflix auf der Couch? Oder Freund Tolino?

Das Klingeln des Smartphones unterbrach ihre Gedanken. Jörn war am Apparat: »Hallo, meine Liebe, kann ich gerade bei dir vorbeikommen, das Geschäftliche regeln?«

»Klar, ich bin im Büro.«

Janas Blick fiel abermals auf den Tresor, der in ihrem Büro stand.

Sie hatte den Tresor tatsächlich in ihr Büro schaffen lassen, auch wenn sie eine Zeit lang damit gehadert hatte. Wenn ihr verdammter Vater auf ihr Leben irgendeinen positiven Einfluss gehabt hatte, dann wenigstens den, ihr Gefühl für alte, schöne, erhaltenswerte Objekte geschärft zu haben.

Der Tresor wog mehr als ein Klavier. Wahrscheinlich ungefähr sogar noch deutlich mehr als ein fetter Konzertflügel. Gut, dass der Boden des vor gut fünfzehn Jahren nicht nur restaurierten, sondern komplett entkernten Gebäudes das aushielt. Wüsste man nicht, wie viel er wöge, hätte man ihn für einen leichtfüßigen Kleiderschrank gehalten.

Sie stand auf und ging zu dem eisernen Boten der vermeintlichen Unsterblichkeit. Sie öffnete die obere Tür, zog die obere linke Schublade hervor. Darin befand sich genug Bargeld, um Jörns Angestellte zu bezahlen. Zwar hatten diese in der Wohnung keine weiteren Bargeldbestände mehr aufgespürt, aber sie hatte ja jedem hundert Euro versprochen. Jana entnahm die nötigen Scheine.

Sie schob die Lade zurück, dann verschloss sie den stählernen Tross. Und während sie den Schlüssel drehte, hörte sie, wie die ausgeklügelte Mechanik im Innern jedem anderen ohne Schlüssel den Zugang versperrte.

Ihr Vater hatte diesen Tresor geliebt.

Sie liebte diesen Tresor.

Und es gefiel ihr gar nicht, dass sie beide dieses Gefühl teilten.

Zehn Minuten später war Jörn im Büro eingetroffen. Sie wollte ihm einen Kaffee anbieten, doch er lehnte ab.

»Sorry, ich muss gleich weiter.« Mit diesen Worten legte er eine ausgedruckte Rechnung auf Janas Schreibtisch.

Sie drückte ihm die vier Hunderter in die Hand. Ein Schein für jeden Helfer. Jörn würde leer ausgehen. Zumindest, was das Schwarzgeld anging. Die Leistung seines Unternehmens wurde per Überweisung beglichen. Und Jörn hatte sich immer darauf verlassen können, dass das Geld am folgenden Tag bezahlt wurde, nachdem er die Abrechnung abgeliefert hatte.

Nachdem Jörn gegangen war, befand Jana, es wäre an der Zeit, nochmals an der Garage vorbeizuschauen. Eigentlich hätte sie jetzt nach Hause fahren können. Den Kamin anzünden, sozusagen. Aber ihre Intuition verlangte, den jungen Menschen doch noch mal auf die Finger zu schauen. Ganz besonders diesem Jens. Und sie wollte einfach sehen, wie weit die Studenten gekommen waren.

Jana hatte sich keine Mittagspause gegönnt. Es war inzwischen sechzehn Uhr. Sie loggte sich aus, fuhr ihren Rechner herunter, dann verließ sie das Büro. Irina war bereits um ein Uhr gegangen. Jana schloss die Tür zum Büro, dann ging sie zu ihrem Wagen, der im Innenhof stand. Sie hatte mit den Besitzern des Restaurants einen Deal ausgehandelt. Fünfzig Euro im Monat, und sie durfte mit ihrem Wagen dort stehen, wann immer sie wollte. Somit gab es keinen Parkplatz, der die Buchstaben- und Zahlenkombination ihres Nummernschilds trug. Aber einen Platz, der tagsüber frei war.

Per Knopfdruck entriegelte sie ihren roten Jaguar-Kombi. Jana liebte Sportwagen. Aber sie musste immer wieder Kisten voller Unterlagen hin und her transportieren. Und der Jaguar XF-Kombi war einfach die eleganteste und gleichzeitig sportlichste Art, eine Tonne Hinweise zu verfrachten … Als ihr Händler ihr den Leasingrücklauf angeboten hatte – in Rotmetallic, mit dem 3-Liter-Diesel-Turbo und Vollausstattung zu einem unschlagbaren Preis –, da hatte sie zugeschlagen.

Sie fuhr in Richtung Heimstättensiedlung. Zehn Minuten später erreichte sie die Garage.

»Und? Wie weit seid ihr?«, fragte Jana, als sie den Raum betrat.

Katharina wandte sich ihr sofort zu. »Alles cool. War wirklich ein Messie. Was der alles in den Kisten aufbewahrt hat – echt gruselig. Das Schlimmste ist die Vorstellung, dass man selbst auch einmal so enden könnte.«

»Habt ihr was gefunden?«

Katharina deutete mit einer Kopfbewegung in Richtung der Umzugskartons. »Nur Schrott! Er hat Prospekte geliebt. Papier in allen Variationen. Da sind die Kisten voll von …«

Achtzig Umzugskartons mit grünem Haken zählte Jana. Achtzehn trugen kein Namenskürzel. Sie nahm eine der unsignierten Kisten vom Stapel. Öffnete sie.

»Wirklich nur Schrott?«

»Ja, sag ich doch«, erwiderte Katharina.

»Von wem ist diese Kiste?«

Zwei Blicke wandten sich einer Person zu. Jens schaute Richtung Decke.

»Ich hab gesagt: Namenskürzel.«

Jana hörte, wie Jens Luft einsog, um etwas zu entgegnen, aber ein Rippenstoß von Katharina ließ ihn innehalten.

Jana konnte nicht sagen, was sie trieb. Definitiv das Gefühl, dass hier etwas schieflief. Janas Arme verschwanden in den papierenen Untiefen. Das *Darmstädter Echo* von 2004. Abermals Prospekte. 2011 – eine Sonderaktion auf der Kart-Bahn in Groß-Zimmern. 2012 – eine Rabattaktion ebenfalls in Groß-Zimmern, diesmal von einer Saunalandschaft.

Sie ließ nicht nach. Sie wusste, sie würde irgendetwas finden.

Katharina stand ein wenig irritiert neben der Kiste. »Jana, ist alles okay?«

In dieser Kiste hatte sie nichts entdecken können. Sie stellte sie zurück. Griff nach einer anderen, die nicht markiert war.

Sie öffnete die Kiste, wühlte sich ebenfalls Stück für Stück nach unten. Auch dieser Inhalt bot auf den ersten Blick nur: Müll. Sie wollte den Karton schließen, trat dabei einen Schritt nach hinten. Blieb aber mit dem Absatz ihres rechten Schuhs in einer kleinen Unebenheit im Boden hängen. Eben ein Garagenboden, kein Laminat. Beim Versuch, ihr Gleichgewicht durch einen beherzten Griff zur Kiste zu wahren, landete Jana auf ihrem Allerwertesten, und die Kiste kippte um. Mit dem Ergebnis, dass sie nun in einem Wust von Papiermüll saß. Die vier anderen eilten sofort herbei, um das Papier wieder zurückzubefördern. In dem Augenblick rief Jana: »Stopp!« Zwischen einer Gutscheinliste von McDonald's und einem Prospekt von

TeeGeschwendner schaute die Ecke eines weiteren Papierstücks hervor. Jana konnte es sofort identifizieren: ein Stempel, über dem Stempel eine Unterschrift, das Ganze auf typisch blassem, hellgrünem Untergrund: ein Rezept, ausgestellt von einem Arzt, auf jenem grünen Rezeptpapier, auf dem er ein frei verkäufliches Medikament empfohlen hat. Jana zog es heraus, überflog es.

Name und Unterschrift des Arztes kannte Jana: Johannes Volt. Er war auch ihr eigener Hausarzt. Das Mittel, das er verschrieben hatte: Copabus, ein Mittel, das ihr ebenfalls vertraut war. Eine Mischung aus Schmerzmittel und Krampflöser, besonders für den Bauchbereich – sprich: ein Mittel gegen Regelschmerzen.

Jana richtete sich wieder auf, während die vier anderen den Karton einräumten.

Was suchte solch ein Dokument in diesem Behälter?

Das Rezept war auf den Namen Lotte Löwenthal ausgestellt. Die Adresse war identisch mit jenem Haus, in dem auch Rainer Hauptmann gewohnt hatte. Das Ausstellungsdatum lag jedoch bereits fünf Jahre zurück. Wie kam ein solches Rezept in Rainer Hauptmanns Wohnung? Und wie um alles in der Welt verirrte es sich in diesem ganzen Papiermüll, der, der Buchstabenkombination auf der Kiste nach zu urteilen, offensichtlich aus dem Schrank im Schlafzimmer stammte? Dieser Fund befeuerte Janas Instinkt, dass irgendetwas in dieser Wohnung nicht gestimmt hatte. Dass irgendetwas mit Rainer Hauptmann nicht stimmte. Und dass die sauber gestapelten zwanzigtausend Euro in einem Briefumschlag ungefähr dem entsprachen, was von einem Eisberg aus dem Wasser ragte. Und darunter gab es eine Geschichte, eine Erklärung, wie das alles zusammenpasste. Und vielleicht auch irgendeinen Erben.

Janas Zorn wuchs. Diese verdammten angehenden Schmalspur-Akademiker waren nicht einmal in der Lage gewesen, ein Rezept aus dem Müll zu fischen. »Was, bitte, hattet ihr vor, damit zu unternehmen?«, fragte sie Jens. Und ihr Tonfall war leise. Ganz leise. Katharinas Teint wurde blass. Sie deutete den Gesichtsausdruck und die Tonlage ihrer Chefin wohl richtig. »Habe ich mich vorhin nicht deutlich genug ausgedrückt? Welchen Teil von ›alles, was kein Müll ist, bitte aufheben‹ hast du nicht verstanden?«

Jens schwieg.

Jana fuhr fort, und ihre Stimme wurde nun lauter: »Darum, genau darum geht es bei dieser ganzen Geschichte! Genau solche Sachen zu entdecken! Und ihr haut diese Papiere in die Tonne?« Auch diese Standpauke passte zum Bild der Lehrerin, das sie bereits heute früh von sich selbst entworfen hatte. Es machte keinen Sinn, mit ihnen zu diskutieren.

Nun wieder in Zimmerlautstärke fuhr sie fort: »Freunde, für so etwas kann ich euch nicht gebrauchen! Da kann ich auch gleich alles direkt zur Müllverbrennung fahren lassen! Oder die ganzen Kisten selbst durchsuchen.«

Katharina wurde noch blasser. Ja, wenn ein Gespenst jemals Hautfarbe annehmen würde, wäre es wahrscheinlich diese Version von blass. Für Katharina stand einiges auf dem Spiel. Sie verlor nicht nur diesen einen Job, sondern ein finanzielles Standbein.

»Ey, ich will mein Geld!« Jens war sicher einen Kopf größer als Jana. Doch Jana trat ihm gegenüber, auf eine Distanz von nicht mal zwanzig Zentimetern. Sie sah ihn von unten an. »Wenn ihr euren Job richtig gemacht hättet, hättet ihr einen dicken Bonus bekommen. Aber diese Scheiße hier, die bezahle ich nicht. Macht, dass ihr vom Acker kommt!«

Der große Kerl sah auf sie herab. Doch instinktiv schien er zu spüren, dass eine körperliche Auseinandersetzung nur Ärger nach sich ziehen würde. Er trollte sich.

»Bist du sauer?«, fragte Katharina. Eine ähnlich intelligente Frage wie jene, ob der Papst katholisch wäre.

»Ich hatte dir gesagt, es ist ein diffiziler Fall. Dass ich gute Leute brauche. Sorry, Katharina, Sippenhaft. Gib mir den Schlüssel! Und dann macht euch alle vom Acker!« Jana neigte nicht zu verbalen Derbheiten. Nur deshalb sprach sie von »Verlassen des Agrarlandes« und nicht von einer Metapher, die sich auf flüssige Körperausscheidungen nach der Verdauung bezog. Sie zahlte gut. Und dann wollte sie, verdammt noch mal!, auch gute Ergebnisse sehen. Und das hier – das ging gar nicht.

Katharina legte den Garagenschlüssel wortlos in Janas Hand, wandte sich um und ging. Die anderen beiden murrten, folgten dann aber ihrer Kommilitonin.

Jana sah sich erneut um.

Sie stöhnte. Die achtzig Kisten würde man noch einmal komplett durchpflügen müssen.

Dann verließ sie den Raum und schloss das Tor ab.

Auf dem Weg zu ihrem Auto sah sie nochmals aufs Handy. Eine E-Mail war eingegangen. Von einer Dame der Hausverwaltung im Lucasweg. Xaver Müller hieß der Eigentümer der Wohnung, die er an Rainer Hauptmann vermietet hatte. Na endlich!

Jana saß auf ihrer Couch, doch der Kamin musste noch warten, auch wenn es draußen bereits dunkel war.

Eine Tasse Tee stand auf dem flachen Wohnzimmertisch, grüner Tee mit Ingwer-Orange-Aroma. Im Winter trank sie nur Wein, wenn der Kamin brannte. Im Sommer nicht, bevor die Sonne untergegangen war. Meistens hielt sie sich daran.

Sie googelte auf dem Laptop nach dem Namen »Lotte Löwenthal«. Tatsächlich fand sie den Namen auf Anhieb. Und zum Glück in Darmstadt nur einmal. Da standen die Chancen nicht schlecht, dass es sich wirklich um die richtige Lotte handelte. Frau Löwenthal wohnte in der Rüdesheimer Straße, nicht weit vom TÜV entfernt. Sie hatte einen Festnetzanschluss und lebte offensichtlich mit einem Mann zusammen: F. Haber, so gab es das elektronische Telefonbuch der Telekom preis.

Wenn Sie schon einmal dabei war, überprüfte Jana gleich,

was sie auf Anhieb noch über diese Dame herausfinden konnte. Unter ihrem Klarnamen hatte sie sowohl einen Account bei Facebook als auch bei Instagram. Dort hatte sie zahlreiche Fotografien gepostet. Die Motive glichen sich: Stars der Fotoserien waren immer eine graue Maus, eine weiße Maus und eine braune Ratte, mal in einer Wohnung, mal in einem Käfig. Na gut, dachte Jana, wenigstens mal was anderes als Katzenbilder.

Auf Facebook offenbarte Lotte Löwenthal ihr Alter: fünfundvierzig. Ihr Sternzeichen war Löwe, und sie war »in einer Beziehung«, wie es Facebook formulierte.

Lotte Löwenthal war eine attraktive Frau. Wallende Lockenpracht zierte ihr Haupt, und Jana konnte sich gut vorstellen, dass die Dame mit der Bändigung des Haares oftmals haderte. F. Haber, dessen Vorname sich als Fritz herausstellte, konnte man ebenfalls durchaus als gut aussehend bezeichnen. Wenn auch seine Locken inzwischen der blanken Kopfhaut Platz gemacht hatten.

Jana griff zum Handy, wählte die Nummer des Festnetzanschlusses.

»Löwenthal«, meldete sich eine Frauenstimme, in deutlich höherer Tonlage, als Jana es erwartet hätte.

Jana stellte sich vor, nannte ihren Beruf und teilte Frau Löwenthal mit, dass sie ein ärztliches Rezept gefunden habe, ausgestellt auf ihren Namen und einer Adresse im Lucasweg.

»Ja, da habe ich mal gewohnt. Aber ein Rezept? Ich wohne dort schon eine Weile nicht mehr.«

»Dürfte ich vielleicht vorbeikommen, und wir sprechen kurz persönlich miteinander?« Es war ein Tick von ihr. Während die ganze Welt nur noch in einer Handyblase durch das Leben blubberte, war es ihr schon immer lieber gewesen, sich mit Menschen von Angesicht zu Angesicht zu unterhalten. Lotte Löwenthal mochte die Frage seltsam vorkommen, doch für Jana war es die natürlichste Frage der Welt.

Das Namensschild an der Haustür des schmalen Reihenhauses war aus gebranntem Ton gefertigt und glasiert: »Löwenthal und Haber« zeigte die Aufschrift. Das »und« war von einem glänzenden Herz umringt.

Jana klingelte. Unmittelbar darauf wurde die Tür geöffnet. Lotte Löwenthal war kleiner, als Jana es aufgrund der Fotos in den sozialen Medien erwartet hätte. Trotz der eisigen Temperaturen trug sie ein modisches Kleid, das ihre Rundungen sehr positiv unterstrich. »Frau Welzer?«

Frau Löwenthal bat Jana herein, führte sie durch den schmalen Flur in ein Wohnzimmer. Der Raum füllte die Breite des ganzen Hauses. Die Querseite bestand aus einer opulenten Glasfront. Dahinter befand sich sicher ein Garten, den Jana jedoch nicht erkennen konnte, weil die Deckenbeleuchtung bereits eingeschaltet war und das Glas wie ein etwas dumpfer Spiegel wirkte. Sie nahm nur ein paar LED-Leuchten wahr.

»Nehmen Sie doch Platz«, offerierte Lotte Löwenthal und deutete auf ein schmales Ledersofa. Auch die anderen Möbel im Raum waren durch die Bank eher schmal gehalten, weshalb sie trotz der geringen Grundfläche die Bewohner nicht durch ihre Wucht erschlugen.

Lotte Löwenthal ließ sich ihrerseits auf einem Sessel nieder. Sie hatte Jana nichts zu trinken angeboten, und diese verstand: Die Unterhaltung sollte kurzgehalten werden.

Jana griff in ihre Handtasche, zog das Rezept heraus und reichte es Frau Löwenthal.

Sie blickte darauf, dann überzog eine feine Röte ihre Wangen. »Ja, brauche ich immer mal wieder«, flüsterte sie, legte das Rezept auf den Couchtisch. Jana erkannte den Tisch. Auch er war ein Utensil bei einigen der Fotografien von den Mäusen und der Ratte gewesen.

»Haben Sie eine Ahnung, wie dieses Rezept in die Wohnung von Rainer Hauptmann geraten ist?«

»Nein, habe ich nicht.«

»Kennen Sie Rainer Hauptmann?«

Lotte Löwenthal nickte. »Ja. Er war mein Nachmieter. Ich bin vor zweieinhalb Jahren aus der Wohnung ausgezogen, um hier bei Fritz einzuziehen. War ein bisschen ein Kampf, bis ich einen Nachmieter hatte, der meinem Vermieter gepasst hat. Denn ich wollte ein paar Monate vor der eigentlichen Kündigungsfrist ausziehen. Mein Vermieter, der war schon sehr pingelig.«

»Und wie sind Sie auf Rainer Hauptmann gekommen?«

»Ich hab einen Riesenfehler gemacht. Ich hab eine Anzeige auf einem großen Internetportal geschaltet. Ich hatte die Anzeige genau achtundvierzig Stunden lang online, und in dieser Zeit haben sich fünfhundert Menschen darauf gemeldet. Fritz hat mir geholfen. Ich habe gedacht, ich müsste allen fünfhundert antworten, aber Fritz hat nur die ersten fünfzig gespeichert und die anderen vierhundertfünfzig sofort gelöscht. Von den fünfzig hat er dann alle Studenten aussortiert – denn es war klar, dass mein Vermieter niemals an einen Studenten oder eine WG vermietet hätte. Blieben noch fünfzehn. Drei Freiberufler hat Fritz auch gleich gekickt, blieben noch zwölf. Zwei Frauen, alleinerziehend mit Kleinkindern – ebenfalls raus, denn auch das hätte mein Vermieter nie akzeptiert. Zehn unterm Strich, die haben wir uns alle angeguckt. Und Rainer Hauptmann – ja, ich hab mir sofort gedacht, dass das der Traumkandidat für meinen Vermieter sein würde. Regelmäßiges Gehalt, alleinstehend, keine Freundin. Auch nicht schwul, wie Fritz ihn völlig ungeniert gefragt hatte. War mir ganz schön peinlich. Aber Fritz war da einfach realistisch und pragmatisch: Nicht wir waren die Ewiggestrigen, sondern unser Vermieter war so einer. Na ja, drei haben wir dann ausgesucht, und Herr Hauptmann ist es geworden.«

»Und wann war das?«

»Ich bin am 8. August vor knapp zweieinhalb Jahren umgezogen.«

»Hatten Sie zu ihm dann noch einmal Kontakt?«

Wie durch einen unsichtbaren Dimmregler gesteuert, wandelte sich das Rosé der Wangen wieder in tiefes Rot. »Ja, einmal noch. Das war, ein paar Tage nachdem er eingezogen war. War mir furchtbar peinlich. Denn meine Umzugshelfer hatten zwar alles aus der Wohnung mitgenommen, auch die Sachen aus dem Keller, aber eben nicht das Altpapier. Ich hatte in dem Keller immer ein paar Stapel davon stehen. Die Altpapiertonnen neben dem Haus, die quollen immer über. Und wenn dann dort wieder mal alles voll war, habe ich das Altpapier halt im Keller zwischengelagert. Und da hatten sich über die Zeit ein paar Stöße angesammelt. Sie wissen schon: Prospekte, das *Echo* – na ja, was halt alles so im Altpapier landet. Ich bin dann extra mit Fritz' großem Auto hingefahren, um das noch abzuholen.

Ich hab bei Herrn Hauptmann geklingelt, er wollte mich aber gar nicht empfangen, hat mich schon an der Haustür abgeblockt. Ich sagte, ich wolle ihn unbedingt sprechen. Aber er hat mich nicht reingelassen – und ich hatte ja keine Schlüssel mehr. Also habe ich ihm über die Gegensprechanlage erklärt, dass es mir leidtäte, dass ich das Papier in seinem Keller zurückgelassen hatte und ich es jetzt ausräumen möchte.« Lotte Löwenthal verstummte.

»Und dann?«

Frau Löwenthal sah Jana direkt an: »Das war total seltsam. Er hat nur gesagt, er habe sich bereits selbst darum gekümmert, das Papier läge nicht mehr im Keller. Dann hat er sich nicht einmal verabschiedet. Ich glaube, er hat mich da schon weggedrückt. Ich habe immer noch in die Gegensprechanlage gesprochen, aber es kam keine Reaktion mehr.«

Wieder pausierte sie. Dann schüttelte sie den Kopf: »Aber wie dieses Rezept in seine Wohnung gekommen sein soll, da habe ich überhaupt keine Vorstellung von. Kann sein, dass es bei mir mal versehentlich irgendwie ins Altpapier geflattert ist. Aber wieso kommt es dann in seine Wohnung?«

Nun, dazu hatte Jana eine ziemlich konkrete Vorstellung: Rainer Hauptmann wird sich gedacht haben, dass es viel zu schade war, die Stapel kostbaren Altpapiers aus dem Keller seiner Vormieterin einfach wegzuwerfen. Da war es doch sicher besser, das Zeug hinauf in die sicheren Gefilde seiner Wohnung zu tragen und im Schlafzimmerschrank zu verstauen. Sodass niemand das wertvolle Gut würde stehlen können …

»Wollen Sie den Namen und die Adresse meines ehemaligen Vermieters haben?«

»Die habe ich.« Seit einer Stunde. Aber das sagte Jana nicht. Sie bedankte sich für das Gespräch und verabschiedete sich.

»Was wollen Sie?«, wollte der Herr am anderen Ende der Leitung wissen.

Jana versuchte es abermals zu erklären: »Herr Müller, ich bin die Nachlasspflegerin, die den Nachlass von Rainer Hauptmann verwaltet. Ich bin auf der Suche nach Erben dieses Mannes. Und Sie waren sein Vermieter. Deshalb möchte ich gerne mit Ihnen sprechen. Vor allem aber möchte ich einen Blick in den Keller seiner Wohnung werfen. Bis vor Kurzem wusste ich noch gar nicht, dass zu der Wohnung auch ein Keller gehört.«

»Und was pflegen Sie genau?«

Jana begriff, dass sie hier etwas anders vorgehen musste. »Herr Müller, ich bin nicht sicher, aber es kann sein, dass im Keller der Wohnung im Lucasweg, in der Rainer Hauptmann gelebt hat, noch ein paar Wertgegenstände lagern. Hauptmann ist verstorben. Und da Sie der Vermieter sind – nun, vielleicht gibt es da sogar so etwas wie Finderlohn.«

»Finderlohn? Klingt gut.«

Aus der Beschreibung von Lotte Löwenthal hatte Jana sich ein grobes Bild von Xaver Müller gezimmert und Rahmen, Leinwand und Farbkleckse offenbar an den richtigen Stellen platziert. »Aber dazu müssten wir einen Blick in den Keller werfen können. Und Sie müssen mir noch ein bisschen was zu Rainer Hauptmann erzählen.«

»Soso, Sie wollen in den Keller gehen. Ich hab im Moment

ein Gipsbein. Aber erzählen kann ich Ihnen was. Also, wenn es Finderlohn gibt ...«

Jana fühlte sich ein wenig an die Comicfigur erinnert, die sie schon als kleines Mädchen verachtet hatte: Dagobert Duck. In diesem Fall: Dagobert Duck mit Gipsbein. »Kein Problem. Ich kann zu Ihnen kommen.«

»Sie wissen doch gar nicht, wo ich wohne!«

Da täuschte sich der Herr, aber Jana war die Letzte, die ihn jetzt korrigieren würde. »Würden Sie mir vielleicht Ihre Adresse verraten?«

Xaver Müller nannte seine Anschrift. Ein Haus in der Straße Am Löwentor, in einer der edleren Lagen Darmstadts gelegen.

»Wenn es Ihnen recht ist, dann käme ich jetzt noch vorbei«, sagte Jana.

»Rotwein oder Weißwein?«, wollte ihr Gesprächspartner wissen.

Womit Jana nun auch etwas über die Rubrik »Beziehungsstatus« ihres Gegenübers erfuhr. »Sehr gern einen Tee«, antwortete sie.

Keine Viertelstunde später saß sie wieder auf einer Ledercouch. Diese jedoch entsprach der XXL-Version gegenüber jener im Häuschen von Lotte Löwenthal. Xaver Müller wohnte nicht, Xaver Müller residierte. Und immer wieder spendierte er Jana, völlig umsonst, ein Augenzwinkern. Es tat nichts zur Sache, dass er mindestens fünfundzwanzig Jahre älter war als sie. Und aussah wie ein lässiger Martin Luther. Schwarze Jogginghose, schwarzer Hoody und exakt die Tonsur, mit der der Reformator immer porträtiert worden war. Konnte man als cool interpretieren. Oder auch als nicht ganz zeitgemäß. Jana hatte sich noch nicht entschieden.

»Frau Welzer, was wollen Sie von mir wissen?«

Wenn Jana das Lächeln dieses Mannes sah, fühlte sie sich augenblicklich an Schneckenschleim erinnert. »Rainer Hauptmann. Er ist gestorben. In der Wohnung, die Sie ihm vermietet haben.«

»Das ist ja fürchterlich!«, ereiferte sich der Vermieter. »Wieso hat mir niemand Bescheid gesagt?«

»Ich weiß selbst erst seit zwei Stunden, dass Sie der Vermieter sind.«

»Na, aber das muss ja wohl in seinen Unterlagen gestanden haben!«

Jana verspürte nicht die geringste Lust, ihrem Gesprächspartner mitzuteilen, dass das mit den Unterlagen so eine Sache war. Daher ignorierte sie den Einwand. Stattdessen verteilte sie ein bisschen Zuckerbrot: »Wir haben bereits die gesamte Wohnung ausräumen lassen, inklusive der Möbel.«

Wie bei Dagobert Duck erschienen auf der Iris von Xaver Müller Dollar-Zeichen. Müller hatte sich den Zeiten noch nicht angepasst. In Zeiten von Trump-Tweets wäre das Euro-Zeichen vielleicht die solidere Währung … »Ich kann also postwendend weitervermieten?«

Das war der Hebel, an dem Jana ansetzen konnte. Aber sie tat es nicht sofort.

Müller hatte sich einen Cognac eingegossen, nachdem er den vorigen bereits vernichtet hatte.

»Rainer Hauptmann, weshalb haben Sie ihn als Mieter ausgesucht?«

»Er war ein solider Mann. Keine Frau, keine Kinder, ein gutes, regelmäßiges Einkommen – das ist ja wohl der ideale Mieter für jeden Wohnungseigentümer. Sie glauben nicht, welches Gesocks sich auf meine Wohnungen schon beworben hat! Türken! Syrer! Lesbenpärchen!«

Jana schluckte, sagte aber nichts. Es würde eine ziemlich fruchtlose und laute Diskussion geben. »Wie oft haben Sie Rainer Hauptmann gesehen?«

»Na, nicht oft. Er war eben einer der angenehmen Mieter. Er hat damals vorgesprochen – und ich wusste gleich, er wird es. Und mein Instinkt hat mich ja nicht getrogen. Ich habe ihn bei der Unterzeichnung des Mietvertrags gesehen, danach nie wieder. Denn die Miete floss regelmäßig, und auch er machte keine Probleme. In der Wohnung war ja offensichtlich alles in Ordnung.«

»Es gab nie Ärger mit Herrn Hauptmann? Niemals die Klage, dass vielleicht die Heizung nicht ging, ein Fenster nicht dicht wäre, die Klospülung nicht funktionierte?«

»Frau Welzer, Herr Hauptmann war ein vorbildlicher Mieter. Er hat den Mietvertrag unterschrieben, und seitdem habe ich nichts mehr von ihm gehört.«

»Bei der Gelegenheit könnten Sie mir vielleicht eine Kopie des Mietvertrags geben?«

»Ist das wirklich nötig? Herr Hauptmann hat doch auch eine Ausfertigung!«

»Es würde mir sehr weiterhelfen«, sagte Jana mit zuckersüßer Stimme. Sie erhoffte sich davon vor allem, dass sie die Daten eines Kontos fand, über das Rainer Hauptmann seine Bankgeschäfte abgewickelt hatte. Denn wenn er eine Wohnung gemietet hatte, würde er wohl kaum die Miete jeden Monat in bar bezahlt haben.

Müller erhob sich ächzend, kam fünf Minuten später mit dem Dokument zurück. »Das ist mein Original. Das möchte ich natürlich nicht rausgeben.«

»Verstehe ich. Ich kann mir ja sogleich eine Kopie machen.«

Müller sah ein wenig ratlos drein, schien zu überlegen, wie Jana in ihrer Handtasche einen Kopierer untergebracht haben könnte.

Jana streckte die Hand aus, Müller gab ihr den Vertrag.

Sie legte ihn auf den dunklen Couchtisch und hielt ihr iPhone darüber. Schon vor zwei Jahren hatte sie sich eine Scanner-App gekauft, die bei den abfotografierten Seiten nicht nur deren Format erkannte, sondern auch perspektivische Verzerrungen ausglich und das Dokument zudem als PDF speicherte – inklusive Texterkennung.

»Ach so, Sie fotografieren es ab.«

Jana nickte nur, blätterte um und hatte kurz darauf alle zehn Seiten eingescannt. Müller hatte im Vertrag offenbar sogar die

Beseitigung der Mäuseköttel in der hinteren rechten Ecke des Kellers mit einem eigenen Absatz geregelt …

Sie übte sich noch einmal in zuckersüß, reichte Müller das Dokument zurück und flötete: »Haben Sie ganz herzlichen Dank, Herr Müller.«

»Gern geschehen«, brummte er nur.

»Jetzt müsste ich noch ein paar Fragen zum Keller klären.«

»Was ist mit dem Keller?«

»Na ja, die Wohnung haben wir inzwischen ausgeräumt. Aber was steht im Keller? Ich müsste unbedingt einen Blick hineinwerfen. Vielleicht stehen dort auch noch Dinge herum, die geräumt werden müssen. Und wer weiß, was Herr Hauptmann dort versteckt hält. Also schon wegen des Finderlohns.« In Gedanken konnte Jana sich ein Grinsen nicht verkneifen. In der Realität zum Glück schon. Was erwartete sie in diesem Keller? Wahrscheinlich weitere fünfunddreißig Kisten voller Prospekte, Tageszeitungen und anderem Zellulose-Müll.

»Aber Herr Hauptmann hatte doch einen Schlüssel zu seinen Kellerräumen!«

»Einen Schlüsselbund haben wir nicht gefunden«, sagte Jana. Und in diesem Moment fiel ihr genau dies auf. Lavinia hatte ihr die Schlüssel an einem kleinen Ring in die Hand gedrückt, es waren nur zwei gewesen, für die Haustür und für die Wohnungstür. Kein Briefkastenschlüssel, kein Kellerschlüssel, keine weiteren Schlüssel. Ungewöhnlich.

»Na, so was! Dann sollten wir vielleicht mal zusammen dorthin fahren. Also wenn Sie fahren. Ich kann ja nicht.« Der Vermieter deutete auf das eingegipste rechte Bein.

Zehn Minuten später betraten sie das Haus im Lucasweg.

»War schon lang nicht mehr hier. Hab den Gips jetzt schon acht Wochen. Nervt! Ist zwar schon mal gewechselt worden, nervt aber immer noch. Auto fahren kann ich immer noch nicht!«

Jana nickte nur. Ihr war nicht danach, Seelentröster zu spielen.

»Wollen wir hoch in die Wohnung?«, wollte Xaver Müller wissen.

»Nein, die Wohnung ist ja leer. Wichtig ist der Keller.«

Müller nickte und drückte auf den Aufzugknopf.

Wenige Sekunden später hielt der Lift, die Türen öffneten sich, beide stiegen ein.

Als sie den Lift verließen, ging via Bewegungsmelder das Licht an.

»Sie wissen, wo wir hinmüssen?«, fragte Jana.

»Klar, ist ja mein Keller.«

Der Mann humpelte vor Jana her. Dann zeigte er auf die Tür eines Verschlags. Alle umliegenden Kellerverschläge waren mit Holzlatten voneinander getrennt. Auch die Türen bestanden aus Latten mit Verstrickungen. Nur der Keller von Rainer Hauptmann war nicht einsehbar. Sowohl an den Seiten als auch an der Tür war hinter den Latten eine Pappe festgetackert.

»Was hat der denn da gemacht! Also ich hab den Keller nicht verdunkelt. Ich meine, in diesem Haus gehören mir drei Wohnungen. Und jeder Keller ist einfach ein Bretterverschlag. Was soll das mit dieser Abschirmung?«

Darauf konnte Jana auch keine Antwort geben.

»Haben Sie denn jetzt einen Schlüssel für die Tür?«, fragte Müller.

»Nein, ich denke, Sie haben einen?«

»Quatsch! Die Türen werden ja durch individuelle Vorhängeschlösser gesichert.«

Aber an der Tür des Kellers, der zu Rainer Hauptmanns Wohnung gehörte, hing kein Vorhängeschloss.

Jana zog den Riegel einfach zur Seite.

Im Geist berechnete sie bereits – wie Jörn – die Anzahl von Kisten, die man in einem solchen Raum unterbringen konnte. Vier mal drei Meter, bei zwei Meter fünfzig Deckenhöhe. Dreißig Kubikmeter. Wahrscheinlich würde er wieder mit dem großen Wagen kommen müssen …

Dann öffnete sie die Tür in Richtung Flur, sah in den Kellerraum.

Und darin befand sich – absolut nichts. Der Raum war leer und besenrein.

Rainer Hauptmanns Wohnung hingegen war zugemüllt gewesen bis unter die Zimmerdecke. Und im Keller lagen nicht einmal ein paar Krümel?

Das bedeutete, dass Hauptmann tatsächlich alle Stapel seiner Vormieterin nach oben in sein Apartment gebracht hatte. Eine Messie-Wohnung mit leerem Keller, das hatte Jana noch nie erlebt. Oft waren es die Keller, die zuerst die Grenzen ihrer Aufnahmekapazität erreichten. Und erst danach der weitere Müll die Wohnung verstellte.

Der leere Keller bestätigte nur Janas Gefühl, dass hinter dem Selbstmord von Rainer Hauptmann nicht nur die Verzweiflung eines Mannes stand, sondern ein weit größeres Geheimnis.

Hoffentlich mit irgendeinem Erben.

»Und mein Finderlohn?«, hörte sie Xaver Müller lamentieren.

Es war Zeit, nach Hause zu fahren.

In Richtung Kamin.

Sie war immer ein Papakind gewesen. Das hatte ihr ihre Mutter oft vorgehalten. Mal laut in Worten, mal stumm mit Blicken.

Und ihre Mutter beklagte sich ebenfalls, dass Jana sie nie besuchte. Sie telefonierten nur noch. Oder, um es präzise zu sagen, sie facetimeten. Handytelefonate mit Kamera.

Alle zwei Wochen ging Jana mit ihrer Mama essen. In einem Restaurant. Nicht in ihrer eigenen Wohnung. Nicht im elterlichen Haus. Jana betrat das Haus, in dem auch ihr Vater lebte, gar nicht mehr. Es war der kleinste Nenner, auf den sie sich einigen konnten.

Als sie noch Papakind war, hatte sie sich völlig unbefangen

in jedem Winkel des elterlichen Hauses bewegt. Es war ihr Zuhause, in dem sie groß geworden war.

Aber nachdem ihr Vater …

»Du siehst betrübt aus, mein Kind«, sagte ihre Mama.

Vielleicht hätte sie die Videofunktion diesmal nicht aktivieren sollen. »Nein, alles in Ordnung.« Die Floskeln »Wie geht es meinem Vater?« oder die zweite Variante »Möchtest du nicht wissen, wie es deinem Vater geht?«, die ersparten sie sich gegenseitig. Seit inzwischen wohl vier Jahren.

»Bist du immer noch in der Wiese-Sache unterwegs?«

Ja, Jana hielt ihre Mutter auf dem Laufenden. »Ja. Noch zwei, drei Sitzungen, dann kriegen wir das über die Bühne.«

Ihre Mutter interessierte sich wirklich für ihre Arbeit. Schließlich hatte sie selbst sechs Semester Jura studiert. Bis sie mit ihr, Jana, schwanger geworden war. Sie hatte seinerzeit ihren Vater gedrängt, zu heiraten. Sie war es auch gewesen, die sich dafür entschieden hatte, sich die ersten drei Jahre ganz ihrer Tochter zu widmen. Danach, so hatte sie ihrem Vater immer gesagt, könne sie ja weiterstudieren. Doch sie hatte das Studium nie mehr aufgenommen. Vielmehr hatte sie angefangen, in seiner Firma mitzuarbeiten. Und heute gehörte ihr die Firma. Aber nur auf dem Papier. Denn nachdem ihr Vater aus dem Gefängnis zurückgekommen war, hatte er die Zügel schnell wieder in die Hand genommen. Und ihre Mutter hatte sich nicht gewehrt. Ewiger Streitpunkt zwischen ihr und Jana, vermintes Terrain, das sie inzwischen nicht mehr betraten.

»Deshalb siehst du also nicht so bekümmert aus«, konstatierte ihre Mutter.

Natürlich war Jana nicht wegen dieser Wiese-Geschichte genervt. Oder bekümmert. Wie auch immer.

»Also?«, insistierte ihre Mutter.

Jana seufzte leise, dann berichtete sie von Rainer Hauptmann, seinem Messietum, dem Kistengebirge in der Garage und der Unaufmerksamkeit der Studenten, was sie am meisten aufregte.

»Was willst du tun?«, wollte ihre Mutter wissen.

Das war genau die Frage, auf die sie keine Antwort hatte. Zumindest im Moment nicht. Sie griff zum Glas, setzte es an die Lippen, trank einen Schluck. Ihr Blick fiel auf den Kamin und das Spiel des Feuers. Aber all das gab ihr auch keine Ruhe.

»Okay, du hast keine Ahnung.« Damit hatte ihre Mutter leider recht.

Wieder eine Pause.

»Habt ihr nicht an diesem Wochenende das Treffen in Erfurt? Wegen Haiti? Vor zehn Jahren?«

Sie kannte niemanden, dessen innerer Kalender so zuverlässig funktionierte wie der ihrer Mutter. Irgendjemand erzählte in irgendeinem Zusammenhang von irgendeinem Ereignis irgendwo auf dieser Welt. Verbunden mit einem konkreten Datum. Und es war der Fluch des Geistes ihrer Mutter, dass sie diesen Termin nie wieder vergessen würde. Hatte sie Mama davon erzählt, dass es dieses Treffen in Erfurt geben würde? Sie konnte sich nicht erinnern. Und wenn, dann war es ganz bestimmt mehr als ein halbes Jahr her.

»Kommt nicht auch Ben dorthin?«

Manchmal hasste sie ihre Mutter. Es gab zwei Themen, über die sie mit ihr nicht sprechen wollte. Thema eins: ihr Vater. Thema zwei: Ben. Sie antwortete nicht. Sollte ihre Mutter die Gesprächspause doch aushalten!

Die Mutter wartete entsprechend, dann sagte sie: »Okay, er kommt auch dorthin.«

Schweigen.

Die beiden hatten sich kennengelernt, als Jana in Berlin studierte. Es war der Zeitpunkt gewesen, als sie angefangen hatte, sich beim Technischen Hilfswerk zu engagieren. Nur wenige ihrer Kommilitonen hatten sich seinerzeit ehrenamtlich betätigt. Greenpeace hatte einige angezogen. Sie selbst hatte nach einem Ort gesucht, an dem sie sich irgendwie für das Gemeinwohl einsetzen konnte – und vielleicht auch noch ein wenig ihr technisches Interesse ausleben durfte, das bei ihrem Studium des Wirtschaftsrechts eher keine Rolle spielte. Im Ortsverband Berlin Friedrichshain-Kreuzberg hatte sie Ben kennengelernt. Er ließ sich damals gerade zum Kfz-Mechaniker ausbilden. Und hatte ein begnadetes Händchen, wenn es ums Tüfteln und Schrauben ging. Er hatte sich ihrer angenommen. Alles, was sie im ersten Jahr über das THW hatte wissen müssen, hatte er ihr beigebracht, in Theorie und Praxis.

Ihre Mutter hatte sie damals von einem THW-Treffen abgeholt, als sie ihre Tochter in Berlin besucht hatte. Jana stellte ihr Ben vor als einen Freund. Nicht als *ihren* Freund. Aber ihre Mutter war schon immer gut darin gewesen, Dinge auf ihre ganz eigene Art zu interpretieren. Sie hatte Jana und Ben spontan zum Italiener eingeladen, und Ben war sofort einverstanden. Ihre Mutter und Ben – das war Liebe auf den ersten Blick. Hätte sie sich einen Schwiegersohn aussuchen dürfen – Ben wäre der Kandidat gewesen. Sie hatte ihm sogar ihr Kärtchen gegeben. Falls er mal in Darmstadt wäre, falls er mal Unterstützung bräuchte. Es war Jana so was von peinlich gewesen … Sie fühlte sich an das Lied von Ingrid Anders erinnert, »More hearts than mine«. Die Musikerin sang darin: »If I bring you home to Mama, I guess I'd better warn you, she falls in love a little faster than I do …« – Mama verliebt sich schneller als ich … Und noch heute fragte sie Jana immer mal wieder nach Simon. Ihrem ersten Freund, als sie 14 gewesen war. Der mit ihr, seit sie 15 war, kein Wort mehr gesprochen hatte, weil sie ihm gründlich das Herz brach. Aber in Mamas Herz behielt er einen festen Platz. Wie auch Ben.

Sie hatte Jana erst vor zwei Jahren gestanden, dass Ben und sie seit dem Treffen in Berlin regelmäßig in lockerem Kontakt gestanden hätten. Sie hatte sich sogar zu der Bemerkung hinreißen lassen: »Hättest du einen Bruder, wäre ich froh gewesen, wenn es einer wie Ben geworden wäre.« Nun, Jana wusste jedoch auch um Seiten von Ben, die der Mama weniger zugesagt hätten …

Das Schweigen dauerte an. Bei einem Video-Telefonat

fühlte sich so ein Schweigen noch viel länger an, denn man hatte einander im Blick.

Ihre Mutter kapitulierte: »Ich weiß, du willst meine Meinung nicht hören. Das ändert aber nichts daran, dass ich sie hiermit kundtun werde: Jana, meine Liebe, fahr nach Erfurt! Geh zu dem Treffen! Es bringt dich auf andere Gedanken! Ganz unabhängig davon, ob Ben dort ist oder nicht. Gönn dir dieses Wochenende. Ihr habt so viel geleistet damals! Montag kannst du immer noch darüber nachdenken, wie du diese Garage organisierst. Und auch, wie du Wiese und Wiese ohne Mord und Totschlag aus dem Ring geleitest.«

Es gab nur noch selten Momente, in denen Janas Mutter sich bemüßigt fühlte, ihrer Tochter Ratschläge zu geben. Dies war ein solcher. Und damit war Janas Reaktion schon vorgegeben: Was immer sie auch unternehmen würde an diesem Wochenende – Erfurt war hiermit von der Liste gestrichen.

»Ich weiß, du willst meinen Vorschlag nicht hören. Und bevor jetzt irgendeine sinnlose Diskussion anfängt, wünsche ich dir einfach nur noch einen schönen Abend und ein schönes Wochenende!«

Damit war das Gesicht ihrer Mutter vom Bildschirm verschwunden. Jana betrachtete die schwarze Glasfläche. Ihre Mutter hatte einfach aufgelegt! Das war unverfroren!

Normalerweise war es ihr Part, nach einem Wortwechsel das Gespräch zu beenden.

Sollte sie noch einmal anrufen?

Nein, ganz gewiss nicht.

Ihr Blick fiel auf ihren Kamin.

Und wenn sie morgen nach Erfurt fuhr? Nur als Trotzreaktion auf die übliche Reaktion?

CAESAR III

Vor einem Jahr ist sie nun von uns gegangen, meine Camilla. Nicht mehr da. Weg. Gestorben.

»Ich hab echt keinen Bock«, tönt Chris, als ich verkünde, dass wir gemeinsam zum Friedhof fahren.

Cassy ist noch zu jung, um zu protestieren. Also, um richtig zu protestieren. Und Cory, die muss ich ohnehin die ganze Zeit auf dem Arm tragen.

»Es ist mir scheißegal, ob du Bock hast oder nicht! Wir gehen da jetzt hin.« Okay, sicher nicht die pädagogisch wertvolle Variante von »lass-uns-das-ausdiskutieren«. Meine Frau ist seit einem Jahr tot. Und ich möchte jetzt und hier an ihr Grab gehen. Und ich werde mir da von meinen Kindern keinen Strich durch die Rechnung machen lassen. Wenn ich bei meinem Arbeitgeber auch mal so konsequent auftreten würde …

Ich packe sie in den Wagen, immer noch der uralte Twingo, den Camilla damals mit in die Ehe gebracht hat. Ein bisschen angerostet, das Rot strahlt nicht mehr so. Aber er fährt. Er tut seinen Job. So wie ich.

Der Weg zum Friedhof ist ungefähr vier Kilometer lang. Man könnte das auch laufen. Oder mit dem Fahrrad fahren. Chris auf seinem Fahrrad, ich auf einem Fahrrad, dahinter ein Fahrradanhänger, darin Cory und Cassy. Es scheitert daran, dass ich kein Fahrrad habe und auch keinen Fahrradanhänger. Wenigstens Chris hat ein Fahrrad, aber ihn darauf fahren zu lassen, während wir im Auto gondeln – gerecht sieht anders aus.

Das Wetter passt zum Anlass. Natürlich schifft es. Nicht so

ein bisschen, sondern so richtig. Auf dem Weg vom Auto zum Friedhofseingang werden wir nass. Auf dem Weg vom Friedhofseingang zum Grab werden wir durchnässt.

»Papa, das ist echt eine Scheißidee!«, mault Chris.

Ich neige dazu, ihm zuzustimmen, aber diese andere Hälfte in mir wird dies nicht tun. Ich stapfe in Richtung des Grabes.

»Papa!« Chris lässt nicht locker. Ich ignoriere es.

Cassy hält meine Hand, Cory habe ich auf dem Arm. Dann stehen wir vor dem Grabstein.

»Hier ruht in Frieden Camilla Strauß.«

Dann die Lebensdaten: »3. März 1991 bis –«, ach, verflucht, viel zu früh.

Da stehen wir, die traurige Herde. Im Regen. Cassy an meiner Hand, Cory auf meinem Arm. Chris zwei Meter von mir entfernt.

Wir schweigen.

Ich weine. Lautlos.

Dann plötzlich die Stimme von Chris, laut, wütend: »Papa, warum hat sie das gemacht? Ich meine, warum macht man so was? Waren du, Cassy, Cory und ich ihr nicht mehr wichtig? Das ist doch scheiße!«

Ja. Das war scheiße. Damit hatte mein Sohn es auf den Punkt gebracht.

Wir alle hätten sie gebraucht.

Aber sie hat es ja vorgezogen, sich die Pulsadern aufzuschneiden.

SAMSTAG

Vierhundert Quadratmeter maß der Kaisersaal. Die Erfurter Prunk-Veranstaltungsstätte trug den Namen zu Recht. Auf der großen Bühne waren die Vorhänge zur Seite gezogen. Der Zuschauerraum war umgeben von zwei Rängen, die jedoch für diese Veranstaltung abgesperrt waren. All dies in klassizistischer Ausgestaltung, als Architekten und Innenarchitekten Rundungen und sanften Schwüngen noch den Vorzug vor Kanten, Ecken und Glas gegeben hatten.

Entlang der linken Seitenwand hatten sie über die ganze Länge eine Bar aufgebaut. Ben hatte sich auf einem der Barhocker in unmittelbarer Nähe zur Bühne niedergelassen und seine Krücke an der Wand neben ihm angelehnt.

Entgegen seinem ursprünglichen Vorsatz war er bereits um kurz nach fünf da gewesen, hatte sich seitdem noch nicht einmal von seinem Hocker herab bewegt.

Conny hatte ihm berichtet, dass sich über hundertfünfzig ihrer Mitstreiter für das Event angemeldet hatten. So hatte sich der Raum in den vergangenen zwei Stunden deutlich gefüllt. Ein paar seiner Kameraden waren auf ihn zugekommen, man hatte sich begrüßt, ein bisschen Small Talk gemacht. Immer, wenn ein verhuschter Blick von Bens Gegenüber auf die Krücke fiel, dann auf sein Gesicht, mit gerunzelter Stirn und vier über dem Haupt schwebenden Fragezeichen, machte er nur eine wegwerfende Handbewegung. Darüber wollte er heute nicht sprechen.

Der offizielle Teil begann um neunzehn Uhr. Sogar der Leiter des Technischen Hilfswerks hatte es sich nicht nehmen lassen, von Bonn nach Erfurt zu reisen, um zur Eröffnung ein paar warme Worte an seine Mitstreiter zu richten. Er erklärte, dass er selbst damals in Haiti mit Hand angelegt hätte und dass es im Rückblick für ihn das wichtigste Projekt seiner Laufbahn gewesen wäre.

Auch ein Vertreter des Bundesministeriums für wirtschaftliche Zusammenarbeit hielt eine kurze Ansprache. Für einen Politiker eine außergewöhnlich kurze. Das rechnete ihm Ben hoch an.

Danach trat Ludwig Strezel auf die Bühne, er war gemeinsam mit Jana der leitende Kopf des Einsatzes gewesen. Auch er bedankte sich, dann ließ er ein paar Fotos auf die Leinwand projizieren. Zunächst, unvermeidlich, die Bilder der Zerstörung. Fast die Hälfte aller Gebäude der Hauptstadt Port-au-Prince waren bei dem Beben eingestürzt. Den Ort auf dem vierten Bild erkannte Ben sofort: das Waisenhaus. »Notre fille de grâce«. Ein Teil des Gebäudes war in sich zusammengestürzt. Sechsundfünfzig Kinder und eine Erzieherin waren unter den Trümmern begraben worden. Auf dem Bild war auch Jana zu sehen. Neben ihr stand ein kleines Mädchen, dunkelhäutig, das schwarze Haar zu Rastazöpfchen geflochten. Es klammerte sich an Janas Bein. Das Weinen des Kindes und das Entsetzen auf Janas Gesicht verdichtete das gesamte Ausmaß der Katastrophe auf einem einzigen Foto.

Nach dieser Szene zeigte Strezel weitere Bilder, die ihre damalige Arbeit dokumentierten. Auch er, Ben, war auf einigen Fotos zu sehen. Meist schraubte er an einer Trinkwasseraufbereitungsanlage herum. Einmal strahlte er direkt in die Kamera. Einige Blicke im Saal wanderten in seine Richtung.

Er erinnerte sich an die Szene. Jana hatte die Aufnahme gemacht. Und sie offensichtlich dem THW-Bilderpool zur Verfügung gestellt.

Nach der Diashow zählte Ludwig noch weitere Fakten ihres Einsatzes auf, dann schloss er den offiziellen Teil. Abermals Applaus. Dezente Musik klang aus den Lautsprechern. Und sofort darauf bildete sich eine Schlange am Büfett, das entlang der rechten Wand aufgebaut worden war.

Ben blieb einfach sitzen.

»Du magst nichts essen?«, wollte eine junge, blonde Schönheit hinter der Theke von ihm wissen, aber er schüttelte nur den Kopf.

Warum zur Hölle war er eigentlich hierhergekommen?, fragte er sich, wie er es schon zig Male in den vergangenen zweieinhalb Stunden getan hatte.

»Ich heiße Jana«, sagte die hübsche Blondine hinter der Theke und stellte ein Glas Cola vor ihm ab. »Geht aufs Haus«, lächelte sie breit.

Ben griente ein wenig gequält zurück, hob das Glas und erwiderte: »Danke.«

Jana. Schade. Allein durch den Namen hatte sie sich bereits disqualifiziert.

Ben hatte sich an diesem Abend an Cola und Wasser gehalten. Was er auf jeden Fall vermeiden wollte, war, alkoholgeschwängert mit der Krücke zu stürzen.

Es war Zeit zu gehen, dachte er. Conny hatte ihm ein schönes Zimmer im Hotel schräg gegenüber reserviert. Er residierte in einem der größeren Räume des Hotels. Mit Minibar. Er sollte sich jetzt am besten auf sein Bett legen, den Fernseher einschalten, auf Sky irgendeinen Film glotzen und sich mit Erdnüssen und Bier in den Schlaf lullen. Er kippte den letzten Schluck Cola, wollte gerade aufstehen, da sah er sie.

Jana.

Nicht die blonde Jana hinter der Theke, sondern seine Jana. Auch wenn sie niemals seine Jana gewesen war. Und Conny hatte gesagt, sie würde nicht kommen! Doch jetzt war sie hier.

Und er war ebenfalls hier.

Sie beide im selben Raum.

Super!

Sie trat durch die Tür am anderen Ende des Saals, und noch bevor sie auch nur drei Schritte gegangen war, stürmten bereits zwei der ehemaligen Mitstreiterinnen auf sie zu. Susanne, das war der Name der einen, die auch ihn, Ben, begrüßt hatte. Sie hatte damals gemeinsam mit ihm am Aufbau der Trinkwasseraufbereitungsanlagen gearbeitet. An das Gesicht der anderen konnte sich Ben ebenfalls erinnern, an ihren Namen jedoch nicht mehr. Die Unbekannte umarmte Jana, danach Susanne, und die drei Frauen schnatterten miteinander.

Eine Minute und dreißig Sekunden Small Talk, dann machte sich Jana weiter auf ins Innere des Saals. Ben vermutete, dass auch sie zunächst die Bar ansteuern wollte. Womit sie zwangsläufig in seine Nähe kam.

Doch auf dem Weg zur Bar gab es weitere Hindernisse. Ludwig Strezel etwa. Auch er umarmte Jana – deutlich intensiver als sie ihn. Ben fragte sich, ob die beiden sich in den vergangenen zehn Jahren noch einmal persönlich begegnet waren. Jana machte sich weiter auf in Richtung Futterkrippe. Beziehungsweise Weinkrippe. Er hatte Jana seit sechs Jahren nicht mehr gesehen. Doch wenn ihr Charakter und ihr Geschmack nicht eine grundlegende Wandlung erfahren hatten, würde sie wohl auch heute noch am liebsten einen trockenen Weißwein trinken. Einen kurzen Moment lang stellte sich Ben Janas Gang durch den Raum wie ein Computerspiel vor, bei dem es galt, möglichst vielen Menschen aus dem Weg zu gehen oder bei Treffen den Small Talk möglichst kurz zu halten, um mit den restlichen Energiepunkten endlich einen Wein bestellen zu können. Lugana – für den gab es sogar einhundertfünfzig Punkte …

Jana hatte Ben noch nicht entdeckt. Aber er hörte, wie die andere Jana sagte: »Na, das ist wohl deine Prinzessin!« Und ihm lächelnd noch eine Cola hinstellte. »Du musst wissen, dass eine Jana Zauberkräfte besitzt«, raunte sie, als er sie verdutzt ansah.

»Da ist wohl was dran. Die Dame heißt nämlich auch Jana.« Ben war sich sicher, dass dies die letzte Cola gewesen war, die ihm die Jana jenseits der Theke kredenzt hatte.

Auf dem Weg zur Bar wurde Jana nochmals aufgehalten. Diesmal von Tilmann. Tilmann Böse. Nomen est omen, dachte Ben wie schon so oft in den vergangenen Jahren. Tilmann war zeitgleich mit Jana und ihm in Haiti gewesen, ein Vollblutingenieur, ein MacGyver, der mit einer Büroklammer nicht nur ein Schloss knacken konnte, sondern mindestens noch ein Funkgerät reparieren oder sogar einen Computer. Das musste man ihm zugutehalten.

Wäre in diesem Moment im gesamten Gebäude der Strom ausgefallen – Tilmann hätte es beim Anblick von Jana allein durch sein Strahlen komplett ausleuchten können. Aber Ben musste ehrlich sein, es ging ihm ja nicht anders.

Der Umarmung, die genau die entscheidenden fünf Sekunden zu lang gedauert hatte, um unverbindlich zu sein, folgte eine Unterhaltung, die mehrere Minuten dauerte und während derer Tilmann unzählige Male Janas Schulter oder Oberarm getätschelt hatte.

»Einen Weißwein«, bestellte Jana bei der blonden, jungen Frau. Bildete sie sich das nur ein, oder beäugte sie die Frau mit Flammenwerfern im Blick? Konnte kaum sein. Sie kannten sich ja gar nicht.

»Trocken? Lieblich?«

»Am liebsten einen Lugana.«

»Trocken? Lieblich? Was anderes gibt's nicht.«

Reizende Bedienung, dachte Jana.

»Trocken«, sagte eine männliche Stimme neben ihr, bevor sie etwas antworten konnte. Allerdings aus mehreren Metern Entfernung. Jana wandte sich nach rechts. Da saß – Ben! Sie hatte ihn gar nicht wahrgenommen. Aber am Ende dieser Bar hockte er auch ein wenig versteckt im Schatten.

Blondie stellte den Wein vor Jana ab. Jana trank einen Schluck, verkniff sich ein Naserümpfen und ging mit dem Glas in der Hand zu Ben. Wann hatte sie ihn das letzte Mal gesehen?, fragte sie sich. Vor vier oder fünf Jahren. Nach Haiti nur noch sporadisch, sie in Erfurt, er in Berlin.

Ben. Er war immer einer von denen gewesen, die wenig

sprachen, aber stets anpackten. Das hatte ihr gefallen. Nein, das hatte ihr imponiert.

Sie rückte zu ihm auf. »Darf ich? Ich bin ein bisschen zu spät. Ich fürchte, die ganzen Reden sind schon vorbei«, sagte sie.

Benjamin nickte. »Ja. Die Reden sind vorbei.«

Jana folgte einem Impuls und umarmte Ben. Sie wunderte sich, dass er nicht aufstand. Auch nicht mehr ganz die alte Schule, dachte sie. Aber sie war ja ebenso nicht mehr dieselbe.

Die Musik war inzwischen deutlich lauter geworden, auf der Bühne stand nun ein Wagen auf Rollen, arretiert, damit er standfest blieb. Darauf befand sich ein komplettes DJ-Equipment. Jana hörte das Rauschen eines Flugzeugs aus den Boxen, dem folgten die von Dieter Thomas Kuhn gesungenen Worte: »Wind Nordost, Startbahn Null Drei ...« War aber im Original viel schöner und nicht von Herrn Kuhn.

»Magst du immer noch Reinhard Mey?«, wollte Ben wissen.

Jana wunderte sich, dass er, den sie so viele Jahre nicht gesehen hatte, sich an dieses Detail noch erinnerte. Sie setzte gerade zu einer Antwort an, da spürte sie eine Hand auf ihrer Schulter.

Sie drehte sich um und sah in Tilmanns Gesicht. Seine Augen fragten: »Tanzen?« Und ohne die Antwort abzuwarten, zog er sie aufs Parkett.

Wie sich herausstellte, hatte Conny für Jana im selben Hotel wie für Ben ein Zimmer reserviert. Sie hatten geschwiegen auf dem Weg vom Kaisersaal zum Hotel. Hatte vielleicht auch am Wetter gelegen. Wind, ein heftiger Regenschauer, nichts, was einer Konversation förderlich gewesen wäre. Zumal Ben sichtliche Schwierigkeiten hatte, mit der Krücke ein normales Gehtempo zu halten.

Sie selbst hatte noch ein paarmal getanzt, sich mit ein paar der alten Mitstreiter unterhalten – aber sie hatte festgestellt, dass sie nur wenig Vergnügen daran fand, in Erinnerungen an die Zeit in Haiti zu schwelgen. Sicher, sie hatten dort viel bewegt, Leben gerettet. Aber sie erinnerte sich eben auch an sehr einfache hygienische Verhältnisse, um es freundlich auszudrücken, an Dreck, an Elend und an den Schweiß, dem man bei immer wieder gefühlt zweihundert Prozent Luftfeuchtigkeit kaum Paroli bieten konnte. Ja, sie hatten den Menschen dort etwas Gutes getan. Aber die Erinnerung an einen Karibikurlaub sah üblicherweise anders aus.

»Warum hast du die Krücke?«, hatte Jana ihn auf dem kurzen Weg gefragt. Sie hatte ihn früher erlebt. Einen Mann mit athletischem Körperbau, Muskeln, die er einzusetzen wusste, ein Mann, der im Dschungelcamp von RTL gewiss nicht am ersten Tag rausgeflogen wäre. Und sie wusste auch, dass sie Benjamin immer mehr gefallen hatte, als es umgekehrt der Fall gewesen war. Aber das lag nicht an seiner Physis. Das lag an … wenn sie das wüsste, wäre sie ein wenig schlauer.

»Pech gehabt«, hatte er nur gesagt. Und danach die Lippen so zusammengekniffen, als wären sie durch Sekundenkleber vereint worden.

Im Hotel hatten sie sich beide frische Klamotten angezogen, bevor sie sich nochmals an der Hotelbar getroffen hatten.

Nun saßen sie an dem eleganten Tresen. Ben trank noch ein Bier, sie endlich einen Lugana, nach dem sauren Gesöff von Blondie.

»Wir haben uns lange nicht mehr gesehen«, eröffnete sie das Gespräch.

»Ja. Seit vier Jahren und sechs Monaten und noch ein paar Tagen.«

So genau hätte es Jana nicht beziffern können. »Und wann?«

»Am 4. Juli 2015. In Berlin. Ein THW-Treffen. Du bist kurz danach weg von Erfurt.«

»Na ja, kurz danach trifft es nicht ganz. Ein Jahr später. Aber ich habe gar nichts mehr von dir gehört.«

Ben sah sie an. Aber Ben sagte nichts.

»Was machst du?«, versuchte sie das Gespräch wieder aufzunehmen. Warum war er so zugeknöpft?, fragte sie sich.

»Ich hab immer noch die Firma«, brach er sein Schweigen. »IT und so.«

Jana erinnerte sich. Ben war einen weiten Weg gegangen. Sie hatten sich beim THW kennengelernt, als sie in Berlin ihr Studium aufgenommen hatte. Mein Gott, auch das war schon fast achtzehn Jahre her, dachte sie. 2005 hatte sie ihr Studium mit dem Bachelor abgeschlossen. Und danach immer noch Kontakt zu Ben gehalten, auch als sie 2006 zum ersten Mal wieder zurück nach Darmstadt gegangen war. In dem Jahr hatte er seinen Meister gemacht. Und eine Festanstellung bei seinem Chef in Berlin bekommen. Aber schon als sie diese paar Monate in Haiti zusammen verbracht hatten, hatte er mehr über Computer geredet als über Autos.

»Und wann hast du auf IT umgesattelt?«, wollte sie wissen.

»Drei Jahre nach Haiti. Hatte einen Kumpel. Mit ihm habe ich eine Firma aufgezogen. Für IT-Wartung und Sicherheit.«

»Und was macht ihr da so?«

»Nun, auf den Punkt gebracht: Dass dir niemand in die Karten schaut. Weder auf deinem Betriebsgelände noch in deine Rechner.«

»Und das habt ihr beide ganz allein hochgezogen?«

»Ja. Kevin und ich. Ich bin der Crack an den Computern, er ist der Kerl, der das Ganze verkauft.«

Jana musste nicht lange überlegen. »Könntet ihr einen neuen Auftrag gebrauchen? Ich suche jemanden, der meine EDV betreut. Ich brauche jemanden, der das Zeug am Laufen hält. Der Probleme schnell löst. Schnell heißt pragmatisch. Und mir dann das Ganze so verklickert, dass ich es nachvollziehen kann. Also keine fachkundlichen Erklärungen, sondern immer nur Klartext.«

»Hast du denn ein aktuelles Problem?«

Jana seufzte. »Wenn ich dir das sagen könnte, dann könnte ich mir einen Dienstleister wie dich sparen.«

»Du brauchst also jemand, der mal einen kritischen Blick auf deine EDV wirft und der dir danach offen und ehrlich sagt, wie der Stand der Dinge aussieht? Und die bösen Probleme sofort beseitigt?«

»Besser hätte ich es nicht formulieren können.«

»Ist okay. Ich habe ohnehin ein paar Tage frei. Ich komme mit dir nach Darmstadt. Dann schau ich auf dein System. Sage dir, wo die Probleme sind. Sage dir, wie man sie beheben kann. Und natürlich sage ich dir dann, was es kostet, diese Probleme zu beheben.«

Ben grinste schräg.

Und Jana nickte. »Deal!«

SONNTAG

Sie hatten noch zusammen gefrühstückt, bevor sich Jana wieder in ihren roten Jaguar gesetzt hatte, um nach Hause zu fahren.

Sie war sich sicher, dass Ben die richtige Wahl war, was ihre IT-Probleme anging. Wenn er Rechnerprobleme auch nur halb so akribisch anging, wie er mechanische Probleme auf Haiti gelöst hatte, konnte nichts schiefgehen. Am Frühstückstisch hatten sie über das Thema gesprochen. Ben war zur Hochform aufgelaufen, als er gespürt hatte, dass sie ein echtes Interesse an seinen Computererfahrungen hatte. Er hatte davon berichtet, wie es ihm gelungen war, nachzuweisen, dass Kunden Dreck am Stecken hatten. Das alles gehörte natürlich nicht dazu, ein IT-System am Laufen zu halten. Aber es gehörte zum Service, den Kunden darauf hinzuweisen, dass die Fake-Buchhaltung recht dilettantisch aufgebaut war.

Sie hatte aufgelacht. Und gleichzeitig hatte sie darüber nachgedacht, ob Bens Fähigkeiten nicht vielleicht auch in ihrem Business gewinnbringend einzusetzen wären. Jemand, der sich nicht nur in der digitalen Welt auskannte, sondern auch in der digitalen Welt des Geldes.

Und wer dort gewinnbringend recherchierte – vielleicht gab es für den auch noch weitere Möglichkeiten, seine Kenntnisse und Qualifikation in der Ermittlung einzusetzen?

Ben hatte es abgelehnt, mit ihr gemeinsam zurück nach Darmstadt zu fahren. Er habe seinen eigenen Wagen, sagte er. Er hatte es ebenfalls abgelehnt, dass sie sich um eine Bleibe kümmerte, wenn er für ein paar Tage in Darmstadt weilte. Er habe seine Kontakte. Nun denn …

Sie hatten sich für Montag, neun Uhr vor ihrem Büro verabredet. Jana war sicher, dass er das einhalten würde.

Als sie dann allein in ihrem Jaguar auf die A 4 fuhr, schien die Sonne. Der Verkehr war spärlich. Bis Eisenach hatte die Autobahn drei Spuren, und sie gab dem Jaguar die Sporen. Bei Bad Hersfeld war sie nur noch zweispurig, und Wolken zogen vor die Sonne. Vor jene, die gut acht Lichtminuten von dieser Autobahn entfernt lag, und auch vor jene, die ihr Inneres erhellte. Sie war immer gern gereist – ob die großen Reisen wie nach Haiti oder die kleineren wie diese nach Erfurt. Schon immer hatte sie sich ein wenig auf der Suche gefühlt. Aber nie genau gewusst, wonach. Wenn ich es finde, werde ich es wissen, hatte sie oft gedacht.

Eine Lichtreflexion an einem Schild schoss in ihr Blickfeld wie ein Blitz. Ein Impuls direkt ins Gehirn: die Erinnerung an diesen kleinen Gedichtband, den sie vor vielleicht acht Jahren in Erfurt in einem Antiquariat erstanden hatte. Während eines Gewitters. Beim samstäglichen Stadtbummel. Die Gedichte von Mascha Kaléko, jener Dichterin, die als kleines Kind mit ihrer Familie 1914 aus Galizien nach Deutschland floh, um Pogromen zu entgehen, und knapp fünfundzwanzig Jahre später aus Deutschland, um Pogromen zu entgehen.

Sie hatte den Gedichtband zur Hand genommen, weil ihr das Gedicht »Heimweh« aufgefallen war. In dem Moment, als sie es gelesen hatte, hatte der Blitz ganz in der Nähe eingeschlagen. Sie war zusammengezuckt unter dem Krachen, das die Fenster auch hätte zerspringen lassen können. Ein besonderer Moment.

Kaléko schrieb in diesem Gedicht im Exil über das Heimweh:

Nur das »Weh«, es blieb.

Das »Heim« ist fort.

Auch sie hatte sich so gefühlt, nachdem sie in Erfurt gelandet war und Darmstadt hinter sich gelassen hatte, und das alles nur wegen ihres Vaters.

Weitere Zeilen aus dem Werk der Dichterin fielen ihr ein, aus dem Gedicht »Kein Kinderlied«, allerdings umgarnt von den Noten der Vertonung von Dota Kehr, die diese gemeinsam mit Sarah Lesch sang:

Wohin ich immer reise,
Ich fahr nach Nirgendland.
Die Koffer voll von Sehnsucht,
Die Hände voll von Tand.

Nirgendwo richtig zu Hause und die Hände voller Tand. Luxus-Tand. Wie dieses Auto, dessen Lenkrad ihre Hände gerade umfassten. Wie der eigentlich völlig überflüssige zweite Balkon in ihrer Wohnung.

Aber der Tand – waren der nicht auch jene Salsa One Night-Stands?

Und wenn es diesen Tand nicht gäbe? Was gäbe es dann?

Leere?

War ihr Leben so leer?

Heimatlos mit Heimweh …

Vom Himmel fiel zunächst Regen, dann Graupelschauer, dann Schnee.

Das barg einen gewissen Vorteil: Melancholie konnte man sich nur in Zeiten leisten, in denen man sich nicht hundertprozentig auf die Straße konzentrieren musste. Jana widmete sich wieder Letzterem …

MONTAG

»Das hier ist jetzt dein Arbeitsplatz«, sagte Jana und deutete auf den Schreibtisch.

»Klar«, antwortete Ben. Er hielt den Griff der Krücke fest umklammert.

Der Arbeitsplatz war nicht luxuriös, aber sowohl Tastatur, Monitor als auch Rechner lagen in der Qualität deutlich über einer Standard-Büroausstattung. Und auch der Internetanschluss war fast in der Kategorie »luxuriös« anzusiedeln.

»Ist aber auch okay, wenn ich meinen eigenen Laptop hier anstöpsele, oder?«, wollte Ben wissen.

Jana nickte. In diesem Moment hörte sie, wie sich der Schlüssel in der Tür zum Büro drehte. Die Tür öffnete sich. Herein trat Irina.

Ihr Blick fiel auf Jana. Dann auf Ben. Gleichzeitig runzelte sie die Stirn.

»Hallo, Irina. Das ist Ben. Also, genau genommen, Benjamin Lorenz. Er wird unsere EDV auf Trab bringen. Und dafür wird er ein paar Tage hier an diesem Schreibtisch sitzen.«

Für gewöhnlich kannte Jana ihre Angestellte als sehr zurückhaltend. Doch dieses Mal änderte sie ihr Verhalten. Ein Lächeln überzog ihr Gesicht, sie stapfte auf Ben zu, streckte ihm die rechte Hand entgegen. »Hallo, ich bin Irina Breslauer. Sie können mich gern Ira nennen. Oder *du* kannst mich gern Ira nennen.«

Ben schien irritiert, doch dann nahm er ihre dargebotene Hand an. »Benjamin Lorenz. Aber *du* kannst mich gern Ben nennen.«

Ira schüttelte seine Hand, als ob es sich um einen Saft handelte, dessen Feststoffe gleichmäßig in der Flüssigkeit verteilt werden müssten. »Wenn ich irgendetwas für dich tun kann, wende dich vertrauensvoll an mich.«

Jana erkannte ihre Mitarbeiterin kaum wieder.

»Brauchst du noch etwas von uns?«, wollte Jana von Ben wissen.

»Nun, ganz sicher stoße ich auf die Grenzen von irgendwelchen Passwörtern. Gibst du sie mir?«

Wie weit ging Vertrauen? So weit, dass er alle Passwörter bekam? Ben spürte ihr Zögern und sagte: »Jana, entweder ich richte deine EDV, oder ich richte sie nicht. Dazwischen gibt es nichts. Ich bin so was wie ein Steuerberater. Ich kenne all deine Geheimnisse. Aber ich werde mit niemandem darüber reden. Also: Wer gibt mir die Passwörter?«

Janas Blick fiel auf Irina. »Irina wird dich unterstützen bei allen Informationen, die du benötigst. Und wenn Irina sie nicht hat, dann wendet euch an mich.«

Ben grinste breit: »Genau das wollte ich hören.«

Sie hatte sich mit Ben darauf geeinigt, dass er, wenn es notwendig wäre, das Firmen-Computersystem nur in der Nacht komplett herunterfahren würde. Derzeit versuchte er sich erst einmal einen Überblick zu verschaffen. Während sie daran arbeitete, ein deutlicheres Bild davon zu bekommen, wer Rainer Hauptmann gewesen war.

Zum Glück lebte sie in der Ära der E-Mail. Nicht mehr in der Ära des Faxes. Auch wenn jeder offizielle Beschluss noch gefaxt werden musste, weil Dokumente einer E-Mail ja schließlich hätten manipuliert sein können. Sie hatte der Dame im Einwohnermeldeamt Darmstadt ihre Bestallungsurkunde gefaxt, ab jetzt flossen die Informationen auf dem digitalen Weg. Und per Telefon: »Nein, Frau Welzer, wir haben hier den Familienstand von Rainer Hauptmann als ledig markiert. Und es gibt auch keine minderjährigen Kinder im Haushalt. Ich weiß auch nicht, ob die Eltern noch leben.«

»Wann hat sich denn Rainer Hauptmann in Darmstadt angemeldet?«

»Einen kleinen Moment«, sagte die Dame am anderen Ende der Leitung. »Da, da hab ich's. Er hat sich umgemeldet für den 12. August 2017. War auch gleich fünf Tage danach hier vor Ort.«

»Umgemeldet?«

»Ja. Hat vorher in der Erbacher Straße 2 gewohnt.« Jana kannte das Haus. Ein in Kadmiumgrün gestrichener Eckbau. Mit vielen Ein-Zimmer-Apartments. »Seit wann war er dort gemeldet?«

»Seit 2008.«

»Und davor? Bevor er nach Darmstadt gezogen war?«

»Na, da kam er aus Hamburg.«

»Sie haben die Adresse?«

»Ja, Bahrenfelder Straße in Hamburg-Ottensen.« Die Dame nannte auch die Hausnummer und fuhr fort: »Ist nicht weit vom Bahnhof Hamburg-Altona. Kenne ich. Meine Eltern kommen von dort.«

»Danke«, sagte Jana. »Können Sie mir die Unterlagen per E-Mail schicken?«

»Nein, das faxe ich Ihnen lieber.«

Jana erwiderte nichts. Ihr Faxgerät war ein rein virtuelles. Faxe, die eingingen, landeten als PDF-Datei auf ihrem Computer. Und Faxe, die sie senden wollte, verschickte sie über einen Scanner, der die Dokumente zuvor digitalisiert hatte … Fax ad absurdum, sozusagen.

Wenige Minuten später sah Jana die Eintragung des Melderegisters in Darmstadt.

Es war Zeit, die Kollegen der Dame in Hamburg anzurufen.

Sie wurde dreimal weiterverbunden, bis sie mit einem jungen Mann sprach, der im Einwohnermeldeamt für Rainer Hauptmann zuständig gewesen wäre. »Es tut mir leid, aber ich muss Sie bitten, sich auszuweisen. Geht nicht per E-Mail. Können Sie mir die Bestallungsurkunde faxen?«

Natürlich konnte Jana. An den Begriff Bestallungsurkunde würde Jana sich wohl nie gewöhnen. Ihre erste Assoziation waren dabei immer Pferde in einem Reitstall … Fünf Minuten später war der junge Beamte wieder in der Leitung. »Frau Welzer, bei uns gibt es keinen Rainer Hauptmann. Also nicht in Ottensen. Nicht in der Bahrenfelder Straße. Da hat laut unseren Unterlagen niemals ein Rainer Hauptmann gewohnt. Ich habe keine Ahnung, was da schiefgelaufen ist, aber diese Person kennen wir hier nicht. Ich hab den Namen noch mal durch unser Register laufen lassen. Aber Sie sagten ja, er wäre Jahrgang 1971. Ich habe tatsächlich einen Rainer Hauptmann gefunden. Aber der passt nicht. Der ist zwanzig Jahre älter.«

»Rainer Hauptmann hat also nicht in Hamburg gewohnt? Bei uns ist er 2008 aufgeschlagen. Eben mit jener vorigen Meldeadresse in Hamburg.«

»Na, das ist dann wohl der Moment, in dem Sie die Polizei einschalten sollten«, sagte der junge Mann.

Was nichts bringen würde. Rainer Hauptmann war tot. Gegen ihn würde nicht mehr ermittelt werden. Und schon gar nicht wegen eines Verstoßes gegen das Meldegesetz. Seine aktuelle Adresse war unstrittig: Herdweg 105. Alter Friedhof … Doch wenn Jana Welzer irgendwelche Erben finden wollte, müsste sie ein wenig mehr über diesen dubiosen Herrn erfahren. Da war die Sackgasse mit der Hamburger Adresse nicht hilfreich.

Sie musste einen anderen Weg gehen. Eher den, den Gesetzeshüter als gute, ehrliche Polizeiarbeit bezeichnen würden: Klinken putzen. Sie stand vom Schreibtisch auf, zog sich die Jacke an. »Ich bin für ein bis zwei Stunden unterwegs«, verabschiedete sie sich von Ira und Ben. Dann machte sie sich auf, Menschen zu befragen. Zunächst lief sie einfach über die Mathildenhöhe zu dem Haus, in dem Rainer Hauptmann zuletzt gewohnt hatte. Es war klirrend kalt, aber der Fünf-Minuten-Spaziergang tat ihr gut.

Mit dem Hausschlüssel verschaffte sie sich Eintritt, dann fuhr sie mit dem Aufzug in den sechsten Stock. Klingelte in der rechten Nachbarwohnung von Rainer Hauptmann. Niemand öffnete.

Sie versuchte es in der Wohnung links. »Ja?«, hörte sie eine männliche Stimme hinter der Wohnungstür.

»Mein Name ist Jana Welzer. Ihr Nachbar ist verstorben. Ich kümmere mich um seinen Nachlass. Darf ich mit Ihnen sprechen?« Diese Art der Ansprache hatte schon oft zum Erfolg geführt. Und tatsächlich öffnete sich die Tür.

Der Mann trug Socken, Jogginghose und ein Feinripp-Unterhemd. Vielleicht war es irgendwann einmal weiß gewesen, aber davon zeugten kaum mehr Fasern. »Was wollen Sie?«

Nun, das hatte Jana ja gerade eben gesagt. »Ihr Nachbar, Herr Hauptmann, ist vor ein paar Tagen verstorben. Mein Job ist es, seine Erben zu finden. Und deswegen würde ich gerne mit Ihnen sprechen.«

Der Mann sagte nichts, machte aber eine einladende Handbewegung, weshalb Jana die Wohnung betrat. Das Wohnzimmer war zwar nicht von Kistenwänden zugestellt, aber allein die Sammlung an Pizzakartons auf dem Boden zeugte von einer Verwandtschaft im Geiste zu seinem Nachbarn. »Setzen Sie sich doch«, bot der Herr mit einer großzügigen Geste an. Selbst wenn sie das Angebot hätte annehmen wollen, blieb die Frage offen, wohin sie sich setzen sollte. Die fleckige Sitzgarnitur jedenfalls wirkte wenig einladend.

Jana wiederholte ihre Einführung: »Mein Name ist Jana Welzer. Und Sie sind?« Die direkte Art war oftmals die beste.

»Iras heiße ich. Zacharias Iras.«

»Haben Sie Rainer Hauptmann gekannt?« Jana überwand ihren Ekel und setzte sich auf die Kante des Sofas.

»Nee. Gekannt ist viel zu viel gesagt. An dem Tag, wo er eingezogen ist, da hab ich mich schon ein bisschen gewundert. Der hatte ja gefühlt hunderttausend Umzugskisten. Ich hab mich gefragt, wie er die alle in der Wohnung unterbringen will. Also zusätzlich zu den Möbeln. War aber nicht mein Bier.«

»Hatten Sie Kontakt zu ihm?«

»Nee. Er war einer von den ganz Stillen. Ich hab nie was aus der Wohnung gehört. Bin eigentlich ziemlich sicher, dass er meistens weg war.«

»Also hatten Sie keinerlei nachbarschaftlichen Kontakt.«

»Überhaupt nicht. Er war ja nie da. Aber ist ja auch gut, wenn da mal jemand neben einem wohnt, der nicht ständig meckert, wenn man mal die Musik ein bisschen lauter macht. Also ich kann nix gegen ihn sagen.«

»Gab es denn andere Menschen, die Ihren Nachbarn besucht haben?«

»Nö. Da hab ich gar nichts mitbekommen. Aber, mal ehrlich, so verschlossen, wie der war – kann ich mir gar nicht vorstellen, dass der überhaupt mal Besuch hatte.«

Jana hatte Pech. In den anderen Wohnungen auf Rainer Hauptmanns Etage öffnete niemand mehr auf ihr Klingeln. Lag vielleicht auch am ungünstigen Zeitpunkt. Am Vormittag waren die meisten Menschen nicht in ihrer eigenen Wohnung, sondern arbeiteten irgendwo anders. Also startete sie einen weiteren Versuch in der vormaligen Wohnung von Rainer Hauptmann. In der Erbacher Straße 2. Noch ein Zehn-Minuten-Spaziergang.

Vor knapp zwei Jahren hatte es dort mal einen Mord gegeben, in der Wohnung im ersten Stock, direkt über den Garagen. Sie erinnerte sich, dass sie damals in der Zeitung darüber gelesen hatte.

Das Gebäude hatte die Form eines »U«. Eine Toreinfahrt, durch eine Schranke gesichert, führte von der unteren Seite in den Innenhof, von dem es links in Richtung Haustür ging. So viele Klingeln. Jana probierte eine Klingel nach der anderen.

»Guten Tag, mein Name ist Jana Welzer. Ich bin die Nachlassverwalterin von Rainer Hauptmann. Er hat hier bis vor zweieinhalb Jahren gelebt. Und ich bin angewiesen auf Informationen zu seinem Leben. Könnte ich kurz mit Ihnen sprechen?«

Der bewährte Standardsatz. Sie hatte diese Phrase bereits zehn Mal heruntergeleiert, als sie die Stimme einer älteren Dame in der Gegensprechanlage vernahm. »Der Herr Hauptmann? Klar. Da kann ich Ihnen was zu sagen. Kommen Sie hoch. Zweiter Stock. Gehen Sie nach rechts.«

Ines Jacobi lautete der Name auf dem Klingelschild. Der Türsummer gebot Einlass. Jana stieg in den zweiten Stock, dann war sie irritiert. Nach rechts aus der Perspektive des Treppenabsatzes, auf dem sie jetzt stand? Oder rechts aus der Perspektive, als sie gerade andersherum vor der Haustür gestanden hatte?

»Frau Welzer?«, tönte die Stimme – von rechts. Aus ihrer jetzigen Perspektive. Die Dame lebte offenbar in der Wohnung über dem einstigen Tatort. Ein langer Flur, dann ein Raum, im besten Fall als Wohnküche zu definieren. Küchenzeile, acht Quadratmeter drum herum. Von dort führte eine Tür in einen weiteren Raum. Sicher das Schlafzimmer der Dame. Sie setzten sich jedoch an den kleinen Tisch neben der Küchenzeile.

Frau Jacobi bereitete zunächst einen Kaffee zu, deckte das kleine Tischchen ein, bevor sie sich zu einem weiteren Gespräch bereit erklärte.

Erst als Jana ihre Kaffeetasse in der Hand hielt, fragte Frau Jacobi: »Wie kann ich Ihnen helfen?«

»In diesem Haus hat ein Rainer Hauptmann gewohnt, bis vor zweieinhalb Jahren. Haben Sie ihn gekannt?«

»Selbstverständlich. Ich wohne seit dreißig Jahren hier. Ich kenne sie alle. Und ich hab natürlich auch die gekannt, die nicht mehr hier wohnen.«

»Also auch Rainer Hauptmann?«

»Klar. Er hat gegenüber gewohnt. Also auf der anderen Seite

vom Hof. Im zweiten Stock. Genauso wie ich. Auch in so einer Wohnung wie meiner.«

»Hatten Sie Kontakt zu ihm?«

»Nein. Aber das lag nicht an mir, sondern an ihm. Er hat mit niemandem gesprochen. Und er war auch nur ganz selten da. Ich glaube nicht, dass diese Wohnung hier sein Hauptwohnsitz war. Ich glaube eher, sie diente als Versteck.«

»Ein Versteck?«

»Ja. Ich habe ihn kaum gesehen. Und wenn ich ihn gesehen habe, dann habe ich ihn allein gesehen. Und wenn das Licht günstig war, dann konnte man ziemlich gut in seine Wohnung hineinsehen. Kisten über Kisten. Der hatte sich die Wohnung total zugestellt.«

Jana konnte sich nicht vorstellen, dass man derartige Informationen mit dem bloßen Auge erkennen konnte. Aber sie fragte nicht nach. Sie konnte sich eher vorstellen, dass Ines Jacobi gern ein Fernglas benutzte. »Frau Jacobi, sehe ich das richtig: Da war niemand, der ihn in seiner Wohnung besucht hat?«

»Nein. Da gab es niemand. Aber ich sag es noch mal: Die Wohnung war ja auch total zugestellt. Wie hätte er da mit jemand anderem auch nur einen Kaffee trinken können?« Frau Jacobi hob ihre Tasse, als ob sie Jana zuprosten wollte. Jana tat es ihr nach.

»Wissen Sie denn, ob Herr Hauptmann verheiratet war? Oder ob er Kinder hatte?«

»Nun, einen Ehering hat er nicht getragen. Eine Frau habe ich hier nie gesehen. Und ob er Kinder hatte? Das kann ich Ihnen nicht beantworten. Wenn, dann waren sie nie in seiner Wohnung. Das hätte ich mitbekommen. Also, vielleicht war er geschieden. Aber Kinder? Ich meine, wenn er geschieden gewesen wäre, dann hätte er die Kinder ja wohl kaum nur in der Wohnung seiner Frau besucht.« Die Schlussfolgerungen der alten Dame waren bestechend – und ihr Fernglas von hoher Qualität.

»Noch eine Tasse Kaffee?«, wollte sie wissen.

Doch Jana dankte und verabschiedete sich.

Sie saßen im vietnamesischen Restaurant Asia Dang Dragon, keine drei Minuten zu Fuß von Janas Büro entfernt. Jana schätzte das Lokal: Preise und Geschwindigkeit bei der Zubereitung waren auf dem Niveau eines Fast-Food-Restaurants, Qualität und Geschmack der Gerichte rangierten jedoch deutlich darüber.

Für Ben lag der Vietnamese in einer Distanz zu seinem neuen Schreibtisch, die er wuppen konnte. Er redete nicht darüber, aber sein Gesichtsausdruck sprach Bände: je kürzer der Weg an der Krücke, desto besser.

»Und? Muss ich meine ganze EDV neu aufsetzen?«, wollte Jana wissen.

Ben lachte sie an. »Nein, so weit ist bei dir alles in Ordnung. Also bei deiner EDV. Eine Platte in deinem Server, sie rauscht langsam ab. Ich kaufe morgen eine neue, und dann ist das binnen einer Nacht erledigt.«

»Äh? Funktioniert die Platte noch?«

»Ja. In deinem Server ist ein Überwachungsprogramm. Und das meldet sich, wenn eine Festplatte schwächelt. Und eine deiner Platten tut genau das. Aber wenn ich morgen eine neue kaufe und sie austausche, dann ist alles im grünen Bereich. Wir hätten noch locker vier Wochen Zeit, das zu tun. Also keine Panik.«

»Na, da bin ich ja froh, dass mal einer draufgeschaut hat, der zum einen Ahnung hat und der mich zum anderen nicht abzocken will.«

Die Chefin des Restaurants servierte das Essen. Einmal die zweiundfünfzig für sie – Thai-Curry mit rotem Curry, Hühnchen, frischem Gemüse und Reis – und das Ganze mit grünem Curry für Ben.

Jana sah auf die Uhr. Wieder hatte sie das Mittagessen ausgelassen. Ben ebenfalls. Es war bereits vier Uhr nachmittags.

»Wo bist du denn untergekommen?«, wollte Jana wissen.

Ben dirigierte mit dem Messer ein wenig Reis und Gemüse auf die Gabel, während er sagte: »Ich hab eine schöne Bleibe gefunden. Ist eine nette Stadt, in der du wohnst.«

Jana war irritiert. »Und wo ist das schöne Zimmer?« Darmstadt verfügte über eine Reihe Hotels. Vom preiswerten Plastik-Hasenkäfig bis hin zu Suiten im ehemaligen Jagdschloss von Kranichstein.

»An einem der schöneren Orte in Darmstadt«, antwortete Ben. Und sein Tonfall machte klar, dass er keine weitere Nachfrage mehr beantworten würde. Lippen. Sekundenkleber. Das kannte Jana ja nun schon. Was sie noch mehr befremdete. Wieso machte er ein Geheimnis aus dem Ort, an dem er nächtigte? Hatte er Angst, dass sie ihn stalkte? Das war ja wohl mehr als unbegründet. Aber Jana wusste, dass es bei Ben keinen Sinn machte, eine Frage einfach mehrmals zu stellen, um doch noch eine Antwort zu erhalten. Wenn Ben eine Frage nicht beantworten wollte, dann war er stur. Das kannte sie gut, bereits aus Haiti-Zeiten. Aber sie kannte es ebenso von sich selbst. Wenn sie das auch nicht gern zugab.

»Fährst du immer noch den alten Wartburg?«, lenkte sie die Unterhaltung auf ein Thema, das Ben sicher mehr zusagte. Als sie ihn kennenlernte, vor achtzehn Jahren, hatte sie sich gerade irgendeine Fünfhundert-Euro-Gurke gekauft, einen Honda Civic, der älter war als sie selbst. Und Ben hatte sie zweimal gerettet, als der Wagen den Dienst versagt hatte, da er ja die Kfz-Mechaniker-Ausbildung machte. Ben, Jahrgang 1983, also noch gebürtiger Ossi, hatte für sich damals einen alten Wartburg 353 wieder flottgemacht.

Ben schüttelte den Kopf. »Nein. Geht nicht mehr.«

»Warum? Du hast den Wagen doch geliebt!« Jana erinnerte sich genau daran. An seiner Ausbildung war Ben nicht interessiert gewesen. Aber diesen Wagen wieder herzurichten, schöner als das Original, das war seine Motivation gewesen, das Schrauben zu lernen.

»Ich habe mich verbessert. Bin aber den Ost-Modellen treu geblieben. Fahre jetzt einen Wolga. Einen GAZ 24–24. Mit Achtzylindermotor. Gab's damals nur für den KGB.« Ben grinste schräg.

»Gab es nicht auch in Berlin mal ein paar Wolgas, die als Taxis gefahren sind?«

Ben antwortet nicht. Mehrere Sekunden lang.

»Hey, was ist los?«, wollte Jana wissen. Irgendwie schien Ben sich in einen Kokon zurückgezogen zu haben.

Er führte noch zwei Bissen in den Mund, dann sagte er: »Ich habe den Wolga vor fünf Jahren gekauft und ihn komplett restauriert. Er hat neben dem V8-Motor ein Automatikgetriebe. Das gab's nur bei dem Modell mit dem fetten Motor. Und da ich, wie du ja gesehen hast, ein paar Probleme mit meinem linken Bein habe, ging nur noch Automatik.«

Er hatte schon am Samstag rumgedruckst, als sie ihn auf die Gehhilfe angesprochen hatte. Jetzt fragte Jana ihn nochmals ganz direkt: »Warum brauchst du die Krücke? Und wie lange schon? Schon seit fünf Jahren? Was hast du?«

Ben legte Messer und Gabel neben den Teller. Sah sie an. »Es gibt ein paar Probleme mit meinen Nerven. Mal mehr, mal weniger schlimm. Derzeit mehr.« Mehr sagte er nicht. Lippen zusammen. Sekundenkleber.

Jana hakte nach: »Was meinst du mit ›Probleme mit deinen Nerven‹? Das verstehe ich nicht.«

»Lass es gut sein.« Eine Mischung aus Fauchen und Flüstern.

Auch an diesen Tonfall erinnerte sich Jana noch gut. Bens Stimme wurde leiser, er sprach ein klein wenig langsamer, und jeder, der ihn kannte, der wusste: Ab jetzt würde er zu diesem Thema keine Silbe mehr von sich geben. Jana hatte es kapiert, vor zehn Jahren, in Haiti. Als Ben mit einigen Kollegen in einen Bereich von Port-au-Prince gefahren war, in dem kein einziger Stein mehr auf dem anderen gestanden hatte. Und in dem man die verschütteten Toten nicht mehr gefunden, sondern nur noch gerochen hatte. Sie hatte Ben damals gefragt, wie die Tour gewesen war. Und er hatte im selben Tonfall geantwortet: »Lass es gut sein.«

Schweigend führten sie Gabel um Gabel in den Mund. Es war Ben, der nach ein paar Minuten fragte: »Bist du denn weitergekommen bei deinem Messie?«

Sie hatte ihm davon erzählt. Aber nicht viel. »Na ja. Nicht wirklich.«

»Nachlasspflegerin. Wie wird man denn so was? Ich meine, du hast doch ewig beim THW gearbeitet? Du hast vor Conny sogar die Regionalstelle in Erfurt geleitet. Und plötzlich warst du komplett von der Bildfläche verschwunden. Warum?«

Wollte sie mit Ben darüber reden? Sie war sich nicht sicher. So viel Chaos in ihrer Familie. So viele Entscheidungen, die sie hatte treffen müssen. Aber eigentlich war es ganz einfach gewesen: »Meine Mutter war damals schwer krank. Da war mir Erfurt einfach zu weit weg. Also bin ich zurückgekommen. Hierher. In meine Heimat.«

»Kann ich verstehen. Meine Eltern leben immer noch in Berlin. Ist gut, wenn man da in der Nähe ist.« Dann schwieg er wieder einige Sekunden, bevor er weitersprach: »Also, erzähl mir von deinem Fall. Von diesem Messie. Vorgestern hast du noch gesagt, dass das irgendwie kein normaler Fall ist.«

Da sprach er ein großes Wort gelassen aus. »Ja. Ist seltsam. Ich arbeite jetzt seit vier Jahren in diesem Job. Aber gerade als Nachlasspflegerin habe ich in der Zeit rund zehn Wohnungen gehabt, in denen Menschen gelebt hatten, die nichts, aber auch gar nichts weggeworfen haben. Die einen haben Eierkartons gesammelt – du kannst dir keine Vorstellung davon machen, wie viele Eierkartons man in einer Wohnung unterbringen kann –, die anderen hatten den *Spiegel* archiviert, bis zurück in die Fünfzigerjahre. Jahrgangsweise mit Paketschnur verschnürt. Ein tolles Archiv. Besonders die Zugriffsmöglichkeiten begeistern. Aber das Nicht-wegschmeißen-Können galt immer auch für Essensreste und Abfälle. Ganz besonders eklig wurde es, wenn auch noch zwanzig Katzen in der Wohnung gehaust hatten.«

»Und was war bei deinem Messie anders?«

»Der Gestank. Beziehungsweise die Abwesenheit von Gestank. Die Wohnung war vollgestellt mit Umzugskartons. Denk an ›The Wall‹ von Pink Floyd – dann weißt du, was ich meine. Aber das Bad war ordentlich. Zugestellt, aber ordentlich. Ebenso die Küche. Normalerweise stapeln sich in solchen Wohnungen nicht nur Eierkartons, Umzugskartons oder Klamottenberge, sondern auch Pizzakartons, Cola-Becher, Kaffeebecher, Essensreste vom Vortag und von den vergangenen zwei Wochen oder Monaten. Ben, es stinkt. Es stinkt gotterbärmlich. Und es krabbelt. Ich bin sehr froh, dass ich einen Bekannten habe, der solche Wohnungen entrümpelt und vor allem wieder in einen Zustand versetzt, den man annähernd als besenrein bezeichnen kann.«

Ben hatte aufgegessen, Jana ebenfalls.

»Und die Wohnung ist jetzt leer?«

»Ja. Ich habe alles abtransportieren lassen.«

»Aber das ist nicht dein Job? Das ist doch der Job des Vermieters?«

»Ja. Ja und nein. Natürlich ist es nicht mein Job, eine Wohnung auszuräumen und besenrein zu hinterlassen. Auf der anderen Seite werde ich nur aus den Dingen, die ich aus der Wohnung mitnehme, erfahren können, welche Vermögenswerte der Verstorbene hatte. Und ob es irgendwelche Erben gibt. Aber dort war es so eng, dass daran nicht zu denken war. Deshalb habe ich mich dazu entschlossen, alles abtransportieren zu lassen. Und nicht nur das …«

»Sondern?«

Jana seufzte. Tief. Und laut. »Ich habe einen Versuch gestartet, mit ein paar Studenten den Inhalt der Kisten und der Möbel aus der Wohnung zu sichten. Ist grandios gescheitert. Die Idioten konnten nicht einmal einen Prospekt von einem Arztrezept unterscheiden.«

Jana sah in Bens Augen, in denen Fragezeichen aufflackerten. »Ich will das jetzt nicht ausführen. Aber ich habe zwischen all dem Müll auch ein Rezept gefunden, das mich auf die Vormieterin gebracht hat. Das wäre der Job der Studenten gewesen. Den sie leider nicht gut erledigt haben.«

»Rechnet sich das für dich?«, wollte Ben wissen. »Ich meine, das ist ja ein irrsinniger Aufwand.«

»Da hast du recht. Normalerweise geht das alles viel einfacher über die Bühne. Hier scheint es etwas komplizierter zu sein«, sagte sie und versuchte sich in einem Lächeln. Im Gesichtsausdruck ihres Gegenübers erkannte sie, dass es ihr nicht sonderlich gut gelungen war.

»Inzwischen habe ich wenigstens die Kontodaten von Rainer Hauptmann. Sie standen im Mietvertrag. Ich war vorher noch bei der Sparkasse. Morgen bekomme ich die ganzen Unterlagen und die Auszüge. Aber das Konto ist gut gefüllt. Zehntausend Euro im Plus. Kann man nicht meckern.«

»Zeigst du sie mir?«

»Wen?«

»Na, die Wohnung. Ich würde sie mir gerne ansehen. Vielleicht hast du ja auch ein paar Fotos, wie es vorher ausgesehen hat. Vielleicht kann ich dir helfen. Klingt auf jeden Fall nach einem interessanten Fall.«

Ben ihr helfen? Wie kam er denn darauf? Er war hier, um ihre EDV wieder in Schuss zu bringen. Doch sie musste zugeben – sie selbst hatte ja bereits daran gedacht, ob seine Recherchefähigkeiten nicht auch für sie nutzbar waren.

Ben fuhr fort: »Du hast vorgestern gesagt, da hätten zwanzigtausend Euro auf einem Sekretär gelegen. Neue Scheine. Sauber gestapelt. Passt irgendwie nicht zu Messie.«

»Ja. Das ist mir auch klar.«

»Komm, lass uns in die Wohnung gehen. Vielleicht hilft dir ein zweiter Blick. Was kannst du verlieren?«

Sie fuhren im Aufzug in den sechsten Stock. Die Türen öffneten sich, Jana ging direkt auf die Wohnungstür des ehemaligen Domizils von Rainer Hauptmann zu. »Oh«, sagte sie.

»Was ist?«

»Schau mal!« Jana deutete auf das Schloss.

Unter dem Türknauf, dort, wo sich eigentlich der Schließzylinder hätte befinden sollen, sah Ben nur ein Loch. Er ging in die Hocke. Es sah so aus, als ob der Zylinder mitten in der Tür abgebrochen worden wäre. Nur noch die Hälfte des Schlosses weilte an ihrem Platz. »Hier hat wohl jemand seinen Schlüssel vergessen.«

Noch während Ben die Worte aussprach, hatte Jana bereits die Polizei angerufen. Sie schilderte rasch, wer sie war, wo sie war und warum sie dort war. Nach dem kurzen Gespräch verabschiedete sie sich, dann legte sie auf. »In zehn bis fünfzehn Minuten sind sie da.«

»Wollen wir schon reingehen?«, fragte Ben.

»Ganz gewiss nicht. Ich habe keine Lust, mich nachher anraunzen zu lassen, ich hätte irgendwelche Spuren vernichtet. Außerdem muss ich noch ein Telefonat führen.«

Sie wählte die Nummer des Wohnungseigentümers. Denn sie wusste, dass, wenn die Polizisten wieder zurückfuhren, sich in dieser Tür kein Schloss mehr befinden würde. Xaver Müller sollte zumindest Bescheid wissen.

Der meldete sich mit barschem Ton und wurde auch nicht freundlicher, als Jana ihm mitteilte, dass er am besten einen Schlosser in den Lucasweg schicken sollte. »Herr Müller, dass ich Sie anrufe, ist reines Entgegenkommen meinerseits.«

Müller lamentierte über sein Gipsbein und dass es ihm unmöglich wäre, zu seiner Wohnung zu kommen.

Wozu gibt es die beigefarbenen Autos mit den hübschen gelben Schildern auf dem Dach, dachte Jana, sprach es aber nicht aus. »Ich denke, ich bin in gut dreißig Minuten hier. Wenn Ihr Schlosser in dieser Zeit hier ankommt, werde ich noch da sein. Ansonsten muss er sich halt von irgendjemand anderem die Haustür öffnen lassen. Auf jeden Fall brauche ich danach auch wieder einen der Schlüssel für diese Wohnung.«

Müller hatte tief Luft geholt, um zu einer neuen Tirade anzusetzen. Doch Jana berührte mit dem Daumen einfach den großen, roten Kreis auf dem Display des Smartphones.

Es dauerte nur zehn Minuten, dann öffnete sich die Aufzugtür im sechsten Stock. Heraus traten eine Polizistin und ein Polizist in Uniform und eine Frau in Zivil, die einen Koffer in jeder Hand trug.

Jana stellte sich und Ben vor.

Der Uniformierte tat es ihr gleich: »Polizeikommissar Becker und meine Kollegin Polizeikommissarin Schiebelhuth. Und das ist Silvia Rauch von der Spurensicherung.« Er deutete auf die Frau mit den Koffern.

Während die beiden Polizisten Jana nochmals en détail befragten, hantierte die Spusi-Beamtin an der Tür. Zunächst ging sie mit schwarzem Rußpulver auf die Suche nach Fingerabdrücken und wurde fündig. Sie wandte sich an Jana: »Können Sie beide heute noch mal auf das Präsidium kommen? Wir brauchen auch Ihre Fingerabdrücke, damit wir Sie ausschließen können.«

»Klar«, antwortete sie. Und auch Xaver Müller würden die Beamten dann aufs Revier bitten. Also doch ein Auftrag für die beigefarbenen Autos, feixte Jana innerlich.

Nach wenigen Sekunden war die Tür geöffnet, und es dauerte keine weiteren drei Minuten, da hatte Silvia Rauch das ganze Schloss ausgebaut.

»Sie nehmen das jetzt mit?«, wollte Ben wissen.

»Klar. In dem Schloss können wir eine ganze Menge über die Tatwerkzeuge erfahren. Und wenn wir mal bei einem unserer einschlägig Bekannten die andere Hälfte des Schlosses finden, können wir sie hundertprozentig genau diesem hier zuordnen.«

»Haben Sie eine Vorstellung davon, weshalb hier jemand einbrechen wollte?«, fragte Kommissar Becker Jana.

»Ich habe keine Ahnung. Es ist ja auch nichts mehr zu holen gewesen. Die Wohnung ist komplett leer.«

»Was der Einbrecher offensichtlich nicht wusste«, schlussfolgerte der Beamte.

Jana zuckte nur mit den Schultern. Genauso war es.

Nachdem die Gesetzeshüter sich wieder auf den Weg gemacht hatten, betraten Jana und Ben die Wohnung.

Ben hielt zunächst inne. Er sah auf den Boden des Flures, dann ins Bad. »Sieht alles ziemlich cool aus«, sagte er. Er schaute in die Küche, dann in die restlichen Räume. »Alles sauber. Keine Flecken auf dem Boden. Keine Flecken an der Wand. Alles stubenrein. Also, wenn mir jemand erzählt hätte, dass hier ein Messie gewohnt hat, hätt ich's nicht geglaubt.«

Jana schaute durch die Zimmer mit anderer Perspektive: Konnte man an irgendeiner Stelle erkennen, dass jemand in dieser Wohnung gewesen war? War der Einbrecher zufällig hier eingebrochen? Oder hatte es dieser Jemand gezielt auf das Apartment abgesehen? Aber was hätte er hier stehlen wollen? Wobei die zwanzigtausend ja nicht der einzige Schatz gewesen sein mussten …

»Ist schon chic hier.« Ben deutete auf den hölzernen Fußboden. »Das hat sich der Vermieter sicher bezahlen lassen«, überlegte er laut.

Ben und sie tigerten noch ein paar Minuten durch die ausgeräumte Bleibe. Dann verließen sie sie.

»Hast du das schon mal erlebt? Dass jemand in eine Wohnung eingebrochen ist, für die du verantwortlich gewesen bist?«

»Dass jemand gewaltsam die Tür geöffnet hat, das kenne ich nicht. Dass aber mehr Schlüssel im Umlauf waren, als mir bekannt war, das kommt vor. Da sind auch schon Wohnungen gezielt durchsucht worden. Einmal gab es sogar ein Strafverfahren. Eine alte Dame hatte eine Pflegerin, die schwarz für sie gearbeitet hatte. Als die Dame verstarb, gab es kein Testament. Also erbten nur die beiden Kinder. Die Frau hat dann mithilfe ihres Zweitschlüssels nachgeschaut, ob sie sich selbst für ihre Aufopferung belohnen könnte. Doch als sie gerade die Matratze angehoben hatte, weil sie darunter ein Geldversteck vermutete, tauchte der Sohn der Verstorbenen auf. Pech.«

»Aber in einer leeren Wohnung? Was kann man denn da finden?«

»Ich glaube, die Person, die die Wohnung hier geknackt hat, wusste offensichtlich nicht, dass bereits alles ausgeräumt worden ist. Wieder ein Punkt, den ich nicht verstehe. Jemand scheint hier offenbar noch nach etwas zu suchen.«

»Hallo? Ist da jemand? Sind Sie Frau Welzer?« Eine tiefe Männerstimme drang aus dem Flur.

Der Schlosser. Prima!

Es dauerte keine weiteren fünf Minuten, dann zierte die Wohnungstür wieder ein funktionierendes Schloss. »Herr Müller hat gesagt, ich soll Ihnen gleich einen Schlüssel in die Hand drücken. Sie müssten sich nur noch ausweisen.«

Jana fingerte nach ihrem Personalausweis, dann bekam sie den Schlüssel ausgehändigt. Der Schlosser verabschiedete sich und stiefelte in Richtung Aufzug.

»Hast du eigentlich Fotos aus der Wohnung, als sie noch nicht leer geräumt war? Ich würde mir die gerne einmal anschauen«, sagte Ben.

Warum nicht? Warum nicht eine zweite Meinung zu diesem Chaos? »Klar. Ich schicke dir nachher einen Link, dann kannst du auf all die Daten der Wohnung zugreifen.«

Ben hatte das verspätete Mittagessen mit Jana genossen. Er konnte sich nicht daran erinnern, wann sie zuletzt zu zweit gegessen hatten. Immer waren andere Leute mit von der Partie gewesen, meistens vom THW. Nicht, dass er es sich nicht anders gewünscht hätte. Aber in der Realität? Es fiel ihm wieder ein: Vor gut neun Jahren hatten sie zu zweit ein Restaurant aufgesucht. Es war kurz nach dem Einsatz in Haiti gewesen. Er erinnerte sich nicht mehr genau, weshalb Jana von Erfurt nach

Berlin gekommen war. Hatte auch irgendetwas mit dem THW zu tun gehabt. Auf jeden Fall hatte er sie gefragt, ob er sie zum Essen einladen dürfe – und war erstaunt gewesen, dass sie tatsächlich zugesagt hatte. Das Lokal hatte deutlich über seiner Gehaltsklasse gelegen – aber noch heute konnte er diesen Abend nicht vergessen. Womit die Euros gut angelegt gewesen waren. Frischen Seeteufel hatte sie gegessen. Er ein Rumpsteak.

Nach dem Besuch von Hauptmanns Wohnung war Ben zurückgefahren. Nicht in ein Hotel, sondern ins Komponistenviertel Darmstadts, genauer gesagt in den Richard-Wagner-Weg 87. Das Haus, in dem Janas Eltern wohnten. Was er Jana wohlweislich verschwiegen hatte. Denn dort lebte nicht nur Janas Mutter, sondern eben auch Janas Vater. Jana hatte bereits vor Jahren mit ihm gebrochen. Viel hatte sie nicht darüber erzählt, nur dass ihr Erzeuger sie schwer enttäuscht und im Gefängnis gesessen hatte. Weshalb, darüber hatte sie sich bedeckt gehalten. Janas Vater – das war definitiv kein Thema, über das man mit ihr sprechen konnte. Zweimal hatte Ben es versucht, zweimal hatte er sich eine blutige Nase geholt, wenn auch nur im metaphorischen Sinne.

Bevor er von Berlin nach Darmstadt gefahren war, hatte er im Hause Welzer angerufen. Janas Mutter war am Telefon gewesen und hatte sich fast überschlagen vor Freude, Bens Stimme zu hören. Ihr letztes Telefonat war sicher ein Jahr her. Er und Janas Mutter hatten sich immer gut verstanden. Er schätzte ihren Humor, ihre Großherzigkeit – und einen Wunsch hatten sie geteilt: dass Ben ihr Schwiegersohn werden würde. Nun, vor einigen Jahren, da hatte Ben darunter gelitten, dass er es wohl nie werden würde. Inzwischen hatte er sich damit abgefunden.

Janas Mutter hatte Ben bereits nach dem dritten Satz des Gesprächs vorgeschlagen, bei ihr im Haus zu wohnen. Schließlich verfügte das Gebäude im Souterrain über eine Gästewohnung. Ben wollte das Angebot zunächst nicht annehmen,

Janas Mutter betonte hingegen, dass sie aus reinem Eigennutz handelte. Ihr Gatte weilte derzeit mit ein paar seiner Bekannten in den österreichischen Alpen zum Skifahren und würde noch zehn Tage fortbleiben. Natürlich sei das Haus mit einer Alarmanlage gesichert, aber sie würde sich doch deutlich wohler fühlen, wenn ein junger, starker Mann nächtens unter demselben Dach schlief.

Ben hatte auf seine Krücke geschaut, doch die Aussage von Janas Mutter nicht korrigiert. Er hatte das Angebot angenommen. Und ohne dass sie es aussprechen mussten, war der Deal: Keiner von beiden würde das Jana auf die Nase binden.

Ben stellte den Wolga am Bordstein vor seiner vorübergehenden Wohnstatt ab. Janas Mutter empfing ihn in der Haustür wie bereits am Vortag.

Erneut war er erstaunt über die schiere Größe und Weite der Wohnung. Er schätzte die Grundfläche auf ungefähr zweihundert Quadratmeter. Allein auf das Wohnzimmer fielen sicher vierzig. Als Janas Mutter ihm am Tag zuvor eine kleine Hausführung geboten hatte, musste er schmunzeln: In einer Ecke des Salons war ein Kamin installiert. Und er wusste, wie sehr Jana Kamine liebte. Er fragte sich, ob die vier Wände, in denen sie jetzt lebte, auch über solch eine Indoor-Feuerstelle verfügte.

Janas Mutter bot Ben an, ein Abendgericht zuzubereiten, doch Ben lehnte dankend ab – die Portion beim Thailänder war reichlich gewesen. Mehr brauchte er heute nicht mehr. Er zog sich in die Wohnung im Souterrain zurück. Auf dem Sofa sitzend checkte er auf dem Laptop seine Mails, einige beantwortete er. Dann öffnete er den Link, den Jana ihm geschickt hatte. Die Fotografien aus der Wohnung von Rainer Hauptmann. Unmengen an Aufnahmen. Offenbar war jeder Karton einzeln an seinem Ort dokumentiert worden. Die WLAN-Anbindung hier im Souterrain war – nett formuliert – sehr langsam. Ein Repeater, der das Signal verstärkt hätte, wäre gewiss keine Fehlinvestition gewesen. Daher klickte sich Ben nur durch das erste Dutzend Bilder, das jedoch auch einen guten Eindruck von Hauptmanns Wohnung vermittelte. Wände von Kisten, kaum ein Schimmer von Tageslicht. Die Fotos besaßen einen hohen Gruselfaktor. Ben konnte sich vorstellen, wie Jana sich gefühlt hatte, als sie sich durch dieses Labyrinth gezwängt hatte.

Nach einer Viertelstunde hatte er einen guten Eindruck davon, in welchem Zustand Hauptmanns Refugium gewesen war.

Er schloss seinen Laptop an den Flachbildfernseher an, schaute noch zwei Filme und legte sich danach schlafen.

Es fühlte sich seltsam an, denn er wusste, dass dies einmal Janas Wohnung gewesen war, wie ihm ihre Mutter anvertraut hatte. Als klar war, dass die Tochter nun ihr eigenes Leben leben würde, hatten sie und ihr Mann die Wohneinheit komplett renovieren lassen, die alten Möbel durch eine neue Einrichtung ersetzt und bei der Gelegenheit gleich Küche und Bad modernisiert. Trotzdem empfand es Ben als befremdlich, in jenem Zimmer zu schlafen, das Jana vor vielen Jahren gehört hatte. Nun, er würde wahrscheinlich noch ein, zwei Nächte hier verbringen, und dann ging es ohnehin zurück nach Berlin.

Er drehte sich eine Stunde lang wie ein Grillhähnchen zwischen den Laken um die eigene Achse. Und die Gedanken kreisten um ihren komischen Fall.

Er hatte vor ein paar Wochen einen Artikel gelesen, in dem der Autor die These aufgestellt hatte: Im eigenen Bett solle man nur zwei Dinge tun. Schlafen. Oder miteinander schlafen. Wenn man weder das eine noch das andere tat, war man besser beraten, das Bett zu verlassen. Und sich eventuell später wieder hineinzulegen, wenn sich die Option auf Schlaf oder Sex ergab. Für Ben lag derzeit beides in weiter Ferne. Denn er spürte, dass irgendetwas mit dieser Wohnung nicht stimmte. Also mit Hauptmanns Wohnung. Dass in den Fotos dieser Räume eine Erklärung lag, weshalb diese Unterkunft in dem

Zustand gewesen war, in dem Rainer Hauptmann sie hinterlassen hatte.

Jana hatte alle Aufnahmen und Berichte des Entrümplers auf dem Server im Büro abgelegt. Daher beschloss Ben, dorthin zu fahren. Sie hatte ihm ja gleich zu Beginn einen Schlüssel in die Hand gedrückt.

Wenig später verließ er das Haus und startete seinen Wagen, nachdem er die Krücke auf dem Rücksitz drapiert hatte. Schon kurz darauf stellte er den Wolga direkt vor den Geschäftsräumen in der Pützerstraße ab. Wenn er in dieser Nacht noch einen Strafzettel kassieren würde, war es nicht zu ändern.

Jana hatte auch dafür gesorgt, dass Irina ihm einen Account angelegt hatte, wenn er die Firmenrechner hochfuhr. »Alles, was du machst, wird protokolliert – also mach keinen Scheiß«, hatte Ira ihn ermahnt. Und obwohl sie dabei gelächelt hatte, war sich Ben sicher, dass sie es todernst meinte.

Ben stöpselte seinen Laptop an Tastatur und Monitor. Der Mauszeiger landete abermals auf dem Link, den Jana ihm geschickt hatte. Er klickte sich nun durch alle Bilder dieser Dokumentation, die der Entrümpler angefertigt hatte. Einmal in der Reihenfolge, in der die Fotos entstanden waren, dann rückwärts.

Das Erste, was Ben auffiel: Die Umzugskartons beherrschten die Wohnung. Und gleichzeitig definierten sie die Wege, auf denen man sich bewegen konnte. Ben betrachtete nochmals langsam ein Foto nach dem anderen, wie die Kisten abgetragen worden waren und was sich dahinter gezeigt hatte: entweder weitere Wände von Kartons oder, quasi als letzte Schicht vor den Wänden, tatsächlich ein paar Möbel, in denen ihrerseits noch mehr eingelagert worden war. Und Ben stellte fest: Dieser Rainer Hauptmann hatte überhaupt keinen Zugriff mehr auf den Inhalt der Einrichtung gehabt.

Wie konnte man so leben?

Ben konnte sich schwerlich vorstellen, dass jemand in diesen Umzugskartons irgendetwas verstaute, was von Wert war.

Denn nur auf ganz wenige Kisten hatte dieser Hauptmann überhaupt direkten Zugriff gehabt. Indirekten Zugriff hatte es keinen gegeben. Es gab schlicht nicht genug Platz, um Stapel umzuschichten. Vielleicht am ehesten noch im Bad …

Ben konzentrierte sich nun auf jene Bereiche, in denen keine Pappbehälter gestapelt waren. Ein Trottoir aus Prospekten und Zeitungen. Wege aus Papier. Dieses Material konnte man sehr schnell zur Seite schaffen. Viel schneller als irgendwelche Berge von Kisten. Lag vielleicht darin der Schlüssel zu dieser Wohnung? Waren die wertvollen Dinge genau entlang jener Pfade versteckt, die nur mit Papier, aber nicht mit Kisten gepflastert worden waren?

CAESAR IV

»Wir öffnen Kasse vier für Sie!«

Ich liebe diese Computerstimme. Keinerlei Emotion. Und kaum dass sie ihre Botschaft verkündet hat, sortiert sich die Welt neu. Jeder versucht die nächste Poleposition zu ergattern. Mit harten Bandagen wie bei der Formel 1.

Seit ich in diesem Job arbeite, frage ich mich oft, wie Menschen ihre Lebenszeit positiv definieren. Nicht in einer Schlange vor der Kasse zu stehen, das scheint das höchste Gut zu sein.

Da ist ein älterer Mann, den habe ich ein paarmal beobachtet. Er sah sich nicht die Schlangen an, sondern er beobachtete, wer an der Kasse saß. Und dann reihte er sich ein. Es war selten die Kasse mit der kürzesten Schlange. Sondern es war immer die Schlange mit der attraktivsten oder freundlichsten Kassiererin. Ja, ich habe geschmunzelt, als ich ihn gesehen habe. Das ist die richtige Lebenseinstellung. Lieber fünf Minuten Vorfreude auf eine nette Kassiererin als vier bedeutungslose Minuten im Leben.

Wieder ein Mittwoch, wieder ein Vormittag, wieder bislang nichts Besonderes. Für mich ist es das Besondere, wenn nichts Besonderes anfällt. Das bedeutet: Ich kann meinen Job machen. Niemand pfuscht mir rein. Niemand meckert. Ich kassiere Kunde für Kunde ab, und alles läuft ohne nennenswerte Störungen. Ja, so definiere ich inzwischen Glück für mich. Mein Handy schweigt, und die Kunden in der Schlange schweigen auch.

Aber auch an diesem Mittwoch ist das Glück trügerisch. »Caesar, dein Handy klingelt!« Diesmal nicht die nette Stimme von Rita, sondern die von Roberto. Nicht eben mein liebster Arbeitskollege.

Die gleiche Prozedur wie immer: »Kann mal jemand für mich einspringen? Ich muss an mein Telefon. Meine Kinder.«

Kinder.

Ist hier eher ein Schimpfwort. Mit dem Begriff Kinder verbindet hier niemand, dass sie die Zukunft unseres Landes sind, wie so viele Politiker es Tag für Tag betonen. Nein, hier sind Kinder ein Bremsklotz. Ein Bremsklotz im laufenden Betrieb des Regale-Auffüllens und des Kunden-Abkassierens. Bremsklötze, und ich habe gleich drei davon.

Rita kommt auf mich zu. »Ich mach das«, sagt sie.

Und ich kann eine Minute später in den Aufenthaltsraum gehen. In dem mein Handy liegt. Keine unbekannte Nummer. Ich habe die Nummer abgespeichert unter dem Begriff »Cassy Schule«. Es gibt zwei Optionen: Meine Tochter ist krank. Oder meine Tochter hat irgendetwas verbockt.

Da schlagen jetzt zwei Herzen in der Brust des Vaters. Nein, natürlich wünsche ich mir nicht, dass meine Tochter krank ist. Aber ich wünsche mir auch nicht, dass meine Tochter irgendetwas vergeigt hat. In der Wirtschaft redet man oft von Win-win-Situationen. Ich stehe hier vor einer Lose-lose-Situation. Ich kann nur verlieren.

Ich rufe zurück. »Herr Strauß, gut, dass Sie zurückrufen! Also, mit Ihrer Tochter, das kann so nicht weitergehen.« Ich höre nicht mehr, was die Dame am anderen Ende der Leitung sagt. Cassy ist aggressiv. Immer wieder schlägt sie oder tritt andere Kinder. Ja, ich weiß davon. Aber wie, verdammte Scheiße, soll ich daran etwas ändern? Ja, ich bin der Vater. Ich bin verantwortlich für meine Tochter. Dann zeige mir doch bitte einmal jemand die Bedienungsanleitung und die Schalter, mit denen man »Aggression« runterregeln kann!

Verdammte Kacke, ich kann doch nichts dafür, dass meine Tochter sich ständig rumprügelt!

DIENSTAG

Ben schreckte auf, als er das Geräusch des sich öffnenden Schlosses hörte. Für einen Moment hatte er keine Ahnung, wo er sich befand. Nicht im Schlafzimmer seiner Wohnung. Stimmt, er war ja in Darmstadt. Aber er lag auch nicht im Bett der Gästewohnung im Richard-Wagner-Weg. Er hatte das Gesicht auf seinen Unterarm gebettet. Erkannte unmittelbar vor seiner Nase eine Tastatur. Die Orientierung kam zurück. Er lag mit dem Kopf auf der Schreibtischplatte in Janas Büro.

Er richtete sich auf, stieß dabei mit dem Ellbogen an die Maus, sodass auch der Rechner aus dem Ruhemodus zum Leben erwachte und dies mit aufleuchtendem Monitor kundtat.

Die Tür öffnete sich. Ben hörte Jana verhalten aufschreien. »Mein Gott, Ben! Was machst du denn hier? Du hast mich zu Tode erschreckt!«

Er rappelte sich auf. »Entschuldige. Ich muss wohl eingeschlafen sein.«

Auf dem Bildschirm blinkte der Cursor an der Stelle, an der man sein Passwort eingeben sollte, um wieder mit dem Rechner arbeiten zu können.

»Wieso bist du überhaupt hier? Ich denke, du bist direkt in dein Hotel gefahren?« Ben entging nicht, wie sie das Wort »Hotel« betonte. Die Erkundigung galt also nicht nur dem Ziel der Fahrt, sondern auch der Frage, um was für eine Art von Gästehaus es sich handelte.

Ben ignorierte das. »Ja. Aber ich konnte nicht schlafen. Da bin ich noch mal hierhergekommen.« Er sah auf seine Uhr: Es war sieben Uhr zwanzig. Jana war schon damals vom Typ »früher Vogel« gewesen.

»Ich mach dir einen Vorschlag«, meinte sie. »Ich gehe jetzt zum Bäcker, hole ein paar Croissants – und du kannst dich ein bisschen frisch machen. In der obersten Schublade unter dem Waschbecken findest du eine neue Zahnbürste.«

Dieses Angebot wollte Ben nicht ausschlagen. Im Bad war zwischen Klosett und Waschtisch eine Trennwand installiert, sodass man nicht den Eindruck hatte, sich auf einer Toilette zu waschen. Im Schubkasten befanden sich drei in durchsichtiges Plastik verpackte Zahnbürsten, des Weiteren drei ungeöffnete Tuben Zahnpasta. Rechts daneben lagen vier frisch gewaschene und sorgsam gefaltete Handtücher sowie zwei Waschlappen. Zudem vier Deoroller, zwei mit femininem, zwei mit maskulinem Duft. Jana Welzer war wirklich auf alle Eventualitäten vorbereitet.

Er trat gerade aus dem Bad, als Jana die Bürotür öffnete. Sie legte die Tüte mit den Croissants auf den Besprechungstisch, um den herum vier Stühle gruppiert waren. Wenig später kam sie mit einem Tablett zurück, auf dem zwei Gedecke platziert waren sowie Butter, Marmelade und etwas Käse.

Sie deckte den Tisch so ein, dass sie im Neunzig-Grad-Winkel zueinander saßen.

»Was hat dich heute Nacht hierher gezogen?«, wollte Jana wissen.

»Ich habe mir die Fotos der Wohnung noch mal angeschaut. Vielmehr die Struktur der ganzen Wohnung. Genau genommen die Struktur der Einrichtung – wenn man das mal so bezeichnen will.«

»Und ist dir was aufgefallen?«, fragte Jana, während sie die Spitze des Croissants unter einem Löffel Erdbeermarmelade begrub.

»Nichts in dieser Wohnung passt irgendwie zueinander. Das fängt schon bei den Möbeln an.«

»Wie meinst du das?«

»Moment«, sagte er und schob seinen Teller mit dem Hörnchen zur Seite. Er stand auf, ging zum Schreibtisch, an dem er geschlafen hatte und auf dem auch sein Laptop stand. Er stöpselte Monitor, Tastatur und Netzteil ab, dann stellte er das MacBook auf den Besprechungstisch, sodass sie beide einen guten Blick auf das Display hatten. Er blätterte durch das Album mit den Fotos von Jörn Großeimer, stoppte bei einem Bild. »Das ist das, was dieser Hauptmann wohl als Wohnzimmer definiert hat. Aufgenommen zu dem Zeitpunkt, als bereits alle Kisten rausgetragen waren und nur noch die Möbel dastanden. Was fällt dir auf?«

Jana schob den Rest des Croissants zwischen die Zähne, kaute und sagte dann: »Da sind kaum Möbel. Ein Schrank. Ein Sessel. Ein Esstisch. Und dann der Sekretär.«

Ben sah sie an, nickte mehrfach, als wolle er sagen: Und, und, und – was noch?

»Na ja«, fuhr Jana fort, »ist schon ein bisschen spärlich.«

»Nein, es ist nicht nur spärlich, es ist keine richtige Einrichtung.« Ben machte eine Pause.

»Okay. Wird keinen Artikel in *Schöner Wohnen* bekommen. Aber ich kenne auch andere Bleiben, bei denen die Einrichtung aus Kraut und Rüben besteht.«

»Jana, würdest du so ein Wohnzimmer einrichten? Ein Sessel. Und dazu ein Esstisch? Aber keine Stühle, die zu dem Esstisch passen? Und auch kein Couchtisch, der die richtige Höhe für Couch und Sessel hat. Und dann – ein Wohnzimmer ohne Fernseher? Ohne Radio? Schau dir das zweite Zimmer an.« Bens Finger flogen wieder über die Tastatur. »Ein Tisch. Zwei Stühle. Ein Schreibtisch. Nicht mal mit Bürostuhl. Ist das ein Arbeitszimmer? Ist das ein Esszimmer?«

»Moment«, insistierte Jana. »Sehe ich das richtig? Die beiden Stühle sind ja unterschiedlich hoch.«

»Bingo. Wenn du dich auf den hohen setzt und ich mich auf den niedrigen, dann können wir eine Konversation auf Augenhöhe führen. Aber das ist noch nicht alles.« Wieder der Tanz der Finger auf der Tastatur, dann das Bild des Schlafzimmers. »Ein Bett. Zwei riesige Kleiderschränke. Er müsste schon ein sehr eitler Fatzke gewesen sein, wenn er die ausschließlich mit eigenen Klamotten befüllt hätte. Aber dann ist da noch was.«

»Der Couchtisch«, sagte Jana, die nun offensichtlich Bens Perspektive eingenommen hatte.

»Genau. Der Tisch.« Den man nur sah, weil alle Kisten, die darauf und darum gestanden hatten, bereits weggeräumt worden waren.

»Der Tisch ohne Stühle«, flüsterte Jana.

Ben nickte nur. »Was macht ein Tisch ohne Stühle in einem Schlafzimmer? Diese Wohnungseinrichtung erinnert mich ein bisschen an Gemälde von Salvatore Dalí. Fehlt nur noch eine Uhr auf dem Tisch, die langsam herabfließt.«

Jana machte sich jetzt über das zweite Croissant her. Schnitt es auf, packte eine Scheibe Käse auf die untere Hälfte, legte die obere wieder an ihren Platz und biss herzhaft zu. »Und was sagt uns das jetzt?«

»Halten wir zunächst einmal fest: Die Einrichtung der Wohnung ist wenig funktional.«

»Mhm«, stimmte Jana mit vollem Mund zu.

»Ich hab die Fotos von diesem Jörn mal zu einem Film zusammengefügt. Also, genau genommen zu einer Diashow. Immer wenn eine Kiste weg war, haben die ja ein Foto geschossen. Ich hab das in Zeitraffer zusammengefasst. Schau dir das mal an.« Wieder klickte Ben auf irgendeinen Button im Menü, dann sah man, wie die papierenen Wege zwischen den Kistenwänden abgetragen wurden, dann die Kisten selbst. Pink Floyd im Rückwärtsgang und Schnelldurchlauf, sozusagen.

»Okay, jetzt sehe ich, wie Jörn und seine Mitarbeiter die ganzen Sachen weggeschafft haben.«

»Genau. Aber jetzt schau dir das Ganze an, wenn man es rückwärtslaufen lässt.« Wieder ein Klick. Jetzt sah man auf dem Bildschirm, wie Kiste um Kiste aufeinandergetürmt worden war. Zuerst verdeckte die Kistenwand die Möbel und die Fenster, dann folgte die zweite Kistenwand, die ihrerseits die erste verbarg, daraufhin entstand auf der gegenüberliegenden

Seite der Aufbau der nächsten Wand aus Pappe. Schließlich wurde zwischen den Kisten ein Pflaster aus Prospekten und Seiten der Tageszeitung gelegt.

»Moment mal«, sagte Jana. Und Ben nahm mit tiefer Befriedigung wahr, wie sich auf ihrer Stirn ein Runzeln bildete. »Spul noch mal ein bisschen zurück.«

Ein Lächeln überzog Bens Gesicht. Sie war auf der richtigen Spur. Er konnte einfach nicht umhin, vor ihr das Rätsel auszubreiten und sie die Lösung selbst entdecken zu lassen.

»Mach langsamer!«, forderte sie ihn auf. »Stopp!« Es war die Stelle, an der die erste Kistenwand vollständig errichtet worden war und die ersten Kisten vor der Wand aufeinandergetürmt wurden. Jana sah Ben an: »Zwischen den Kisten ist kein Papier!«

»Da ist kein Papier. Ganz genau. Nicht der ganze Boden ist voll mit Papiermüll, sondern nur der eine sichtbare Gang zwischen den Kistenwänden. Ich hab mir erlaubt, das mal in einer kleinen Skizze festzuhalten.«

Ein paar Klicks später zeigte der Bildschirm des Laptops einen Plan der Wohnung aus der Vogelperspektive. »Die Möbel sind grün. Die Kisten sind blau, und das Papier auf dem Boden ist rot.«

So gezeichnet, gab es keinen Zweifel. »Hauptmann hat hier mit dem Papier richtige Wege angelegt.«

»Ganz genau.«

»Und was will uns das jetzt sagen?«

»Dass alles nur auf den ersten Eindruck passt. Du machst die Wohnung auf, du siehst die Wände von Kisten, und du siehst den Papiermüll auf dem Boden. Was denkst du?«

»Ein Messie«, sagte Jana wie aus der Pistole geschossen. Sie zögerte, dann fragte sie: »Und du meinst, das ist nur inszeniert?«

»Hast du mir nicht gesagt, dass es genau das war, was dir aufgefallen ist? Die Abwesenheit von Gestank? Alles ist zugemüllt, allerdings *sauber* zugemüllt. Auf den Hauptgängen wird

Papier ausgelegt. Aber auf keiner anderen Stelle in dieser Wohnung.«

Jetzt ratterte Janas Gehirn im Gleichtakt mit Bens. »Er hat dort etwas versteckt.«

Ben nickte nur.

»Fahren wir?«, wollte Jana wissen und erhob sich bereits.

»Ich brauch noch wenigstens ein Croissant«, sagte Ben, schob den Laptop zur Seite und zog den Teller wieder zu sich.

Ben bremste den Wolga genau in jenem Halteverbotsbereich, in dem Jörn fünf Tage zuvor den Laster geparkt hatte. Jana hatte darauf bestanden, mit seinem Wagen zu fahren. Als er die Maschine anließ, war sie ein wenig verwundert gewesen. Das Blubbern klang eher nach Trump-Country denn nach Kraj-Putina – also Russland. Doch der Wolga war bequem. Nicht modern, aber bequem.

Wie bereits am Tag zuvor fuhren sie mit dem Aufzug in den sechsten Stock. Jana zückte den Schlüssel, öffnete die Wohnungstür, und wieder betraten sie die heiligen Hallen des Rainer Hauptmann.

Ben hatte sein Tablet dabei, klappte die Schutzhülle unter das Gerät, tippte auf eine der Apps und sagte: »Ich hab den Wegeplan hier mal auf den Wohnungsplan gelegt.«

Ein transparenter roter Weg deutete die Papiergänge zwischen den ehemaligen Kistenwänden an.

»Wo fangen wir an?«, wollte Jana wissen.

»Wohnzimmer«, sagte Ben.

Das Parkett erinnerte Jana an ihre Grundschulzeit. Sie wusste nicht mehr, in welcher Klasse es gewesen war, irgendwann ziemlich am Anfang. Da hatte sie einen Plastikkasten gehabt, der ihr hatte helfen sollen, von eins bis zehn zu zählen. Es gab weiße Holzquadrate im Format zwei Zentimeter mal zwei Zentimeter – die sogenannten Einer. Dann kamen die Zweier: Sie waren blau und genau doppelt so groß wie die weißen Quadrate, also zwei Zentimeter mal vier Zentimeter. Die

Dreier waren grün, die Vierer violett. Und die Zehner, die waren dunkelbraun gewesen. Und genau an die fühlte sich Jana jetzt erinnert: Das Parkett bestand aus solchen, für einen Boden doch sehr zierlichen Holzstäben. Immer zehn nebeneinander bildeten ein Quadrat. Die angrenzenden Quadrate waren im Neunzig-Grad-Winkel dazu angeordnet. Mosaikparkett nannte man das – Jana hatte keine Ahnung, wo sie dieses unnütze Wissen aufgeschnappt hatte. »Und wie wollen wir jetzt suchen?«

»Auf den Knien.« Ben hatte ein Stück Kreide mitgebracht, ließ die Krücke fallen, ging in die Knie und markierte auf allen vieren den ungefähren Weg auf dem Parkett. Dann rutschten sie beide nebeneinander auf dem Boden entlang. Mit den Fingern versuchten sie einzelne Holzplättchen anzuheben. Einige gaben unter ihren Bemühungen nach – der Fußboden sollte einmal gründlich renoviert werden. Aber außer einzelnen losen Plättchen fanden sie im Wohnzimmer keine Stelle, die irgendetwas verborgen hätte. Auch im Esszimmer – oder was auch immer der Sinn dieses Raumes gewesen war – entdeckten sie nichts auf oder unter dem Boden. Jana hatte sich am Morgen ein schwarzes Kleid und eine schwarze Strumpfhose angezogen. Letztere konnte sie jetzt getrost in die Tonne treten. Wenigstens starb die Strumpfhose nicht nur an einer Laufmasche – das wäre ärgerlich gewesen –, sondern gleich an einem ganzen Dutzend. Das war Bestimmung.

»Vielleicht liege ich ja falsch«, sagte Ben.

»Es war auf jeden Fall wert, es auszuprobieren. Und wir haben ja noch ein Zimmer«, erwiderte Jana.

Ben wischte auf seinem Tablet nach rechts. Ein Plan des Schlafzimmers erschien. Und jetzt, da sie wusste, mit welcher Einstellung sie auf die Darstellung schauen musste, erkannte sie es sofort. Es gab einen Gang ins Zimmer hinein. Er führte an der Längsseite des Bettes vorbei, sodass man eine Chance hatte, sich überhaupt auf die Schlafstatt zu legen. Und er leitete auch an der Fußseite entlang. Aber von dort aus? Ab da lief dieser Gang zwischen den Kisten schnurstracks auf ein stumpfes Ende an der Wand zu. Noch nicht einmal Möbel hatten in erreichbarer Nähe gestanden. Nur die inzwischen so vertrauten Wände aus Kartons. »Da ist es!« Jana deutete auf das tote Ende des Ganges.

Sie wollte Ben in den Genuss der Entdeckung kommen lassen. Doch dessen Gesicht sprach Bände: Er hatte Schmerzen. Heftige Schmerzen.

»Okay, ich mach das«, sagte Jana. Die Wohnung war ausgeräumt, sie musste sich nicht durch irgendwelche Labyrinthe quälen. Stattdessen konnte sie direkt an die Stelle gehen, an der sie ein Versteck vermutete.

Der geheime Ort grenzte nicht direkt an die Wand, sondern lag dreißig Zentimeter davor. Jana versuchte ein Plättchen des Parketts anzuheben und hatte plötzlich eine ganze Fläche in der Hand. Ein Zweier. Vielmehr ein Zweihunderter, zwanzig mal vierzig Zentimeter. Jana hielt die Platte in die Höhe.

Ben applaudierte. Und kam auf sie zu. Er ließ die Krücke in die Ecke fallen, setzte sich auf den Boden und lehnte sich mit dem Rücken neben Jana an die Wand. Er schaute in die Aushöhlung unter der Parkettplatte. »Professionell«, sagte er und deutete auf die Ecken am Rande des Hohlraumes. Die Aufnehmer der Platte waren aus Stahl gefertigt. Ben nahm Jana die hölzerne Fliese aus der Hand, drehte sie um: Auch der Untergrund war aus festem Stahl fabriziert. Hier hatte jemand Zeit, Geld und Know-how investiert, um dieses Versteck zu bauen.

Jana griff in die Auslassung. Irgendetwas war in schwarze Plastikfolie eingewickelt. Sie nahm das Päckchen heraus. Ben legte die Abdeckung neben sich auf den Fußboden.

Jana gab ihm das Päckchen. »Es war dein brillanter Geist. Pack es aus.«

Ben nahm das Päckchen an. Und wickelte es auf. Mit fast zärtlicher Geste, wie ein Weihnachtsgeschenk.

Dann purzelten sie auf den Boden. Mehrere Dokumente. Und ein weiterer Ring mit zwei Schlüsseln. Nur die deutschen

Reisepässe erkannte Jana sofort an ihrer roten Farbe, ihren Maßen – und natürlich der Aufschrift. Doch es fanden sich noch weitere Ausweise auf dem Parkett. Jana nahm zunächst den Schlüsselring auf. »Sehen anders aus als die zu dieser Wohnung.« Sie legte den Schlüssel wieder auf den Boden.

»Es sieht so aus, als ob Rainer Hauptmann nicht die einzige falsche Identität unseres Erblassers war«, sagte Ben und hob wahllos eines der anderen Dokumente vom Boden auf.

Der Pass war von einem ähnlichen Rot wie der deutsche Reisepass. »Hey, das ist ein Pass der hessischen Russen«, sagte Ben. Für Russland sprach, dass kyrillische Buchstaben den Umschlag zierten. Auf die Idee mit Hessen konnte man kommen, da das große, goldfarbene Wappen einen Löwen zeigte wie eben auch das hessische Wappen.

Während Jana noch rätselte, was die kyrillischen Schriftzeichen bedeuten könnten, klärte Ben sie bereits auf: »Ein Reisepass aus Bulgarien.« Er schlug das Dokument auf. »Ist von einem Bojan Gabrakov.« Er blätterte durch den Reisepass, woraufhin drei weitere, kleinere Dokumente auf den Boden fielen.

Jana nahm sie auf. Das erste war der zum Pass passende Personalausweis, mit demselben Bild, das auch den Personalausweis von Rainer Hauptmann zierte. Bei den beiden anderen Dokumenten handelte es sich zum einen um einen Führerschein und um eine EC-Karte. Sie stammte von einem Institut mit dem Namen ELT-Bank. Auf der Rückseite las Jana die Adresse. Der Sitz des Unternehmens lag in Sofia, der Hauptstadt Bulgariens. Jana reichte Ben die Karten und den Ausweis.

Er blätterte durch den Reisepass. Dieser war vor fünf Jahren ausgestellt worden. Es fanden sich aber keine Stempel darin. »Entweder wurde dieser Pass nie benutzt oder nur innerhalb der Europäischen Union.« Er steckte die anderen Dokumente wieder in den Reisepass und legte diesen auf den Boden, um sofort darauf das nächste Ausweisdokument aufzuheben. Es war ebenfalls rot, aber ohne kyrillische Aufschrift. »Polska« konnte Jana lesen und auf die Bedeutung schließen. Und die oberste Zeile »Unia Europejska« war weitgehend selbsterklärend. Dort, wo sich auf der bulgarischen Variante ein Wappen mit einem Löwen befunden hatte, fand sich jetzt der stolze polnische Adler mit Krone auf dem Haupt.

»Emil Kieslowski«, las Ben vor.

Auch in diesem Reisepass befanden sich ein Personalausweis, ein Führerschein und eine EC-Karte, Letztere ausgegeben von der Bank Poznański. »Auch keine Stempel«, konstatierte Ben.

»Wo wohnt er denn?«, fragte Jana. Sie erwartete nun eine Adresse in der Stadt Poznań zu hören.

Doch Ben sagte: »Er wohnt in Frankfurt. In der Arnsburger Straße. Der Führerschein ist aber in Polen ausgestellt.«

»Wann hat dieser Emil Geburtstag?«, wollte Jana wissen.

»Am 7. Juli 1971«, sagte Ben.

»Hauptmann war nicht dumm. Also, wie auch immer Hauptmann im richtigen Leben hieß. Aber in seinem Ausweis stand ebenfalls 7. Juli 1971. Da war er bei jeder Identität auf der sicheren Seite. Und der Bulgare?«

Ben griff nochmals nach dem bulgarischen Pass, öffnete ihn und sagte: »7. Juli 1971.«

»Gib mir fünf«, sagte Jana. Ben hob seinen Arm ebenfalls, und sie klatschten einander ab.

»Und die anderen?«, wollte Jana wissen.

Einer der deutschen Reisepässe lautete auf den ihnen bekannten Namen Rainer Hauptmann. Er war voller Stempel. »Mit dem ist Hauptmann ganz schön rumgekommen«, sagte Jana, als sie den Pass durchblätterte. »Er mochte offenbar Palmen: Er ist immer wieder in die Karibik gereist, meist in die Dominikanische Republik.«

Es fanden sich zwei weitere deutsche Reisepässe und Personalausweise. Zwei Führerscheine, ausgestellt zum einen auf einen Klaus Schmidt, zum anderen auf einen Emil Wittkamp.

Die Adressen waren identisch. Am Hopfengarten 30 in Frankfurt am Main. Dazu passend je eine EC-Karte. Einmal Dresdner Bank, einmal von einer GLF-Privatbank.

Jana deutete auf den letzten Pass, der noch auf dem Boden lag. Er unterschied sich schon durch die Farbe von den anderen Dokumenten. Ein tiefes Blau zierte die Front. Und die Aufschrift »Pasaporte Republica Dominicana« war selbsterklärend. Ein Reisepass aus der Dominikanischen Republik in der Karibik. Rechts von Haiti, auf derselben Insel. Das THW förderte auch Geografiekenntnisse …

Ben hob ihn auf. Blätterte. »Nur zwei Stempel. Er ist im vergangenen Oktober von Santo Domingo aus auf die Insel St. Martin geflogen. Und schon drei Tage später wieder zurück in die Dominikanische Republik.«

»Nur der Vollständigkeit halber, wie heißt er hier?«

Ben lachte auf: »Emil Friedmann.«

»Na, wenigstens bei seinem Vornamen hat er meistens auf Konsistenz geachtet. Ist ja auch wichtig. Da ruft jemand ›Emil!‹ – und du reagierst überhaupt nicht. Kann peinlich werden. Ich würde mal tippen, Emil ist sein richtiger Vorname«, sagte Jana.

Auch hier ergänzten der Cédula de Identidad – also der Personalausweis –, ein Führerschein und diesmal eine Kreditkarte das Portfolio. Die Karte war von einer CIE-Bank aus Santo Domingo ausgegeben.

»Gib mir bitte noch mal den Pass von Hauptmann«, bat Ben. Das Dokument lag ein paar Zentimeter außerhalb seiner Reichweite.

Jana hielt ihm den roten Ausweis hin. Ben nahm ihn, blätterte. Öffnete auch den Pass aus der Dominikanischen Republik. »Schau an – der Pass aus der Dom Rep wurde vor einem halben Jahr verlängert. Genau zu der Zeit, als sich unser Rainer Hauptmann ebenfalls dort aufhielt. Und im Oktober ist er auch als Rainer Hauptmann in die Dom Rep geflogen, um von dort aus nach St. Martin zu fliegen.«

»Sieht so aus, als wäre er im Juni nach Santo Domingo geflogen, um dann als Emil Friedmann seinen dominikanischen Pass zu verlängern.«

»Ja. ›Ein Mann für gewisse Runden‹ sozusagen«, kalauerte Ben mit dem Hinweis auf den alten Film mir Richard Gere.

Vom Lucasweg aus fuhren Jana und Ben zum Polizeipräsidium in die Klappacher Straße, um ihre Fingerabdrücke abnehmen zu lassen.

»Was meinst du, sollen wir die Pässe auch gleich abliefern?«, fragte Ben, während er den Wolga nach Süden lenkte.

Jana antwortete nicht gleich. Dann schüttelte sie den Kopf. »Nein, ich habe eine andere Idee.«

Ben wandte den Blick von der Straße und sah Jana kurz an. »Eine andere Idee?«

»Ja. Ich möchte zuerst herausfinden, wer unser Rainer Hauptmann wirklich ist.«

»Und wie willst du das anstellen?«

Jana griff zu ihrem Handy, tippte und wischte ein paarmal auf dem Display herum, dann hielt sie das Gerät ans Ohr. »Hallo, Adam!«, begann sie das Gespräch.

Adam am anderen Ende der Leitung schien sich über den Anruf zu freuen. Zumindest redete er fast eine Minute lang, bevor Jana wieder zu Wort kam.

Ihre Antwort fiel knapp aus: »Gut, danke. Adam, ich brauche deine Hilfe.«

Wieder stellte der Gesprächspartner eine Frage, und Jana antwortete: »Genau. Können wir vorbeikommen?«

Adam auf der Gegenseite war jetzt wohl ebenfalls der Wortkargheit mächtig, denn Jana sprach fast augenblicklich weiter: »Ben Lorenz. Er unterstützt mich bei einem aktuellen Fall.«

Wieder nur eine kurze Antwort, dann verabschiedete sich Jana. Sie lachte Ben an: »Vom Polizeirevier aus fahren wir direkt nach Frankfurt.«

»Und da finden wir dann heraus, welcher Emil der echte Emil ist?«

»Das ist der Plan.«

Keine halbe Stunde später saßen sie bereits wieder im Wagen. Dank moderner Scannertechnik waren die Finger durch die Abnahme der Abdrücke auch nicht durch Druckerschwärze verfärbt.

Jana hatte die Adresse von Adam Ruppert in das Navi ihres iPhones übertragen. Sein Büro lag im Frankfurter Stadtteil Bockenheim, in der Leipziger Straße.

»Wer ist dieser Adam, mit dem du da gesprochen hast?«

»Ein Bekannter. Er ist Privatdetektiv. Und ich habe seine Dienste schon zwei-, dreimal in Anspruch genommen.«

»Und wie kann Privatdetektiv Ruppert uns bei der Identifikation helfen?«

»Wirst du gleich sehen«, grinste Jana Ben an.

Jana dirigierte Ben in ein Parkhaus unweit der Leipziger Straße. Parkhäuser, die älter waren als zwanzig Jahre, mochte Ben überhaupt nicht. Dafür war der Wolga einfach ein zu großes Schiff. Er maß fast fünf Meter in der Länge bei elf Metern Wendekreis. Ben fand einen Parkplatz zwischen zwei Smarts, einem roten und einem blauen. Jana hatte das Parkkärtchen eingesteckt und lotste sie beide aus dem Gebäude in Richtung Leipziger Straße.

Die Geschäftsräume der Detektei Ruppert waren kaum zu übersehen: Ein beleuchtetes, neongelbes Firmenschild mit knallroter Aufschrift penetrierte die Augen. Die Büroräume lagen im zweiten Stock des Altbauhauses.

Adam Ruppert begrüßte seine Gäste bereits an der Eingangstür. Ben taxierte ihn: Unscheinbarkeit, sicher keine unwichtige Qualifikation in Rupperts Business, zählte definitiv nicht zu den Primärqualifikationen des Detektivs. Er war zwei Meter groß, stämmig und durchtrainiert. Als ob dies noch nicht reichte, um auf den ersten Blick aufzufallen, wucherte der gebleichte Haarschopf in alle Richtungen. Die Seiten des Kopfes waren hingegen fast kahl rasiert. Trotz der winterlichen Außentemperaturen trug der Kerl ein Hawaii-Hemd, Jeans, Sneakers – es fehlte nur noch der Schnurrbart, und man hätte ihn als Bruder seines Berufskollegen Magnum bezeichnen können. Oder als Karikatur desselben. Ben schätzte Ruppert auf gut fünfzig Jahre – ein Mann, der seine Midlife-Crisis auch optisch auszuleben wusste …

Passend zur Körperstatur brummte er mit tiefer Bassstimme: »Kommt rein.«

Ben konnte sich nicht erinnern, dem Mann das Du angeboten zu haben – letzter Tropfen, der das Fass überlaufen ließ: Dieser Kerl war Ben zutiefst unsympathisch. Ruppert küsste Jana rechts und links auf die Wange. Ben reichte er die Hand. Mit seinem Händedruck hätte er in einer Werkstatt den Schraubstock überflüssig gemacht. Zu dritt gingen sie durch ein fünfzig Quadratmeter großes Büro, in dem vier Angestellte jeweils an einem Schreibtisch saßen.

»Du hast expandiert«, rief Jana aus, als sie sich im Raum umsah.

»Klar. Das Bussi-Nessi läuft gut!« Hatte sich Adam bislang nur durch sein Gebaren ins Aus gekickt, so trat das pubertäre Pseudo-Englisch-Gelaber jetzt noch mal nach.

Er führte seine Gäste in sein Büro, das sicher rund dreißig Quadratmeter maß.

Ein wuchtiger Mahagonischreibtisch stellte das Zentrum des Raumes dar, eine Sitzecke mit Couchtisch war wohl die Gesprächszone für privatere Konversation, ein Besprechungstisch mit sechs Stühlen die Schaltstelle geschäftlicher Unterredungen. Auf diesem Tisch stand ein geöffneter Laptop, angeschlossen an ein Gerät, dessen Funktion sich Ben nicht auf den ersten Blick erschloss. Es wirkte auf Ben wie eine futuristische Schuhschachtel aus Metall für Kinderschuhe. »Wenn du dich nach mir sehnst, dann brauchst du eigentlich die Hilfe von Penta.«

Ben sah Jana grinsen. Adam zwinkerte ihr zu. »Schon schade, wenn man nur auf sein technisches Spielzeug reduziert wird.«

»Und Penta ist was genau?«, meldete sich Ben zu Wort.

»Setz dich.« Ruppert deutete auf den Stuhl, der neben dem Platz stand, an dem der Bediener des Notebooks sitzen würde. Adam führte Jana um den Tisch herum, zog den Stuhl auf der anderen Seite des Pilotenplatzes nach hinten, bevor sie sich setzte. Ganz Gentleman. Auch Ben nahm Platz. Als der stämmige Mann sich zwischen sie setzen wollte, mussten beide ihre Stühle ein wenig zur Seite rücken.

Ben erkannte nun, dass es sich bei dem Gerät offenbar um eine Art Scanner handelte.

»Darf ich bekannt machen, Penta, das ist Ben, Ben, das ist Penta«, witzelte Ruppert.

Jana entnahm ihrer Tasche das Päckchen mit der schwarzen Plastikfolie. Jetzt konnte sich Ben einen Reim darauf machen, weshalb Jana den Besuch bei Ruppert vorgeschlagen hatte. »Das ist ein Scanner für Ausweise?«

Die Aversion gegenüber dem Bären rechts von ihm war nicht versiegt, aber die Neugier überwog nun.

»Genau. Mit dem Gerät hier kann ich alle Pässe, Ausweise, Führerscheine und auch alles, was einen Magnetstreifen hat, auf Echtheit überprüfen.«

Ben hatte einmal versucht, seinen aktuellen Personalausweis zu scannen, um die Kopie auf seinem Server aufzubewahren, falls das Original verloren gehen sollte. Das Ergebnis war eine Katastrophe gewesen. Denn das Plastikteil mit seinen diversen Sicherheitsmerkmalen gestattete keinen optisch einwandfreien Scan. Er hatte den Ausweis danach einfach mit dem Handy abfotografiert. Das Resultat war deutlich besser gewesen. Insofern konnte er sich vorstellen, dass es zum Scannen von Ausweisen spezieller Apparate bedurfte. Als er das letzte Mal einen Leihwagen mieten wollte, hatte die Dame am Schalter seinen Personalausweis auf ein ähnliches Gerät gelegt.

»Er liest den RFID-Chip aus, kann NFC, liest IR und UV-A. Und vor allem habe ich auch die passende Software dazu bekommen.« Er grinste breit, als er ergänzte: »Die, mit der ich auch alle Details des Dokuments angezeigt bekomme. Wie am Flughafen.«

»Und wie kommt man da dran?« Ben konnte sich nicht vorstellen, dass jeder Hinz und Kunz so ein Gerät erwerben konnte – mal ganz abgesehen davon, dass das nicht billig sein würde.

Ruppert zuckte nur mit den Schultern. »Gebraucht gekauft. Eigentlich ganz legal.«

Ben fragte sich im Stillen, worin sich »eigentlich legal« von »legal« unterschied. Wahrscheinlich genauso wie »überlebt« von »eigentlich überlebt« nach einem Unfall … Laut fragte er: »Und wozu brauchen Sie dieses Gerät?« Dass sich eine solche Anschaffung für einen Autovermieter rechnete, der in seiner Filiale jeden Tag fünfzig Kunden abfertigen musste, das verstand Ben. Ein falscher Ausweis konnte eine geklaute S-Klasse bedeuten. Solch eine Anlage amortisierte sich dort sicher schnell. Aber bei einem Privatdetektiv?

»Tja, es gibt durchaus Kunden, denen sehr daran gelegen ist, dass die Ausweisdokumente, die ihnen vorgelegt werden, echt sind. Ich hab allein zwei Speditionen als Kunden, die das immer mal wieder brauchen. Gerade wenn sie Fahrer aus dem Ausland beschäftigen wollen. Da muss nicht nur der Pass echt sein, sondern auch der Führerschein. Und ich bin billiger als die Anschaffung solch eines Systems für vielleicht zwanzig Einsätze im Jahr.«

Jana hatte die Ausweise inzwischen neben den Scanner gelegt.

Adam Ruppert griff zum ersten Reisepass.

»Achtung, da sind noch weitere Dokumente eingesteckt.«

Ruppert entnahm auch diese. »Aus Bulgarien. Na, wer will eine kleine Wette machen?«

Eine Wette? Worauf wollte dieser Typ denn wetten?

Jana kannte ihn offensichtlich besser. »Ich sage, bis auf die EC-Karte ist alles fake.«

Ruppert wandte das Gesicht nun Ben zu und griente: »Und du, junger Freund? Was sagst du?«

Ben schluckte. »Seit wann bin ich jetzt auch noch dein junger Freund, alter Sack?« Es lag ihm auf der Zunge. Er konnte sich gerade noch beherrschen. Wenn er es sich mit diesem Knaben verdarb, würde ihm Jana das kaum verzeihen. Sie hatte keinen Schimmer, wie viel Energie ihn seine Selbstbeherrschung kostete. Statt eine nutzlose Diskussion anzufangen, sagte er: »Alles echt.«

»Ho, ho, ho«, imitierte Ruppert den Weihnachtsmann. »Mutig.«

»Und was meinst du, Adam?«, wollte Jana wissen.

Der blätterte durch den Reisepass, nahm sich auch den Ausweis vor, kippte ihn unter dem Deckenlicht hin und her, sodass er die Veränderung bei verändertem Winkel des Lichteinfalls sah. Er warf einen Blick auf den Führerschein, dann auf die EC-Karte. »Ja, entweder echt oder eine sehr gut gemachte Fälschung – aber ich muss mich ja entscheiden. Also: Ich bin deiner Meinung, Jana. Die EC-Karte ist echt, der Rest nicht.«

Ruppert startete ein Programm auf dem Laptop, der Scanner blinkte kurz auf. Der Hüne griff zum Reisepass, klappte ihn auf, legte zuerst die eine Seite auf den Scanner, dann die gegenüberliegende. Die Oberfläche des Programms zeigte nun die beiden Seiten des Passes im oberen, rechten Drittel des Bildschirms. Darunter reihten sich die Daten, die im Pass beschrieben und gespeichert worden waren. Die Spalte, die das linke Drittel der Displayfläche einnahm, listete die Merkmale auf, die getestet worden waren. Es gab zahlreiche Sicherheitsattribute. Nur hinter fünf war ein grüner Haken abgebildet. »Ja, daran scheitern die meisten«, lachte Ruppert auf und deutete mit dem Finger auf die Rubrik »UV-Merkmale«, unter der sich keine grünen Haken, sondern ausschließlich rote

Kreuze befanden. »Warst wohl ein bisschen zu optimistisch«, freute er sich und checkte Ben von der Seite mit dem linken Ellenbogen.

Hoffentlich ist das hier bald zu Ende!, dachte Ben.

Adam legte den Personalausweis auf die Glasfläche des Scanners, wenige Sekunden später dessen Rückseite.

Das Ergebnis glich dem Ergebnis des Reisepasses. Unter dem Bereich UV-Merkmale waren auf dem Monitor nur rote Kreuze zu sehen. Der Führerschein war gleichfalls eine Fälschung, die EC-Karte schien jedoch echt zu sein. Nun, eine gefälschte EC-Karte macht auch wenig Sinn. Schließlich konnte man sich mit gut gefälschten Dokumenten ja eine echte besorgen.

»Tja, Freundchen, das kostet dich jetzt fünf Euro! Für mich und Jana«, grölte Adam. Als ob sie spürte, wie das Unwetter heraufzog, rückte Jana ihren Stuhl ein bisschen zurück, sodass sie Ben hinter Adams Rücken ansehen konnte und dabei ein Kopfschütteln andeutete. Ben zog sein Portemonnaie aus der Innentasche der Jacke und reichte Adam zwei Fünfer. Der nahm sie und gab einen weiter an Jana. Im Gegenzug händigte sie ihm den polnischen Pass aus.

»Und wie stehen die Wetten hier?«

Jana sagte: »Alles falsch, bis auf die EC-Karte.«

Adam wandte sich Ben zu. Der erwiderte: »Alles falsch, bis auf die EC-Karte.«

»Hey, du bist ein Spielverderber!«

Ben versuchte es mit Humor zu nehmen: »Bin ich nicht. Setz du doch drauf, dass alles echt ist.«

Ruppert brummte was in seinen Bart, sichtlich unzufrieden. Dann sagte er lauter: »Okay, hier sind wir uns scheinbar alle einig.«

Zwei Minuten später stellte sich heraus, dass sie recht gehabt hatten. Falsche Dokumente, aber die EC-Karte war echt.

»Oh, jetzt wird's interessant! Dominikanische Republik. Ich tippe auf ein Ergebnis wie gerade eben.«

»Ich auch«, sagte Jana.

»Ich nicht.« Die Blicke der beiden richteten sich auf Ben. »Ich sage, alles ist echt.«

»Hört, hört!« Adam schien das Spiel Spaß zu machen. Ganz im Gegensatz zu Ben.

Die Sicherheitsmerkmale in den Unterlagen der Dominikanischen Republik waren etwas dünner gesät. Aber tatsächlich prangten hinter jedem Feld bei jedem Dokument ausschließlich grüne Haken. Pass, Ausweis, Führerschein und Kreditkarte waren keine Fälschungen.

»Na, dann krieg ich meine Kohle wohl wieder.« Sekunden später steckte Ben die beiden Fünfer zurück in ihr ursprüngliches Zuhause.

Blieben die beiden deutschen Identitäten von Emil Wittkamp und Klaus Schmidt übrig. Da sie beide dieselbe Adresse in Frankfurt trugen, war die Wahrscheinlichkeit groß, dass höchstens eine der Identitäten echt war. Das sagte Ben auch laut.

»Du bist echt ein Miesepeter! Wie sollen wir denn jetzt noch wetten?«

Ben blieb eine Antwort schuldig. Mach hinne, dachte er, denn er wollte so schnell wie möglich hier weg.

Ruppert nahm die beiden Reisepässe samt eingesteckter Dokumente entgegen. Schweigend checkte er erst die Dokumente von Klaus Schmidt, dann jene von Emil Wittkamp.

Die Dokumente von Klaus Schmidt waren gefälscht, auch wenn es hervorragende Fälschungen waren, die nur an zwei Sicherheitsmerkmalen scheiterten. Die EC-Karte hingegen war ebenfalls echt.

Die Dokumente von Emil Wittkamp erwiesen sich allesamt als echt. »Dann haben wir offensichtlich herausgefunden, wie Rainer Hauptmann in Wirklichkeit heißt«, resümierte Jana.

Adam erhob sich: »Freut mich, wenn ich meiner Lieblingskundin habe helfen können.«

Jana wickelte die Dokumente wieder in die Folie ein.

»Du zahlst wie immer?«, erkundigte sich Ruppert an Jana gewandt.

Jana nickte nur.

Ein wenig irritierte es Ben, dass Ruppert sofort die Begleichung seines Honorars ansprach. Wie viel Euro nahm dieser Profitjäger wohl für den Scan eines Dokuments von Jana?

»Na, dann lasst uns aufbrechen!«, lachte Ruppert auf und klopfte Ben auf die Schulter.

Aufbrechen? Wohin? Und weshalb mit diesem Lackaffen?

Ruppert wandte sich wieder an Jana. »Wie immer? Der gute Italiener um die Ecke?«

»Der gute Italiener um die Ecke«, bestätigte sie.

Das durfte nicht wahr sein. Ein gemeinsames Mittagsmahl. Abgesehen von dem spärlichen Croissant am Morgen, hatte Ben nichts gegessen. Doch ihm war der Appetit gründlich vergangen.

Unerträglich.

Adam Ruppert litt an Logorrhö. Sein Durchfall entsprang nicht dem Anus, sondern rein akustisch dem Mund … Adam konnte sich nicht erinnern, jemals einen Mann gehört zu haben, der in so kurzer Zeit so viele Worte ausstoßen konnte. Frauen beklagten sich gemeinhin darüber, dass Männer nicht genug sprachen. Adam Ruppert gehörte damit zur Gruppe der Exoten. Ob Frauen das auf Dauer besser finden, sei einmal dahingestellt, dachte Ben. Die Wortartillerie hatte sich über Meeresfrüchte im Allgemeinen und Calamari im Speziellen ausgelassen, über die griechische Küche und ihre Spezialitäten sowie über die südamerikanische Küche. Ben nahm diesem Adam die kulinarische Ader nicht ab. Er konnte sich kaum vorstellen, dass dieses grobschlächtige Walross all die feinen Geschmacksnuancen, über die er wortschwallig referierte, auch nur im Ansatz schmecken konnte.

Wie erwartet, war das gemeinsame Mittagsmahl eine Katastrophe gewesen. Was Ben jedoch am meisten irritierte, war, dass Jana förmlich an den Lippen dieses Idioten geklebt hatte. Irgendetwas lief hier schief. Und irgendetwas verstand er ganz und gar nicht.

Ben war kurz versucht gewesen, Adam die Calamari ins Gesicht zu klatschen, den Schmodder dann mit dem Cabernet Sauvignon von der Haut zu spülen, danach aufzustehen, zu gehen und Jana ihrem Schicksal zu überlassen ... Doch leider war er zu sehr Gentleman. Er überstand die eineinhalb Stunden. Niemandem war aufgefallen, dass sein Anteil an Wortbeiträgen die Fünf-Prozent-Hürde niemals geknackt hatte.

Die Rückfahrt nach Darmstadt war sehr schweigsam verlaufen. Was Ben nicht unrecht war. Er hatte das virtuelle Blut an beiden Ohren abgetupft. Und so alt der Wolga auch war, er hatte ihm ein modernes Autoradio samt guten Lautsprechern spendiert und spielte eine seiner Playlists über die Autoboxen ab. Wobei es der Anlage nicht leichtfiel, bei hundertzwanzig auf der Autobahn die Motorengeräusche zu übertönen.

Er setzte Jana am Büro in der Pützerstraße ab.

»Kommst du nicht mit rein?«, wollte sie wissen. Und der Blick in ihre Augen zeigte ihm, dass sie verstanden hatte. »Bis später«, verabschiedete sie sich.

Ben hatte sich bereits am Vortag über die Möglichkeiten informiert, in Darmstadt Computer-Equipment einzukaufen. Natürlich gab es da die große Kette, die einstmals mit »Geiz ist geil!« geworben hatte – aber in Darmstadt gab es tatsächlich auch noch reine Computerläden, die in den Bewertungen im Netz gefühlt sechs von fünf Sternen bekommen hatten. Zu einem solchen Laden in der Rheinstraße dirigierte ihn nun sein Navi. Fünfzehn Minuten später hatte Ben die neue Festplatte für Jana eingekauft und einem spontanen Entschluss folgend noch eine externe Platte mit großzügig bemessenem Speicherplatz und USB-Anschluss. Der Laden, benannt nach einem alten Beruf aus dem Holzbaugewerbe, hatte ihm gefallen. Er fuhr zurück, stellte den Wagen wieder ganz frech vor den Geschäftsräumen von Jana ab. Der Bereich war als Feuerwehreinfahrt definiert, aber auch ein fetter Feuerwehrwagen hätte neben dem Wolga genug Platz gehabt, inklusive Schläuchen und Feuerwehrmännern. Und wenn die Feuerwehr anrückte, wäre er ohnehin der Erste, der das durch einen Blick aus dem Fenster mitbekommen würde.

Er betrat das Büro. Irina hatte schon lange Feierabend. Jana saß in ihrem Zimmer gleich links neben der Eingangstür. Ben grüßte mit erhobener Hand, Jana grüßte auf dieselbe Art zurück. Kein Wort fiel. Er begab sich in den Raum, in dem der Server untergebracht war. Kein echter Serverraum, sondern eher ein Abstellraum. Herberge für zehn Kisten voller Kaffeepads, Putzmittel, Hygieneutensilien und natürlich auch mit allen Büroartikeln, derer es bedurfte, vom Kopierpapier bis zu Farbpatronen für den Drucker. Ben musste erst einmal ein wenig Platz schaffen, um an den Server heranzukommen. Er tauschte die dienstälteste Platte gegen die Neuerwerbung, dann war sein Job für diesen Tag erledigt. Er sah auf die Uhr. Noch nicht einmal vier. Jana saß in ihrem Büro, aber er wollte nicht mehr am Schreibtisch sitzen und durch die geöffnete Tür mit ihr schweigen. Dieses Treffen mit Adam Ruppert hatte einen Keil zwischen sie getrieben, auch wenn Ben noch nicht verstand, was da konkret passiert war. Aber das Letzte, was er wollte, war, darüber jetzt mit Jana zu reden.

Er ging durch den Raum, schaute in ihr Büro und sagte: »Bis morgen.«

Bereits als er seinen Wolga auf die Pützerstraße lenkte, fiel ihm ein Wagen auf, der ihm vom Parkplatz des Innenhofs aus auf die Straße folgte. Konnte Zufall sein.

Oder auch nicht.

Ben bog nach rechts in die Dieburger Straße ein.

Der Wagen folgte. Es war ein silberner Volvo S50. Ben erkannte den Wagen, da sein Geschäftspartner Kevin den gleichen fuhr. Es handelte sich um das Modell, das bis 2007 gebaut worden war. Mit der markanten Schnauze.

Ben würde einen kleinen Umweg einlegen, beschloss er. An

der nächsten Ampel fädelte er sich auf der Linksabbiegerspur ein. Sein Navi zeigte ihm, dass es ihn in die Straße »Spessartring« führen würde. »Das Wirtshaus im Spessart«. Als Kind hatte er das mal auf einer Schallplatte gehört, erinnerte er sich.

Der Volvo folgte.

Konnte immer noch Zufall sein. Ben sah in den Rückspiegel, während sie beide darauf warteten, dass die Lichtanlage grün zeigen würde. Der Volvo stand leider zu nah an seinem Heck, als dass er das Kennzeichen hätte sehen können. Aber dafür würde sich noch eine Gelegenheit ergeben.

An der nächsten Ampel bog er ebenfalls rechts ab, diesmal in die Kranichsteiner Straße. Der Volvo klebte an seiner Stoßstange. Die Allee führte ihn zunächst aus dem Kerngebiet von Darmstadt heraus. Er fuhr unter einer Eisenbahnbrücke hindurch, dann landete er in einer Trabantenstadt voller Hochhäuser. Ein Blick aufs Navi zeigte, dass er sich jetzt im Stadtteil Kranichstein befand. Er fuhr weiter geradeaus.

Der Volvo wich ihm nicht von der Stoßstange. Als er das Ortsschild passierte, hätte er auf siebzig beschleunigen dürfen. Was er nicht tat. Sechzig mussten genügen. Jeder Ortskundige hinter ihm würde nun überholen. Nicht so der Volvo. Ben fuhr rund zwei Kilometer im Schleichgang, dann beschleunigte er.

Jedenfalls musste er dem Volvofahrer zugestehen, dass dieser kein Anfänger war: Der Fahrer ließ sich überholen. Nun hatte sich ein roter Renault zwischen den Wolga und den Volvo geschoben. Das Navi hatte inzwischen kapiert, dass er sich verfahren hatte, wenn er das Haus von Janas Eltern erreichen wollte.

Noch zwei Kilometer geradeaus, dann rechts abbiegen. Würde er tun. Aber ohne den Blinker zu setzen. Immer noch gelang es ihm nicht, das Kennzeichen des Volvos zu lesen. Selbst wenn der Blick einmal frei war, war das Kennzeichen entweder zu klein oder die Vibrationen seiner russischen Karosse zu stark, sodass der Rückspiegel ebenfalls leicht zitterte. Die Ampel an der kommenden Kreuzung war rot. Zwei Landstraßen kreuzten sich hier. Er stand direkt an der Haltelinie, der Volvo hatte sich inzwischen wieder direkt hinter ihm platziert.

Es gab keinen Kreuzungsverkehr, und Ben konnte auch keine Blitzeranlage ausmachen. Also trat er aufs Gas. Bog, ohne zu blinken, scharf rechts ab. Hätte er das Gaspedal durchgetreten, wäre er seinem Verfolger bestimmt entkommen. Aber das war nicht sein Ziel. Er wollte das Kennzeichen erkennen. Also fuhr er auf der Straße, die abermals siebzig Stundenkilometer gebot, stur fünfundfünfzig Kilometer pro Stunde. Wodurch der Volvo wenige Sekunden später wieder im Rückspiegel erschien. Ben bremste noch ein wenig mehr ab. Jetzt fuhr er nur noch fünfzig. Der Volvo zog an ihm vorbei, mit sicher neunzig Stundenkilometern. Ben musste dem Wolga die Sporen geben, damit er sich so lange hinter das Fahrzeug des ehemals schwedischen Herstellers hängen konnte, um das Kennzeichen zu erkennen. DI lauteten die ersten beiden Buchstaben, die beiden folgenden ebenfalls. Das konnte man sich leicht merken, und auch die dreistellige Zahlenkombination war nicht schwer zu memorieren.

Der Volvo fuhr von dannen. Und Ben war sich sicher, dass er ihm nicht zufällig gefolgt war.

An der darauffolgenden Kreuzung bog er wieder nach rechts ab und befand sich damit abermals auf der Dieburger Straße. Nur fuhr er jetzt von Osten kommend in die Stadt hinein.

Das Navi dirigierte ihn in die Flotowstraße – und das war dann auch schon inzwischen vertrautes Terrain. Er bog in den Richard-Wagner-Weg ein und stellte seinen Wagen unmittelbar vor seinem derzeitigen Domizil ab. Er hatte festgestellt, dass in der Innenstadt kostenfreie Parkplätze seltener waren als vier Richtige im Lotto. Aber hier, im Villenviertel, da war der Parkplatz vor der Tür noch inbegriffen.

Nachdem Ben gegangen war, hatte Jana nur noch ein bisschen in der Ablage herumgestochert. Um achtzehn Uhr hatte sie einen weiteren Termin mit den Herren Wiese und Wiese und ihren Anwälten. Im Moment hatte sie darauf so viel Lust wie auf die Schmerzen, die man mit Copabus bekämpfte.

Sie hatte gespürt, wie unwohl sich Ben gefühlt hatte, als sie mit Adam noch zum Italiener gegangen waren. Es war ihre Währung. Adam stellte keine Rechnungen. Aber sie ging mit ihm essen. Was sie nicht mit jedem tat. Klar, eine Forderung über zweihundert Euro – das wäre ein nachvollziehbarer Deal gewesen. Aber sie wusste, in dem Moment, in dem sie sich für die Rechnung entschied, würde sie keinen weiteren Ausweis mehr bei Adam überprüfen können. Und sie wusste ebenso, dass sie diese gemeinsamen Treffen genauso sehr wollte. Adam Ruppert war ein Prolet. Adam Ruppert hätte besser nach Mallorca auf den Strand am Balneario N° 6 gepasst, in hiesigen Breiten eher bekannt unter dem Begriff »Ballermann 6«.

Doch Adam Ruppert wirkte auf sie, Jana Welzer. Intellektuell war Adam Ruppert kurz davor, den IQ in den Minusbereich zu lenken. Seine Frisur war einfach nur zum Lachen, seine Bemerkungen im besten Falle ebenso. Und dennoch war da etwas, das Jana anzog. Hätte Adam Ruppert Salsa getanzt, sie wären sicher mehr als einmal in der Kiste gelandet.

Jana setzte sich in ihren Jaguar und machte sich auf zum Treffen mit Wiese und Wiese. Alles Weitere dann morgen …

Ben hatte ihr nicht entkommen können. »Wie schön, dass du da bist«, hatte Janas Mutter ihn begrüßt. »Ich habe mir gerade etwas zu essen gemacht. Ich würde mich freuen, wenn ich das nicht allein verputzen müsste.«

Ben nickte, er war tatsächlich noch hungrig, da er bei dem »guten Italiener« kaum etwas angerührt hatte. Janas Mutter hatte ihn abgefangen, bevor er die flache Rampe hinunter zu seinem separaten Zugang zur Souterrainwohnung hatte gehen können. Nun, das Geräusch seines Wagens war kaum zu überhören gewesen. Ben nahm an, dass es keine weitere Karosse in der Umgebung gab, die so klang und die so viel Benzin fraß.

»Ich habe Lasagne zubereitet«, sagte Janas Mutter. Sie hatte auf dem Esstisch bereits für zwei Personen gedeckt. Ein Schelm, wer Böses dachte …

»Setzen Sie sich«, sagte sie und hielt dann kurz inne: »Ich heiße Helena. Und ich würde mich freuen, wenn ich Sie, nein, dich, Ben nennen dürfte.« Sie reichte ihm die Hand.

Er ergriff sie. »Gern«, sagte er, war sich aber nicht ganz sicher, ob er es auch so meinte.

Helena hantierte in der Küche, klapperte mit Geschirr, während Ben am Esstisch saß. Sie hatte ihm bereits ein Bier geöffnet, nachdem er sich gegen Wein entschieden hatte.

Ben bemerkte, dass Helena nicht nur eine Lasagne gebacken, sondern auch einen Salat zubereitet hatte. Der bestand aus Rucola, Parmesan und Erdbeeren – von welchem derzeit warmen Teil der Erde die auch immer eingeflogen worden waren.

Sie hatte sich ihm gegenübergesetzt, ein Glas Rotwein eingeschenkt, dann mit dem Salat zunächst sein Schälchen, dann das ihre befüllt. Danach gab sie die Lasagne auf die Teller.

Zunächst aßen sie schweigend. Dann fragte Helena: »Du und meine Tochter – das hat irgendwie nie richtig funktioniert?«

Ben hatte gewusst, dass sie das Thema anschneiden würde. Er war nur erstaunt darüber, wie direkt dies geschah. ICE-Sprinter statt Bimmelbahn.

»Du magst sie sehr, nicht wahr?«, setzte sie noch einen drauf.

Erst das Mittagessen in Frankfurt, jetzt das Verhör durch Janas Mutter. Er hätte nicht gedacht, dass er sich auch nur für eine Sekunde in das blöde italienische Restaurant mit Adam am Tisch hätte zurückwünschen können.

»Du musst nicht antworten«, sagte Helena, meinte es aber nicht so.

Der Teller vor ihm war zur Hälfte geleert. Und der Salat schmeckte richtig lecker. Er legte Messer und Gabel auf den Rand des Tellers und sah Helena direkt ins Gesicht. Er mochte Janas Mutter, hatte sie immer gemocht. Und ja, da war sogar ein kleiner Funke Vertrauen.

Sie platzierte ihr Besteck auf dem Porzellan.

»Deine Tochter hat mein Leben gerettet.«

Helena hob eine Augenbraue.

»Ich habe keine tolle Karriere hinter mir wie sie. Ich hatte kurz zuvor meine Lehre zum Kfz-Mechaniker begonnen, als Jana nach Berlin kam. Ich hatte überhaupt keinen Bock auf den Beruf, auch keinen Bock auf irgendeinen Schulabschluss. Mein Vater hat gesoffen und geprügelt und hat sich da mit meiner Mutter nicht viel gegeben. Ich war meist weg, auf Achse, und das, was ich gebraucht habe, das habe ich geklaut. Ging natürlich immer wieder schief. Ich hatte einen Sozialarbeiter beim Jugendamt, Gerd, der sich ein klein wenig mehr um mich gekümmert hat, als der Gehaltszettel hergab. Und das meine ich im positiven Sinne. Er hat mir immer wieder in den Hintern getreten, damit ich die Schule abschließe. Und er hat erkannt, dass ich irgendeine Aufgabe brauchte. Also hat er mich zum THW geschickt. Da war ich siebzehn. Ich hab bei meinem Chef in der Werkstatt immer wieder Scheiße gebaut. Und ich war auch beim THW nicht wirklich motiviert. Mein Chef war kurz davor, mich zu feuern. Beim THW fühlte ich mich zwar wohl, hab aber auch zu oft den coolen Macker rausgehängt, als dass mich die anderen wirklich geschätzt hätten.« Er schob den Teller von sich, wobei Messer und Gabel vom Rand rutschten.

»Und dann kam Jana. Im Oktober 2002. Sie wohnte in der Dresdner Straße, nicht weit von mir entfernt, und damit gehörte sie zu unserer THW-Truppe Kreuzberg-Friedrichshain. Helena, ich habe deine Tochter das erste Mal gesehen, und ich habe mich in dieser Sekunde in sie verliebt. Und das ist das erste Mal, dass ich es ausspreche. Aber viel wichtiger als meine Gefühle für sie war: Sie war eine Aufgabe, so blöd das klingt. Sie wollte lernen. Alles über das THW. Und ich war schon fast zwei Jahre dabei. Und so wurde ich ihr Mentor. Ich habe ihr alles beigebracht. Und wenn Jana eine Frage gestellt hat, die ich nicht beantworten konnte, habe ich die Nacht durchrecherchiert, um ihr am kommenden Tag eine Antwort geben zu können. Sie war meine Motivation. Sie war die Karotte, die vor dem Esel an der Angel hängt, damit der in die richtige Richtung trottet.

Und, Helena, deine Tochter war niemals affektiert. Sie war ständig unterwegs mit Leuten, die viel mehr auf dem Kasten hatten als ich. Aber das hat sie mich nie spüren lassen. Sie hat mich geschätzt«, er lächelte versonnen, »ja, für das Wissen, das ich ihr vermittelt habe.

Drei Jahre war sie bei uns. Es waren drei Jahre, in denen ich glücklich war. Und unglücklich. Meinen Avancen hat sie nie nachgegeben. Und gleichzeitig war sie wohl der Mensch, der mich am meisten anerkannt und geachtet hat. Ich hätte damals in Kreuzberg eine Karriere als Drogenkurier starten können. Jana hat das einmal mitbekommen, wie ich einem Typen Koks gegen Geld gegeben habe. Sie hat mich nur angesehen und gesagt: ›Du und Drogen? Nee, Ben, dazu bist du zu schlau!‹«

Ben hielt inne.

»Sie hat mich gerettet. 2004 habe ich den Gesellenbrief bekommen. Ein Jahr nachdem sie gegangen war, habe ich auch meinen Meister draufgesetzt. Ohne deine Tochter säße ich heute im Knast. Und dass ich mein Leben in den Griff bekommen habe, dass ich aus meinem Leben etwas gemacht habe, daran ist Jana schuld.«

Helena schaute Ben nur an. »Weiß sie das?«

»Nein. Das weiß sie nicht.« In dem Moment wurde ihm bewusst, dass er sich viel zu weit aus dem Fenster gelehnt hatte. Die Begegnung mit Jana hatte offensichtlich doch mehr in ihm ausgelöst, als er zuzugeben bereit gewesen wäre. Und dann eine Beichte – ausgerechnet vor ihrer Mutter. Warum war er nicht einfach in die nächstbeste, verdammte Kirche gegangen und hatte gebeichtet? »Und ich möchte dich bitten, dass das auch so bleibt«, fügte er noch hinzu, bevor er sich erhob.

»Eine Frage noch.«

Ben sah sie an.

»Warum musst du an einer Krücke gehen?«

Das Lächeln in Bens Gesicht war eines der wärmeren: »Helena, ein Geständnis am Abend genügt, oder?«

»Da magst du wohl recht haben. Schlaf gut.«

Und in diesem Augenblick wusste Ben: Er würde morgen Jana zum Essen einladen, in ein viel zu teures Restaurant. Und am Morgen danach würde er zurückfahren. Nach Berlin. Ben war sich nicht sicher, dass Helena das ihr anvertraute Geheimnis für sich behalten könnte. Aber die nächsten achtundvierzig Stunden würde sie es wohl schaffen.

Hoffte er.

CAESAR V

Camilla war meine große Liebe gewesen. Seit dem Moment, als ich sie das erste Mal gesehen habe.

In unserer Bäckerei habe ich Camilla kennengelernt. Sie schwebte eines Tages herein, kaufte sechs Laugenbrötchen. Und am Tag darauf betrat sie ebenfalls die Backstube, nahm jedoch nur ein Brötchen mit. Am übernächsten Tag wieder nur eines. Am vierten Tag waren dann nur wir zwei in der Bäckerei, und ich traute mich, sie zu fragen, wieso sie am ersten Tag sechs und danach jeweils nur noch ein Brötchen gekauft hatte. »Wir sind erst vor fünf Tagen hierhergezogen, meine Eltern und ich. Da habe ich für uns alle Brötchen gekauft. Und in den Tagen danach – nun, die Brötchen haben geschmeckt, und der Verkäufer war ganz süß«, hatte sie geantwortet, und schon war sie aus der Bäckerei verschwunden.

Am nächsten Tag schenkte ich ihr eine Rose. Und es war mir ganz egal, dass auch mein Vater mit im Raum war. Es war ein Samstag. Und am Abend ging ich mit ihr aus. Von diesem Moment an waren wir ein Paar.

Ich konnte mein Glück kaum fassen. Sie, meine Cleopatra, das schönste Mädchen, die schönste Frau, die je unter dieser Sonne geboren worden war, mit diesem nicht nur erotischen, sondern diesem magischen Lächeln, sie war meine Freundin. Was ich damals nicht gesehen habe: Dieses Lächeln verwies auf eine Untiefe, die es in der Ostsee nicht gab, die es in der Nordsee nicht gab, die eher an den Marianengraben im Pazifik erinnerte.

Camilla, ich habe deine Tränen nie verstanden. Jene Momente, in denen du in eine Tiefe abgetaucht bist, der ich nicht folgen konnte. Du hast geweint, mich mit roten Augen angesehen, nichts gesagt. Und ich habe gedacht, mit meiner Liebe könnte ich das ausgleichen. Dein Dunkel ins Licht zerren.

Mein Gott, was war ich damals naiv! Ich hielt um deine Hand an. Und du wolltest mich heiraten. Und wir haben geheiratet. Und sechs Monate später kam Chris auf die Welt.

Ich habe fürs Einkommen gesorgt, du hast dich um die Kinder gekümmert.

Erst habe ich in der Bäckerei gearbeitet. Nachdem mein Vater gestorben war, wechselte ich an die Kasse im Supermarkt. Wobei ein Mann an der Kasse sich schwertut, den Lebensunterhalt für seine Frau, für sein Kind und für sich selbst zu erwirtschaften. Wir haben uns die Wohnung genommen. Sie hat uns mehr als die Hälfte meines Gehalts gekostet. Aber okay, wir wollten diese Familie haben. Und wir wollten diese Familie irgendwie durchbringen.

Dann das zweite Kind. Rein rechnerisch? Am Anfang sicher ein Vorteil. Es gab mehr Kindergeld. Scheiße, dass man überhaupt in diesen Kategorien denken muss.

Und du? Immer mehr Tränen. Immer weniger Verständnis auch für mich, der ich ja irgendwie das Geld heranschaffen musste. Und, mit Verlaub, ich war nicht der Geschäftsführer. Ich war der Typ an der Kasse.

Ja, ich konnte deine Vorwürfe irgendwann kaum mehr ertragen. Zu wenig Zeit für die Familie. Fuck! Wie gern hätte ich mehr Zeit mit euch verbracht! Aber da gab es einen Dienstplan!

Und du warst diejenige, die für die Kinder da war.

Hätten wir tauschen können?

Nein. Du hattest keine Ausbildung. Sie hätten dich vielleicht auch an irgendeiner Kasse angestellt. Aber du hättest noch weniger verdient als ich.

Deine Tränen, sie wurden so etwas wie zur Gewohnheit. Nicht über Wochen hinweg. Nicht über Monate. Aber über die Jahre.

Hätte ich es erkennen können? Hätte ich es sehen können? Hätte ich bemerken können, dass du auf dem Absprung warst? Dass du gehen wolltest? Nicht nur von mir, sondern auch von Chris, Cassy und Cory?

Es ist diese verdammte Frage, die sich immer und immer und immer wieder wie eine Schaufel in meinen Kopf gräbt. Aber ich finde keine Antwort.

Und ich darf nicht gehen.

Für Chris, Cassy und Cory.

MITTWOCH

Lavinia hatte sie angerufen, um halb acht Uhr morgens. Jana stand des Öfteren früh auf, aber dass Lavinia bereits um diese Zeit durch Aktionismus glänzte, war ungewöhnlich.

Sie hatte eine Nachricht auf der Mailbox hinterlassen: »Jana, ich muss Sie sprechen. Irgendetwas stimmt nicht mit unserem Rainer Hauptmann. Die Hamburger haben geantwortet. Ein Rainer Hauptmann ist dort nicht geboren worden. Nicht am 7. Juli 1971 und weder in der Zeit fünf Jahre davor bis fünf Jahre danach. Kommen Sie bitte vorbei.«

Eigentlich wusste Jana das ja schon, nachdem sie gestern den Parforceritt durch die Identitäten des Rainer Hauptmann absolviert hatten. Sie hätte Lavinia heute ohnehin angerufen. Aber nicht um sieben Uhr dreißig.

Mittlerweile war es acht Uhr, Jana hatte gefrühstückt, hatte ihren Kaffee getrunken, vom Balkon geschaut – nun konnte der Tag beginnen. Es war ein extrem kalter Tag, minus zehn Grad. Nicht die richtige Temperatur, um mit dem Fahrrad loszuradeln.

Sie packte sich warm ein, inklusive Pudelmütze und Fäustlingen aus Leder, und startete den Morgenspaziergang in Richtung Amtsgericht.

Das Büro von Lavinia Weber war überheizt wie in jedem Winter. Jana fragte sich, wie man bei einer Luftfeuchtigkeit von gefühlt minus zehn Prozent atmen konnte, ohne dass einem die Nase wegbröselte.

Lavinia begrüßte Jana mit einem ausführlichen Vortrag darüber, dass mit Rainer Hauptmann etwas nicht stimmte.

Jana ließ sie reden, dann erwiderte sie nur: »Ich weiß.«

»Woher denn?«

Der Moment der Wahrheit. »Wir haben gestern so einiges herausgefunden.«

Jana holte Luft, um weiterzusprechen, wurde aber augenblicklich von Lavinia unterbrochen. »Wir?« Lavinia schien über den Plural gestolpert zu sein.

»Ich arbeite in diesem Fall mit einem Kollegen aus Berlin zusammen«, sagte Jana. »Er war es letztlich, der die ganzen Dokumente gefunden hat.«

»Was für Dokumente?«

»Rainer Hauptmann heißt eigentlich Emil Wittkamp. Und er verfügt über zahlreiche weitere Identitäten, aber die beruhen auf gefälschten Dokumenten. Abgesehen von einem Ausweis aus der Dominikanischen Republik.«

»Verstehe ich das richtig? Rainer Hauptmann, also dieser Wittkamp, er hat noch mehrere Ausweise und Pässe?«

»Ja, so sieht es aus. Abgesehen von der uns bekannten Hauptmann-Identität, scheint nur die von Emil Wittkamp echt zu sein. Und Wittkamp ist im Moment in Frankfurt am Main gemeldet.«

»Was ist das denn für ein Fall? Sind Sie im Besitz dieser anderen Dokumente?«, hakte Lavinia nach. Mit solch einer komplizierten Erbschaftsfrage war auch sie in den vergangenen Jahren – oder Jahrzehnten – offensichtlich nie konfrontiert worden.

Jana zuckte die Schultern. »Ja, ich bin im Besitz der Dokumente. Übergebe ich auch gern der Polizei. Ich würde aber zuvor gern Licht ins Dunkel bringen. Zumal gegen einen Toten Emil Wittkamp kaum mehr ermittelt wird. Höchstens gegen die Passfälscher. Daher wäre ich Ihnen dankbar, wenn Sie zunächst über diese anderen Ausweise mit niemand anderem sprechen würden. Außer über den von Emil Wittkamp. Ich bin überzeugt, dass das die offizielle Identität unseres Toten ist. Ich würde diesen Fall gern übernehmen und auch abschließen«, sagte sie. »Das Beste wäre, wenn die Frankfurter mir den Fall Emil Wittkamp übertragen würden. Dann könnte ich alle Identitäten zusammenführen zu einem Fall.« Jana war nicht sicher, ob das funktionieren würde. Da gab es diese falschen Identitäten in Bulgarien und Polen, jeweils verbunden mit Bankkonten. Ob man dieses Geld dann eindeutig Emil Wittkamp würde zuordnen können, stand derzeit noch nicht fest.

»Jana, Sie wollen also, dass ich jetzt mit meiner Frankfurter Kollegin spreche und sie dazu bringe, dass sie Ihnen auch die Nachlasspflegschaft für Emil Wittkamp überträgt?«

»Ja. Ich glaube, das führt am ehesten zum Ziel. Zu dem Ziel, dass der Nachlass von Emil Wittkamp alias Rainer Hauptmann überhaupt zusammengeführt werden kann. Und dann, im zweiten Schritt, vererbt werden kann. An wen auch immer.« Aber um Brüder und Schwestern, Kinder und Kindeskinder würden sie sich im nächsten Schritt kümmern.

Jana kannte Lavinia. Wenn diese einen tiefen Seufzer ausstieß, war es ein Zeichen der Kapitulation. Und damit quasi eine Unterschrift unter die Vorschläge, die Jana soeben unterbreitet hatte.

Lavinia leitete eine Videokonferenz mit ihrer Kollegin Celine Brunn in Frankfurt ein. Allem Anschein nach hatte Lavinia mit der Dame öfter zu tun, sonst hätten sie sich wohl kaum geduzt und mit Vornamen angesprochen: »Celine, ich brauche deine Hilfe.« Sie schilderte das Problem mit der doppelten Identität von Rainer Hauptmann alias Emil Wittkamp. »Ist denn ein Emil Wittkamp bei euch gemeldet? Wir haben hier auch eine Adresse: Am Hopfengarten 30.«

»Da muss ich kurz eine Abfrage starten«, sagte Frau Brunn. Ihr Bild auf dem Monitor wandte sich von der Kamera ab, man hörte das Klappern einer Tastatur. Wenig später sagte sie: »Ja. Bei uns gibt es einen Emil Wittkamp. Und er ist gemeldet Am Hopfengarten 30 in Frankfurt. Geboren ist er am 7. Juli in Zwickau, damals DDR.«

»Das ist genau der Mann, der bei uns in Darmstadt als Rainer Hauptmann gelebt hat. Und er hat sich aus dem sechsten Stock in die Tiefe gestürzt. Wir haben hier einen Personalausweis, einen Reisepass und auch eine EC-Karte. Aber diese zweite Identität ist gefälscht, wenn auch der Darmstädter Ausweis echt ist.«

»Wie das?«

»Er hat sich vor zwölf Jahren offenbar mit einem gefälschten Personalausweis von einem fiktiven Wohnsitz in Hamburg nach Darmstadt umgemeldet. In Hamburg gab es nie einen Rainer Hauptmann seines Alters.«

»Würde heute nicht mehr klappen«, konstatierte Celine Brunn trocken. »Und dieser Mann ist jetzt tot?«

»Ja. Und in seiner Wohnung haben wir die Dokumente seiner echten Identität gefunden. Also jene, die ihn als Emil Wittkamp ausweisen.«

»Sind die denn echt?«, wollte Celine Brunn wissen.

Lavinia warf Jana einen knappen Blick zu. Jana nickte. »Ja. Die Dokumente sind echt.« Gut, dass ihr Vertrauensverhältnis inzwischen auf einer solch soliden Basis fußte, dass Lavinia wusste, wenn Jana nickte, dann waren die Dokumente echt. Erklärungen würden später folgen. »Kann unsere Nachlasspflegerin Jana Welzer an diesem Fall weiterarbeiten? Sie betreut den Hauptmann-Fall. Oder wollt ihr einen eigenen Nachlasspfleger darauf ansetzen?«

»Jana Welzer? Der Name sagt mir nichts.«

»Ist eine Gute«, sagte Lavinia. So eine Anerkennung hatte Jana noch nie von ihr gehört.

»Sie kriegt das gebacken?«

»Da bin ich sicher. Wenn nicht sie, dann niemand.« Der Moment, in dem Jana tatsächlich ein wenig rot wurde.

»Na, dann soll eure Frau Welzer den Fall übernehmen. Schick mir die Daten, ich mache die Papiere fertig, sie kann sie dann abholen.«

»Mache ich.« Dann beendete Lavinia Weber die Videokonferenz.

»Wann geben Sie die Ausweise an die Polizei?«

»Nicht heute. Ich möchte erst herausfinden, wer dieser Emil Wittkamp war. Ich meine, die Polizisten haben die Ausweise nicht entdeckt. Wir haben sie entdeckt. Und dann langt die Übergabe auch in einigen Tagen. Ich könnte sie ja erst später entdeckt haben.«

Vom Amtsgericht aus lief sie wieder nach Hause. Bei jedem Atemzug stob ein kleines Wölkchen aus ihrer Nase. Wie ein Drache, der Feuer spie. Gefrorenes Feuer in diesen Tagen.

Janas Jaguar hatte einen Parkplatz in einem der Parkhäuser, die zu den Hochhäusern gegenüber ihrem Haus gehörten. Sie ging kurz in ihre Wohnung, holte ihren Laptop. Alle wichtigen Daten trug sie gern stets bei sich.

Sie fuhr zum Nachlassgericht nach Frankfurt. Es war ebenfalls im Gebäude des Amtsgerichts untergebracht. Zum Glück verfügte das Gericht in Frankfurt über ein Parkhaus auf der angrenzenden Straßenseite. Sie musste bis in den vierten Stock des siebenstöckigen Baus fahren, um einen freien Platz zu finden.

Auch dieses Amtsgericht stammte aus wilhelminischer Zeit. Von außen gab es sich als imposantes Schmuckstück, das an ein Schloss erinnerte, innen jedoch war es ein Labyrinth, wie Jana sich erinnerte. Immerhin zehn Minuten später saß sie im Büro von Celine Brunn im zweiten Stock. »Frau Weber schwärmt ja in den höchsten Tönen von Ihnen«, eröffnete sie das Gespräch.

Was sollte Jana darauf sagen? Ja. Sie war gut in ihrem Job. Sie setzte sich auf den Stuhl auf der anderen Seite des Tisches, gegenüber von Celine Brunn. Die pummelige Dame trug ihr kurz geschnittenes Haar in flammendem Rot.

»Die Sterbeurkunde ist inzwischen auch hier. Frau Weber versteht es, die richtigen Strippen zu ziehen, damit die Dinge nicht komplizierter werden, als sie ohnehin schon sind.«

Frau Brunn tippte etwas in den Rechner, druckte ein Dokument aus, unterschrieb es, setzte noch ein Siegel darauf und übergab die Bestallungsurkunde an Jana. Dabei sagte sie: »Das Grundbuch habe ich bereits gecheckt. Emil Wittkamp ist offensichtlich kein Besitzer von Immobilien. Hier ist noch ein Auszug aus dem Melderegister. Emil Wittkamp ist Witwer. Also war Witwer. Seine Frau ist aber schon lange tot. Sie hieß Julia. Sie ist vor fünfzehn Jahren in Berlin gestorben. Dort haben die beiden zehn Jahre zuvor geheiratet.«

»Kinder?«

»Steht hier nichts. Also keine, die mit ihm im selben Haushalt wohnten.«

Jana nahm den Ausdruck an sich und erhob sich. »Danke.«

»Viel Glück«, sagte sie. »Bin gespannt, was Sie in seiner Wohnung erwartet.«

Jana nickte, dann verabschiedete sie sich und fuhr zehn Minuten später mit dem Jaguar aus der Ausfahrt des Parkhauses heraus.

»So geht das nicht!«, blaffte Kevin durch den Äther. Bens Geschäftspartner ließ seinem Ärger lautstark freien Lauf. »Du kannst nicht einfach ein paar Tage abhauen, wenn bei uns die Hütte brennt.«

Da machte es sich der gute Kevin aber etwas einfach. »Hey, Mann, du hast gerade eine neue Koryphäe eingestellt. Dann solltet ihr das doch ein paar Tage lang auch ohne mich gewuppt kriegen, oder?«

»Scheiße, Mann, du klingst wie eine eifersüchtige Zicke!« Eine diplomatische Ausdrucksweise war, zumindest was die Kommunikation zwischen ihnen beiden anging, noch nie Kevins Stärke gewesen. Das Schlimme daran war, dass er den Nagel auf den Kopf traf. Oder zumindest nicht weit daneben.

»Setz deinen Hintern in deinen Russenpanzer, und roll hier rüber. Pronto«, keifte Kevin.

Kevin vergriff sich oft im Ton. Das wusste er auch selbst. Dafür würde er sich irgendwann entschuldigen. Das Spiel kannte Ben. Aber er merkte, dass er überhaupt keine Lust verspürte, im Moment zurück nach Berlin zu fahren. Es war nicht einmal der Ärger darüber, dass Kevin ein weiteres Computer-As eingestellt hatte. Was ihn immer noch wurmte, war, dass Kevin dies ohne Absprache mit ihm getan hatte. Sie hatten bislang all ihre Entscheidungen, wie die Firma weiterzuentwickeln war, stets zu zweit getroffen. Diese Beschlüsse dann mit einem Handschlag besiegelt, und das hatte gegolten. Natürlich hatten sie einen Gesellschaftervertrag aufgesetzt. Aber Ben wusste genau: Wenn sie in diesen Vertrag schauen mussten, dann war das Vertrauensverhältnis hinüber.

Ben tat etwas, was er in seinem Leben noch nie getan hatte: Ohne ein Wort der Erwiderung beendete er das Gespräch und schaltete das Handy auf lautlos. Keine fünfzehn Sekunden später leuchtete das Display bereits wieder auf, Kevin versuchte zurückzurufen. Aber Ben hatte überhaupt keinen Bock auf einen weiteren Diskurs zum Thema. Er widmete sich wieder dem Status von Janas Netzwerk. Die Platte, die er ausgetauscht hatte, war inzwischen vollständig beschrieben. Das Back-up auf der externen Zehn-Terabyte-Platte würde noch eine Weile dauern. Womit er an dieser Stelle im Moment nichts mehr tun konnte und musste.

Jana hatte ihm am Morgen eine WhatsApp geschickt, dass sie versuchen würde, für Emil Wittkamp ebenfalls die Nachlasspflege zugeteilt zu bekommen. Wenig später folgte die nächste Nachricht, dass sie erfolgreich gewesen wäre. Ben schickte ihr das Emoji eines nach oben gereckten Daumens zurück.

Die Tür zum Büro öffnete sich, Irina trat herein. »Guten Morgen!«, begrüßte sie Ben.

Der nickte ihr zu. Nein, ihm war im Moment partout nicht nach Konversation jeglicher Art zumute. Irgendwie lag ihm dieses bescheuerte Beisammensein mit dem Idioten von Adam noch im Magen. Er stand auf, griff zur Krücke und fragte Irina: »Kannst du mir gerade mal den zweiten Schlüsselring von Rainer Hauptmann geben, den, den wir unter dem Parkett gefunden haben?«

»Klar.« Noch bevor Irina die Jacke ausgezogen hatte, öffnete sie die oberste Schublade ihres Schreibtisches und griff nach dem Ring, an dem zwei Schlüssel befestigt waren. Und, wie Ben feststellte, auch ein rotes Schlüsselschildchen. Er nahm die Schlüssel entgegen und las auf dem Schild: »Rainer Hauptmann 2«. Irina zeichnete sich ebenfalls durch Ordnungsliebe aus.

»Was hast du vor?«

»Ich fahre nach Frankfurt. Ich könnte mir vorstellen, dass diese Schlüssel zu der Wohnung von Emil Kieslowski passen.«

»Und dafür willst du extra dahin fahren?«

Ben grinste schräg: »Ich wüsste nicht, wie ich es sonst herausfinden sollte.«

Zwei Minuten später saß er in seinem Wolga.

Sie hatte sich überlegt, dass sie zunächst die Wohnung von Emil Wittkamp alias Rainer Hauptmann aufsuchen würde. Sie gab dessen Adresse in das Navi ihres Smartphones ein. Das Haus lag in Rödelheim, einem westlichen Stadtteil von Frankfurt. Sie beschloss, die Route durch die Stadt zu nehmen. Zwanzig Minuten. Die Strecke führte sie nördlich am Bahnhof vorbei, über das Messegelände hinweg, entlang dem Westbahnhof und dann nach Rödelheim.

Jana parkte den Wagen unmittelbar vor dem Haus. Dieses grenzte direkt an die S-Bahn-Linie. Wer hier wohnte, dessen Biorhythmus wurde wahrscheinlich im Wesentlichen durch den Fahrplan getaktet. Jana stieg aus, trat auf das Gelände vor dem Gebäude. Der Trakt bestand aus zwei Häusern, die etwas versetzt aneinandergebaut waren, mit Schrägdach und Dachgauben. Eine Treppe führte zur Eingangstür. Jana betrachtete die Klingelschilder. Der Name Wittkamp war dort nicht verzeichnet.

Sie stieg die Stufen wieder hinab. An einer Wand des Hauses befanden sich die Briefkästen. Jana scannte die Namensschildchen. Hollenbach – der Name war ihr bereits an einer der Klingeln aufgefallen. Unmittelbar daneben stand ein weiterer Name: Wittkamp. Lebte er hier mit seiner Freundin?

Jana stieg die Treppe erneut empor.

Sie ärgerte sich, dass sie den zweiten Schlüsselring nicht mitgenommen hatte. Vielleicht passten die beiden Schlüssel daran ja in die Schlösser an der Haustür und der Wohnungstür. In Ermangelung der potenziellen Schlossöffner drückte sie den Klingelknopf neben dem Schild »Hollenbach«. Aus der Gegensprechanlage hörte sie: »Ja?«

»Guten Tag. Mein Name ist Jana Welzer. Ich bin hier wegen Emil Wittkamp. Ich würde gern mit Ihnen sprechen.«

Keine Reaktion.

Jana drückte die Klingel erneut.

»Ja?« Abermals das akustische Fragezeichen, als ob Jana nicht vor dreißig Sekunden schon einmal geklingelt hätte.

Na gut. Sie konnte sich auf dieses »Und täglich grüßt das Murmeltier«-Spiel einlassen. »Guten Tag. Mein Name ist Jana Welzer. Ich bin hier wegen Emil Wittkamp. Ich würde gern mit Ihnen sprechen.«

Schweigen.

Dann die Stimme der Frau: »Treppe ganz hoch, dann nach links, letzte Wohnung links.«

Der Türsummer summte, und Jana betrat das Gebäude. Sie erklomm die Treppe, ging nach oben, bog nach links ab, erreichte das Ende des Ganges.

Die Tür zum Apartment war geöffnet. Kein Flur trennte den Wohnraum ab: Jana stand mit dem ersten Schritt mitten im Raum. Die Wohnung war winzig. Vielleicht achtzehn Quadratmeter. Unmittelbar links neben ihr befand sich eine Garderobe, direkt neben der Tür zum Bad, wie Jana annahm. Ein Ivar-Regal war als Raumteiler aufgestellt. Sie selbst hatte die Regale des schwedischen Möbelhauses ebenfalls genutzt. Heute standen sie jedoch nur noch in ihrem Keller.

»Hallo«, sagte Frau Hollenbach.

»Hallo«, erwiderte Jana.

Es gab eine weitere Tür, die in eine Küche führte. Doch eine Seite war durch die Dachschräge nur bedingt nutzbar. Zum Beispiel, um das Bett darunter zu platzieren. Wobei das Bett in diesem Fall eine Schlafcouch war.

»Sie sind Studentin?«, wollte Jana wissen.

»Ja«, erwiderte die junge Frau mit glattem, langem blonden Haar. »Was wollen Sie von mir?«

»Auf Ihrem Briefkasten steht der Name Wittkamp. Herr Wittkamp ist gestorben. Und ich bin seine Nachlasspflegerin. Das heißt, rein rechtlich gesehen steht jetzt vor Ihnen quasi Emil Wittkamp.«

»Bedeutet das, Sie werfen mich raus?« Panik flackerte auf im Blick von Andrea Hollenbach. »Wo soll ich denn hin? Was ist denn mit Herrn Wittkamp?«

Jana ignorierte den Einwurf und fragte ihrerseits: »Emil Wittkamp – er wohnt nicht hier, oder?« Es war eine rhetorische Frage. Die Wohnung war schon für eine Person allein eng.

Andrea Hollenbach schüttelte den Kopf. »Nein. Tut er nicht. Und ich wohne hier auch nicht offiziell. Was ist denn mit ihm passiert?«

Jana kam nicht mehr darum herum, Farbe zu bekennen. »Emil Wittkamp hat sich das Leben genommen.«

»Das Leben genommen?«, hauchte Andrea Hollenbach ein zartes Echo. Sie wies mit der Hand auf ihr Sofa.

Jana setzte sich. Es gab noch einen billigen Sessel, auf dem sich die Studentin niederließ. Jana schätzte sie auf vielleicht zweiundzwanzig. »Wie sind Sie an diese Wohnung gekommen?«

»Ich habe einfach Glück gehabt. Versuchen Sie mal, in Frankfurt eine bezahlbare Studentenbude zu bekommen! Herr Wittkamp hatte inseriert. Auf dieser Plattform ›studentenwohnung-ffm.de‹. ›Günstige Ein-Zimmer-Wohnungen in

Rödelheim‹. Ich hab die Anzeige gesehen, in dem Moment, in dem sie aufgesetzt worden war. Hab mich sofort gemeldet.«

»Wann war das?«, wollte Jana wissen.

»Ist knapp drei Jahre her.«

»Haben Sie einen Mietvertrag?«

»Nein. Wittkamp machte da so ein Geheimnis draus. Ich habe jeden Ersten im Monat zweihundert Euro in einem Briefumschlag in meinen Briefkasten gelegt. Und am nächsten Tag war der Briefumschlag weg.« Die Antwort überraschte Jana nicht.

»Ist das Emil Wittkamp?«, wollte Jana wissen und zeigte ihr das Bild des Ausweises.

Andrea Hollenbach nickte. »Ja. Das ist er. Aber ich habe ihn nur einmal gesehen. Danach haben wir nur noch telefoniert.«

»Haben Sie mal mitbekommen, wie er den Umschlag abgeholt hat?«

Janas Blick wandte sich zu Boden, dann sah sie wieder auf. »Ja, vor einem Jahr, da bin ich neugierig geworden. Ein Freund hatte mich gewarnt. Da würden ganz bestimmt krumme Dinger laufen, wenn es kein Konto und keinen Mietvertrag gäbe. Vielleicht irgendwas mit Russenmafia. Hab ich ein bisschen Schiss bekommen. Da habe ich mich mal die ganze Nacht ans Fenster gesetzt und darauf gewartet, dass jemand etwas aus dem Briefkasten holt. Kann ich ja hier vom Fenster aus sehen.« Sie deutete auf die Dachgaube. »Kam dann auch einer. War aber nicht Wittkamp, sondern ein junger Typ. Vielleicht mein Alter.«

»Wissen Sie, wo Herr Wittkamp wohnt? Also, wohnte?«

»Nein. Keine Ahnung.«

»Können Sie mir seine Telefonnummer geben?«

»Klar.« Die junge Frau griff zu ihrem Handy, scrollte durch die Kontakte. Sie erhob sich, ging zum Schreibtisch, schrieb die Nummer auf einen Zettel, den sie Jana reichte.

»Muss ich denn jetzt morgen hier raus?«

»Nein. Gewiss nicht. Ich muss erst mal klären, wie die

Besitzverhältnisse für diese Wohnung sind. Bleiben Sie zunächst hier wohnen. Das Konto, auf das Sie die Miete überweisen werden, werde ich Ihnen noch nennen. Erst mal: keine Panik. Aber mittelfristig werden Sie sich wohl eine neue Bleibe suchen müssen.«

Jana war darauf nicht vorbereitet gewesen, aber Andrea Hollenbach umarmte sie. Ein bisschen zu viel Nähe.

Als sie die Wohnung verließ, ärgerte sich Jana. Sie war Emil Wittkamp nicht wirklich nähergekommen. Der Mann hatte ganz schön dicke Mauern um seine Festung errichtet.

Als sie im Auto saß, wählte sie die Handynummer. Augenblicklich meldete sich die Mailbox: »Emil Wittkamp. Nachrichten bitte nach dem Beep.« Kurz und knackig. Das Handy war offensichtlich ausgeschaltet. Oder der Akku leer – Wittkamp war ja nun schon über eine Woche tot. Jana würde eine hohe Wette eingehen, dass die SIM-Karte nicht auf seinen richtigen Namen angemeldet war.

Aber sie hatte ja noch seine EC-Karte.

Emil Kieslowskis Wohnung lag in Bornheim, einem Stadtteil im Osten von Frankfurt. Ben hatte sich die Adresse auf dem Tablet via Google Earth angeschaut. Die Arnsburger Straße verlief parallel zur Berger Straße, der Hauptschlagader des Quartiers. Das Haus mit Kieslowskis Wohnung befand sich im nördlichen Bereich der Straße, kurz bevor diese auf die Bergerstraße traf.

Was Ben auf den ersten Blick sah: Parkplatztechnisch war diese Ecke Frankfurts eine Katastrophe. Dementsprechend gurkte er auch eine Weile herum. Im Parkhaus, das zum Bürgerhaus Bornheim gehörte, konnte er seinen Wagen schließlich abstellen.

Bis zum Gebäude, in dem sich Emil Kieslowskis Wohnung befand, waren es noch rund hundert Meter. Heute war einer der besseren Tage. Er brauchte die Krücke zum Laufen, aber die Schmerzen waren erträglich.

Ben musste eine Hofeinfahrt durchqueren, dann noch den Hinterhof passieren, bis er das Haus erreichte, in dem sich die gesuchte Wohnung befand. Sowohl auf dem Briefkastenschild als auch auf dem Schild neben der Klingel war der Name Kieslowski fein säuberlich ausgedruckt und laminiert. Ben griff in seine Jackentasche, entnahm ihr den Schlüsselring. Er versuchte den ersten Schlüssel in das Haustürschloss zu stecken, aber es gelang ihm nicht. Doch der zweite Schlüssel flutschte ins Schloss. Treffer!

Von der Haustür aus führte eine Treppe ins Hochparterre. Gleich die erste Eingangstür verwies auf Kieslowskis Wohnung. Ben nutzte den zweiten Schlüssel. Und Sesam öffnete sich …

Ben betrat die Unterkunft, schlug die Tür hinter sich zu, schloss die Augen und atmete tief ein. Kein Geruch nach Moder, nach verdorbenen Lebensmitteln, nach ungeleerten Katzenklos oder Bergen von schweißgetränkten T-Shirts. Ja, es roch stickig. Hier war seit ein paar Tagen nicht mehr gelüftet worden. Aber abgesehen davon, war das Odeur nicht auffällig.

Ben öffnete die Augen. Die Wohnung verfügte über keinen Flur. Er stand direkt im ersten Raum, der auch Küche war: Eine Spüle, ein Kühlschrank, ein Gasherd standen an der einen Wand, an der anderen ein Küchenschrank. Im Zimmer befand sich außerdem ein Esstisch mit vier Stühlen. Der Tisch: billiger Pressspan mit weißer Resopal-Beschichtung. Die Stühle: einfache Eisenkonstruktionen. Ben öffnete die Türen des Geschirrschranks: Gedeck für sechs Personen. Er entnahm einen der grünen Teller, drehte ihn um, entdeckte den Stempel des wohl bekanntesten schwedischen Möbelhauses.

Eine Tür führte in ein winziges Bad, bestehend aus Toilette, Duschwanne und Waschbecken. Für einen Badschrank gab es keinen Platz.

Die nächste Tür gab den Weg frei in ein etwas größeres Zimmer von vielleicht zwanzig Quadratmetern. Darin standen ein Kleiderschrank, ein Regal, ein Bett und ein Schreibtisch. Auf dem Arbeitsplatz befanden sich eine Tastatur, eine Maus und ein Monitor, alle verkabelt mit einem Rechner im Tower-Gehäuse, der auf dem Boden thronte.

Ben warf einen Blick in den Schrank. Hemden auf Bügeln, zwei Hosen, ebenfalls an Hosenbügeln befestigt, drei Jacketts, eine Sommerjacke, eine Winterjacke. Alles gepflegt, aber betagt. In den Fächern daneben zehn Unterhosen, zehn Paar Strümpfe, zehn T-Shirts. Im untersten Fach zwei Paar Halbschuhe, zwei Paar Turnschuhe. Weder die Klamotten noch die Schuhe zierten irgendwelche Markenetiketten. Im Regal fanden sich einige CDs, DVDs, ein paar Stapel mit Papieren, Zeitschriften, Büchern. Filme, Zeitschriften und Bücher stammten alle aus Polen, wie Ben feststellte. Geboren im Osten Deutschlands konnte er neben der russischen Sprache die polnische, die ukrainische und die tschechische sicher identifizieren. Ben überflog den Papierstapel: ein paar Prospekte, ein paar Rechnungen. Letztere adressiert an Emil Kieslowski, wie etwa die Strom- oder die Telefonrechnung. Die Stromrechnung zeigte nur den monatlich festgesetzten Pauschalpreis. Und auch die Telefonrechnung bot keine Anhaltspunkte, wer wann wohin telefoniert haben mochte. Beide zeigten auch keinen Verweis darauf, dass es eine Einzugsermächtigung von irgendeinem Konto gab. Kieslowski alias Emil Wittkamp musste die Beträge überwiesen oder mit Bargeld eingezahlt haben.

Ben ließ sich auf den Stuhl am Schreibtisch sinken. Er startete den Rechner. Der fuhr hoch und verlangte nicht einmal ein Passwort, um das Betriebssystem zu starten. Der Rechner war nicht der schnellste. Nach knapp einer Minute war Ben startklar.

Das Erste, was er feststellte: Auf dem Rechner war kein Mailprogramm installiert. Eine Version von OpenOffice zierte die Festplatte – die Freewareversion von Microsoft Office, auch wenn Microsoft das sicher anders sah … Als Browser diente Firefox. Zuerst öffnete Ben OpenOffice – aber es fanden sich keine Text- oder Tabellen-Dokumente, die bearbeitet worden wären. Er öffnete den Browser und dort die Historie der aufgerufenen Seiten: youporn.com und pornhub.com. Das war's auch schon. Ziemlich eindeutig, wofür der Rechner benutzt worden war.

Ben warf auch noch einen Blick in die Dateiablage im Bereich Fotos. Diese fügten sich nahtlos in die Kategorie des Browserverlaufs. Und offensichtlich hatte Emil Kieslowski seine Lieblingsfilme auch heruntergeladen und im Ordner Video abgespeichert.

All das bediente das Klischee eines alleinstehenden Mannes aus dem Osten, der sich hier mit einfachen Jobs durchs Leben schlug. Das Problem dabei: Emil Kieslowski existierte genauso wenig wie Rainer Hauptmann. Er war nur ein Fantasieprodukt. Emil Wittkamp hatte nicht nur falsche Identitäten durch Dokumente erschaffen, sondern auch durch das Umfeld der Personen kreiert, die in diesen Dokumenten bezeichnet waren. Denn eines schien ihm plötzlich sonnenklar: Der Messie Rainer Hauptmann war genauso eine Inszenierung, wie es der polnische Fremdarbeiter Emil Kieslowski war. Die Messie-Wohnung hatte dazu gedient, das Versteck für die Dokumente abzusichern. Und Ben war sich ziemlich sicher, dass auch die Identität des Polen nur Scharade für irgendeinen Zweck war.

Er lehnte sich zurück, ließ seinen Blick durch das Zimmer schweifen und ersann mögliche Verstecke. Heimliche Depots, die er eingerichtet und genutzt haben könnte. Der Raum war mit Teppichboden ausgekleidet. Eine Option war, dass dieser an einer Stelle hochgeklappt werden konnte, um darunter im Boden etwas zu verbergen.

Im Kleiderschrank selbst boten sich keine Möglichkeiten, etwas zu verstecken. Natürlich musste Ben noch die Taschen der Jacketts und Hosen checken – aber dort ließen sich wirklich nur kleine Sachen unterbringen.

In der Wohnung im Lucasweg hatten sie Pässe gefunden

und Bargeld. Beides Dinge, die wenig Platz beanspruchten. Ben konnte sich kaum vorstellen, dass es nicht irgendwo einen Rechner gab, wahrscheinlich einen Laptop, der mehr Daten enthielt, die Emil Wittkamp zur Organisation seines echten Lebens benötigte.

Ben erhob sich, ging noch mal zurück in die Küche. Und, ja, auf einem der Geschirrschränke stand ein Router, eine Fritz!Box. Irgendwie musste Kieslowski alias Wittkamp ja ins Internet gekommen sein. Ben checkte das Gerät: Ein Netzwerkkabel war eingesteckt und führte zu dem PC. Alle weiteren Gerätschaften waren also über WLAN per Funk verbunden.

Ben setzte sich wieder an den Schreibtisch, rief den Browser auf, versuchte, Zugang zu dem Router zu bekommen. Doch der forderte ihn auf, ein Passwort einzugeben. Kein Problem, das er hier und jetzt binnen weniger Minuten lösen konnte.

Er ging zum Bett, zog die Tagesdecke zurück. Darunter fanden sich eine Bettdecke und ein Kopfkissen. Ben schnupperte daran. Es roch schwach nach Waschmittel, nicht nach Körperausdünstungen. In diesem Bett hatte zuletzt keiner geschlafen. Er blickte unter die Schlafstatt, leuchtete mit dem Handy zur Matratze. Aber zwischen Rost und derselben war nichts versteckt.

Er robbte wieder unter dem Bett hervor, stand auf – gut, dass er die Krücke dabeihatte –, zog die Tagesdecke und Bettwäsche auf den Boden. Aber auch unter dem Laken schien nichts verborgen. Er legte Wäsche und Decke wieder auf die Matratze, sparte es sich jedoch, das Bett zu machen.

Ben durchwühlte die Schubladen des Schreibtisches – auch eine Aktion, die in weniger als fünfzehn Sekunden abgehakt war, da sich in den Laden kaum etwas befand. Er überlegte, ob vielleicht hinter dem Kleiderschrank ein Versteck in der Zimmerwand untergebracht wäre. Aber gleichzeitig verwarf er diesen Gedanken wieder: Genau wie in der Wohnung im Lucasweg in Darmstadt musste Emil Wittkamp an die Dinge, die er versteckt hatte, schnell herankommen. Im Lucasweg hatte er ein paar Prospekte vom Boden angehoben, und schon hatte er Zugriff auf die Pässe und weitere Dokumente und den Schlüssel gehabt. Das Verrücken von Möbeln konnte kaum als direkter Zugang durchgehen.

Ben erhob sich. Ließ abermals den Blick durch den ganzen Raum schweifen, langsam, als ob er mit dem Handy eine Panoramaaufnahme machen würde. Dann ging er zurück in den Küchenraum. Stellte sich mit dem Rücken an die Eingangstür. Und scannte den Raum in aller Ruhe von links nach rechts.

Zunächst fiel ihm kein besonderes Versteck auf. Dann jedoch trat er auf den Kühlschrank zu, öffnete die Tür, sah hinein. Eine Packung Butter, vier Joghurts, drei H-Milchpackungen, alles ungeöffnet. Kein frisches Obst, keine angebrochene Frischkäsepackung. Ben entnahm dem Kühlschrank die Milchpackung: Das Datum war seit zwei Tagen abgelaufen. Auch der Inhalt des Kühlschranks schien mehr der Tarnung zu dienen als der Ernährung des Bewohners.

Was Ben zum nächsten Gedanken führte: Wenn der Bewohner sich in dieser Wohnung nicht ernährte, wozu brauchte er dann einen Herd? Ben öffnete die Klappe des Backofens. Zwei Bleche darin, mehr nicht. Unter dem Backofen befand sich eine Schublade. Ben zog sie heraus. Sie war leer. Einem Impuls folgend, schob er sie nicht zurück, sondern zog sie bis zum Anschlag heraus, hob sie leicht an und entnahm sie komplett. Die fünfzehn Zentimeter zwischen der Unterkante der Schublade und dem Küchenboden füllte eine Metallblende. Und hinter dieser Blende lag auf dem Küchenboden ein silberfarbener Laptop auf einem Handtuch. Vorsichtig nahm er das Gerät heraus.

Bei dem Rechner handelte es sich um ein MacBookAir – aber Ben erkannte sofort, dass es ein älteres Modell war, das kleine, ganz leichte mit einem 11-Zoll-Bildschirm. Er stellte es auf dem Küchentisch ab, klappte es auf, betätigte den Start-Knopf. Der Rechner fuhr hoch. Was darauf hindeutete, dass der Computer auf jeden Fall innerhalb der letzten zwei Wochen benutzt worden war. Sonst hätte sich der Akku wahrscheinlich selbst komplett entladen. Wie Ben es erwartet hatte, forderte das Betriebssystem ihn dazu auf, ein Passwort einzugeben. Das kannte er natürlich nicht. Er klappte den Laptop zu. Dann verhalf er der Schublade zurück in ihre ursprüngliche Position. Er klemmte sich den Rechner unter den Arm, griff zu seiner Krücke und verließ die Wohnung, nicht, ohne sie abzuschließen.

Eine Bestallungsurkunde hatte einen großen Vorteil: Man wurde vom Servicepoint aus direkt durchgereicht ins mittlere Management.

»Frau Welzer, was kann ich für Sie tun?«, fragte der Mann, dessen Namensschildchen ihn als Dieter Westerer auswies, vier Minuten nachdem Jana Welzer die GLF-Privatbank in der Börsenstraße in Frankfurt betreten hatte. Er geleitete Jana in ein Büro, das nicht nur durch Milchglasscheiben vom Rest der Welt abgetrennt war, sondern durch eine massive Wand, in der nur die Tür aus Milchglas gefertigt war. So demonstrierte man Status.

Jana griff in ihre Tasche, zückte abermals die Bestallungsurkunde, legte sie vor dem Banker auf dessen Schreibtischplatte. »Herr Westerer, ich bin die Nachlasspflegerin von Emil Wittkamp. Er ist vergangene Woche verstorben. Und hat, soweit bisher bekannt, keine unmittelbaren Erben hinterlassen. Deshalb kümmere ich mich darum. An seiner statt.«

Dieter Westerer warf einen Blick auf das Dokument, dann sagte er: »Herr Wittkamp. Ich glaube, da werde ich Sie direkt an unseren Geschäftsführer Herrn Dr. Liedtke weiterleiten. Herr Wittkamp wurde von ihm immer persönlich betreut. Wenn Sie bitte hier kurz warten würden.«

Jana nahm die Bestallungsurkunde wieder an sich.

Keine zwei Minuten nachdem Dieter Westerer das Büro verlassen hatte, trat ein anderer Herr ein. Auch er mit schickem Maßanzug, perfekt sitzender Krawatte und einer derart akkuraten Frisur, dass sie als Referenz jeden Friseur glücklich gemacht hätte. Dieser Mann strahlte allein durch sein Eintreten Autorität aus. Jana erhob sich.

Der Mann reichte ihr die Hand. »Mein Name ist Dr. Liedtke.« Jana erwiderte den kräftigen Händedruck. »Darf ich Sie in mein Büro bitten?« Er trat zur Seite, ließ Jana beim Verlassen des Büros den Vortritt. Er führte sie ans Ende des Ganges, öffnete die Tür zum letzten Büro.

Dass dies das Büro des Geschäftsführers war, daran bestand wenig Zweifel: Es war rund viermal so groß wie jenes von Herrn Westerer. »Nehmen Sie doch bitte Platz«, sagte er und deutete auf eine Couchgarnitur in L-Form, von der Jana auf den ersten Blick nicht sagen konnte, ob sie wirklich weniger gekostet hatte als ihr Jaguar. »Kaffee? Cappuccino? Latte macchiato? Dazu ein Wasser?«

»Gern, einfach nur ein Wasser.«

Dr. Liedtke telefonierte kurz mit seiner Sekretärin, orderte eine Flasche Wasser, zwei Gläser und für sich einen Cappuccino. Dann setzte er sich ebenfalls auf die Couch. »Sie sagen, Emil ist tot? Wie ist das passiert? Ich habe mich schon gewundert, da ich jetzt über eine Woche nichts von ihm gehört habe.«

»Er hat sich das Leben genommen.«

Liedtkes Gesicht fror ein. »Das ist ja schrecklich!« Und tatsächlich war auch seine Hautfarbe deutlich blasser geworden. Die Überraschung schien echt. »Wie – ich meine – ist es sicher, dass er sich umgebracht hat? Das kann ich mir bei Emil, also Herrn Wittkamp, überhaupt nicht vorstellen.«

»Die Polizei hatte keinen Zweifel daran«, antwortete Jana. Auch wenn sie der Einschätzung der Polizei nicht mehr vorbehaltlos folgen wollte.

»Und was kann ich jetzt für Sie tun?«

»Nun, soweit wir bisher wissen, hat Herr Wittkamp kein Testament hinterlassen. Meine Aufgabe ist es, Erben zu finden, so es welche geben könnte. Wissen Sie mehr über seine familiären Verhältnisse? Das wäre meine erste Frage. Die zweite: Wir haben im Nachlass eine EC-Karte gefunden für ein Konto bei Ihrer Bank. Ich müsste also wissen, wie viel Geld er bei Ihnen deponiert hat, um dies dann auf das von mir angelegte Treuhandkonto zu überweisen.« Jana griff erneut in ihre Tasche und zog die EC-Karte hervor. »Vielleicht habe ich danach noch eine dritte Frage.«

Die Milchglastür des Büros wurde geöffnet, eine Sekretärin verteilte die Getränke auf dem Couchtisch, nickte Liedtke zu und verließ den Raum genauso geräuschlos, wie sie ihn betreten hatte.

Liedtke stand auf, ging zu seinem riesigen Schreibtisch, nahm von dort einen aufgeklappten Laptop in die Hand. Auf dem Tisch hatte das Gerät fast verloren gewirkt, in seinen Händen wurde deutlich, dass es ein Gerät mit 15-Zoll-Bildschirm war – groß. Er setzte sich wieder auf seinen Platz. »Vielleicht fangen wir mit Ihrer zweiten Frage nach seinen Vermögensverhältnissen an. Das kann ich eindeutig beantworten.«

Liedtke nahm die EC-Karte entgegen. Gab die Kontonummer ein. Dann bestätigte er: »Ja, Frau Welzer, Herr Wittkamp hat bei uns ein Konto.«

»Darf ich fragen, wie der aktuelle Kontostand ist?«

»Natürlich. 20 483 Euro und vierundachtzig Cent.«

Das war deutlich mehr, als Rainer Hauptmann auf seinem Konto bei der Sparkasse in Darmstadt gebunkert hatte.

»Gibt es regelmäßige Einnahmen auf diesem Konto?«

Liedtke scrollte mit den Fingern auf dem Touchpad unterhalb der Tastatur nach oben und nach unten, dann sagte er: »Nein. Aber Herr Wittkamp war ja auch selbstständig. Dementsprechend schwankten die Eingänge auf seinem Konto.«

Womit Jana zur entscheidenden Frage kam: »Hatte Emil Wittkamp bei Ihnen noch weitere Konten außer jenem, zu dem die EC-Karte gehört?«

Abermals tippte und wischte Liedtke ein paarmal auf dem Touchpad, tätigte einige manuelle Eingaben und sagte dann: »Ja. Er hatte bei uns auch ein Aktiendepot.«

»In welcher Höhe?«

Nun wurde doch wieder der Rechner befragt. Dann antwortete Liedtke: »Derzeit beträgt das Guthaben rund 195 000 Euro.«

Jana schluckte. Womit auch immer Emil Wittkamp alias Rainer Hauptmann sein Geld verdient hatte – es gab tatsächlich eine beträchtliche Summe zu vererben.

»Womit hat Herr Wittkamp denn sein Geld verdient?«

»Er war Berater. Hat Firmen strategisch unterstützt.«

»War er angestellt? Bei einer der großen Consulting-Firmen?« McKinsey, Roland Berger, Boston Consulting, Strategy& – Jana fielen in weniger als einer Sekunde gleich vier große Unternehmen ein.

Liedtke schmunzelte. »Nein. Emil Wittkamp war eine One-Man-Show. Er legte, seinen Angaben zufolge, immer nur große Strategien und Richtungen fest. Für den Kleinkram war er dann nicht mehr zuständig. Ich war immer erstaunt, dass er damit durchkam. Die ganz großen Unternehmen haben ihn nicht engagiert, weil sie Aufträge an die mindestens ebenso großen Consulting-Riesen vergeben haben. Und die Kleinen konnten sich ihn überhaupt nicht leisten. Aber irgendwo im Mittelfeld, da hat er seinen Kundenstamm gehabt. Oft auch im Ausland. Wenn Firmen überlegten, in Deutschland Fuß zu fassen.«

»Hatte er denn auch ein Geschäftskonto?«

»Ja, einen Moment bitte.«

Die Finger flogen wieder über die Tastatur, Sekunden später sagte Liedtke: »360 000 Euro im Plus.«

»Und die Adresse seines Unternehmens?«

»Ist eingetragen auf ein Office-Center in Frankfurt. JLA-Consulting GmbH. Im Smart-Office-Center in der Amelia-Mary-Earhart-Straße. Also direkt am Flughafen.«

»Und wissen Sie, ob Emil Wittkamp über Immobilien verfügte?«

»Das kann ich Ihnen nicht sagen. Ich kann Ihnen sagen, dass er über unsere Bank keine Immobilie finanziert hat. Das weiß ich sicher. Aber ob er grundsätzlich eigenen Grund und Boden besaß, darüber bin ich nicht informiert.«

Womit die geschäftlichen Dinge geklärt waren. Zeit, auch die anderen Aspekte des Lebens von Emil Wittkamp zu beleuchten. »Wie gut kannten Sie denn Herrn Wittkamp?«

Liedtke zögerte nicht. »Nun, ich kenne ihn schon sehr lange. Ich *kannte* ihn schon sehr lange. Wir haben uns Anfang der Neunzigerjahre in Berlin kennengelernt. Damals hatte unsere Bank dort noch ihren Hauptsitz. Mein Urgroßvater hatte sie gegründet, kurz vor der Jahrhundertwende. Also jener Wende zum zwanzigsten Jahrhundert. Als ich die Bank von meinem Vater übernommen habe, habe ich wenig später Berlin als Dependance belassen, aber das Zentrum der Bank nach Frankfurt verlegt – wie auch mich und meine Familie. Frankfurt ist nun einmal der Finanzplatz Nummer eins.«

»Waren Sie mit Emil Wittkamp befreundet?«

»Nein. Wir kannten und schätzten uns. Und ich habe ihn immer wieder bei finanziellen Fragen beraten. Aber enger befreundet waren wir nie.«

»Im Melderegister steht, dass Herr Wittkamp Witwer war. Können Sie mir dazu etwas sagen?«

Liedtke schwieg. Er sah Jana an. Nahm einen Schluck des Cappuccinos, bevor er weitersprach, als ob er sich noch ein wenig Zeit verschaffen wollte. Dann sagte er deutlich leiser. »Ja, er war verheiratet. Und, soweit ich das mitbekommen habe, sehr glücklich. Seine Frau hieß Julia. Mitte der Neunziger haben sie geheiratet. Er hat eine riesige Hochzeitsfeier organisiert. Waren es vierhundert Leute? Ich glaube, das war die Größenordnung. Ich selbst war damals auch eingeladen. Wie viele andere Menschen, mit denen er eher geschäftlich zu tun hatte. Ein Jahr später wurde ich zur Taufe ihrer Tochter eingeladen. Theresa war ihr Name, soweit ich mich erinnere. Da waren es nur zweihundert Gäste.« Liedtke hielt inne.

»Was ist passiert?«, fragte Jana. Und konnte bereits in diesem Moment in Liedtkes Gesicht lesen, dass die kommenden Sätze alles andere als erbaulich sein würden.

»Kurz nach der Taufe ist er mit seiner Familie nach Berlin gezogen. Es ist rund fünfzehn Jahre her, seine Tochter war ungefähr zehn, da fuhr seine Frau mit ihr auf der A 13. Baustelle. Stau nach einer Kurve. Der Klassiker: Ein Vierzigtonner rauschte von hinten ungebremst in sie rein. Er schob zehn Autos wie eine Ziehharmonika ineinander. Julias Wagen war der siebte. Trotzdem: Sie war sofort tot. Und die kleine Theresa starb wenige Stunden später im Krankenhaus. Die Beerdigung der beiden – die fand im allerengsten Familienkreis statt. Da war ich nicht mehr dabei. Aber über den Unfall konnte man bundesweit in der Presse lesen.«

Jana schluckte.

»Nun, das ist das, was ich Ihnen zu seiner Familiensituation sagen kann. Er hat danach auch nicht wieder geheiratet, glaube ich. Mehr weiß ich allerdings nicht.«

»Vielleicht darf ich Ihnen noch eine Frage stellen?«

»Nur zu. Ich freue mich, wenn ich irgendwie helfen kann.«

»Es ist eine etwas seltsame Frage, denn es ist auch eine seltsame Tatsache: Emil Wittkamp hat noch eine weitere Identität angenommen. Eine falsche Identität. Haben Sie irgendeine Erklärung dafür?«

»Eine falsche Identität? Was meinen Sie genau?«

»Nun, er besaß einen gültigen, aber durch Täuschung erworbenen Personalausweis, der ihn als Rainer Hauptmann auswies. Unter diesem Namen hat er in Darmstadt eine Wohnung angemietet. Und dort ist er vom Balkon gesprungen.«

»Meine Güte, nein! Ich weiß nichts von einer zweiten Identität. Ich wusste auch nichts von einer Wohnung in Darmstadt. Ich kenne nur seine Adresse in Rödelheim. Aber die Korrespondenz lief über die Adresse seines Unternehmens.«

»Haben Sie ihn privat besucht?« Dann hätte Dr. Liedtke mitbekommen müssen, dass die Adresse in Rödelheim definitiv nicht für den Ort stand, an dem Emil Wittkamp wirklich gewohnt hatte. Wo immer das auch gewesen sein mochte.

Dr. Liedtke gab jedoch die erwartete Antwort: »Nein. Wie ich schon sagte, wir hatten keinen privaten Kontakt mehr zueinander.«

»Dann danke ich Ihnen ganz herzlich für Ihre Zeit. Was den Transfer der Gelder angeht, schicke ich Ihnen in den kommenden Tagen die entsprechenden Schriftstücke zu.« Jana stand auf, fast gleichzeitig mit Dr. Liedtke.

»Sehr gern. Es ist traurig, dass er seinem Leben ein Ende gesetzt hat. Ich habe ihn gemocht. Er war – ja, er war das, was man unter einem gewinnenden Menschen versteht. Jemand, der, wenn er einen Raum betrat, immer auch eine positive Stimmung verbreitete.«

Dr. Liedtke begleitete Jana zum Ausgang und verabschiedete sich.

Jana verspürte einen Kloß im Hals. Bislang war Emil Wittkamps Persönlichkeit kaum in Erscheinung getreten. Nachdem sich das Messietum als Scharade herausgestellt hatte und gleichzeitig mehrere Identitäten des Mannes sichtbar geworden waren, war Emil Wittkamp zu einem Phantom geworden. Einem Menschen ohne Charakter, ohne Geschichte. Dies hatte sich gerade nachhaltig verändert.

Jana konnte nicht nachvollziehen, was es hieß, einen Ehepartner oder gar das eigene Kind zu verlieren. Sie konnte sich jedoch sehr gut vorstellen, dass solch ein Schlag einen in Depressionen verfallen ließ. Depressionen, die im Suizid münden konnten. Allerdings mit einer Latenzzeit von fünfzehn Jahren? Das wiederum erschien Jana seltsam. Doch was wusste sie schon? Vielleicht war er tatsächlich depressiv gewesen, war mit Tabletten über Jahre hinweg gut eingestellt gewesen, hatte die Pillen dann nicht mehr genommen? Jana hatte keine Ahnung. Auf jeden Fall schien Emil Wittkamp so weit funktioniert zu haben, dass er ein kleines Vermögen angehäuft hatte.

Der nächste Schritt galt also nun dem Finanzamt.

Irina saß an ihrem Schreibtisch und beobachtete Ben, der den frisch erbeuteten Laptop auf seinem Tisch abstellte. »Wo hast du den denn her?«

»Hab ich in der Wohnung von Emil Kieslowski gefunden.«

»Hat der Schlüssel also gepasst. Und der stand da einfach so rum?«, wollte Irina es genauer wissen.

»Nun, nicht ganz so offensichtlich. Wittkamp hatte in der Wohnung einen Arbeitsplatz eingerichtet mit einem Desktop-Rechner. Aber darauf fand sich überhaupt nichts Interessantes.«

»Und wie bist du dann darauf gekommen, dass es einen Laptop geben könnte?«

»An einen Laptop hatte ich zunächst nicht gedacht. Aber schließlich hat Wittkamp ja auch in der Wohnung im Lucasweg einiges sehr geschickt versteckt. Die ganze Wohnung war ein einziges Versteck. Na ja, dann habe ich hinter die Kulissen geschaut, ein wenig Glück gehabt und unter dem Herd das Teil gefunden.«

»Gratuliere! Hast du früher schon als Detektiv gearbeitet?«

»Nein. Aber ich glaube, ich habe alle Detektivfilme aus den Vierzigern und Fünfzigern gesehen«, schmunzelte Ben.

Ben griff in die oberste Schublade des Schreibtisches, der derzeit als sein Arbeitsplatz definiert worden war. Darin hatte er einen Satz Feinmechaniker-Werkzeug abgelegt, mit Torx-Schraubendrehern und selbigen für Kreuzschlitz oder Schlitz. Ben war nie bereit gewesen, mechanische Schranken zu akzeptieren. Weder bei riesigen Hochwasserbehältern noch bei elektronischen Geräten.

Mit den entsprechenden Schraubenziehern öffnete er das Gerät. Entnahm ihm zwei Festplatten. Und koppelte sie mit seinem eigenen Rechner. Damit konnte er Kopien der Platten anfertigen, eins zu eins – also ohne dass auch nur ein Bit der ursprünglichen Informationen verändert wurde.

Der Computer würde seine Zeit brauchen, um die Daten der Festplatten zu sichern.

Womit es an der Zeit war, den Namen Emil Wittkamp sowie seiner weiteren Identitäten einmal im Netz zu suchen. Ben hatte viel Zeit, die Namen seiner Liste zunächst mit Google abzugleichen. Interessant wären auch die Ergebnisse im Darknet – also jenen Bereichen des Internets, die man eben nicht über Google aufspüren konnte. Aber Ben war Ben. Er hatte da seine Möglichkeiten.

Insbesondere bei Google konnte man die ersten zehn Treffer getrost überspringen. Sie bestanden meist aus Anzeigen oder Resultaten irgendwelcher anderen Suchmaschinen oder virtueller Telefonbücher.

Wenn nicht gerade ein Erfolg bei einer Social-Media-Plattform angezeigt wurde, musste man deutlich tiefer graben. Was Ben tat. Aber er fand nichts. Zu keinem der Aliase von Emil Wittkamp gab es relevante Treffer. Zumindest nicht auf den ersten Blick.

In Ohio in den USA spürte er einen Mann mit demselben Namen auf, aber wenige Klicks später wusste Ben, dass dieser Mann noch lebte und zudem gerade einmal fünfunddreißig Jahre alt war. Der Name tauchte ebenfalls in einigen Datenbanken zur Ahnenforschung auf. Doch einen deutschen Emil Wittkamp suchte Ben vergeblich, auch in den sozialen Netzwerken wie Facebook, Instagram und Twitter oder den Businessplätzen wie Xing oder LinkedIn. Ben vertiefte sich weiter in die Recherche. Er begab sich auf die Suche in anderen Suchmaschinen: Yahoo, Bing, DuckDuckGo und noch einige mehr. Auch sie lieferten nichts zu Emil Wittkamp, ebenso kommerzielle Datenbanken wie etwa jene von Genius.

Schließlich versuchte Ben es mit den Suchmaschinen, die auf wissenschaftliche Literatur spezialisiert waren. Es kostete ihn eine weitere Stunde, doch dann sprach er den ersten Satz, seit er sich in die Suche vertieft hatte: »Hab ich dich!«

»Wen hast du?« Irinas Stimme. Die Frage überraschte Ben. Er war sich ihrer Anwesenheit überhaupt nicht mehr bewusst gewesen, sondern vollkommen vom Universum der Suchmaschinen und Datenbanken absorbiert worden.

Ben sah vom Monitor auf. Ein Schmerz fuhr durch seinen Nacken. Offensichtlich hatte er diese Bewegung in der vergangenen Stunde zum ersten Mal ausgeführt. Nein, Computerarbeit war definitiv nichts für Gesundheitsfetischisten.

»Oh-oh, das hab ich gesehen! Der Levator scapulae. Kann richtig Stress machen. Das beste Mittel gegen Schmerzen: Bewegung. Und ein gutes Mittagessen. Kommst du mit?«

Ben spürte seinen Hals immer noch. Nicht, dass der Schmerz zum ersten Mal aufgetreten wäre. Auch in Berlin hatte ihm sein Nacken öfter mal einen Schlag in denselben versetzt. Er beantwortete Irinas Frage, allerdings nicht jene, die sie zuletzt gestellt hatte, sondern die davor: »Emil Wittkamp. Hier wird er aufgeführt. Er ist ein Interviewpartner in einer Diplomarbeit von 1994.«

»Eine Diplomarbeit? Wo hast du denn die aufgetan? Und ist das wirklich unser Emil Wittkamp?«

»Ich sehe hier nur einen kleinen Ausschnitt. Aber der Wittkamp, von dem hier die Rede ist, ist zum Zeitpunkt des Interviews dreiundzwanzig Jahre alt. Das würde zum Geburtsdatum unseres Emil Wittkamps passen.« Ben fasste sich in den Nacken.

»Benjamin Lorenz. So geht das nicht. Du musst etwas essen. Ich bin ganz sicher, dass du nicht einmal richtig gefrühstückt hast«, sagte Irina. »Ich gehe jetzt um die Ecke zum Vietnamesen. Und ich gebe dir die Chance, mit mir gemeinsam zu Mittag zu essen.«

Ben nickte. Was wieder eine Welle des Schmerzes durch das Genick schickte. Außerdem hörte und spürte er das Knurren seines Magens. Nicht, dass sich das Verdauungsorgan nicht schon früher bemerkbar gemacht hätte. Doch er hatte es geflissentlich ignoriert. »Okay, ich komme mit. Aber lass mich gerade noch ein Telefonat führen.«

»Zwei Minuten, dann gehe ich los.«

Ben gab ihr ein Zeichen mit aufgerichtetem Daumen der linken Hand, während die rechte bereits auf seinem Smartphone einen Kontakt aufrief.

Der Angerufene meldete sich schon nach dem zweiten Klingeln: »Ben! Altes Haus, hab ja lange nichts mehr gehört von dir!« Die Stimme gehörte Thomas Simson. Ben kannte ihn schon seit fast zwanzig Jahren. Sie hatten beide im Jahr 2001 in der Kfz-Garage-Berlin ihre Ausbildung begonnen. Am Anfang waren sie einander spinnefeind gewesen. Thomas war motivierter gewesen, hatte besser ausgesehen – ihm schien damals alles zuzufliegen. Ben hingegen fühlte sich, als habe er zwei linke Hände, ihm schien immer nur alles herunterzufallen. Sie hatten sich erst angefreundet, als sie beide ihren Gesellenbrief in der Tasche hatten und beide vom Unternehmen übernommen worden waren.

Im Gegensatz zu Ben hatte Thomas nicht die Absicht gehabt, die Berufsausbildung mit dem Meistertitel zu krönen. Er war damals bereits mit seiner Freundin Sara zusammengezogen. Ben war sogar Pate ihres ersten Sohnes.

»Hallo, Thomas.«

»Hey, wollen wir heute Abend zusammen ein Bier trinken gehen? Wir haben uns ja ewig nicht gesehen! Ich hab meinen freien Abend. Sara passt auf die Kleinen auf.« Vier waren es inzwischen. Nachdem Ben seinen Meister bestanden hatte, hatte Thomas beschlossen, doch noch ein Fachhochschulstudium nachzuholen. Betriebswirtschaft. Heute arbeitete er bei einer Versicherung. Er war seinen Weg konsequent gegangen: Frau, Kinder, Hund, Haus, Garten. Die beiden Letzteren unmittelbar am Wannsee.

»Das geht leider nicht, ich bin nicht in Berlin. Ich bin in Darmstadt.«

»Darmstadt? Wo ist das denn?«

Hätte Ben Jana nicht kennengelernt, so hätte er die Frage wohl auch stellen können. »Ich bin gerade bei Jana. Südlich von Frankfurt.«

»Jana? Deine Jana? Drama-Jana?«

Ben hatte es gehasst, wenn Thomas sie so genannt hatte. Wobei er der Einzige war, der sich so eine Übergriffigkeit leisten durfte. Nur Thomas gegenüber hatte er sich seinerzeit ein paarmal gehen lassen, als der Schmerz, dass Jana niemals seine Freundin werden würde, übermächtig geworden war.

»Ja. Ich helfe ihr bei einer Recherche.«

»Ich will alles wissen! Jedes schmutzige Detail!« Zum Glück hatte Ben nicht den Lautsprecher eingeschaltet. Er sah auf. Irina trommelte bereits mit den Fingern auf der Tischplatte.

»Thomas, ich hab jetzt keine Zeit. Aber ich brauche deine Hilfe!«

»Meine Hilfe? Wobei denn? Ich denke, du bist gar nicht in Berlin?«

»Ich schicke dir gleich die bibliografischen Daten einer Diplomarbeit aus dem Jahre 1994. Ich brauche das Teil. Dringend. Es steht bei euch in Berlin in der Unibibliothek. Ich brauche alle Seiten, in denen von einem Emil Wittkamp die Rede ist. Vielleicht kannst du es einscannen oder abfotografieren, wie auch immer.«

»Dringend heißt jetzt?«

»Ja.«

Ein Seufzen drang durch das Telefon. »Ich hab was gut! Und du sagst mir Bescheid, wenn du wieder in Berlin bist. Oder – bist du bei Jana eingezogen? Kommst du gar nicht mehr zurück?«

Ben lachte kurz auf. »Nein, ich bin nicht bei ihr eingezogen. Längere Geschichte. Erzähl ich dir das nächste Mal.« Ganz bewusst erwähnte er nicht den Ort, an dem er das erzählen würde. Denn seine Lust, wieder zurück nach Berlin zu fahren, war nach dem morgendlichen Disput mit Kevin auf einer Skala von eins bis zehn ungefähr im Bereich von minus fünf.

»Gut, dass ich mein Bibliothekskärtchen immer verlängert habe! Schick mir die Daten zu, ich schaue, was ich tun kann.«

»Herzlichen Dank!« Er beendete das Gespräch, wandte sich Irina zu. »Ich schicke ihm noch die Daten, dann bin ich bereit.«

Irinas Gesichtsausdruck war weit entfernt von Begeisterung.

Doch Ben tippte bereits die E-Mail: »Ossis zu Gast bei Wessis im Osten – die ostdeutsche Minderheit bei der Privatisierung durch die Treuhand.« Die Diplomarbeit war von einer Merle Dessler verfasst worden, die damals Volkswirtschaft studiert hatte. Hundertachtzig Seiten war die Arbeit lang, wobei der Anhang über hundert Seiten in Anspruch nahm, wie das Inhaltsverzeichnis, das im Katalog vollständig angezeigt wurde, verriet. Die junge Frau Dessler hatte für ihre Abschlussarbeit Interviews mit Mitarbeitern der Treuhandanstalt geführt, die aus dem Osten Deutschlands stammten. Am 1. Juli 1990, drei Monate vor der offiziellen Wiedervereinigung von DDR und BRD, war die Treuhandanstalt gegründet worden, mit dem Ziel, achttausendfünfhundert sozialistische Betriebe des ehemaligen Volksvermögens der DDR zu privatisieren, also an die freie Marktwirtschaft anzupassen und sie dafür tauglich zu machen. Da war Ben gerade einmal sieben Jahre alt gewesen. Die Grenzöffnung am 9. November im Jahr zuvor hatte er als Kind bewusst miterlebt – es war einer der wenigen Momente, in denen er in den Augen seiner Mutter echte Freude gesehen hatte. Dass sie an diesem Abend betrunken war, das war nichts Besonderes. Aber dass ihr Vater tatsächlich eine Flasche Rotkäppchen-Sekt gekauft hatte, das zeigte dem kleinen Jungen, dass hier offensichtlich wirklich etwas Einschneidendes passiert war.

Ben hatte die Einleitung der Arbeit, die ebenfalls vollständig lesbar war, überflogen. Die Autorin kritisierte, dass die Abwicklung der DDR-Betriebe fast komplett in westdeutscher Hand gelegen habe. Ostdeutsche Mitarbeiter wären beinahe ausschließlich in den unteren und vielleicht auch noch in den mittleren Hierarchieebenen eingesetzt worden. Mit zehn von ihnen hatte Merle Dessler ein Interview geführt. Und diese Interviews anschließend ausgewertet. Und in einem hatte sie eben mit jenem Emil Wittkamp gesprochen. Ben tippte noch die Signatur der Diplomarbeit in die E-Mail an Thomas Simson, dann klickte er auf »Senden«.

»Okay. Lass uns gehen«, sagte er und stand auf.

Irina führte ihn in dasselbe Restaurant, in dem er vorgestern mit Jana gegessen hatte. Sie hatten sich gerade gesetzt, da kam auch schon die Bedienung an den Tisch. Ben wählte abermals die Nummer dreiundfünfzig, Irina bevorzugte die Variante mit knusprigen Hähnchenfilets, was die Nummer des Gerichts gleich um dreißig Zähler erhöhte. Beide bestellten zudem eine Peking-Suppe und Cola light als Getränk.

»Woher kennst du Jana?«, wollte Irina wissen, noch bevor die Vorspeise serviert worden war. Sie grinste ihn herausfordernd an.

»Wenn ich deine Frage beantworte, dann beantwortest auch du mir eine Frage, okay?«

Das Grinsen erlosch.

Schweigen.

Dann sagte Irina: »Ist wohl nur fair. Also?«

Die Bedienung brachte zwei Cola-Dosen und zwei Plastikbecher, stellte sie auf dem Tisch ab. Ben schenkte Irina ein, dann sich selbst. »Ich kenne Jana seit achtzehn Jahren. Sie kam damals nach Berlin. Hat angefangen zu studieren. Und kam zu uns, zum THW. Da haben wir uns kennengelernt …«, er machte eine kleine Pause, »… und schätzen gelernt.«

»Ja, vom THW hat sie einiges erzählt …« Sie hielt inne.

Ben wusste das Unausgesprochene zu interpretieren: »Aber

von mir hat sie nie erzählt«, ergänzte er den restlichen Teil ihres Satzes.

Irina wurde rot. Trotz des Bluteinflusses in die subkutanen Hautschichten wirkte sie völlig ruhig, als sie Ben fragte: »Ihr wart ein Paar?«

Ben schüttelte den Kopf. »Nein«, das »leider nicht« sprach er nicht aus. Er war ziemlich sicher, dass Irina diese beiden Worte in seinem Blick lesen konnte. Auch er war nicht besonders gut darin, seine Gefühle hinter Wänden zu verbergen. Es war an der Zeit, seine Frage zu stellen. »Und wie lange arbeitest du schon bei Jana?«

Wieder trat die Bedienung an den Tisch, stellte zweimal Peking-Suppe vor ihnen ab. Irina führte den Löffel zum Mund, schluckte, dann sagte sie: »Am 2. Januar waren es genau drei Jahre.«

Auch Ben aß. Was Irina als Aufforderung interpretierte, weiterzusprechen. »Ich bin ja ziemlich glücklich, dass ich bei Jana arbeiten kann. Ist auch für mich nicht einfach. Mein Mann ist selbstständig. Im Baugewerbe. Kein einfacher Job. Und das, was ich aufs Familienkonto einfahre – wir haben zwei Kinder –, das ist wenigstens fest.«

»Und wie bist du an den Job gekommen? Kennt ihr euch schon länger?«

Irina zögerte, sah Ben in die Augen, dann sagte sie: »Es gibt eine offizielle und eine inoffizielle Version. Welche möchtest du hören?«

Ben runzelte die Stirn. Wie konnte es da zwei Versionen geben? Worin sollten die sich unterscheiden?

Irina nahm ihm die Entscheidung ab. »Okay, beide Versionen. Die offizielle: Jana hat auf einer Jobbörse im Netz die Stelle ausgeschrieben, einhundertfünfzig Personen haben sich darauf beworben. Und ich habe den Job bekommen.«

Klang für Ben so weit plausibel. Dennoch zog er eine Augenbraue hoch, die Aufforderung, auch die andere Version preiszugeben.

»Ich habe in der Firma von Janas Eltern gearbeitet. Und ich war da nicht glücklich. Der Job hat mir Spaß gemacht, im Job war ich gut. Aber mein Vorgesetzter war unerträglich. Doch Janas Vater wollte auf ihn nicht verzichten. Als Jana sich hier in Darmstadt selbstständig gemacht hatte, war es ihre Mutter gewesen, die Jana nahegelegt hat, mich einzustellen.«

Viel wusste Ben nicht über das Verhältnis von Jana zu ihren Eltern. Aber von den Problemen zwischen Jana und ihrem Vater hatte Ben eine Vorstellung gewonnen.

»Ich hatte Glück, dass zwischen Jana und mir von Anfang an die Chemie gestimmt hat. Sie hat jemand gesucht, der ihr den Rücken freihält. Und ich bin gut darin, anderer Leute Rücken freizuhalten.«

Abermals trat die Bedienung an den Tisch, räumte die beiden leeren Suppenschälchen ab und platzierte unmittelbar darauf die Hauptgerichte.

Bens Handy vibrierte. Er warf nur einen flüchtigen Blick auf das Display. Und traute seinen Augen kaum.

»Wichtig?«

»Thomas Simson hat mir tatsächlich schon die Kopie der Diplomarbeit gemailt. Ich glaube, jetzt hat er wirklich was gut bei mir!«

Sie aßen zunächst schweigend, dann fragte Ben: »Wie wird Jana eigentlich bezahlt als Nachlasspflegerin? Bekommt sie Prozente vom Erbe?«

Irina lachte auf. »Nein. Sie ist nur die Verteilerin, nicht die Nutznießerin. Ihr Job ist es, dafür zu sorgen, dass die Erben ihren Anteil kriegen. Und irgendwie auch, dass dem Verstorbenen ein wenig Würde bleibt, wenn es darum geht, den Nachlass aufzulösen. Bezahlt wird sie nach Stunden vom Gericht. Deshalb gibt sie ja auch noch die Insolvenzverwalterin, wo nach Prozenten der Insolvenzmasse bezahlt wird. Das ist lukrativer. Und sie hat eben auch psychologisch was drauf, was schon Arbeitsplätze von mehreren Hundert Arbeitnehmern gerettet hat.«

»Und da macht sie was genau?«

»Sie bekommt die Menschen, die einander spinnefeind sind, an einen Tisch. Gläubiger und Schuldner. Sie nimmt dann die Emotionen raus wie ein Schwamm, der überflüssige Gefühlswallungen aufsaugt. Viele Leute wissen gar nicht, dass sie es Jana verdanken, dass sie überhaupt noch einen Arbeitsplatz haben. Weil sie die Konflikte der Streithähne schlichten konnte, bevor der Hahnenkampf mit Picken und Kratzen ausartete. Jana hat auch schon ganze Erbengemeinschaften von mehr als zehn Personen an einen Tisch bekommen, bei denen der, der die meisten Firmenanteile besaß, so mit den anderen zerstritten war, dass eben Insolvenzen drohten oder bereits eingetreten waren. Und diesen Leuten hat Jana ganz simpel klargemacht, wie viel von zehn Millionen Euro des Firmenwerts nach einem Streit vor Gericht übrig bliebe und wie viel von den zehn Millionen Euro nach einer Einigung noch da war. Eine einzige Powerpointfolie. Darauf nur diese beiden Zahlen.« Irina deutete mit ihrem Zeigefinger auf Ben. »Und jemanden wie dich, den könnte sie gut gebrauchen.«

Ben konnte dem Gedankensprung nicht ganz folgen. »Mich gebrauchen? Als Folienmaler??«

»Quatsch! Ich meine, du bist ein Trüffelschwein. Und bevor du das falsch verstehst: Das ist ein Riesenkompliment. Du hast die Ausweise im Parkett aufgespürt. Du hast den Laptop in der Frankfurter Wohnung gefunden. Und dann bist du noch einer der Typen, für den Bits und Bytes keine abstrakten Begriffe sind, sondern beste Kumpel! Jemand, der sich im Netz bewegen kann, der mehr als fünfundzwanzig Jahre alte Diplomarbeiten aufspürt, der all das in etwas verwandeln kann, womit Jana Geld draus machen kann. Für die Erben. Oder bei schmutzigen Geheimnissen hinter fadenscheinigen Insolvenzen. Ein Trüffelschwein eben.«

Ben sagte nichts mehr. Und er aß auch nicht mehr.

Er hatte nie darüber nachgedacht, dass er mit seinen Fähigkeiten zur Recherche etwas anderes anstellen könnte, als in der Firma mit Kevin Geld zu machen. Ja, er hatte seinen Meister als Kfz-Mechaniker. Und nach wie vor mochte er es, an alten Autos rumzuschrauben. Aber er hatte immer gewusst, dass das nicht sein Lebensziel war. Daher war er sehr froh gewesen, dass er bereits nach kurzer Zeit in den Kfz-Garagen nicht mehr Blechkisten in Schuss brachte, sondern die EDV im Zaum hielt. Er hatte sich da als Autodidakt schlaugemacht. Mit eigenem PC, dem Abo von drei Computer-Zeitschriften, irgendwann dann auch mit Foren im Internet. Sein Chef hatte überhaupt keine Ahnung von Computern, und diese Lücke hatte er ausnutzen und schließen können. Aber er hatte auch gewusst, wann es Zeit gewesen war zu gehen. Und sich mit Kevin selbstständig zu machen. Doch heute früh hatte er es zum ersten Mal ganz deutlich gespürt, dass seine Zeit mit Kevin und der Firma abgelaufen war. Hatte Irina recht? Er musste darüber nachdenken. Ob Trüffelschwein eine Option wäre. Und ob Irina nicht noch ein bisschen an der Qualitätssicherung ihrer Komplimente arbeiten müsste.

Von Pontius zu Pilatus. So fühlte sich Jana. Vom Amtsgericht war sie zum Finanzamt gefahren. Das Gebäude mit den seltsamen, riesigen Hütchen auf den Dächern zierte die Straße südlich der Gleise des Frankfurter Hauptbahnhofs. Jana war sich nicht sicher, ob das als Kunst durchging. Oder ob man vertuschen wollte, dass man Riesen in die Bauwerke eingemauert hatte. Sie erinnerte sich an das Brettspiel »Fang den Hut«, das sie als Kindergartenkind mit Begeisterung mit ihren Eltern gespielt hatte. Sie hatte es geliebt, eines ihrer Hütchen – »Bitte, Papa, ich will die roten haben!« – über ein anderes zu stülpen. Im Finanzamt forderte man von ihr mindestens so viel Geduld wie beim Spiel auf dem Brett. Es war das fünfte Büro, in dem man ihr Auskunft geben konnte. Gleich einer Trophäe lagen die Kopien der Steuererklärungen von Emil Wittkamp aus den vergangenen drei Jahren in Janas Händen, als sie eine Stunde nach ihrem Eintreffen aus dem Gebäude flüchtete.

Eine gute halbe Stunde später parkte Jana ihren Wagen auf dem Parkplatz im Innenhof, griff nach den Kopien der Steuererklärungen und schritt auf den Eingang ihres Büros zu. Sie sah auf die Uhr. Vier Uhr nachmittags. Die Sonne hatte sich bereits verabschiedet. Nicht nur hinter Wolken, sondern hinter dem Horizont. Sie hasste diese Zeit des Jahres, in der schon tagsüber Glühbirnen dagegen ankämpften, damit nicht alles in der Finsternis versank.

Sie erinnerte sich an die Szene aus einem ihrer Lieblingsfilme: »Frankenstein junior« von Mel Brooks. Auf dem Friedhof heben der Namensgeber des Films und sein Komplize Igor ein Grab aus, um den Sarg zu entnehmen. »Das ist vielleicht ein Scheißjob«, sagte Gene Wilder alias Frankenstein junior. Marty Feldman als Igor konterte: »Es könnte noch schlimmer sein. Es könnte regnen!« Und in diesem Moment setzte die Sintflut ein … Hier war es dunkel. Und kalt. Aber wenigstens regnete es nicht. Jana warf einen kritischen Blick nach oben. Nein, zumindest das blieb ihr erspart.

Sie schloss die Tür zum Büro auf. Ben saß an seinem Schreibtisch. Irina war bereits gegangen. Alles, wie sie es erwartet hatte. Nein, gehofft hatte. Sie hätte sich nicht gewünscht, dass Ben nicht da gewesen wäre. Doch sie hatte gespürt, dass ihm nicht entgangen war, dass sie Adam Ruppert attraktiv fand. Auch wenn Ben kaum verstehen würde, auf welch rudimentäre Art.

Ben drehte sich zu ihr um. »Hallo! Schön, dass du da bist. Ich hab noch ein bisschen was herausbekommen.«

Sie trat in den Raum, legte den Stapel von Kopien ab, danach ihre Jacke und setzte sich an den Besprechungstisch. »Ich auch.«

Er gesellte sich zu ihr. »Na, dann lass uns uns mal gegenseitig auf den neuesten Stand bringen.«

An einer der Wände hatte Jana ein Smartboard installiert, quasi ein Monitor und Riesentablet in einem. Sie schaltete es ein und verband es mit ihrem Laptop. Sie eröffnete den Gedankenaustausch: »Ich habe heute schon ein bisschen was herausbekommen. Ich war beim Einwohnermeldeamt in Frankfurt. Und beim Nachlassgericht. Ich bin jetzt nicht nur die Nachlasspflegerin von Rainer Hauptmann, sondern auch ganz offiziell von Emil Wittkamp. Das Geburtsdatum von unserem Emil Wittkamp scheint zu stimmen: der 7. Juli 1971. Und er ist in Zwickau geboren. Was ich schon rausgefunden habe, ist, dass er auch mal in Berlin gemeldet war. Nur ein Jahr lang. Vom 1. Januar 1991 bis zum 31. Dezember 1991. Danach zog er wieder nach Zwickau. Im November '94 ist er mit seiner Familie wieder nach Berlin gezogen. Seine Frau hieß Julia. 1993 haben sie in Zwickau geheiratet. Sie haben eine Tochter bekommen. Theresa. Im Mai 1994.« Dann schwieg Jana.

»Wieso hast du gesagt ›hieß Julia‹? Ist Wittkamp geschieden?«

»Nein, Emil Wittkamp war Witwer. Seine Frau und seine Tochter sind am 5. Juni 2005 gestorben. Bei einem Autounfall.«

»Ach du meine Güte! Wie ist das denn passiert?«

Jana gab einen kurzen Abriss dessen, was ihr Dr. Liedtke seinerseits geschildert hatte.

»Hat er danach noch einmal geheiratet?«, wollte Ben wissen und mit der Frage gleichzeitig die Schwere der dunklen Gedankenwolke beiseiteschieben.

Jana schüttelte den Kopf. »Nein. Er hat nicht mehr geheiratet. Und er hat auch keine weiteren Kinder. Zumindest keine offiziellen.«

»Seit wann ist er denn in Frankfurt gemeldet?«

»Seit 2006. Ich war auch bei der Bank von Emil Wittkamp, bei der er das Konto für die EC-Karte hatte. Er hat über 200 000 Euro dort gebunkert. Und außerdem 360 000 Euro auf dem Firmenkonto. Wer immer das erbt, wird sich darüber freuen.«

Beide schwiegen für einige Sekunden. Dann sagte Ben: »Im Netz habe ich zunächst überhaupt nichts über ihn gefunden.

Es gab nichts, rein gar nichts. Er ist auf keiner Social-Media-Plattform aktiv gewesen. Da gab es kein Dorffest, bei dem er auf irgendeinem Foto abgelichtet war und jemand sein Gesicht getaggt hatte.«

»Ge–was?«

»Getaggt. Also das Gesicht eines Bildes mit einem Namen versehen.«

»Er war so unsichtbar?«

»Ja, genauso kann man es ausdrücken. Aber dann habe ich aufgespürt, wo er ab 1991 in Berlin und danach in Chemnitz gearbeitet hat.«

Das überraschte Jana, sie sah Ben direkt an. Was sie bislang vermieden hatte. »Wo denn? Ich hab nämlich herausgekriegt, dass er eine eigene Firma hatte.«

»Eine eigene Firma?« Ben konnte es kaum glauben. Denn er hatte im Netz so gar nichts von einer Firma gefunden, die Wittkamp gehörte oder an der er nur beteiligt war. Und er hatte tief gegraben!

»Die JLA Consulting GmbH.« Jana sah Ben irritiert an. »Warum grinst du so?«

»Nun – JLA – das könnte man mit viel gutem Willen als Julia interpretieren.«

Dieser Gedanke war Jana nicht gekommen. Aber jetzt, wo Ben es aussprach, erschien es ihr logisch. »Und wo hat er ab 1991 seine Brötchen verdient?«

»Er war bei der Treuhandanstalt angestellt. Ist eine ganz interessante Geschichte. Mitte 1993 hat er dazu ein Interview gegeben. Und das ist in einer Diplomarbeit verewigt.«

»Erzähl.«

»Die Diplomarbeit stammt von einer gewissen Merle Dessler. Hat in Berlin Volkswirtschaft studiert. Und ist in dieser Arbeit dem Phänomen nachgegangen, dass in der Treuhand drei Jahre nach ihrer Gründung in leitenden Positionen kaum Ostdeutsche zu finden waren. Von hundertzweiundsiebzig Abteilungsleitern waren es gerade mal siebzehn Prozent.

Am Anfang des Interviews erzählte Emil Wittkamp ein bisschen über seinen Werdegang. Am 7. Juli 1971 wurde er in Zwickau geboren – aber das wissen wir ja inzwischen. Sein Vater war dort im ›Volkseigener Betrieb Leuchten und Lampen‹ angestellt, kurz VEB LL. ›Mittleres Management‹ hat Wittkamp es in dem Interview wörtlich genannt. Hatte sich damals schon gut an den Marktwirtschafts-Slang angepasst. Dann sprach er über seinen Werdegang: Stichtag zur Einschulung war damals in der DDR der einunddreißigste Mai: War man da sechs Jahre alt, ging es im Sommer in die Schule. Emil war am Stichtag noch nicht sechs, doch seine Eltern sorgten dafür, dass er trotzdem eingeschult wurde. Nach zehn Jahren hatte er die allgemeinbildende polytechnische Oberschule abgeschlossen. Und sofort begann er eine Ausbildung zum Elektroinstallateur. Im Spätsommer '89 hatte er auch die beendet – selbstverständlich im väterlichen VEB. Wittkamp sagte in dem Interview, dadurch, dass sein Vater den VEB inzwischen geleitet hatte, hat er natürlich viel mehr Betriebsinterna mitbekommen als die anderen Azubis.«

»Klingt für mich nach einem ganz normalen Werdegang im ehemaligen Osten«, sagte Jana.

»Ja. Bis dahin fand sich auch noch nichts Besonderes. Interessant wurde es, als die Interviewerin ihn danach fragte, wie er denn die Wendezeit erlebt habe. Er antwortete, die Beschlagnahme der sogenannten Umwelt-Bibliothek in der Berliner Zionskirche, als er sechzehn war, das habe ihn zum Nachdenken gebracht. Und ein Jahr später dann der Fall um Jürgen Tallig, der in einem Fußgängertunnel ein Gorbatschow-Zitat hinterlassen hatte und dafür bestraft worden war. ›Wir brauchen die Demokratie wie die Luft zum Atmen‹, hatte er geschrieben. Und in der Datscha der Familie habe Emils Papa schließlich immer wieder Westfernsehen geschaut.«

»War Emil Wittkamp etwa gegen den Staat, in dem er lebte?«

»Nein. So wie er es beschrieben hatte, glaubte er daran, dass es einen sozialistischen Mittelweg geben könnte, in dem auch marktwirtschaftliche Aspekte Platz hätten. Ein Freund von Emil, der habe über einige dunkle Kanäle ein paar Lehrbücher für Betriebswirtschaft nach Zwickau geschmuggelt, Grundlagen der Marktwirtschaft und Ähnliches. Geistesnahrung für Emil. Der Vater habe es nicht unterstützt, aber auch nicht untersagt. Das, so Wittkamp, war seine Qualifikation, einen Job bei der Treuhand zu bekommen.«

»Lebt denn der Vater noch?«

»Keine Ahnung«, sagte Ben. »Aber der Papa aus Zwickau, die eigene Hochzeit in Zwickau – da wird uns das dortige Standesamt sicher weiterhelfen können.«

»Und wie kam Ben zu einem Job in der Treuhandanstalt?«, wollte Jana nun wissen.

»Ganz am Anfang hatte die Treuhand ja nur einen Standort in Berlin. Eines schönen Tages im Sommer 1990 standen sie dann auf der Matte, die Herren in Anzügen, mit Krawatte und Lederköfferchen, und ließen sich von Emils Vater durch den Volkseigenen Betrieb führen. Die Potentaten hatten bereits die Zusage eines westdeutschen Unternehmens aus derselben Branche, das den VEB übernehmen wolle. Emil stand an der Seite seines Vaters und sagte nach eigenen Angaben: ›Warum lassen wir das denn nicht den Markt regeln?‹ Er, Wittkamp junior, glaube ohne Frage, dass die Leuchten und Lampen aus Zwickau jenen aus Westdeutschland in nichts nachstünden. ›Ich fragte die Herren, ob der Kauf unseres VEBs nicht eher eine feindliche Übernahme war, um einen Konkurrenten auszuschalten.‹ Emils Vater, so Emil, fand die Einmischung nicht erbaulich, doch der Leiter der kleinen Privatisierungs-Karawane, ein gewisser Dr. Hans Werder, erkundigte sich bei Emil, was denn seine Empfehlung wäre. ›Und es machte sich mit einem Schlag bezahlt, dass ich im vergangenen Jahr ein fundiertes Selbststudium betrieben hatte.‹ Also berichtete Emil, wie er in groben Zügen den Produktionsprozess straffen wolle, benannte die Produktionsmittel, die kaum zu gebrauchen waren, und machte Vorschläge, an welchen Stellen man in eine neue Produktion investieren müsse.«

»Und, kam er damit durch?«

»Nein. Natürlich nicht. Aber der Chef der Treuhandgruppe bot ihm einen Job als Assistent an. So ging Emil für ein Jahr nach Berlin – was du ja über das Einwohnermeldeamt auch schon herausgefunden hast.

Und als sein Vorgesetzter dann Niederlassungsleiter der Treuhand in Chemnitz wurde, nahm er Emil kurzerhand mit. Wittkamp sagte, er habe damals aufs richtige Pferd gesetzt. Denn es sei genauso gekommen, wie er es vorausgesagt habe: Der Wessi habe den Ossi übernommen, sich ein paar Rosinen rausgepickt, die Belegschaft entlassen, war damit einen Konkurrenten losgeworden und habe sich im Osten noch ein paar schicke Grundstücke einverleibt. Sein Vater habe keinen Job mehr gefunden. Er war damals schon sechzig. Die Mutter war jünger gewesen, aber bereits zehn Jahre zuvor verstorben.«

»Und was sagte Emil Wittkamp über seinen Job bei der Treuhand?«

»Das ist wirklich der uninteressanteste Teil. Nur Plattitüden. Er wolle sein Scherflein dazu beitragen, das Versprechen des damaligen Kanzlers Helmut Kohl von blühenden Landschaften im Osten wahr werden zu lassen. Solche Dinge. Er war in der Hierarchie noch ein paar Sprossen nach oben geklettert. Man spürte förmlich, wie die Interviewpartnerin ihm noch kritische Statements aus der Nase ziehen wollte, doch Wittkamp erfüllte ihr diesen Wunsch nicht. Sie machte ihn sogar auf den Widerspruch aufmerksam, über die Übernahme des VEBs zu weinen, aber dann selbst bei der Treuhand zu arbeiten. Emil hatte nur geantwortet, dass er es eben habe gerechter machen wollen, als es mit dem Unternehmen seines Vaters geschehen sei.«

Ben machte eine kurze Pause, dann fragte er: »Und was für eine Firma hatte Emil Wittkamp später? Und seit wann? Was hat der Betrieb denn produziert?«

»Ich habe hier nur die Steuererklärungen und die Steuerbescheide der vergangenen drei Jahre. Produziert hat JLA überhaupt nichts. Wittkamp war Unternehmensberater. Viel mehr gibt die Steuererklärung auch nicht her. Aber sein Banker sagte mir, es wären Firmen aus dem In- und Ausland, natürlich habe ich keine Rechnungen oder Quittungen eingesehen, aber das Finanzamt hatte mit der Firma keinerlei Probleme. Das Verhältnis zwischen Ausgaben und Einnahmen schien immer korrekt, die Steuererklärung wurde über ein Steuerberatungsbüro abgegeben – alles in keiner Weise auffällig. Mit dem Steuerberater können wir uns morgen ja mal in Verbindung setzen.«

»Und wo hat JLA den Sitz?«

»Das ist das Einzige, was wirklich außergewöhnlich ist: Das Unternehmen ist bei einem Office-Dienstleister untergekommen. Also einem Gebäude, in dem man Büroräume und Besprechungsräume anmieten kann. Quasi eine virtuelle, ansehnliche Geschäftsadresse. Das macht sicher Sinn für Start-ups, aber ein solides Beratungsunternehmen sollte schon seine eigenen Geschäftsräume haben, oder?«

»Hast du es dir angeschaut?«

»Ja. Ich bin vorhin dort noch vorbeigefahren. Die Dame an der Rezeption hat mir bestätigt, dass JLA dort Kunde ist. Zwei Büros dauerhaft, Besprechungsräume nach Bedarf. Aber die Dame hat mir zwischen den Zeilen zu verstehen gegeben, dass Besprechungsräume nicht oft angemietet worden wären. Auch die Telefonnummer und das Fax gehörten zum Office-Center.«

»Hast du die beiden Büroräume aufgesucht?«

»Ja. Sie hat sie mir gezeigt. Das eine war ein typisches Chef-Büro. Das andere das Büro einer Vorzimmerdame. Sie hat mir ebenfalls gesteckt, dass das Vorzimmer-Büro jeden Tag vormittags besetzt war. Das Chef-Büro hingegen nur selten. Leider hatte sie weder Name noch Adresse der Mitarbeiterin aus der Anmeldung.«

»Das sollte aber herauszubekommen sein«, warf Ben ein.

»Gewiss. Mit ein bisschen mehr Zeit.«

»Und wahrscheinlich einem Anruf bei seinem Steuerberater.« Während er sprach, gab Ben inzwischen »JLA Consulting« in die Suchmaske bei Google ein.

Tatsächlich mehrere Treffer auf Anhieb. Ben klickte den ersten an.

Und schon sah man die Webseite des Unternehmens. Warum war er auf diese Seite nicht gestoßen, als er den Namen des Inhabers Emil Wittkamp gegoogelt hatte? Ben klickte auf den Reiter »Impressum«. Der Trick war perfide: Der Name des Geschäftsführers Emil Wittkamp war falsch geschrieben. Emmil mit zwei »m«, Witkamp mit nur einem »t«. Es irritierte die Suchmaschinen, aber es war kaum ein Straftatbestand.

Ben klickte sich durch die Webseite der JLA. Für ein Consulting-Unternehmen war die Seite recht dünn. Viele Referenzen, sehr wenig unter der Rubrik »Was wir für Sie tun können«. Auf den ersten Blick viele Bilder, viel Show, aber auf den zweiten Blick – nein, bereits auf den anderthalbten – kaum Substanz.

»Das alles sieht sehr nach Fake News aus, um einen mir nicht sonderlich sympathischen US-Präsidenten zu zitieren«, konnte Ben nicht umhin zu sagen.

»Nun, die Steuererklärungen sind sauber.«

»Das, meine werte Jana, kann zweierlei bedeuten: Entweder Emil Wittkamp war ein ehrenhafter Geschäftsmann. Oder die Firma JLA war genauso echt wie die Messie-Wohnung im Lucasweg hier in Darmstadt.«

Jana schwieg.

Und so setzte Ben noch einen drauf. »Ich tippe auf Letzteres. Emil Wittkamp war ein Magier. Er wollte die Welt nur das sehen lassen, von dem er wollte, dass sie es sah. Wir haben eine Messie-Wohnung im Lucasweg. Eine Messie-Wohnung, so sauber, dass man fast vom Fußboden essen kann. Oder zumindest von den Prospekten auf dem Boden.

Dann haben wir eine Wohnung in Bornheim in Frankfurt. Auf den ersten Blick: Hier wohnt irgendein polnischer Saisonarbeiter. Spärlich eingerichtet, Pornos auf dem Rechner, der natürlich auch kein besonders teures Modell ist. Und unter dem Herd – der nicht genutzt wird – findet sich dann ein Laptop. Dieser Laptop ist übrigens dreimal so teuer wie die Gurke inklusive Monitor am vermeintlichen Arbeitsplatz.«

»Und dann die Meldeadresse, unter der er nicht wohnt«, ergänzte Jana.

»Eben. Hier hat jemand grandios versucht, all seine Spuren zu verwischen und in keiner Weise aufzufallen. Ich habe noch keine Ahnung, wie er sein Geld gemacht hat. Aber ehrliche Arbeit steht dabei nicht ganz oben auf meiner Checkliste.«

»Wie möchtest du jetzt weiter vorgehen?«

Ben hatte sehr klare Vorstellungen davon. Sowohl von Stufe eins als auch von Stufe zwei. Eigentlich auch von Stufe drei. Wobei letztere die schwerste sein würde. »Ich sehe drei Dinge, die ich jetzt machen werde. Machen würde. Aber du bist ja der Chef. Oder der Mensch, der das durchziehen muss.«

Jana grinste ihn an. »Na, dann leg mal los.«

Ben konnte das Grinsen nicht erwidern. Vielleicht ein wenig, wenn er über Stufe eins sprach. Aber er hatte die nächsten beiden Stufen bereits im Kopf. Und da verging ihm das Grinsen. »Zunächst: Deine Idee, die Kisten von Emil Wittkamp alias Rainer Hauptmann zu sichten, halte ich für die beste Idee. Wir haben die Pässe unter den Prospekten auf dem Boden gefunden. Und es ist klar, dass alle Kisten in dieser Wohnung vor allem dazu dienten, den Eindruck einer Messie-Wohnung zu vermitteln. Aber in ein oder zwei Kartons werden wir die wirklich wertvollen Dinge finden. In den Kisten, auf die er noch irgendeinen Zugriff hatte. Ganz oben im Stapel. Oder vielleicht im Bad, wo gar nicht so viele gestapelt waren. Wie auch immer: Ich bin fest davon überzeugt, dass wir in diesen Kisten Unterlagen und Antworten finden werden.«

Jana lächelte ihn an: »Na, da würde ich dir sogar zustimmen. Ich werde also nochmals Studenten anheuern. Und ich bin mir ziemlich sicher, wenn ich Katharina eine zweite Chance gebe, wird sie ganz bestimmt nicht mehr solche Pappnasen engagieren, wie sie es sich am Freitag geleistet hat. Die werden dann die Kartons nicht nur Stapel für Stapel, sondern Blatt für Blatt auseinandernehmen. Ich nehme an, dass dies die erste Stufe des weiteren Vorgehens war. Wie siehst du die zweite?«

»Die zweite hängt mit der dritten zusammen. Jana, ich möchte dich heute Abend zum Essen einladen. In ein gutes Restaurant. In dem wir nicht über Emil Wittkamp reden.«

»Sondern über was?«, wollte Jana wissen. Womit sie eigentlich Bens Gedanken über den Verlauf des Abends ad absurdum führte. Nein, er würde sich jetzt nicht beirren lassen. Sondern zu Stufe drei überleiten: »Ich werde morgen nach Berlin zurückfahren.«

Jana sah ihn entgeistert an: »Im Ernst?«

»Jana, ich habe dort meine Firma. Ich habe dort mein Leben.« Sie musste nicht wissen, dass zumindest der letzte Teil mehr Illusion als Realität war. Na ja, der erste irgendwie auch.

Jana schluckte. Zweimal. Dann sagte sie: »Okay. Ich akzeptiere das. Ich respektiere das. Und ich freue mich auf deine Einladung. Ich kenne auch ein gutes Restaurant, in das ich gerne gehen würde.«

Ben war erstaunt über so wenig Widerstand, ließ es sich aber nicht anmerken. »Wohin gehen wir also?«

»Ins Delfino«, sagte Jana. »Aber erst die Studenten!«

»Ihr habt das verstanden?«

Katharina nickte wie ein Wackeldackel auf der Heckablage eines Audi 80 aus den Siebzigerjahren. Die anderen vier waren etwas verhaltener.

Katharina war sich bewusst, dass sie nur noch diese zweite Chance hatte. Wenn die vier Typen, die sie jetzt engagiert hatte, wieder Mist bauen würden, dann wusste sie, dass jegliche Geschäftsbeziehung zwischen ihr und Jana beendet sein würde.

Ben übernahm die Instruktionen, die Jana eigentlich schon beim ersten Versuch heruntergebetet hatte. »Alles, alles, und ich meine damit wirklich alles, was Sie finden, was kein Tageszeitung-Müll ist oder Prospekt-Müll ist, das legen Sie beiseite. Sie markieren, aus welcher Kiste es stammt. Und Sie packen es in solch eine Klarsichthülle. Und auch diese Hülle werden Sie akkurat mit Edding beschriften, werden Trennblätter in die Ordner einfügen und ebenfalls beschriften – wir wollen genau eins: Bei jedem Artefakt, das Sie finden, möchten wir ganz genau wissen, an welcher Stelle Sie es gefunden haben. Das ist nicht schwer zu verstehen, oder?«

Ben machte sich gut als Dompteur, dachte Jana. Vielleicht war er sogar deutlicher als sie. Ben fuhr fort: »Sie können jetzt die Nacht durcharbeiten. Wir haben Heizöfchen aufgestellt und Flutlichter. Das heißt, Sie werden nicht frieren, und Sie werden alles sehen. Dafür bekommen Sie fünfzehn Euro die Stunde. Machen Sie was draus. Erfreuen Sie uns. Dann gibt es vielleicht sogar einen Bonus. Und in der Zukunft auch weitere Jobs.«

Ja, Ben konnte überheblich sein. Aber irgendwie hatte Jana den Eindruck, dass sein Tonfall ein wenig mehr die Schwingungen traf, die auf die Studenten wirkten, als ihre Lehrerinnenart es vermocht hatte.

Ben sah auf seine Uhr. Dann sagte er: »Es ist jetzt zwanzig Uhr und zweiundzwanzig Minuten. Wenn ich morgen früh um neun Uhr hier wieder eintreffe, dann möchte ich, dass Sie in diesen Kisten etwas gefunden haben, von dem ich mir kaum vorstellen konnte, dass es dort sein würde. Wem es gelingt, mich zu überraschen, der bekommt einen Bonus. Sie kennen doch sicher die TV-Show ›Bares für Rares‹. Sehen Sie das als Ihr Motto.« Damit drehte er sich um und würdigte die Studenten keines weiteren Blickes mehr.

Arroganter Mistkerl, dachte Jana, die eine derartige Ansage von Ben noch nie erlebt hatte. Doch die andere Hälfte von ihr dachte: Genial, da kann ich noch was lernen.

»Ist schön hier«, sagte Ben. Und sein Blick fiel auf die gerahmte Fotografie an der Wand, die ein Glas mit geschwenktem Rotwein zeigte. Auf den Tischen stand je eine rote Rose in gläserner Vase.

Ja, das Restaurant hat Stil, fand Jana, und deswegen hatte sie Ben auch hierher geführt. Wenn es auch ihr letztes gemeinsames Essen war, bevor er wieder nach Berlin zurückfahren würde. Vor dem Restaurant befand sich noch eine Terrasse, die sie sehr mochte. Für die es aber, selbst mit irgendwelchen Heizpilzen, definitiv zu kalt war.

Sie hatte die Inhaberin Tanina gebeten, dass sie ihnen diesen Tisch in der Nische reservieren sollte, ein bisschen abseits des großen Trubels, ein wenig intimer. Der Kellner Melos nahm ihr die Jacke ab, Tanina half Ben aus der seinen, mit einem schnellen Griff kaschierend, dass Ben eine Krücke benötigte.

Ben saß mit dem Rücken zum Fenster, sie mit dem Rücken zum Raum. Nein, das mochte sie nicht besonders. Aber sie wusste, dass Ben es auch nicht schätzte. Und es war sein Abend, der letzte, bevor er gen Heimat fahren würde, wieder zurück in sein Leben. Sie wünschte, dass er sich wohlfühlte an diesem letzten Abend in Darmstadt.

»Ein Prosecco?«, wollte Tanina wissen. Sie sagte nicht viel. Aber Gestik und Mimik wirkten mehr als Worte.

»Gern«, sagte Jana. Und Ben nickte nur.

»Du fährst morgen wirklich wieder zurück?« Jana hatte die Frage nicht stellen wollen, stellte sie aber trotzdem.

»Ich habe dort meine Firma«, sagte Ben.

»Das beantwortet meine Frage nicht«, erwiderte Jana.

Woraufhin Ben nichts sagte. War er sich doch nicht ganz sicher?

Tanina stellte die Prosecchi vor ihnen ab.

»Zum Wohl. Die gehen aufs Haus.«

Jana und Ben stießen an.

»Ben, jetzt, da du morgen abreist, kannst du mir auch sagen, wo du hier in Darmstadt gewohnt hast. Ich habe mir wirklich den Kopf darüber zerbrochen. Bist du im ibis? Oder hast du dir ein Zimmer im Maritim geleistet? Oder doch im Hotel Mathildenhöhe? Oder im Welcome-Hotel neben dem Kongresszentrum?«

Das Funkeln in seinen Augen machte ihr klar, dass die Antwort keines der vier Häuser nennen würde.

»Nein, meine liebe Jana, ich ziehe familiäres Ambiente vor.«

Familiäres Ambiente – was, bitte, meinte er damit? »Bist du in einer Pension untergekommen? Gibt es in Darmstadt Pensionen?«

»Ich wohne im Haus deiner Eltern. Bei deiner Mutter. In der Wohnung im Souterrain.«

Ben. Hatte. In. Ihrem. Bett. Geschlafen? Das war ja wohl kaum möglich.

»Deine Eltern haben die Wohnung komplett renoviert, inklusive der Möbel. Nichts, was irgendwie an dich erinnert hätte«, sagte er, weil er offenbar ahnte, was sie dachte.

Hallo? Er hatte in der Wohnung übernachtet, in der sie so viele Jahre ihres Lebens verbracht hatte? »Nichts an mich erinnert? Du hast in meinem Bett geschlafen!« Das Bett, in dem sie entjungfert worden war!

»Nein, habe ich nicht. Dein Bett ist nicht mehr da. Hat mir deine Mama versichert. Das Bett, die Matratze und sogar der Rost sind neu.«

»Wie konntest du?!«

»Tja, wie konnte ich … Jana, ich mag deine Mama, das weißt du. Zu deinem Papa habe ich wenig Kontakt, ich weiß, dass es irgendein dunkles Familiengeheimnis gibt, das keiner mit mir teilt. Warum ich dort also geschlafen habe? Jana, ich konnte nicht in deine Stadt reisen wie ein Tourist. Und deine

Mutter hat mich sehr freundlich, aber auch sehr bestimmt eingeladen, bei ihr zu wohnen. Und ich dachte ganz egoistisch, das ist besser, als in irgendeinem anonymen Hotel zu übernachten.«

Tanina trat wieder an den Tisch. Im richtigen Moment. »Wir können heute empfehlen: Vielleicht eine Platte Frutti di Mare? Wir haben die perfekten Tintenfische heute. Und als Hauptspeise – vielleicht Spaghetti an Trüffeln?« Tanina gelang es, die Spannungen am Tisch ein wenig zu neutralisieren.

Jana wusste, dass Tanina immer nur das Beste empfahl. Sie nickte. »Trüffel.«

Ben schüttelte den Kopf. »Ich nehm eine Pizza mit Schinken. Und bitte mit viel Käse.«

Wenn Tanina irritiert war, dann ließ sie es sich nicht anmerken.

»Was trinken Sie?«

Jana sah die Wirtin an: »Bitte noch einen guten Rotwein dazu. Trocken. Ein bisschen fruchtig – Sie finden den richtigen.«

»Für mich ein Bier, bitte.«

Seine Esskultur ist in den Jahren jedenfalls nicht gewachsen, dachte Jana, aber dafür sein Auftreten, wenn es drauf ankommt.

Im Handumdrehen standen die Getränke auf dem Tisch.

Sie stießen an, dann fragte Ben: »Wie viel Aufwand musst du eigentlich betreiben, um irgendwelche Erben zu finden?«

»Ist ein bisschen eine Sache des Abwägens.«

»Wie das?«

»Nun, der Aufwand muss vertretbar sein. Stell dir das so vor: Meistens gibt es ja im direkten Umfeld Familie: Ehegatte. Kinder oder Geschwister. Aber in manchen Fällen gibt es eben keine enge Familie. Dann muss ich weitergraben. Zweimal hatte ich das jetzt, und beide Male waren auch die Eltern des Erblassers schon verstorben. Dann muss ich schauen, ob die Eltern noch Geschwister haben, die leben, ob es vielleicht noch Cousins oder Cousinen gibt. Auch das war in meinen beiden Fällen nicht der Fall. Dann beginnt es, richtig knifflig zu werden. Und das ist der Moment, wo ich als Nachlasspflegerin aussteige. Vielleicht gibt es Erben, vielleicht auch nicht. Aber ich kann nicht ein halbes Jahr lang recherchieren. Dann darf ich den Fall auch an Erbenermittler abgeben. Wenn der auch nix findet, landet das Geld irgendwann in der Staatskasse. Kann ich dann auch mit leben.«

»Und der Erbenermittler, der wird auch vom Gericht bezahlt?«

Jana lachte auf. »Nein, das ist wieder ein ganz anderes Geschäftsmodell. Ein Erbenermittler sucht nach Erben komplett auf eigene Rechnung.«

»Und wenn er keinen Erben findet?«

»Hat er Pech gehabt.«

»Und wenn er einen findet?«

Jana konnte nicht gleich antworten, denn Tanina servierte die Speisen.

»Das Modell ist einfach: Der Erbe kriegt die Kohle ja nur, wenn er weiß, *wen* er eigentlich beerbt. Und das ist das Herrschaftswissen des Erbenermittlers. Und damit kann er dem potenziellen Erben gegenübertreten und sagen: ›Ich verrate Ihnen, wer Ihnen eine Million Euro vererbt, wenn ich davon ein Drittel abbekomme.‹«

»Ein Drittel?«

»Der Vertrag kann individuell ausgehandelt werden. Aber ein Drittel von dem, was vom Erbe nach der Erbschaftssteuer noch übrig ist, ja, das ist so der gängige Satz.«

Jana bugsierte einen Trüffel-Raspel in den Mund.

Sie sah, wie es hinter Bens Stirn arbeitete. Und sie wusste, was er gleich laut aussprechen würde.

»Na, dann nehmen wir uns doch mal Emil Wittkamps Vermögen vor. Zwanzigtausend in bar auf dem Sekretär. Rund dreißigtausend auf den Konten, 200 000 in Aktien – und wie viel gleich noch mal auf dem Geschäftskonto?«

»360 000.«

»Das macht knapp 600 000 Euro.«

Nun ein paar Spaghetti. Das Kauen sollte das Lächeln verbergen. Denn den Gedanken hatte Jana in den vergangenen achtundvierzig Stunden schon mehr als einmal gehabt: Benjamin Lorenz wäre gut in dem Job als Erbenermittler. Er hatte den richtigen Riecher. Wäre es nicht despektierlich, könnte man ihn quasi als Trüffelschwein bezeichnen.

»Wie hoch ist denn die Erbschaftssteuer?«

»Je weiter der Erbe vom Erblasser entfernt ist, umso mehr. Geht los bei sieben Prozent. Wenn der Erbe nur über ein paar Ecken mit dem Erblasser verwandt ist, sind es meist dreißig Prozent. Aber ab sechs Millionen dann fünfzig Prozent. Gibt noch Freibeträge, aber die kannst du dann vernachlässigen.«

»Also jetzt bereits 130 000 für einen Erbenermittler?«

Ben hatte seine Pizza in Achtel geschnitten und aß sie mit der Hand. So hätte Jana die Pizza auch gegessen, aber nur am heimischen Esstisch.

Wieder arbeitete es in Bens Gehirn, so laut, dass Jana das Räderwerk förmlich hören konnte. Sie rechnete mit der Frage, wie man Erbenermittler werden könne.

Stattdessen fragte Ben: »Glaubst du, das ist alles?«

»Keine Ahnung.« Was war das für eine Frage?

»Jana, da ist ein Typ, der mehrere Identitäten aufgebaut hat. Einige davon sogar mit echten Dokumenten. Dafür hat er richtig viel Geld hingeblättert! Er macht die große Scharade. In der Wohnung des vermeintlichen Messies, in der er die Dokumente seiner weiteren Identitäten gebunkert hat. Dann in der Wohnung eines vermeintlichen polnischen Saisonarbeiters, in der er einen Laptop im Herd versteckt. Jana, dieser Mann hat deutlich mehr zu vererben als ein paar Hunderttausend Euro.«

»Vielleicht hast du recht. Aber ist ja nicht deine Kohle. Du sitzt in Berlin und schraubst an Rechnern.« Auch wenn diese Formulierung nicht freundlich war – manchmal musste man die Gedankengänge des Gegenübers einfach in die richtige Bahn lenken.

Bens linke Augenbraue hob sich. Nicht die rechte. Jana kannte die Unterschiede.

Ben schwieg.

Jana wusste, dass sie beide inzwischen die gleiche Idee hatten. Aber wer zuerst sprach, hätte verloren in diesem mentalen Match. Sie musste sich nichts beweisen. »Ben, du bist ein guter Detektiv, auch wenn dir das noch niemand gesagt hat. Ich habe keine Ahnung, wie verwurzelt du in Berlin bist. Aber nehmen wir einmal an, du wärst dort nicht ganz so verwurzelt, wie ich fürchte, dann könntest du hier in Darmstadt als Erbenermittler im Fall Emil Wittkamp tätig werden. Du bräuchtest ein Gewerbe, und dann bekämst du meinen Auftrag. Und dann würden wir den Fall Emil Wittkamp gemeinsam bearbeiten. Bis wir ihn gelöst hätten. Bis wir wissen, warum Emil Wittkamp gesprungen ist. Und bis wir wissen, was er vererbt. Und an wen.«

Ben nickte. »Danke, dass du mich einen guten Detektiv nennst. Andere Menschen haben das heute schon mal weniger nett ausgedrückt. Und ich weiß im Moment nicht, wie verwurzelt ich in Berlin bin. Außerdem …« Was immer er auch gerade gedacht hatte, er unterbrach sich selbst mit der nächsten Frage: »Wer entscheidet eigentlich, wann du einen Fall an einen Erbenermittler abgibst?«

»Na ja, wenn ich meinen Job nicht richtig mache, dann kann mich ein Erbe durchaus auf Schadensersatz verklagen. Aber bei Emil Wittkamp hätte ich kein schlechtes Gewissen und ginge auch kein Risiko ein, die Ermittlung abzugeben. Denn eine saubere Ermittlung von Erben scheitert bei Emil Wittkamp ja bereits daran, dass das ja gar nicht sein richtiger Name war. Und ohne deine Spürnase hätten wir die Ausweise in der Wohnung im Lucasweg nie entdeckt. Und Wittkamp ist nicht verheiratet und hat keine Kinder. Wenn ich das abgebe, bin ich auf der sicheren Seite.«

»Und wie wird man Erbenermittler?«

Na endlich stellt er die Frage, dachte Jana. »Ist kein geschützter Begriff. So wie Privatdetektiv. Kann grundsätzlich jeder machen. Man sollte gut recherchieren können. Instinkt haben. Aber die Aufnahmeprüfung hättest du bereits bestanden.«

»Hat es euch geschmeckt?«, wollte Tanina wissen, die lautlos am Tisch erschienen war und die leeren Teller abräumte.

Ja, ihr, Jana, hatte es geschmeckt. Und Ben sagte. »Es war fantastisch. Ein wunderbares Mahl! Ein perfektes Bier! Super Pizza! Ich werde wiederkommen. Auch wenn ich derzeit in Berlin wohne.«

»Berlin? Eine schöne Stadt. Nur sehr weit weg. Noch einen Espresso für die Herrschaften?«

»Gern!«, antwortete Ben.

Auch Jana nickte.

Ein paar Minuten später brachte Tanina die Espressi. Stellte den Zuckerspender ab.

Ben füllte Zucker in den Espresso bis zur Sättigungsgrenze. Jana trank ihn ohne Süße.

Ben hielt die Espressotasse am Henkel, zögerte kurz, dann bewegte er sie auf Jana zu. Eine Einladung zum Anstoßen.

Jana reagierte eher reflexartig.

»Auf Welzer und Lorenz. Das perfekte Team für Ihre Nachlassverwaltung, wenn Sie kein Testament geschrieben haben.«

Jana stieß Bens Tasse an.

Und erst als sie der Espresso in ihrer Kehle erreicht hatte, realisierte sie, was Ben gerade gesagt hatte.

Er würde nicht nach Berlin zurückgehen.

Er würde diesen verdammten Fall mit ihr hier lösen.

Und ja, sie gestand sich ein: Nichts anderes hatte sie sich gewünscht.

CAESAR VI

»Mach die Kasse zu und komm sofort nach hinten.«

Ferdinand Proteus. Mein Chef. Wenn er sich direkt in den Funkverkehr einklinkt, dann ist die Kacke am Dampfen.

Ich schließe die Kasse, obwohl noch acht Leute mit ihren Einkaufswagen davorstehen. Nun, sie sind nicht amüsiert. »Ey, Schwachkopf, geht's noch?«, war die freundlichste Bemerkung, die ich aus der Reihe der Wartenden vernommen habe.

Klar, wenn bei drei Schlangen mit rund sieben Wartenden plötzlich eine Kasse zumacht, würde mir, als einem in der Schlange Stehenden, das auch nicht gefallen.

»Die Bullen wollen dich sprechen«, begrüßt mich Proteus. »Ist mal wieder was mit deinem Nachwuchs.«

»Wen soll ich anrufen?«, frage ich zunächst ganz sachlich.

Proteus zeigt auf einen Zettel, auf dem er die Nummer der Polizei notiert hat.

Ich tippe die Nummer in mein Handy.

Proteus weicht nicht von der Stelle.

Am anderen Ende meldet sich die Polizeidienststelle.

Ich nenne meinen Namen, dann geben sie preis, worum es geht: »Herr Strauß, Ihr Sohn wurde aufgegriffen in einem Elektronikmarkt. Er hat versucht, ein iPhone zu stehlen.«

In meinem Gehirn rattern alle Wissenshäppchen zusammen, die ich mir so angeeignet habe. Chris ist zwölf. Damit ist er zum Glück noch nicht strafmündig. Was nicht heißt, dass man mir nicht kräftig eine auf die Mütze haut ... Aber für ihn hat das noch keine negativen Konsequenzen. Vierzehn ist das magische Alter. Scheiße!

Ich bin mir nicht sicher, ob ich glücklicher wäre, wenn Chris bereits vierzehn wäre. Denn dann würde er die Konsequenzen am eigenen Leib spüren. Jetzt bin wieder nur ich die Instanz, die draufhaut, die versucht, ihm seine Grenzen aufzuzeigen. Ja, es wäre einfacher für mich, wenn die Polizei eine Konsequenz aufzeigen würde. Aber da bin ich ja wohl noch eineinhalb Jahre von entfernt.

Ich wende mich an meinen Chef. »Ich muss aufs Revier.« Es hat überhaupt keinen Sinn, hier irgendetwas zu beschönigen. Ich bin schon auf dem Weg zur Tür, da baut sich Proteus vor mir auf. »Herr Strauß, so geht es nicht. Sie haben so viele Fehlzeiten wegen Ihrer Kinder. Wir sind ein familienfreundlicher Betrieb. Aber so geht das wirklich nicht! Schon allein wegen der anderen Kollegen. Immer wieder müssen die für Sie einspringen. Sie müssen doch kapieren, dass das nicht gerecht ist!«

O ja, Bob hat sich neulich beschwert. Keine Frau, keine Verlobte, keine Kinder. Das hat Proteus mitbekommen.

Es ist egal. Ich muss zu meinem Sohn. Jetzt.

Und ich gehe.

DONNERSTAG

Die Herren Wiese waren extrem anstrengende Klienten. Und ihre Anwälte standen ihnen in nichts nach. Beim letzten Treffen hatten sie wieder neue Zahlen präsentiert. Jana hatte sich vorgenommen, die beiden neuen Berechnungsmappen der jeweiligen Juristen mit ins Büro zu nehmen und zu vergleichen.

Deshalb hatte sie sich nach dem gemeinsamen Essen im Delfino von Ben nochmals ins Büro fahren lassen. Er hatte sie in die Räume begleitet, dann selbst noch irgendwas am Netzwerk und seinem Rechner gefrickelt. Als er gegangen war, hatte er zu ihr gesagt: »So, dein Netz arbeitet wieder sauber. Alle Platten funktionieren, aber wir sollten uns noch einmal grundsätzlich darüber unterhalten, ob sich hier nicht einiges verbessern lässt, gerade was die Sicherheit angeht.«

Dann war Ben gegangen. Aber der Gedanke, dass er jetzt in das Haus ihrer Eltern fuhr, gefiel ihr gar nicht. Es fühlte sich seltsam an, dass er dort einfach hinfahren konnte, während für sie die Grenze des Gartentors so unpassierbar war wie ein Gefängnistor.

Sie riss sich zusammen. Wiese und Wiese. Das war ihr Thema jetzt! Die beiden Anwälte hatten sehr ähnliche Zahlenberge produziert. Letztlich ging es um eine Differenz von fünfzigtausend Euro – bei mehreren Millionen eigentlich keine Summe, über die man streiten musste. Jana seufzte. Sie würde wieder in eine ihrer berühmten »Nur eine Folie«-Besprechungen einsteigen. Statt toller Powerpoints nur zwei Beträge auf einer Folie: der Betrag, mit dem man den Raum verließ, wenn man sich einigte. Und der Betrag, den es kosten würde, wenn man zu keiner Einigung kam.

Sie sah auf die Uhr. Schon halb zwölf. Um diese eine Folie präsentieren zu können, bedurfte es natürlich zahlreicher Berechnungen im Vorfeld. Die wollte sie jetzt noch veranschlagen. Doch sie merkte, dass der Wein seine Wirkung tat. Vielleicht wäre es nicht schlecht, wenn sie sich jetzt einfach eine halbe Stunde auf die Couch im Büro legen würde. Wozu hatte sie sie schließlich angeschafft?

Sie stellte den Wecker des iPhones auf null Uhr. Dann noch eine Stunde den Taschenrechner quälen und danach ins eigene Bett. Klang wie ein guter Plan. Es war nicht das erste Mal, dass sich Jana eine solche Mitternachts-halbe-Stunde gönnte. Es gab Menschen, denen gelang so etwas nicht. Bei ihr hingegen funktionierte es hervorragend.

Das Geräusch, das sie weckte, war nicht der Klingelton des iPhones, sondern das eines sonoren Brummens. Es gelang Jana nicht, augenblicklich hellwach zu werden. Als sie die Augen öffnete und alle Sinne wieder auf Empfang gestellt waren, hatte das Lärmen bereits aufgehört.

Stille.

Dann hörte sie zum zweiten Mal das Geräusch. Jetzt konnte sie es orten. Es kam von der Eingangstür. Jemand machte sich am Schloss zu schaffen!

Es folgte ein Knarren, dann ein Schlag. Der Jemand hatte den Schlosszylinder der Eingangstür herausgerissen. Die gleiche Vorgehensweise, die auch an der Wohnungstür von Rainer Hauptmann angewendet worden war.

Nachlasspflegerin galt eher nicht als Beruf, für den man einen Waffenschein beantragen musste. Jana hatte einmal darüber nachgedacht, in den Schreibtischen jeweils ein Pfefferspray griffbereit zu deponieren. Aber in diesen doch relativ kleinen, geschlossenen Räumlichkeiten war es ein Problem, dem Pfefferspray beizubringen, wessen Augen gereizt werden sollten und wessen nicht. Sie hatte sich letztendlich dagegen entschieden.

Jana erhob sich von der Couch.

Seltsam, was einem durch den Kopf ging in so einer Situation. Gleich würde ein Einbrecher vor ihr stehen. Dagegen konnte sie nichts mehr tun. Und ihr war peinlich, dass sie den Rock ausgezogen hatte, als sie sich aufs Sofa gelegt hatte, und nun in Strumpfhose im Raum stand.

Janas Blick fiel auf die Uhr an der Wand. Es war zwei Uhr dreißig. Ihr Plan des Halbe-Stunde-Nickerchens war gründlich in die Hose gegangen. Hätte sie noch am Schreibtisch gesessen, wäre das Licht des Büros nach außen gedrungen. Und kein Einbrecher hätte sich herangetraut.

Nun, sie hatte zumindest das Überraschungsmoment auf ihrer Seite. Auf ihrem Pult stand eine Madonna aus massivem Glas. Hatte ihr ihre Mutter einmal geschenkt. Ihr blieben allenfalls noch drei Sekunden, bevor sich die Eingangstür öffnen würde. Und sie war nicht in der Lage, ihre Gedanken klar zu ordnen. Panik stieg in ihr auf. Sollte sie die Madonna ergreifen? Damit würde sie vielleicht den Einbrecher ausschalten. Aber sie lief gleichermaßen Gefahr, dass die gläserne Gebenedeite zerbrach. Und ihr Herz hing daran. Nach was konnte sie sonst greifen? Die Maus war wohl wenig effizient, um einen Eindringling schachmatt zu setzen. Auch die Tastatur aus Plastik schien kein wirkungsvolles Mittel. Blieb ihr nur: der Locher. In dem Moment, in dem sie ihn umfasste, öffnete sich die Tür.

Jana wusste, dass sie nur eine Chance hatte. Der Mann trat in den Raum, eine Taschenlampe in der Hand. Jana sprang aus ihrem Büro in seine Richtung. Er war breitschultrig. Sie war keine zwei Meter entfernt. Sie nahm noch seinen Vollbart wahr, sein dunkles Haar, dann schlug sie mit dem Locher in die Richtung, in der sie seinen Kopf vermutete. Genau erkennen konnte sie ihn jetzt nicht mehr, denn das Licht der Handleuchte zeigte nun direkt in ihre Richtung, blendete sie, und alles um das gleißende Licht herum war nur noch pechschwarz.

Sie hatte den Mann getroffen. Wo, konnte sie nicht sagen. Die Taschenlampe leuchtete dennoch weiterhin direkt in ihr Gesicht. Ausgeschaltet hatte sie ihn definitiv nicht. Keine

Ahnung, was der Kerl in der anderen Hand hatte, aber der Schlag auf ihren Kopf mit diesem Gegenstand knipste ihr inneres Licht aus.

»Hallo? Hören Sie mich?«

Mein Gott, ist das hell hier, dachte Jana. Das Licht schmerzte in ihren Augen. Und das Gesicht des Mannes vor ihr erkannte sie nur unscharf.

Nochmals die Frage: »Hallo?«

»Ja, verdammt noch mal, ich höre Sie, ich bin doch nicht taub«, wollte Jana sagen. Mehr als ein dumpfes Grummeln kam nicht aus ihrem Mund.

Das Antlitz des Typen gewann langsam an Schärfe. »Wo bin ich?«, wollte sie wissen. Und diese Worte konnte sie tatsächlich laut formulieren.

»Auf dem Sofa Ihres Büros. Sie sind doch Frau Jana Welzer, oder nicht?«

Der Mann, mit dem sie sprach, trug einen weißen Kittel. Also war er wahrscheinlich Arzt. Wieso saß ein Arzt neben ihr auf dem Sofa? Stimmt, das war ihr Sofa. Das war ihr Büro.

»Sie sind niedergeschlagen worden«, sagte der Arzt. »Haben Sie Schmerzen?«

Ihr Kopf brummte. Sie fühlte sich benommen. Aber heftige Schmerzen hatte sie nicht.

Jana erkannte Menschen in Uniform, die durch den Raum liefen. Polizisten.

»Wen sollen wir benachrichtigen?« Wieder die Stimme des Arztes. Musste er so viele Fragen stellen? Konnten sie sie nicht einfach in Ruhe lassen?

»Ich würde Sie gerne mit ins Krankenhaus nehmen. Und Sie gründlich untersuchen lassen. Der Schlag hat Sie am Kopf getroffen. Im Moment sieht es so aus, als wäre es nur eine Prellung, aber vielleicht haben Sie auch eine Gehirnerschütterung. Vielleicht hat auch der Schädel etwas abbekommen.«

Na, das waren ja rosige Aussichten!

»Wen sollen wir benachrichtigen?«

Schon wieder diese Frage. Der Kerl nervte.

Es gab keinen Mann, den sie anrufen konnte. Keinen Verlobten, keinen Freund, keinen Lebensabschnittsgefährten. Ihre Mutter? Jana war sechsunddreißig Jahre alt, und wenn ihr etwas passierte, dann gab es niemand anderen als ihre Mutter, die sie anrufen konnte? Weder Adam war der Richtige für solch eine Situation noch einer aus der Riege ihrer Tanzflächen- und Bettgefährten für eine Nacht. Zumal sie von den wenigsten überhaupt eine Telefonnummer hatte. Die im Übrigen auch nur irgendetwas nutzte, wenn man sich an den Namen zur Nummer erinnern konnte. Welch herrlich abgeschmackter Doppelsinn für die Dame mit Amnesie! Was lebte sie eigentlich für ein erbärmliches Leben!

»Es wäre gut, wenn wir jemanden anrufen könnten, der Sie ins Krankenhaus begleitet. Sie müssen das hier ja nicht alles alleine durchstehen.«

Hatte der Kerl eine Ahnung!

Ben.

Sie würde Ben anrufen.

»Können Sie mir bitte mein Handy geben?«, sagte sie und deutete mit dem Kopf in Richtung Schreibtisch. Die Bewegung verstärkte das Brummen im Schädel deutlich.

Der Arzt reichte ihr das iPhone. Sie hob es an, die Gesichtserkennung entsperrte das Gerät. So schlimm hatte der Knilch sie also nicht zugerichtet. Diese Information war besser als ein Blick in den Spiegel.

Sie wollte in den Kontakten nach Bens Namen suchen, aber so viel Feinmotorik war ihr im Moment nicht möglich. Sie reichte den Apparat an den Medikus. »Benjamin Lorenz. Würden Sie ihn anrufen? Ich schaffe es nicht.«

Als sie erwachte, hatten sie wenigstens das Licht gedimmt. Sehr gut. So ließ es sich doch gleich viel besser aushalten. Etwas lag auf ihr. Eine Bettdecke. Sie hatten sie zugedeckt. Perfekt. Aber irgendwas stimmte hier nicht. Das hier war nicht ihr Büro. Und da war etwas in ihrer rechten Hand. Jana zuckte zusammen. Worauf das Ding in ihrer Hand reagierte und ebenfalls zuckte.

Jana wandte den Kopf nach rechts. Da saß ein Mann! War der Einbrecher zurückgekehrt? Aber nein, das hier war ja nicht ihr Büro. Das hier war – das typische Griffdreieck, das von einem Bettgalgen herunterbaumelte, und die daran befestigte Klingel mit dem großen Knopf. Sie lag in einem Krankenhausbett. Dann konnte der Kerl neben ihr kein Räuber sein.

»Wie fühlst du dich?« Endlich erkannte sie die Stimme des Mannes, der da gerade ihre Hand gehalten hatte. Es war Ben.

»Ging schon besser«, brummte sie. »Kannst du mir einen Schluck zu trinken geben?«

Sekunden später hielt sie eine Schnabeltasse in der Hand. »Ist das deren Ernst? Ich hab eins über die Rübe bekommen. Aber ich bin kein Pflegefall. Ich hoffe, die haben mir keinen Katheter gelegt!«

»Du hast mir einen ganz schönen Schrecken eingejagt.« Bens Stimme klang besorgt.

Super! Als ob sie sich absichtlich hätte niederschlagen lassen. »Ich will hier raus«, sagte Jana.

»Jana, es ist vier Uhr. Schlaf doch einfach noch drei Stunden, dann ist hier ohnehin Visite, und dann können sie dich richtig durchchecken. Hast du Schmerzen?«

Die Frage hatte ihr der Arzt doch gerade eben gestellt. Na ja, nicht gerade eben, wenn Ben recht hatte. Dann waren ja bereits weitere Stunden vergangen. »Mein Kopf brummt ein bisschen. Aber ansonsten habe ich keine Schmerzen.«

»Schlaf noch ein wenig.«

»Wer hat denn den Arzt gerufen?«

»Ein Nachbar. Sein Hund hat eine schwache Blase. War Gassi gehen, als er sah, dass die Tür zum Büro weit offen stand. Und hat dich da liegen sehen.«

»Was hat der Typ geklaut?«

»Ich weiß es nicht. Ich habe den Schlüsselnotdienst angerufen, die haben ein neues Schloss eingebaut. Ich hab noch gewartet, bis die Polizisten gegangen sind, dann bin ich sofort hierhergekommen. Die gehen morgen früh noch mal rein. Hab ihnen einen Schlüssel gegeben und auch eine SMS an Irina geschrieben, dass sie morgen frei hat. Und wir schauen morgen nach, was fehlt. Dann kannst du auch mit der Polizei sprechen. Hast du das Arschloch erkannt?«

Jana versuchte den Kopf zu schütteln, was keine gute Idee war. »Nicht wirklich. Aber du hast recht. Es war ein Arschloch. Ich glaube nicht, dass noch mehr von seiner Sorte dabei waren. Auf jeden Fall ist er allein ins Büro eingedrungen. Ich hab gesehen, dass er sehr groß war, sicher über eins neunzig. Dunkles Haar, Vollbart. Und das ist auch schon das Ende meiner brillanten Beschreibung.«

»Alles Weitere später«, sagte Ben. Und als ob er das besiegeln wollte, legte er abermals seine Hand in die ihre.

Jana war zu erschöpft, um sich dagegen zu wehren.

Als sie wieder erwachte, flutete Tageslicht das Zimmer. Es konnte nicht sieben Uhr früh sein. Oder es konnte nicht Januar sein. Beides zusammen haute nicht hin. Aber immer noch lag in ihrer rechten Hand die von Ben.

Sie sah zur Seite, er hatte eines dieser optisch so fürchterlichen Nackenstützkissen um den Hals gelegt. Keine Ahnung, wo er das aufgetrieben hatte … Sein Kopf war ein wenig nach rechts gekippt, der Mund geöffnet. Ben schnarchte nicht, aber er sabberte ein klein wenig, worauf der euromünzengroße Fleck auf dem Kissen hindeutete. Er hat die ganze Zeit neben mir gesessen, dachte Jana.

Im Raum befand sich keine Uhr. Jana drückte mit ihrer Hand die von Ben. Sofort schrak er auf. Brauchte zwei Sekunden, um sich zu sortieren. »Alles okay?«

Jana zog ihre Hand weg. »Ja. Mir geht es gut. Keine Kopfschmerzen. Wie spät ist es eigentlich? Hast du nicht gesagt, die Visite käme um sieben?«

»Kam sie auch. Ich hab sie aber rausgeschickt. Du hast tief geschlafen. Und die Untersuchungen kann man auch jetzt noch machen.«

»Und *jetzt* ist es?«

Ben sah auf seine Armbanduhr: »Viertel vor zwei. Mittags.«

»Wie bitte? Ich muss hier raus! Sofort!« Jana schlug die Decke zur Seite. Sie trug nur ein gottverdammtes Krankenhaus-Schürzchen. »Wer hat mich ausgezogen?« In diesem Augenblick erfasste sie – Hektik.

»Jana, bleib ruhig. Die Krankenschwestern haben dir das angezogen. Alles im grünen Bereich. Deine Klamotten liegen hier im Schrank, und ich kann sie dir gerne geben. Und dann drehe ich mich um, während du dich anziehst.«

Das Herzklopfen wollte nicht verschwinden. Sie war nicht gewaschen, sie war nicht geschminkt, sie war nicht gekämmt. Das war nicht die Jana, die Ben sehen sollte. Ganz gewiss nicht. Und da war noch ein leiser Impuls: Ein Adam, der sollte sie erst recht nicht so sehen!

Als könnte Ben ihre Gedanken lesen, sagte er: »Ich habe mich heute Nacht darum gekümmert, dass du in dieses Einzelzimmer kommst. Hier ist eine Dusche, ganz für dich allein. Mach dich frisch, aber bitte tu mir den Gefallen, die Badtür nicht vollständig zu schließen. Damit ich es mitbekomme, falls du tatsächlich zusammenklappen solltest.«

»Waschzeug?«, fragte Jana zaghaft.

Ben schmunzelte. »Alles da drin.«

»Könntest du jetzt bitte einfach die Augen zumachen?«

Ben tat das. Das Lächeln wich nicht aus seinem Gesicht.

Eine Stunde später saßen sie im Taxi. Der Arzt hatte sie noch für einen Tag zur Beobachtung dabehalten wollen, aber Jana hatte protestiert. Sie litt unter keinen Kopfschmerzen, alle neurologischen Reaktionen waren in Ordnung, ihr war nicht schwindelig, ihr war nicht schlecht. Ja, in dem Augenblick, in dem eines jener Symptome auftauchen würde, würde sie sich sofort bei ihrem Arzt melden, bla, bla, bla … Sie hatte in Haiti gegen die Folgen eines Erdbebens gekämpft. Sie schätzte das deutsche Gesundheitssystem sehr. Aber manchmal war's zu viel des Guten … Ihre Unterschrift auf die Zettel, dann war sie raus.

»Du magst keine Krankenhäuser«, hatte Ben lakonisch festgestellt.

Damit lag er falsch. Jana mochte nicht keine Krankenhäuser. Sie mochte keine Orte, an denen sie keinerlei Kontrolle hatte. Das machte sie nicht nur hilflos, das löste Beklemmungen in ihr aus. Da sie diese Gedanken mit Ben nicht teilen wollte, sagte sie nur: »Ja.«

Der Taxifahrer setzte sie vor Janas Büro ab. »Darf ich dir deine neuen Schlüssel überreichen?«, sagte Ben und zog mit einer Hand einen Ring mit vier Schlüsseln aus der Jackentasche, während die andere sich an der Krücke festhielt. »Die Polizisten sollten ihre in deinen Briefkasten geworfen haben«, ergänzte er.

Jana nahm sie, löste sofort einen Schlüssel vom Ring und reichte ihn Ben: »Du wirst ja noch ein Weilchen bei uns bleiben.«

Jana ging als Erstes in ihr Büro. Tastatur, Monitor und Maus befanden sich noch auf dem Schreibtisch, aber der Rechner war weg. »Das Arschloch hat meinen Rechner geklaut!«, empörte sie sich. »Warum bricht jemand ein, um einen Rechner zu klauen? Das macht doch überhaupt keinen Sinn!«

Sie sah Ben an. Und sie sah das Stirnrunzeln, das eher tiefe Gräben zeigte. Ben sagte nichts, wandte sich um und betrat das große Büro. Dann ging er in den Abstellraum und kam nach einigen Minuten zurück. »Jana, der hat nicht deinen Rechner geklaut, sondern er hat *deine* Rechner geklaut. Und auch den Laptop von Emil Wittkamp. Nirgendwo befindet sich noch eine einzige Festplatte. Der Dreckskerl war gründlich.« Er machte eine kurze Pause, dann fragte er: »Gibt es hier eigentlich irgendwelche Überwachungskameras?«

Jana schüttelte den Kopf, aber die Bewegung ließ einen Blitz durchs Gehirn zischen. Sie musste vorsichtig sein mit ihrer Motorik. Und sie hatte nicht vor, irgendjemandem davon zu erzählen. »Nein. Hier gibt es keine Kameras. Weder im Büro noch in den Bereichen davor.« Sie unterbrach sich, dann fragte sie: »Heißt das, dass diese Schweinebacke alle Daten mitgenommen hat? Alles? Mein gesamtes Business?«

Noch bevor Ben antworten konnte, wandte sie sich ihrem Tresor zu. An der Tür zeugten Kratzer davon, dass der Einbrecher sich daran zu schaffen gemacht hatte. Nicht, dass sich darin, außer dem Geld, etwas Wertvolles befunden hätte. Dass der Idiot ihn nicht hatte öffnen können, tröstete über die Beschädigungen an ihrem alten, eisernen Freund kaum hinweg.

Sie sah Ben wieder an. Warum feixte er jetzt so? Hatte er etwa den Auftrag für den Anschlag gegeben? Hier gab es nichts zu grinsen! »Warum lächelst du so dümmlich rum? Was ist hier so witzig?«

Ben ließ sich auf einem der Bürostühle nieder. Er lehnte seine Krücke an den Schreibtisch. »Hier ist gar nichts lustig. Ich freue mich nur darüber, dass mich mein Instinkt nicht getrogen hat.«

»Und was, bitte, soll das jetzt wieder heißen?«

»Du hast viel richtig gemacht bei deiner EDV: Dein kleiner Server mit den vier Festplatten hat dafür gesorgt, dass der Verlust einer Platte überhaupt kein Problem darstellt. Genauso mache ich das bei mir auch. Und natürlich ist immer noch ein Teil der Daten auf den jeweiligen Laptops und Rechnern im Büro verteilt. Aber wenn jemand alle Rechner klaut, dann sind alle Daten weg.«

»Verdammt, Ben, wer rechnet denn damit, dass jemand hier die gesamte EDV ausräumt?«

»Niemand. Aber stell dir vor, es hätte gebrannt. Dann wäre auch alles weg. Sei es durchs Feuer oder durch das Löschwasser. Egal. Das ist das, was ich meinte, als ich zu dir sagte, es wäre vielleicht sinnvoll, zusätzlich eine Cloud-Lösung zu finden, wo deine Daten noch einmal auf externen Servern lagern.«

»Ja. Super. Hab ich aber nicht. Sorry, dass ich nicht so ein EDV-Genie bin wie du!« Die Wut hatte sie jetzt im Griff. Dieser überhebliche Fatzke hatte die IT-Weisheiten mit Löffeln gefressen, während gerade ihr gesamtes Geschäft in ein schwarzes Loch gesogen wurde! »Und jetzt grinst du und lachst mich aus?«

Da war kein Grinsen mehr in Bens Gesicht. Auch in seinem Gesicht zogen nun Gewitterwolken auf. »Jana, ich lache dich nicht aus. Wie käme ich dazu? Was ich dir nur sagen will, ist, dass ich eine Kopie deines gesamten Datenbestands inklusive des Inhalts von Emil Wittkamps Notebook auf eine externe Festplatte gezogen habe. Die habe ich eigenmächtig im Computerladen gekauft und hier angeschlossen. Du hast also überhaupt nichts verloren. Alles ist noch da. Wir müssen jetzt zu diesem Computer-Zimmermann und zum Apple-Händler fahren, die passende Hardware zusammenkaufen, und dann richte ich dir alles wieder ein. Und morgen Abend gehst du in dein Büro, als ob es diesen Überfall nie gegeben hätte. Es sei denn, du hast noch Kopfschmerzen. Aber das ist dann das Einzige, was dich an diesen Angriff erinnern wird. Ich nehme an, du bist versichert, also wirst du auch die Kohle für die Neuanschaffungen wieder zurückbekommen.«

»Und wo ist diese fantastische Festplatte jetzt?«

»In meiner Wohnung. Also in deiner Wohnung. In deiner ehemaligen Wohnung, im Haus deiner Eltern. Und ich denke, ich sollte sofort damit anfangen, die neue EDV aufzusetzen, denn im Moment gibt es nur diese eine einzige Festplatte, auf der all deine Daten gelagert sind. Und, verzeih, aber so bin ich nun mal, das macht mich ziemlich nervös.«

Ben saß vor ihr auf dem Bürostuhl. Sie schaute von oben auf ihn herab. Nicht die passende Position für das, was er ihr gerade erzählt hatte. Sie hätte ihn gerne umarmt, aber das war aus ihrer Position heraus etwas schwierig. Warum konnte er nicht einfach vor ihr stehen? Dann hätte sie ihm auch noch einen Kuss auf die Wange gehaucht, alles wäre einfacher gewesen für sie.

»Danke«, sagte sie leise.

»Gern geschehen. Ich glaube, wir können ganz gut zusammenarbeiten.«

Nun bückte sie sich doch zu ihm hinunter. In dem Moment durchzuckten mehrere Blitze Janas Gehirn, die sich auch auf ihrer Netzhaut manifestierten. Sie hielt sich am Regal fest, dann setzte sie sich gerade noch rechtzeitig auf einen der anderen Bürostühle.

»Jana, alles okay?«

Jetzt nicht ohnmächtig werden, dachte sie. Dann waren die Schmerzen auch schon vorbei. »Ja, alles gut.« Sie wandte sich Ben zu. Doch die Kopfbewegung ließ erneut einen Schwall Pein durch den ganzen Körper fahren.

»Krankenhaus?«

Jana hätte gerne den Kopf geschüttelt. Aber sie sagte nur: »Nein.«

»Ich bringe dich jetzt zu dir nach Hause und lege dich in dein Bett. Nein, wir machen das anders, ich bringe dich jetzt nach Hause. Und zwar zu deinen Eltern. Dann wirst du im Bett in deiner Wohnung liegen. Und es ist immer jemand greifbar.«

»Ben, vergiss es.«

»Jana, vergiss du es! Du hast jetzt zwei Optionen: Ich fahre dich zu deinen Eltern, oder ich fahre dich ins Krankenhaus.«

Zu ihren Eltern? Keine Chance, das war indiskutabel. Ins Krankenhaus? Gab es eine Steigerung von indiskutabel? Indiskutabeler?

»Okay, ich sehe schon, wir fahren zu deinen Eltern. Was heißt Eltern? Deinem Vater wirst du nicht begegnen, er ist gar nicht im Haus.«

Ben konnte nicht wissen, welche Erleichterung das für Jana bedeutete. »Fahr mich zu meiner Mutter.«

Eine Hand an der Krücke, die andere um Janas Taille, brachte er sie zu seinem Wolga, den er einfach im Innenhof abgestellt hatte.

Ben war sich im Nachhinein nicht mehr sicher, ob die Entscheidung für die Schlafstatt bei Mama besser war als ein Trip zum Krankenhaus. Kaum hatte er den Wagen vor dem Haus der Welzers abgestellt, kam auch schon Helena Welzer aus dem Haus gefegt. Zu dumm, dass sein Wolga einen solch charakteristischen Motorsound hatte. Die folgenden Minuten hatte Ben sich wie ein Türsteher gefühlt, der die Mutter davon abhalten musste, die doch etwas benommene Tochter zu umarmen, zu betüddeln, zuzutexten.

»Ich bringe sie jetzt ins Bett, dann komme ich zu dir hoch.« Das war der Satz gewesen, mit dem er Helena endlich hatte abschütteln können. Kaum in der Wohnung angekommen, fragte er sich, was er jetzt machen sollte. Denn Jana war angezogen. Und um bequem in einem Bett zu liegen, war es notwendig, sie zu entkleiden. Ben erinnerte sich an diesen Superfernsehsessel, der im Wohnzimmer stand. Ein Monster aus beigefarbenem Leder. Mit Beinstütze und Schlafposition – einfach perfekt für diese Situation. Er bugsierte Jana darauf und brachte den Sessel in eine Halb-Liegeposition. Damit konnte man arbeiten.

»Lass mich einfach ein bisschen schlafen.« Ihr Tonfall machte deutlich, dass sie die Grenze zum Schlummer schon fast überschritten hatte. Ben setzte sich neben sie. Zehn Minuten später war sie in einen tiefen Schlaf gefallen.

Nein, er griff nicht erneut nach ihrer Hand. Er bewachte ihren Schlaf für eine Viertelstunde, dann ging er nach oben in die Wohnung von Helena Welzer.

Sechzehn Uhr. Das zeigte ihr die Standuhr im Wohnzimmer. In *ihrem* ehemaligen Wohnzimmer. Zwei Möbelstücke hatten ihren Fortgang überdauert. Eins war diese Standuhr. Auch eine Errungenschaft, die ihr Vater einmal ins Haus gebracht hatte. Und dann das Sitzmöbel, in dem sie jetzt lag. Böse Zungen nannten ihn einen Alt-Herren-Sessel. Sie hatte ihn schon immer gemocht, seit sie als Jugendliche in der Lage gewesen war, ihn mit der Kraft ihres Rückens in die Liegeposition zu bewegen und mit der Kraft ihrer Unterschenkel wieder in die Normalposition zurückzuführen. Eigentlich war es der Sessel ihres Vaters gewesen. Er hatte darin etliche Filme im Fernsehen gesehen. Auf dem Teewagen daneben ein Glas Whisky, ein Aschenbecher und eine kubanische Zigarre.

Den Geruch von Whisky hatte sie als kleines Mädchen schon als angenehm empfunden. Mit dem Gestank von Zigarren würde sie in diesem Leben nicht mehr warm werden.

»Jana?«, hatte sie die Stimme von Ben geweckt.

Sie musste sich sortieren. Wie kam sie in diesen Sessel? Stimmt. Ben hatte sie nach Hause gebracht und hier abgelegt, sozusagen.

Sie wandte vorsichtig den Kopf nach links und nach rechts. Nein, keine Schmerzen derzeit. Das war ein gutes Zeichen. Denn sie erinnerte sich sehr wohl an die Momente in ihrem Büro … »Ja, ich bin anwesend«, sagte sie. Es sollte ironisch klingen. Aber Jana war bewusst, dass ihre Tonlage die Ironie getötet hatte.

»Da ist jemand von der Polizei«, hörte sie nun auch die Stimme ihrer Mutter, ohne dass sie sie sah.

Dann die dritte Stimme: »Guten Tag, Frau Welzer, mein Name ist Bernd Süllmeier. Ich komme von der Polizei. Wegen des Überfalls auf Ihr Büro.«

Nicht das Büro ist überfallen worden, sondern ich!, dachte Jana.

Endlich traten alle drei Personen in ihr Blickfeld. Natürlich verfügte dieser Fernsehsessel über die Möglichkeit, ihn zu drehen. Aber dazu hätte Jana ein Möbelstück im nahen Umfeld gebraucht, an dem sie sich hätte abstoßen können, um den Sessel in Bewegung zu setzen.

»Hallo«, sagte Jana und sah den Polizisten an. Bernd Süllmeier war groß. Richtig groß. Jana glaubte, dass er sogar noch ein Stück größer war als der Mann, der sie überfallen hatte. Die hessische Polizei musste ziemlich tief in die Tasche gegriffen haben, um für diesen riesigen Kerl eine passende Uniform schneidern zu lassen.

»Hallo, Frau Welzer. Ich würde Ihnen gerne noch ein paar Fragen stellen.«

»Schießen Sie los«, sagte Jana.

Süllmeier begann: Ob sie den Täter erkannt habe? Ob sie eine Vorstellung habe, wer für diesen Einbruch verantwortlich sei? Ob sie mit dem Locher zugeschlagen habe? Letztlich variierte er genau diese drei Fragen über zehn Minuten hinweg. Aber mehr, als dass er ungefähr des Polizisten Statur gehabt hatte, allerdings mit Vollbart, konnte Jana nicht sagen.

»Haben Sie irgendwelche Spuren sichern können?« Das war Bens Stimme, an Süllmeier gewandt. Jana konnte Ben nicht sehen, er befand sich außerhalb ihres Blickfelds.

Süllmeier sagte: »Ja. Wir haben an dem Locher Blut und damit DNA sichern können. Wir haben das auch schon analysieren lassen. Leider kein Treffer in einer unserer Datenbanken.«

»Ich bin verfolgt worden«, sagte Ben unvermittelt.

Jana drückte mit den Unterschenkeln gegen die Fußablage, und der Sessel fügte sich und richtete sich zu normaler Sitzposition auf. Damit konnte sie mit den Füßen auch wieder den Boden berühren. Sie drehte den Stuhl so, dass sie nun Süllmeier, Ben und auch ihre Mutter sehen konnte.

»Wie meinen Sie das?«, wollte der Polizist wissen.

»Nun, als ich vorgestern von Janas Büro hierher gefahren bin, da hatte ich einen silberfarbenen Volvo S50 an der Stoßstange kleben.«

Die Reaktion des Polizisten erfolgte prompt: »Haben Sie das Kennzeichen des Fahrzeugs?«

»Ja, das kann ich Ihnen geben. Die ersten beiden Buchstaben waren DI, nochmals gefolgt von DI.« Er fügte noch die Ziffern an.

Süllmeier griff sofort zum Handy, rief seine Abteilung an, gab die Daten durch, wartete eine Weile, bevor er sagte: »Danke.«

Ben sah ihn an. Jana sah ihn an. Und auch Janas Mutter wandte den Blick nicht ab von dem Polizisten, der offenbar Wichtiges zu verkünden hatte.

»Fake News, sozusagen«, sagte er. »Kein echtes Kennzeichen.«

»Na, das spricht dann aber noch mehr dafür, dass mich dieser Wagen verfolgt hat. Und dass der Fahrer dieses Wagens irgendetwas mit dem Einbruch zu tun hat.«

»Haben Sie denn den Fahrer erkennen können?«

Ben schüttelte den Kopf. »Nein. Erstens habe ich mich nur auf das Kennzeichen konzentriert. Und es war schon fast dunkel. Vielleicht habe ich ihn noch ein paarmal im Rückspiegel gesehen, aber ich kann mich nicht genau daran erinnern.«

»Ein Mann?«

»Ja. Es war ein Mann. Aber schon wenn Sie mich nach dem Alter oder danach fragen, ob er einen Bart getragen hat oder nicht, muss ich passen. Ich habe mich wirklich ausschließlich auf das Kennzeichen konzentriert.«

Woraus man ihm ja auch keinen Vorwurf machen konnte, dachte Jana.

Sie alle waren gegangen.

Dieser Polizist Süllmeier.

Ihre Mutter.

Ben.

Sie hatte den Sessel abermals in die Liegeposition gebracht und war wieder eingeschlafen. Beim Einschlummern hatte sie das Gefühl, sie würde jetzt bestimmt zwei Wochen am Stück schlafen. Aber als sie aufwachte, zeigte die Standuhr siebzehn Uhr.

Sie bewegte den Sessel in die Sitzposition, dann stand sie auf. Zunächst ging sie auf die Toilette, dann ins Bad, um sich etwas frisch zu machen. Wobei das natürlich eingeschränkt war, denn sie hatte keine ihrer persönlichen Utensilien dabei. Aber Seife und Wasser – auch damit konnte man schon eine Menge erreichen. Mit Bens Aftershave jedoch eher weniger.

Nachdem sie das Bad verlassen hatte, ging sie durch die Räume. Schaute ins Schlafzimmer. Ja. Alles war neu. Die Möbel, die Tapeten, der Fußboden. Auch in den anderen Zimmern war auf den ersten Blick deutlich, dass die Spuren von Jana Welzer getilgt worden waren. Aber was hatte sie erwartet? Sie war damals mit großem Tusch gegangen. Und dennoch. Ihr Wohnzimmer, die alte Uhr. Als sie noch ein kleines Mädchen gewesen war, da hatte diese Uhr noch oben im Erdgeschoss gestanden. Im damaligen Wohnzimmer. Und sie, Jana, hatte auf dem Sofa gesessen, und ihr Blick war dem Pendel gefolgt. Sie war fasziniert gewesen von der Konstanz, von der Ruhe, von der Gleichmäßigkeit, mit der sich das metallene Metronom bewegte.

Und der Sessel, er hatte auch oben im Wohnzimmer gestanden. Jana erinnerte sich daran, wie sie als Achtjährige versucht hatte, den Sessel in die Liegeposition zu drücken oder aus der Liegeposition heraus wieder in die Normalposition. Es war ihr nicht gelungen. Und ihr Vater hatte gelacht. Wütend war sie gewesen. Darüber, dass sie zu klein war, zu schwach, um diesen Sessel zu verändern, aber noch viel mehr darüber, dass ihr Vater losgeprustet hatte. Er, der immer gesagt hatte, wenn man will, schafft man alles. Doch Jana hatte nichts dafür gekonnt, dass sie einfach noch nicht genug Körperkraft besaß, um diesen Stuhl zu bewegen.

Mein Gott, warum dachte sie jetzt über diesen blöden Sessel nach? Über ihre Vergangenheit?

Sie ging wieder zurück ins Wohnzimmer. Wie sollte sie jetzt weiterarbeiten, wenn sie keinen Laptop hatte, keinen Rechner, auf dem sie auf irgendwelche Daten zugreifen konnte? Sie war sich sicher, dass Ben bereits alles dafür tat, dass ihre Computerausrüstung und ihre Daten bald wieder greifbar sein würden. Aber hier in diesem Gefängnis – man konnte es auch positiv als Refugium definieren – waren die Möglichkeiten doch ziemlich begrenzt.

Sie erinnerte sich an den Namen des Steuerberaters, weil er so außergewöhnlich war: Jemdebe. In Frankfurt. Sie hatte sich den Namen so gut merken können, weil er lautsprachlich genau der Datenbank ähnelte, der sie alle Fragen zu Filmen oder Serien anvertraute: imdb. Hier unten, im Souterrain des Elternhauses, stand ihr nur ihr Handy zur Verfügung, das sie zum Glück in ihrer Jackentasche hatte.

Sie griff nach dem Mobiltelefon, entsperrte es, suchte via Internet nach dem Namen des Steuerberaters. Wie nicht anders zu erwarten war, gab es in Frankfurt nur einen Mann dieses Namens, der Vorname lautete Richard. Sie tippte auf die Telefonnummer, ließ sich durchstellen.

»Jemdebe, guten Tag, was kann ich für Sie tun?« Da war nicht einmal eine Vorzimmerdame zwischengeschaltet. Mochte auch daran liegen, dass die vielleicht inzwischen Feierabend hatte.

»Guten Tag, mein Name ist Jana Welzer. Ich bin die Nachlasspflegerin für einen Ihrer Klienten. Emil Wittkamp. Er ist leider verstorben. Und ich muss mich um seinen Nachlass kümmern. Er war Ihr Kunde, für seine Firma JLA Consulting.«

»Oh, das ist ja bedauerlich. Wann ist Herr Wittkamp denn verstorben?«

»Vor knapp zwei Wochen. Und ich habe einige Fragen.«

»Frau – wie war gleich Ihr Name?«

»Welzer. Jana Welzer.«

»Frau Welzer, Sie verstehen, dass ich nicht jedem, der hier

anruft, Auskünfte über meinen Klienten geben kann. Aber wenn Sie sagen, dass Sie die Nachlasspflegerin von Herrn Wittkamp sind, dann können Sie mir sicher sein Geburtsdatum und den Ort seiner Geburt nennen.«

»Selbstverständlich«, sagte Jana und nannte die gewünschten Daten.

»Frau Welzer, es tut mir natürlich leid, dass Herr Wittkamp verstorben ist.«

Na ja, ihr persönlich machte das nun weniger aus. »Herzlichen Dank«, sagte sie dennoch.

»Womit kann ich Ihnen helfen?«

»Nun, in erster Linie bin ich damit beauftragt, Erben von ihm ausfindig zu machen. Wissen Sie Bescheid darüber, wie seine Familienverhältnisse waren, wie er gelebt hat?«

Ein kurzes Zögern auf der anderen Seite der Leitung, dann sagte Richard Jemdebe: »Nein, Frau Welzer, da kann ich Ihnen nicht weiterhelfen. Ich war nur sein Steuerberater. Wir waren weder Bekannte noch Freunde. Wir haben uns vielleicht zweimal im Jahr persönlich getroffen. Ansonsten lief der Austausch von Dokumenten oder Informationen immer nur über das Netz oder die Post, manchmal auch über seine Assistentin.«

»Aber Sie könnten doch wissen, ob er Kinder hatte?«

»Ja, ich weiß, was in der Steuererklärung steht. Demnach hatte er keine Kinder. Zumindest keine lebenden.«

Wusste dieser Mann davon, dass Wittkamp eine Tochter hatte, die gestorben war? Jana fragte genau dies.

»Frau Welzer, ich habe die Akte von Herrn Wittkamp gerade im Computer aufgerufen. Ich weiß, dass er verwitwet ist. Ich weiß, dass er keine lebenden Kinder hat. Mehr weiß ich zu seinem Familienstand nicht.«

»Was können Sie mir über seine Firma verraten?«

»Nun, die JLA Consulting GmbH war eine relativ kleine Firma. Emil Wittkamp hat keine weiteren Berater beschäftigt. Er hatte nur eine Bürokraft angestellt, aber auch nur halbtags.

Doch die Firma war solide. Zumindest in den vergangenen fünfzehn Jahren.«

»Keine Ungereimtheiten?«

»Ich weiß nicht, was Sie meinen. Vor elf Jahren gab es eine Betriebsprüfung. Aber die ging ohne jede Beanstandung über die Bühne.«

Jana hielt kurz inne. Dann fragte sie: »Können Sie mir etwas mehr über seine Kunden sagen? Über die kann ich vielleicht noch einiges über potenzielle Erben herausfinden.«

»Darf ich Ihnen diese Information überhaupt geben?«

»Sie dürfen. Sie sprechen quasi mit Emil Wittkamp. Ich bin im Moment sein Rechtsnachfolger.«

Eine Pause am anderen Ende der Leitung. »Frau Welzer, noch einmal, ich kannte Emil Wittkamp kaum persönlich. Ich habe für ihn nur die steuerlichen Angelegenheiten geregelt. Dabei gab es keinerlei Unregelmäßigkeiten oder Abweichungen.«

»Was meinen Sie mit Abweichungen?«

»Na ja, ich formuliere das jetzt mal etwas salopp. Es geht ihnen wohl um Geldwäsche.«

Darüber hatte Jana noch nicht nachgedacht, aber sie intervenierte nicht.

»Nehmen Sie den klassischen Dönerladen, der der Geldwäsche dient: 150 000 Euro Umsatz im Jahr mit Bargeld. Aber nur fünftausend Euro Ausgaben für Fleisch und Cola. Kann irgendwie nicht zusammengehen. Das Bargeld kommt aus anderen Quellen. Drogen, Prostitution – suchen Sie es sich aus. Da merkt man sofort, da stimmt irgendwas nicht. So etwas gab es bei JLA Consulting nie. Wittkamp hatte seine Kunden. Die haben bezahlt. Und er hatte seine betrieblichen Ausgaben. Alles im grünen Bereich. Da gab es absolut keine Unverhältnismäßigkeit.«

Jana bestritt dies nicht. Dennoch erhoffte sie sich, über die Kunden vielleicht doch an eine Information heranzukommen. »Könnten Sie mir vielleicht eine Liste seiner Kunden schicken? Und bitte auch den Namen und die Kontaktdaten seiner Bürohilfe. Gern per SMS direkt auf mein Handy.«

»Frau Welzer, wenn Sie tatsächlich Emil Wittkamp in Person sind, also seine legitime Nachfolgerin, dann schicke ich Ihnen gerne die vergangenen drei Steuererklärungen inklusive aller Belege. Bitte schicken Sie zuvor jedoch mir Ihre Legitimation und auch die Sterbeurkunde von Emil Wittkamp.«

Jemdebe nannte noch seine E-Mail-Adresse, dann legte er auf.

Bens Handy klingelte.

»Ben, ja?«

»Äh, Herr Lorenz?«

»Ja, Lorenz. Und Sie sind?«

»Katharina. Also die Königin der Kisten.«

Nun dämmerte es auch Ben. Da waren ja noch die Studenten am Werk, die all die Kisten auspackten und deren Inhalt dokumentierten. Über den Einbruch und Janas Angeschlagenheit waren die ganz von seinem Schirm verschwunden. »Ja, Katharina, wie ist der Stand der Dinge?«

»Wir sind jetzt wieder dran. Wir haben die Nacht durchgearbeitet. Von den vierhundert Kisten haben wir zweihundertachtzig bereits geleert. Und da war nichts. Gar nichts. Da war ein Prospekt nach dem anderen. Und auch irgendwelche Schrottteile. Der Sitz von einem Bürostuhl, Bretter von einem Regal, einfach nur Schrott. Ansonsten war da wirklich nichts, also gar nichts, was nicht Müll war!«

Ben vermochte die Stimmlage der Studentin zu interpretieren. Da war jemand am anderen Ende der Leitung, der Schiss hatte. Bammel vor dem Chef. Ein gutes Zeichen. Denn dann konnte Ben davon ausgehen, dass die Helfer ihren Job nicht auf die leichte Schulter nahmen. »Perfekt. Sie haben sich ein bisschen ausgeruht?«

»Ja. Und wir haben noch rund hundertzwanzig Kisten vor

uns. Und da machen wir uns jetzt dran. Aber echt, wenn da nichts ist, dann ist da nichts.« Die jungen Leute wollten vorbauen. Gegen Kritik, gegen Gegenwind.

»Katharina, ich kann nichts in die Kisten zaubern, was da nicht drin ist. Aber ich bin mir ziemlich sicher, dass da noch irgendwas zu finden ist. Und wenn es nicht in den ersten zweihundertachtzig Kisten war, dann wird es in den kommenden einhundertzwanzig Kisten zu finden sein.«

»Und wenn nicht?« Die Stimme von Katharina zeugte von Furcht.

»Dann habe ich mich getäuscht. Obwohl ich kaum glaube, dass ich mich getäuscht habe.« Die Übersetzung: Macht euren Job weiterhin so gründlich wie bisher. Wenn ihr nichts findet, dann war da nichts. Aber wenn ihr schlampig wart, dann gibt's eins auf den Deckel.

Nachdem Jana mit dem Steuerberater gesprochen hatte, hatte ihr Kopf wieder ziemlich gebrummt. Sie hatte zwei Schmerztabletten genommen.

Kurz darauf hatte ihr Jemdebe die Telefonnummer der Angestellten von Wittkamp geschickt. Renate Kostiak. Eine Frankfurter Festnetznummer. Jana wählte sie.

Bereits nach dem zweiten Klingeln wurde abgehoben. Eine tiefe männliche Stimme sagte: »Müller.«

Jana nannte ihren Namen, dann fragte sie: »Ist das nicht der Anschluss von Frau Renate Kostiak?«

»Doch. Auch. Müller, Kostiak, Raftopoulo und Krisztian. Wir haben hier eine coole WG.«

»Und ist Frau Kostiak zu sprechen?«

»Nee. Und Sie sind wer?«

Eigentlich war sie diesem Kerl gegenüber nicht zu irgendeiner Auskunft verpflichtet. Aber wenn sie Antworten wollte, dann war eben diese Auskunft sicher der schnellste Weg zum Ziel: Sie nannte ihren Beruf und ihre Aufgabe, Erben von Emil Wittkamp aufzuspüren, dann fügte sie an: »Frau Kostiak war eine Angestellte von Herrn Wittkamp. Und deshalb möchte ich sie gern sprechen.«

»Da haben Sie jetzt Pech. Renate und ihr Freund sind noch zwei Wochen in Thailand. Urlaub unter Palmen, während es hier einfach nur Scheißwetter hat.«

»Gibt es eine Handynummer oder eine E-Mail-Adresse, unter der ich sie erreichen kann?«

»Nope. Haben sie bewusst nicht mitgenommen. Sind als Backpacker unterwegs, gäbe es also ohnehin kaum Empfang. In zwei Wochen sind sie wieder da. So lang müssen Sie sich wohl gedulden.«

Jana bedankte sich, fragte sich jedoch augenblicklich, wofür eigentlich.

Nachdem sie aufgelegt hatte, merkte sie, wie viel Kraft sie doch eingebüßt hatte. Es war vielleicht doch an der Zeit, sich Ruhe zu gönnen.

Janas Mutter hatte die Bettwäsche gewechselt. Jana lag im frisch gemachten Bett. Nicht in dem Bettzeug, in dem Ben bereits gelegen hatte. Und doch nicht in einem Bettzeug, in dem sie jemals geschlafen hatte.

Tatsächlich dämmerte sie schnell weg.

Und dann war der Traum gekommen. Ein Traum, an den sie sich kaum mehr erinnern konnte, als sie schweißgebadet schreiend aufgewacht war. Nur an ein paar vage Fetzen konnte sie sich erinnern. Ihr Vater hatte über ihr gestanden, überlebensgroß, beängstigend, Furcht einflößend, Panik machend wie ein Zombie. Emil Wittkamp hatte neben ihm gestanden. Ihn gepeitscht. Und die Standuhr hatte im Hintergrund mit ihrem Pendel den Takt geschlagen.

Jana saß aufrecht im Bett. Wischte sich die schweißgetränkten Haare aus der Stirn.

Es war keine gute Idee gewesen, hier zu übernachten.

Sie betrachtete ihre Hände. Sie zitterten.

Jana Welzer hatte die Kontrolle verloren.

Ein Satz, bestehend aus sechs Worten, ein Satz, der nicht aus dieser Realität stammte. Das gab es nicht. Jana Welzer verlor nie die Kontrolle. Und doch konnte sie das Zittern ihrer Hände nicht kontrollieren.

Sie war wach, doch die Erinnerung an den Traum bebte im Kopf nach. Jana schwang die Beine über den Bettrand. Stand auf. Ging zum Bad. Schaute in den Spiegel.

Sie dachte an den blöden Spruch, den einer ihrer THW-Kollegen mal nach zwei Tagen ohne Schlaf bei solch einem Spiegelblick losgelassen hatte: »Ich kenn dich nicht, aber ich wasch dich trotzdem …«

Sie duschte.

Föhnte sich die Haare. Cremte sich ein, vom Haaransatz bis zum kleinen Zeh.

So. Nun war es wirklich an der Zeit, den nächsten Versuch zu starten, Schlaf zu finden.

Was sie tat.

Erfolgreich.

Für eine halbe Stunde.

Und wieder verfolgte sie ein Traum. Sie stand an einer Schießbude. Legte das Gewehr an, zielte auf die Metallhasen, die in einer Spur durch einen Kasten gezogen wurden. Aber die Hasen waren keine Hasen. Sie trugen die Antlitze der Männer, mit denen sie in der vergangenen Zeit zusammen gewesen war. Tänzer. Bettgefährten. Darunter auch immer wieder Adam. Und ihr Vater stand hinter ihr und schrie: »Schieß! Schieß! Schieß!«

Und sie schoss. Auf Adam und all die anderen.

Bevor sie abermals schweißgebadet aufwachte.

Was für ein bescheuerter Traum. Der Vater forderte sie auf, ihre Begleiter zu erschießen. Allein für die Aufarbeitung dieses Bildes hätte ein Psychologe bestimmt zehn Stunden in Rechnung stellen können.

Und der ganze positive Effekt der Körperreinigung von vor einer halben Stunde war wieder hinüber. Die Haare klebten nass und strähnig an ihrer Kopfhaut.

Sie sah auf die Uhr. Dreiundzwanzig Uhr fünfundfünfzig. Fünf Minuten vor Mitternacht. Warum, verdammt noch mal, konnte sie nicht schlafen? Dabei war die Antwort ganz einfach: Sie lag im Bett im Haus ihres Vaters. Und mit ihm hatte sie alles andere als ihren Frieden gemacht.

Und jetzt? Wie sollte sie hier nächtigen?

Wut stieg in ihr auf. Wut auf diesen Einbrecher, der sie nicht nur ihrer digitalen Daten beraubt hatte, sondern sie durch den Schlag auf ihren Kopf auch ihrer eigenen Wohnung entrissen hatte.

Hier konnte sie nicht schlafen. So viel war sicher. Darüber brauchte sie keinen weiteren Gedanken zu verschwenden.

Sollte sie ein Taxi rufen?

Sie hatte den Gedanken noch nicht zu Ende gedacht, da fiel der Hammer auf ihren Kopf.

Wieder diese Schmerzen. Von einem Moment auf den anderen.

Wenn Sie den Kopf nur ein bisschen bewegte, tat alles weh.

Sie legte sich wieder in ihr Bett. Ja, jetzt war es ein bisschen besser.

Aber hier zu schlafen? Das hatte sie in dieser Nacht schon zweimal probiert. Und es war so was von misslungen.

Also was jetzt?

CAESAR VII

Heute hat der Wagen uns verlassen. Ist zwar angesprungen, dann hat es einen Schlag getan, und der Motor ist stehen geblieben. Ist ja alles so knapp getaktet. Zuerst den Großen nach Groß-Umstadt fahren. Ja, dann sitzt er eine halbe Stunde vor der geschlossenen Schule rum, geht aber nicht anders, weil ich die Kleine noch weniger vor der Schule in Lengfeld sitzen lassen kann. Davor noch die ganz Kleine zur Krippe bringen, auch in Lengfeld. Dann zum Supermarkt. Verschiebt sich jetzt auf unbestimmte Zeit.

Ich danke Gott, dass ich es verpennt habe, den ADAC zu kündigen. Rufe an. Die »Gelben Engel« kommen, kann aber dreißig Minuten dauern. Dreißig Minuten, um zu uns in den Odenwald zu fahren, ja, ich weiß, darf man nicht meckern, aber trotzdem …

Der gelbe Wagen fährt vor, Chris und auch Cassy schauen interessiert zu, wie der Mann im Overall die Motorhaube öffnet und sich mit wissendem Blick darüberbeugt. Der Kerl ist sicher eins neunzig groß und wiegt ganz bestimmt hundertzwanzig Kilo. Ich weiß nicht, wie es die Federbeine meines Twingo finden, wenn er sich in den Fahrersitz fallen lässt. Er wandert ein paarmal zwischen Lenkrad und Motor hin und her, versucht, den Motor anzulassen, aber da tut sich gar nichts.

»Hat der Motor nach dem Start immer mal wieder angeklopft?« Die Stimme des Mannes gleicht einem Lehrer, der herausfinden will, warum man die Fünf geschrieben hat. Obwohl man es doch hätte besser wissen müssen.

Geklopft, geklappert, der Wagen war ja nicht neu. Und, ja,

jetzt, wo er so präzise fragt: »Ja. Hat immer mal wieder geklopft. Aber immer nur kurz nach dem Anlassen«, antworte ich so, als ob ich dem Arzt erklären wollte, dass zweimal niesen am Morgen ja noch keine Grippe wäre.

»Vorhin auch?« Ich merke schon, ich komme mit meiner Taktik nicht wirklich weiter. Kleinlaut sage ich: »Ja.«

Und mein Sohn erkennt auch, wohin der Hase hoppelt: »Scheiße, Papa! Das hättest du doch erkennen müssen!«

Noch bevor ich meinen Sohn fragen kann, *was genau* ich denn hätte erkennen müssen, und ganz sicher bin, dass er mir spätestens auf diese Frage keine Antwort mehr geben kann, klopft ihm dieser Depp vom ADAC auf die Schulter. »Na, du wirst das bei deinem Auto sicher mal besser machen.«

Vielleicht hat er es auch nur ironisch gemeint. Wenn, dann hat Chris das nicht kapiert. Denn er grinst breit, als er mich anschaut.

»Mit ein bisschen Glück ist es ein Kolbenstecker. Mit ein bisschen Pech ist es ein Kolbenfresser.«

Ich bin kein Kfz-Mechaniker. Aber dass mein Twingo jetzt im Twingo-Himmel ist, das kapiere ich.

»Soll ich den Wagen gleich in eine Werkstatt Ihres Vertrauens hier in der Gegend abschleppen?«

»Nein, danke«, sage ich.

Overall ist irritiert. »Hey, das ist ein nettes Angebot!«

»Mensch, Papa!«, haut auch Chris in die Kerbe.

Klar, der freundliche Herr kann meinen Wagen abschleppen, wohin auch immer er will. Aber ich habe jetzt einfach keine tausend Euro, um den Wagen reparieren zu lassen. Oder fünfhundert. Oder fünfzehnhundert oder zweitausend. Scheißegal. Ich hab's einfach nicht.

»Na, dann kann ich nichts mehr für Sie tun«, sagt der Gelbe Massivengel, füllt noch einen Wisch aus, den ich unterschreiben muss. Setzt sich in sein Auto und fährt von dannen.

»Loser!«, sagt Chris.

Cassy schaut mich an.

So was lass ich normalerweise nicht durchgehen. Aber ich bin so müde. Ich habe keine Ahnung, wie ich die Kinder jetzt zu Krippe, Schule und Gymnasium bringen soll. Und wie ich zu meinem Job kommen soll. Ich setz mich auf den Boden, fange an zu heulen.

Das haben meine Kinder auch noch nicht gesehen. Die Kleinste klammert sich an mein Bein, und sogar Cassy umarmt mich.

Nur Chris wiederholt: »Loser!«

Wo er recht hat, da hat er recht.

FREITAG

»Benjamin Lorenz?«

Ben hatte zum Handy gegriffen, bevor er richtig wach geworden war. Mitten in der Nacht hatte es geklingelt.

»Ben?«

Janas Stimme. Die erkannte Ben auch, wenn er noch nicht richtig wach war. »Jana? Alles okay?«

Schweigen am anderen Ende der Leitung.

»Jana?«

»Ben, ich kann hier nicht schlafen. Ich weiß, ich könnte mir ein Taxi rufen, aber ...«

So ein Schuss Prinzessin auf der Erbse ist da schon in ihrem Charakter, dachte Ben, während seine Glieder langsam auf Wachsein umschalteten. »Soll *ich* dir ein Taxi rufen?«, konnte er sich nicht verkneifen zu fragen. Wobei ihm schon klar war, was Jana von ihm wollte.

»Nein, natürlich nicht. Kannst du mich vielleicht ...?«

»Ich hab was gut bei dir«, antwortete er, drückte den Beenden-Button und rappelte sich von der Couch in Janas Büro auf. Er schlüpfte in die Jeans – mehr hatte er nicht ausgezogen, außer natürlich den Schuhen. Er hatte den Wolga im Innenhof geparkt. Keine zehn Minuten später rollte der Wagen im Richard-Wagner-Weg 87 an den Bordstein.

Jana stand bereits dort. Ben war sich nicht sicher, ob Janas Mutter überhaupt Bescheid wusste. Als sie einstieg, verstand Ben, dass Jana in ihrem Zustand keinem Taxifahrer unter die Augen hatte treten wollen. Die Haare hingen in Strähnen herab, sie hatte tiefe Schatten unter den Augen – was sogar im Schummerlicht der Straßenlaterne zu erkennen war.

»Danke«, sagte Jana, als Ben den Wagen wendete. Die Entfernung zum Lucasweg betrug weniger als ein Kilometer. Aber als Ben sie gesehen hatte, wusste er, dass ein Kilometer Fußweg für seine Kollegin – war das die richtige Bezeichnung? Wie auch immer … – indiskutabel gewesen wäre. »Ich habe schlecht geträumt«, war der einzige Satz gewesen, den Jana auf der Fahrt von sich gab.

Direkt vor Janas Haus war tatsächlich ein Parkplatz frei. Ben stellte den Wolga ab, griff zur Krücke, ging um den Wagen herum, öffnete die Beifahrertür. Sie stieg aus.

»Du kommst allein hoch?«

Jana deutete ein Kopfschütteln an. »Könntest du mich – begleiten?«

Ben war für einen Moment nicht sicher, was das bedeuten sollte. Doch ein Blick auf die Freundin neben ihm, sie, die sonst immer aufrecht stand und deren Haltung nun eher einer Greisin glich, zeigte ihm, dass Jana tatsächlich Hilfe brauchte. Nicht mehr, nicht weniger.

Ben begleitete Jana in den ersten Stock. Half ihr, die Wohnungstür aufzuschließen.

»Soll ich dir – irgendwie helfen?«

Jana ließ sich auf das Sofa im Wohnzimmer sinken. »Ich möchte nicht, dass du das falsch verstehst. Aber – kannst du hierbleiben? Noch ein bisschen?«

Klar konnte Ben.

Mit wenigen Blicken scannte er den Raum. Eine fantastische Altbauwohnung aus der Gründerzeit. Im Wohnzimmer war tatsächlich ein Kamin installiert! Er sah die Tür zu dem kleinen Balkon. Ja, sie wohnte schön hier. Sehr schön.

Ben musste daran denken, wie er selbst wohnte. Gegenüber dieser Wohnung wäre vielleicht eher das Verb »hauste« angebracht gewesen. Irgendwo in Berlin, eine Zwei-Zimmer-Bude. Mit Schlafzimmer und einem Wohn-Ess-Arbeitszimmer, in das auch noch eine Küchenzeile integriert war. Eher der Emil-Kieslowski-Stil.

»Machst du den Kamin an?«, bat Jana.

Die Wohnung war warm, der Kamin definitiv reiner Luxus. Wobei Ben gestehen musste, dass ihm das Knistern eines echten Feuers durchaus gefiel. Während er die Flammen im edlen Ofen entzündete, stand Jana tatsächlich auf.

»Whisky?«, wollte sie wissen.

Ben konnte nicht umhin, einen Blick auf seine Armbanduhr zu werfen. Null Uhr dreißig. Okay, selbst wenn er jetzt Alkohol trank, von der Wohnung aus wäre er in zehn Minuten zu Fuß in Janas Büro, auf dessen Couch er jederzeit schlafen konnte. »Ja«, antwortete er.

Das Feuer gewann schnell an Intensität.

Ben setzte sich auf einen der Sofaflügel. »Was ist mit dir?« Er nahm das Whiskyglas, in dem sich, wenn man der Flasche Glauben schenken durfte, die da auf dem Couchtisch platziert worden war, ein achtzehnjähriger Bunnahabhain befand. Den kannte er nicht. Er nahm einen Schluck. Bewegte die Flüssigkeit in seinem Mund. Besser als Chantré, definitiv.

Jana beantwortete seine Frage zunächst nicht.

Nachdem beide eine weitere Minute geschwiegen hatten, fragte Jana: »Warum hast du die Krücke?«

Ben nahm einen weiteren Schluck des edlen Tropfens. Dann konterte er: »Warum kannst du bei deinen Eltern nicht schlafen?«

Jana lächelte. Ein wenig. Dieses Schmalspurlächeln, das immer ein wenig in sich gekehrt war. »Okay. Das ist nur fair. Ich erzähle dir, warum ich dort nicht schlafen kann. Und du erzählst mir, warum du plötzlich eine Krücke brauchst. Deal?«

Er sollte über seine Krücke reden? Keine verlockende Aussicht. Aber er würde ihr Geheimnis erfahren. Das würde es wettmachen. »Deal!«

Die Schmerzen hatten nachgelassen. Zum Glück. Sie durfte sich nicht zu schnell bewegen, dann ging es.

»Es sieht so aus, als wäre ich jetzt zuerst dran.«

In Bens Augen blitzte der Schalk. »Du hast es erfasst!«

Sie hatte mit niemandem jemals über ihren Vater gesprochen, seit sie Darmstadt vor fünfzehn Jahren den Rücken gekehrt hatte. Mit niemandem.

»Ich habe in diesem Haus im Richard-Wagner-Weg gewohnt, seit ich geboren worden bin. Achtzehn Jahre lang, bis ich mein Abi gemacht habe. Ich verbinde alles mit diesem Haus. Alle Familienfeiern haben wir da gefeiert – schon allein deswegen, weil zu diesem großen Haus ein richtig großer Garten gehört.

Ach, Ben, was soll ich dir sagen? Ich war ein Papa-Mädchen. Hat mir meine Mama oft vorgeworfen. Sie war die, die sich tagsüber um mich gekümmert hat. Und wenn dann abends mein Papa kam, gab es keine Mama mehr. Ich saß auf seinem Schoß, ich hörte seinen Geschichten zu. Ich zeigte ihm, was ich an diesem oder jenem Tag gelernt hatte. Und wenn er mich lobte, dann strahlte die Welt.« Ihr fiel auch kurz die Episode auf dem Sessel ein, den sie nicht hatte verstellen können. Und sie den Eindruck gehabt hatte, ihr Vater habe sie ausgelacht. Aber es war die einzige hässliche Episode, an die sie sich erinnern konnte.

Ben sah sie an. Aber er verzog keine Miene. Na klar, bislang hatte sie ihm ja auch nichts erzählt, was irgendwie ungewöhnlich gewesen wäre. Und doch konnte sie eine gewisse Skepsis in Bens Blick ausmachen. Eine kleine Portion Besorgtheit.

»Nein, Ben, absolut nicht das, was du gerade denkst. Mein Papa hat mich gefördert, wo er nur konnte. Und, um das einmal ganz deutlich auszusprechen, er war mir gegenüber nicht ein einziges Mal übergriffig. Darum geht es hier nicht.«

Ben nickte.

»Es war viel schlimmer. Mein Papa war ein Traumpapa. Er hat mich unterstützt. Er hat mit mir Mathehausaufgaben gemacht, er hat mir aus der Nase gezogen, in wen ich gerade verliebt war. Und das mit zwölf Jahren. Er war mein Held. Er war mein Rückgrat. Er war mein Fels.« Sie konnte nicht weitersprechen.

»Okay, das habe ich verstanden. Und nun? Jetzt kommen wir zu dem schwierigeren Part, oder?«

Ja. Jetzt kam der misslichere Teil. »Ich bin nach Berlin gegangen. Da haben wir beide uns ja kennengelernt. Du hast deine Ausbildung gemacht, ich mein Studium. Danach kam die schlimmste Zeit in meinem Leben. Ich hatte meinen Bachelor-Abschluss für Wirtschaftsrecht in der Tasche. Und ich bin nach Darmstadt gekommen, um in der Firma meines Vaters einzusteigen. Ich war dann seine Assistentin. Seine rechte Hand. Das dachte ich zumindest.«

Jana schwieg. Nahm einen Schluck aus dem Nosing-Glas.

Ben tat es ihr nach. »Und dann?«

»Ben, es war die Hölle. Ich weiß nicht, ob mein Vater einen wirtschaftlichen Suizid geplant hatte. Oder ob ich einfach zu schlau war für den Job. Es ist alles aufgeflogen. Durch mich.«

»Was meinst du damit?«

»Am Anfang waren es nur kleine Ungereimtheiten in der Buchhaltung, auf die ich gestoßen bin. Gelder, deren Herkunft nicht klar war. Ben, ich bin gut in diesen Dingen. Und ich habe ganz schnell gemerkt, dass mein Papa irgendwelche Geschäfte nebenher tätigte, die in den Büchern nicht auftauchen sollten. Und daher nur kleinste Spuren hinterließen. So wie Rattenkot in einer Veranstaltungshalle. Aber, wie gesagt, ich war gut. Und ich habe das ganz schnell rausbekommen.«

Wieder Schweigen. Dann Bens Frage: »Und?«

»Wir hatten – nein, wir haben! – ein Speditionsunternehmen. Viele Lastwagen, die kreuz und quer durch Europa fahren. Das Unternehmen hat mein Urgroßvater gegründet, zu einer Zeit, als Lastwagen, die mit Benzinmotor betrieben waren, Exoten waren und kein Standard. Mein Urgroßvater hatte da einen ziemlichen Weitblick bewiesen. Ein solides Unternehmen, das man solide hätte weiterführen können.« Sie stockte.

Ben wartete. Aber dann fragte er: »Und weiter?«

»Die Zahlen. Es waren die verdammten Zahlen! Die so nicht stimmen konnten. Und ich war da bissiger als jeder Steuerprüfer. Ich hab es gesehen, und ich hab es verfolgt. Und ich habe meinen Vater zur Rede gestellt.«

»Für was?«

»Mein Vater war ein Zigarettenschmuggler. Tonnenweise hat er die Kippen über die Grenze gebracht. Massenweise Jin Ling.«

»Jin Ling? Was ist das denn?«

Jana lachte auf. »Diese Zigaretten werden in Königsberg produziert. Und dann über die Grenze vertickt. Kriegst du im Ruhrgebiet, kriegst du in Berlin, kriegst du eigentlich überall, wo Tabakwaren nicht am Kiosk verkauft werden. Oder in Automaten. Kannst du dir das vorstellen? Jin Ling ist inzwischen in die Top Ten der Zigaretten-Charts aufgerückt.«

»Und dein Papa hat die Fluppen mit seinen Lastern über die Grenze gebracht?«

Jana lachte auf, nahm einen Schluck Whisky. »Nein, mein Papa hat keinen einzigen Laster gefahren. Aber er hat das Ganze koordiniert. Gemeinsam mit seinem Kompagnon. Also, Kompagnon ist rechtlich nicht die richtige Bezeichnung. Der Typ war ihm unterstellt. Sozusagen der Angestellte für besondere Aufgaben. Aber gemeinsam haben sie den großen Reibach gemacht. Millionen! Mit geschmuggelten Zigaretten.«

Jana sah die Skepsis in seinem Blick. Klar. Ein paar geschmuggelte Zigaretten. Wo lag da das Problem?

»Ben, das ging gar nicht. Weißt du, was mein Vater mir von Kindesbeinen an beigebracht hat?«

»Nein. Woher soll ich das wissen?«

»Aufrichtigkeit. Ehre. Zu dem stehen, was man getan hat. Im Positiven. Und natürlich auch im Negativen.«

»Okay, das klingt ja erst mal nicht schlecht.«

»Ja. Aber da war seine Tochter, die der Freundin aus dem Schulranzen einen Kaugummi geklaut hat. Und mein Papa hat mich dazu gebracht, dies am Tag danach ohne jede Not, ohne dass überhaupt der Hauch eines Verdachts auf mich gefallen wäre, einzugestehen. Ich habe es gestanden, den Kaugummi geklaut zu haben. Und meine Klassenlehrerin war froh, dass sie an mir ein Exempel statuieren konnte. Dass sie an mir zeigen konnte, dass nicht alles in der Welt gut war. Sondern dass es auch schädliche Elemente gab. So wie mich. Ben, ich bin untergegangen an diesem Tag.«

Er sagte nichts.

Und Jana sah, dass er verstand.

»Und dann bin ich keine vier Wochen bei meinem Vater, und nur weil ich ein bisschen schlauer bin oder ein bisschen unnachgiebig, komme ich seinen Machenschaften auf die Spur. Es war entwürdigend.«

»Was hat dein Vater dazu gesagt?«

Der wunde Punkt.

Der Moment, den Jana am liebsten vergessen hätte. Den sie aber nicht vergessen konnte. »Ben, mein Vater hat mir Geld angeboten. Viel Geld. Sehr viel Geld. Dafür, dass ich ihn nicht verpfeifen würde. Er wand sich. Versuchte mir tatsächlich einen Vortrag darüber zu halten, warum Tabaksteuern nicht rechtens wären. Ben, das war der Moment, in dem mein Vater für mich starb. Also in dem er als mein Vorbild, als mein Papa, als mein Leitbild starb. Und ich konnte es kaum ertragen.«

»Und was hast du dann gemacht?«

»Ich wusste nicht, was ich tun sollte. Ich wusste nicht, ob ich meinen Vater verpfeifen sollte. Ob ich riskieren sollte, dass das ganze Unternehmen den Bach runterging, alle arbeitslos würden und ich daran schuld wäre. Dann habe ich mich einer Freundin anvertraut. Also nur so ein bisschen. Es war völlig bescheuert. Melanie war meine beste Freundin damals, und sie war und ist bei der Polizei. Sie hat mich reden lassen und reden lassen und reden lassen, um dann zu sagen: ›Du weißt schon, dass ich da jetzt ermitteln muss. Sonst mache ich mich strafbar.‹ Und das hat sie getan. Mit dem, was ich von mir gegeben hatte, haben sie meinen Vater und seine Kumpane innerhalb von einem halben Jahr hochgehen lassen.«

»Und du? Hast du offiziell gegen ihn ausgesagt?«

»Nein, das musste ich zum Glück nicht, da ich ja eine direkte Verwandte bin. Es war auch nicht nötig. Melanie und ihre Kollegen hatten ganze Arbeit geleistet. Ich war damals auch schon nicht mehr in Darmstadt. Nach dem Gespräch mit Melanie habe ich die Firma meines Vaters und die Stadt sofort wieder verlassen. Eine Auszeit genommen. Bin erst mal gereist.«

»Und dein Vater? Kam er ins Gefängnis?«

»Ja. Er hat vier Jahre Knast bekommen. Wegen guter Führung kam er nach knapp drei Jahren wieder raus. Und dann hatte er das Unternehmen quasi wieder übernommen. Von meiner Mutter. Die es in diesen Jahren geführt hat.«

»Und? Hat er seine Schmugglerkarriere wiederaufgenommen?« Ben grinste.

Jana ging auf den flapsigen Ton nicht ein. »Ich weiß es nicht. Und ich will es auch nicht wissen. Ich habe mit der Firma meines Vaters und auch mit ihm nichts mehr zu tun.«

»Weil er Zigaretten geschmuggelt hat?«

»Nein. Weil er mich mein ganzes Leben belogen hat.«

»Hast du noch Kontakt zu Melanie? Oder wieder?«

»Na ja, es gab schon ein paar Jahre Funkstille. Am Anfang dachte ich, ich bin sauer auf sie. Dann habe ich gemerkt, dass ich mir eigentlich selbst in den Arsch treten wollte, weil ich so blöd gewesen war, mit einer Polizistin zu reden. Ich glaube, unterschwellig war mir sofort klar, dass ich mit dem Gespräch zwischen ihr und mir meinen Vater von der Klippe gestoßen habe. Oder vielmehr jemand anderen gesucht habe, der diesen Job macht. Weil ich ihn irgendwie doch selbst nicht machen konnte. Aber um deine Frage zu beantworten: Melanie und ich haben ab und an Kontakt, aber wir sind keine engen Freundinnen mehr.«

Beide hingen kurz eigenen Gedanken nach, dann fragte Jana: »Und du?«

Ben seufzte. »Ach, Jana.« Jetzt war er dran.

»Warum hast du diese Krücke? Ich habe dich früher nie mit einer Krücke gesehen. Hast du dir dein Knie ruiniert? Warst du beim Joggen zu ehrgeizig?«

Er spürte, wie sie versuchte, Humor in die Situation zu bringen. Aber Humor war das Letzte, was er jetzt ertragen konnte. »Meine Krücke, sie ist kein Hilfsmittel für ein orthopädisches Problem.« Ein guter Einstieg, oder?

Jana betrachtete ihn.

»Ich wünschte, es wäre ein Problem der Knochen. Aber es ist nicht so. Meine Nerven spielen nicht mehr mit.«

Jana schwieg. Kurz. Dann fragte sie: »Und das heißt? Seit wann brauchst du diese Krücke? Und warum brauchst du sie?«

»Vor fünf Jahren habe ich sie zum ersten Mal gebraucht. Ich konnte nicht mehr laufen. Kannst du dir das vorstellen?«

Jana schüttelte nur den Kopf. War ja auch eine bescheuerte Frage. Wie sollte sich Jana das vorstellen können?

»Ich habe immer geglaubt, glauben wollen, dass meine Schwierigkeiten zu gehen allein meiner psychischen Konstitution geschuldet waren. Stress, viel Stress, zu viel Stress, et cetera pp. Ich habe es auch mehr als zwei Jahre lang verheimlichen können, dass mein linkes Bein mir immer weniger gehorchte. Und dann, vor fünf Jahren, da war der Punkt erreicht, an dem ich mich selbst nicht mehr belügen konnte. Ich war auf dem Weg zum Gemüsestand. Auf dem Wochenmarkt. Ich wollte ein paar Auberginen kaufen. Und Zucchini. Ich sah das Gemüse, aber das linke Bein verweigerte seinen Anteil am Laufen. Ich bin zusammengeklappt. Und es war Kevin, der mir aufgeholfen hat. ›Der Kreislauf‹, habe ich damals abgewiegelt. Und ich habe gleichzeitig gewusst, dass es nicht der Kreislauf gewesen war. Sondern irgendetwas anderes, etwas unheimlich anderes, etwas, das mich daran hinderte, das linke Bein vor das rechte zu setzen.

Sie haben mich damals ins Krankenhaus gebracht. Die einzig richtige Entscheidung. Auch wenn ich das erst anders sah.

Dann kam die Diagnose, der Bockmist hatte jetzt wenigstens einen konkreten Namen. Es war ein Tumor, der auf die Nerven drückte. Aber nicht irgendwo im Bein. Sondern im Rückenmark. Geile Diagnose …«

Jana hatte nachgeschenkt. Whisky war bestimmt kein Heilmittel. Aber schaden würde er wohl auch nicht.

»Ich hatte mich eingelesen in das Thema. Wusste genau, was in meinem Körper vorging. Und verdränge die Bezeichnung heute genauso, wie ich sie vor fünf Jahren verdrängt hatte.«

Wieder schwiegen beide. Schauten ins Feuer des Kamins. »Und nun? Wie ist der Stand der Dinge?«, fragte Jana.

Er hatte niemals mit jemandem offen über seinen Zustand gesprochen. Kevin? Nein, Kevin war Geschäftspartner, nicht Freund. Zumindest definitiv bei diesem Thema. Und all die anderen?

Welche anderen?, fragte sich Ben tonlos. Mit wem hätte er noch darüber sprechen sollen?

»Ich habe eine Operation machen lassen. Vor vier Jahren. Aber, und das haben sie mir gleich gesagt, ich habe ein sogenanntes Astrozytom. Das ist ein Tumor, den es im Gehirn gibt, aber auch im Rückenmark. Das Problem dabei: Man kann ihn entfernen. Aber man muss dabei sehr, sehr, sehr vorsichtig sein, um nicht andere Nerven im Rückenmark zu beschädigen. Wenn diese Nerven durchgeschnitten werden, dann bist du nur noch eins: querschnittsgelähmt.«

»Und bei dir?«

»Sie haben einen Großteil des Tumors tatsächlich entfernen können. Aber ein kleiner Teil blieb. Um eben nicht das Risiko einzugehen, dass ich querschnittsgelähmt werde. Und dieser kleine Teil, er wuchs wieder. Weiter und weiter und weiter! Und vor zwei Jahren habe ich wieder die Krücke gebraucht. Nicht jeden Tag, aber immer wieder. Und inzwischen geht es wieder nicht mehr ohne. Und, Jana, es kotzt mich an! Verdammt noch mal, ich war mal ein Sportler!«

»Hast du eine Chance, dass du geheilt wirst? Dass sie den Tumor komplett entfernen können?«

Eine Heilung, bei seiner Diagnose? Eine Heilung, hier in Europa? »Ich habe mich schlaugemacht. Es gibt tatsächlich einen Experten, eine Koryphäe, in den USA. Er hat sich auf dieses Problem spezialisiert. Er schneidet da, wo andere schon lange aufgegeben haben. Geh auf seine Website. Der Mann ist gut. Und ich würde mich sofort von ihm operieren lassen. Aber eine Operation bei ihm kostet 150 000 Dollar. Und mit meinem DAK-Kärtchen komme ich da nicht weit. Das sind rund 120 000 Euro. Oder 130 000 Euro, pfeif drauf. Es ist viel mehr, als ich jemals aufbringen kann.«

Jana sah ihn an. Sagte aber nichts.

»Du hast keinen Notgroschen?«

Ben lachte auf. »Notgroschen. Die Betonung liegt auf Groschen, nicht auf Not.«

Das Feuer im Kamin war heruntergebrannt. Und auf dem Sofa davor lag Ben. Die Schuhe hatte er abgestreift, ansonsten hatte er sich nur eine Decke übergeworfen und sein Haupt auf eines der Sofakissen gebettet.

Sie stand im Türrahmen und betrachtete ihn. Dachte an die Geschichte, die er ihr in der Nacht anvertraut hatte. Das waren Dinge, über die man vielleicht mal im *Spiegel* las, die aber definitiv keinen Platz im eigenen Umfeld hatten.

Sie ging in die Küche, steuerte auf die Espressomaschine zu. Im Moment plagten sie keine Kopfschmerzen. Ein gutes Zeichen? Die Schmerzen waren immer wieder plötzlich aufgetreten. Vielleicht sollte sie tatsächlich einen Tag aussetzen. Sich zu Freund Netflix auf die Couch begeben. Und auf diesen Tag folgte ja bereits das Wochenende. Drei Tage am Stück ausspannen. Sicher nicht die schlechteste Idee.

Sie bereitete sich einen Kaffee zu. Mit dem Becher in der Hand ging sie wieder in Richtung Wohnzimmer. Der Krach der Espressomaschine hatte Ben nicht geweckt, obwohl in die

Maschine ein Mahlwerk integriert war, das, wenn es seinen Job machte, jegliche Unterhaltung zumindest in Küche und bei geöffneter Küchentür auch im Flur im Keim erstickte.

Janas Blick fiel auf die Uhr. Es war bereits halb neun. In ihrem eigenen Bett hatte sie wunderbar geschlafen. Okay, vielleicht hatten auch die beiden Whiskys das Ihrige dazu beigetragen.

Sie würde den Kamin reinigen. Und wenn Ben ein Frühstück wollte, würde sie ihm auch das zubereiten. Es war ein gutes Gefühl gewesen, in dieser Nacht nicht allein in der Wohnung gewesen zu sein. Zu groß war ihre Angst vor weiteren Traum- oder Schmerzattacken gewesen. Unter der Decke regte sich etwas. Ben erwachte. Er sah in ihre Richtung. Grinste verschlafen. »Du bist ja schon wach.«

Jana deutete auf den Kaffeebecher in ihrer Hand.

»Das klingt wie eine richtig gute Idee. Etwas Milch, viel Zucker.«

Jana ging wieder zurück in die Küche.

Abermals unterstrich die Espressomaschine akustisch, wie schwer ihre Arbeit war. Kurz danach hielt Ben seinen Becher in der Hand.

»Frühstück?«, wollte Jana wissen.

»Nein, lass gut sein. Ich möchte jetzt direkt ins Büro. Ich möchte endlich wissen, was sich auf dem Laptop von Hauptmann alias Wittkamp alias Kieslowski befindet. Ich bin ziemlich sicher, dass wir da einige Antworten finden werden.«

»Ich klinke mich für heute aus.« Der Satz war für Jana ungewohnt. Sie war in den vergangenen Jahren nicht einen Tag krank gewesen. Auch eine Gnade, die ihr erst in diesem Moment wirklich bewusst wurde. Sie hatte nicht nur keinen einzigen Arbeitstag ausgesetzt – sie hatte keinen Tag aussetzen *müssen.* »Morgen ist Samstag, dann Sonntag, am Montag stehe ich wieder auf der Matte.«

»Das klingt wie ein guter Plan«, sagte Ben.

»Das Einzige, was ich heute noch machen werde: meinen

Fall ganz offiziell an dich als Erbenermittler abgeben. Ich setze das Datum auf morgen. Dann hast du heute noch Zeit, dein Gewerbe anzumelden.«

»Was soll ich als Firmensitz eintragen?«

»Nun, es wäre sicher nicht gut, wenn sich meine Firma und deine Firma die Büroräume teilten. Zumindest nicht auf dem Papier. Darum musst du dich kümmern.«

Ben nickte, und abermals sah sie erneut den Schalk in seinen Augen. Er würde das Problem lösen. Auf seine Art und Weise. Daran hatte sie keinen Zweifel.

Der Vormittag war für Ben erfolgreich, effektiv und effizient verlaufen. Zunächst hatte er die Souterrain-Wohnung von Janas Mutter ganz offiziell gemietet. Helena Welzer war überrascht gewesen, aber auch wieder nicht so überrascht, wie Ben es vermutet hatte. Die Miete war günstig, das konnte man nicht bestreiten. Selbstverständlich hatte sich Ben noch den Darmstädter Mietspiegel zu Gemüte geführt – und eine Wohnung im Komponistenviertel lag definitiv über den Einkommensmöglichkeiten etwa einer Krankenschwester. Selbst wenn die mit einem Krankenpfleger verheiratet war … Aber Janas Mutter war sehr erfreut darüber gewesen, dass Ben nicht nach Berlin zurückging. Und wahrscheinlich war sie noch ein wenig mehr darüber erfreut gewesen, dass die Wohnung im Souterrain nicht weiter leer stand. Und sie damit nicht mehr allein im großen Haus war, wenn der Gatte hier nicht residierte.

Er hatte nicht nur einen Mietvertrag, sondern auch die Wohnungsgeberbescheinigung. Damit ging er zum Einwohnermeldeamt und meldete die Adresse im Richard-Wagner-Weg als Zweitwohnsitz an. Um gleich darauf ein neues Gewerbe anzumelden, die »Lorenz Erbenermittlung GbR«. Der Sitz der Firma lag ebenfalls im Richard-Wagner-Weg 87.

Zwei Stunden hatte er benötigt, um danach eine Internetseite für sein neues Unternehmen aufzusetzen. Er war kein begnadeter Webdesigner. Aber für ein paar Infos an die kommende Kundschaft reichte es. Zumindest für den Anfang. Unmittelbar darauf hatte er Kevin angemailt und ihm mitgeteilt, dass er nicht mehr aktiv an der Firma in Berlin partizipieren würde. Er würde aussteigen, gerne zwanzig Prozent der Firma behalten – als Kapitaleigner. Ins operative Geschäft würde er sich nicht mehr einmischen. Außerdem würden alle Gespräche über das weitere Schicksal der Firma ausschließlich in schriftlicher Form erfolgen. Kaum hatte er die Mail abgeschickt, klingelte auch schon das Handy. Kevin.

Er nahm das Smartphone auf, drückte das Gespräch weg und blockierte die Nummer. Nicht nur für Anrufe, sondern auch für Nachrichten und WhatsApp.

Mit ein paar Klicks entwarf er eine Visitenkarte. Klar, ein Grafiker hätte das besser hingekriegt, aber für ihn würde es im Moment genügen. Er lud die Daten auf die Seite einer Internetdruckerei hoch – in wenigen Tagen würden 1000 Pappkärtchen bei ihm eintreffen. Sogar ganz innovativ mit QR-Code auf der Rückseite. Richtete man seine Handykamera auf die quadratische Mini-Pixelwüste, leitete sie einen automatisch auf seine Webseite. Es war schon ein wenig unheimlich, wie schnell man heutzutage ein Business gründen konnte.

Er fotografierte den Gewerbeschein ab und sandte das Foto per WhatsApp an Jana. Nun war es an ihr, ihm ganz offiziell den Auftrag zur Erbenermittlung zu übertragen.

Danach ging es zurück in Janas Büro. Seinem derzeitigen inoffiziellen Firmensitz, sozusagen.

Zunächst fuhr er seinen Laptop hoch. Dann loggte er sich in Janas Netzwerk ein. Der neue Server hatte die Daten von der externen Festplatte inzwischen auf seine Platten kopiert und arbeitete problemlos. Womit es für Ben an der Zeit war, sich etwas näher mit den Inhalten des Laptops von Emil Kieslowski bzw. Emil Wittkamp auseinanderzusetzen.

Er hatte bereits eine Eins-zu-eins-Kopie der Festplatte des

Laptops von Emil Wittkamp angefertigt. Damit der Laptop von Emil Kieslowski alias Emil Wittkamp, falls es notwendig sein sollte, noch als Beweismittel dienen könnte. Wer wusste schon, was Ben auf diesem Laptop noch für Schweinereien fand. Und er war sich sicher, dass er dort einige Schlüpfrigkeiten finden würde. Zunächst versuchte er die Daten des Kalenders und der Kontakte herzustellen. Ben wäre nicht Ben gewesen, wenn ihm das nicht innerhalb von zwanzig Minuten gelungen wäre. Doch das Ergebnis war ernüchternd. Weder im Kalender noch in den Kontakten waren Daten abgelegt. Da es sich um einen Apple-Rechner handelte, hatte Ben gehofft, dass Wittkamp die Synchronisation zwischen all seinen Geräten genutzt hatte. Die Daten auf dem iPhone wurden dann automatisch mit der Cloud-Lösung abgeglichen und auf alle anderen Geräte gespiegelt. Wollte man das nicht, musste man es explizit ausschalten. Was Emil Wittkamp offensichtlich getan hatte.

Danach versuchte Ben den Verlauf des Internetbrowsers zu finden. Auf dem Rechner war Firefox als Standardbrowser installiert gewesen. Aber ein schneller Blick verriet: Sowohl der Verlauf der besuchten Seiten als auch die Cookies waren nach jedem Schließen des Browsers gelöscht worden. Bestimmt konnte er auf der Festplatte noch Teile dieser Informationen wiederherstellen. Aber das wäre händische Frickelarbeit gewesen. Und ob es sich lohnte, stand in den Sternen. Also schaute Ben zunächst in den Ordner »Dokumente«.

Auch hier fand sich herzlich wenig. Wenn Ben nach diesen wenigen Minuten bereits eines wusste, dann dies: Dieser Laptop war definitiv nicht der Rechner, von dem aus Emil Wittkamp seine Geschäfte getätigt hatte. Wahrscheinlich gab es irgendwo anders einen weiteren Rechner. Oder ein Tablet. Oder was auch immer. Dieser Mann hatte es wirklich verstanden, sich gegenüber der Außenwelt abzuschirmen.

Im nächsten Schritt gelang es Ben, zumindest die Dateien des Mailverkehrs wiederherzustellen. Allerdings entdeckte

Ben nur ein einziges Mailkonto: emilwittkamp12@gmx.de. Doch Wittkamp hatte über dieses E-Mail Konto offensichtlich ebenfalls keine geschäftlichen Mails versandt und empfangen. Umso interessanter waren die privaten Mails. Denn da gab es eine Bianca, der er geschrieben und die ihm geantwortet hatte. Die E-Mail-Adresse der Dame lautete bianca99999@web.de. Die letzte Mail hatte diese Bianca vier Tage nach Emil Wittkamps Tod geschrieben: »Emil! Was soll das? Du antwortest nicht auf meine Telefonate, es geht immer nur die Mailbox dran. Seit vier Tagen habe ich kein Lebenszeichen mehr von dir. Was ist los? Ist das deine Art, unsere Beziehung zu beenden? Ich stelle diese Frage aus reiner Verzweiflung. Ich kann mir das nicht vorstellen, aber ich kann mir ebenso wenig vorstellen, dass du dich einfach nicht mehr rührst. Ist alles okay? Melde dich!!!«

Ben war sich sicher, dass 99999 nicht der Nachname jener Bianca war. Schade eigentlich. Also musste er tiefer graben. Er überflog die Mails von Bianca an ihren Emil. Wittkamp hatte sein Postfach auf diesem Laptop nicht bereinigt.

Bianca hatte ihm zum ersten Mal vor acht Jahren geschrieben. Damals hatten sie sich noch gesiezt. Aber weder aus dieser noch aus den nachfolgenden Mails ging hervor, wo sie sich eigentlich kennengelernt hatten. Das »Du« hielt nach drei Wochen Einzug.

Ben durchsuchte das Postfach nach Schlüsselwörtern. Das erste war »Liebe«. Unabhängig von Groß- oder Kleinschreibung.

Treffer. Mehrfach. Der älteste: »Ich liebe dich. Bianca.« Vor siebeneinhalb Jahren. Und der Begriff tauchte auch immer nur in Mails von Bianca an Emil auf, niemals in den seinen.

Ben versuchte noch weitere Schlüsselwörter: »Euro«, »Geschäft« oder »Überweis*«, was für das Verb überweisen oder das Nomen Überweisung stehen konnte.

Nichts. Außer dass Bianca vor fünf Jahren eine Anekdote erzählt hatte, in der irgendeine Töle direkt neben ihrer Haustür ihr Geschäft verrichtet hatte. Definitiv ein rein privates Mailkonto. Für den Mailverkehr mit einer Dame namens Bianca, deren Nachnamen Ben nicht kannte.

Nachdem weder die Dokumente noch die Mails ihn weiterbrachten, machte Ben eine Pause. Ging vor die Tür des Büros. Kalt war es in Darmstadt. Usselig, wie eine Freundin dieses nasskalte, windige Wetter knapp über dem Gefrierpunkt einmal genannt hatte.

Ben hatte sich von den Daten des Laptops deutlich mehr erhofft. Er war davon ausgegangen, den Business-Laptop in die Finger bekommen zu haben. Das Gerät, über das Emil Wittkamp seine geschäftlichen Interaktionen abgewickelt hatte, von Online-Banking über den Terminkalender bis hin zu den Kontakten. Aber das war eine Fehlanzeige. Offensichtlich hatte Emil Wittkamp diesen Rechner ausschließlich als Privatrechner benutzt. Für E-Mails an seine Freundin. Denn dass Bianca die Freundin von Emil Wittkamp gewesen war, daran hatte Ben, nachdem er auch nur zehn der jüngeren Mails gelesen hatte, keinerlei Zweifel mehr.

Wie konnte er weiter vorgehen? Er ging zurück ins Büro. Setzte sich wieder an den Tisch. Starrte seinen Laptop an. Als ob dieser ihm Antworten geben könnte.

Vielleicht hatte Emil Wittkamp ja ein paar Fotos abgelegt.

Ben untersuchte die Daten der Festplatte.

Und tatsächlich, im Ordner »Fotos« fanden sich Bilder. Die Bilder im Ordner zeigten Fotos einer Frau. Und Fotos von Emil Wittkamp und dieser Frau. Ben ging davon aus, dass es sich um die ominöse Bianca handelte.

Bianca sah gut aus, daran gab es nichts zu deuteln. Wenn Ben sich die Reihen der Fotografien ansah, so konnte er einige Eigenschaften sicher zuordnen: Bianca war fünf Zentimeter kleiner als Emil Wittkamp. Sie war eine schlanke Frau, hatte blondes Haar, trug keine Brille. Und, wenn man den Bildern Glauben schenken durfte, dann liebte diese Frau diesen Mann, so wie sie ihn ansah.

Und doch wäre es schön gewesen, auch ihren Nachnamen zu kennen. Ben konnte ein paar Dinge herausfinden, auch wenn in den Fotodateien selbst keine weiteren Informationen versteckt waren. Die beiden waren zusammen im Urlaub in Griechenland gewesen. Die Beschilderung der Restaurants im Hintergrund verrieten es.

Auch wenn sich die Daten und Orte der Fotos nicht immer eindeutig zuordnen ließen, so zeigten die Bilder dennoch, dass sie oft gereist waren. Ben hätte sich mehrere Stunden mit den Fotos beschäftigen und ganz bestimmt einige Orte näher definieren können, über Autokennzeichen von Karossen im Bildhintergrund. Oder Beschriftungen von Schildern oder Geschäften und Hotels. Vielleicht würde er das noch tun, doch im Moment genügte ihm die Erkenntnis, dass die beiden zahlreiche Trips unternommen hatten.

Ben speicherte ein paar der Fotos auf seinem Rechner, die Bianca besonders gut zeigten. Dann schnitt er ihr Konterfei aus den Bildern heraus, sodass nur noch Porträts dieser Frau übrig blieben.

Es gab bei Google die Bildersuche. Man lud ein Bild hoch, und Google zeigte einem ähnliche Ergebnisse.

Genau das versuchte Ben jetzt. Bild für Bild sandte er in den Google-Äther. Und, ja, es gab eine Menge Anzeigen unter »Ähnliche Bilder«. Aber er landete keinen Treffer. Zwar präsentierte der Monitor eine Schönheit neben der nächsten. Aber Ben hatte gehofft, auf ein Bild zu stoßen, das Bianca oder Emil auf irgendeine Webseite hochgeladen hatten. Dann hätte Ben die Chance gehabt, das Bild auf ebenjener Plattform zu sehen und damit auch die Hintergrundinformationen zu bekommen. Aber keine Chance. Was nur zeigte, dass jene ominöse Bianca ihr Leben auch nicht komplett ins Internet gestellt hatte. Im Geheimen applaudierte Ben. Aber für diesen Fall war es kontraproduktiv. Wahrscheinlich hatte Emil mit der Tarnkappe darauf bestanden, dass keine Bilder von ihm oder ihnen beiden ins Netz gelangen durften.

Doch Ben hatte noch einen zweiten Trumpf im Ärmel.

Keinen, auf den er stolz war. Nach dem nächtlichen Gespräch mit Jana hatte er mehrfach darüber nachgedacht und die Gedanken sofort wieder verdrängt. Janas Vater war ein Betrüger gewesen. Ein Krimineller, der Zigaretten geschmuggelt hatte im großen Stil. Und der dafür in den Bau gegangen war.

Und er? Ben? War er besser?

Seit er vor drei Jahren von dem amerikanischen Chirurgen gelesen hatte, der ihm eine vage Chance bot, den Tumor in seinem Rückgrat ein für alle Mal zu entfernen, hatte er immer wieder darüber nachgedacht, wie er diese 130 000 Euro zusammenkratzen sollte. Beim gegenwärtigen Dollarstand waren es wahrscheinlich sogar deutlich über 130 000 Euro.

Ihre Firma lief nicht schlecht. Kevin und er konnten sich nicht beklagen. Sie machten ihren Umsatz. Sie machten ihren Gewinn. Alles im grünen Bereich. Aber alles weit davon entfernt, dass jeder von ihnen 150 000 Euro auf die hohe Kante hätte legen können.

Vor zwei Jahren, als Ben wieder an der Krücke ging, hatte er den Entschluss gefasst, in den kommenden fünf Jahren irgendwie diese Kohle zusammenzukratzen. War es gerecht, dass er das Geld selbst aufbringen musste? War es gerecht, dass keine deutsche Krankenkasse die Kosten für diese Operation übernommen hätte? Was war schon gerecht …

Er kannte sich aus im Internet. Im hellen, scheinenden Internet. Aber auch im Darknet, wie es so schön hieß. Und dort hatte er vor zwei Jahren angefangen, seine Dienste anzubieten. Denn er hatte in jenem dunklen Netz, in dem man nicht mit Euro bezahlte, sondern zumeist mit Bitcoin, einen großen Coup gelandet: einen Zugang zu Clearview, einer riesigen Bilddatenbank, über die es möglich war, Bilder von Menschen ihren Daten zuordnen zu können. Da stellte man ein Bild auf Facebook, und bei Facebook speicherte man auch seinen Klarnamen, vielleicht noch mehr Informationen. Für gewöhnlich suchte man bei Facebook nach Personen über deren Namen. Und Clearview bot genau die Suche in die andere Richtung, vom Bild zum Namen. Und das nicht nur für Facebook, sondern fast alle sozialen Medien.

Internationale Rechtsstreite loderten gerade in vielen Ländern der Erde, wer wo was wann preisgeben durfte. Aber die Realität derzeit war: Wer einen Zugang zu diesem System hatte, konnte mit einem Foto binnen Sekunden die dazugehörige Identität bestimmen. Oder eben auch nicht. Aber die positive Erkennung dauerte nur wenige Sekunden. Ebenso wie die Mitteilung, dass das Bild keinem Namen zugeordnet werden konnte. Der größte Nutzer dieser Datenbank waren die amerikanischen Strafverfolgungsbehörden. Nach Bens Wissensstand gab es weltweit rund zweihundert Organisationen, die einen Zugang zu Clearview hatten. Zweihundert Organisationen und ein paar Hacker, die Zugänge teuer verkauften. Wie an Ben.

Auch er hatte seine Seite eingerichtet, auf jener dunklen Sparte des Internets, die man nicht über Google fand. Wo jene Dienstleistungen abgefragt wurden, die nicht ganz so legal waren wie das, was man bei Amazon kaufen konnte.

Er, Ben, hatte für den Zugang fünftausend Euro bezahlen müssen. Dann hatte er die Seite aufgesetzt, über die er anbot, mit allen eingeschickten Fotos Klarnamen und Adressen zu finden. Datensatz gefunden hieß Cash für Ben. Kein Datensatz hieß keine Einnahmen. Aber Ben hatte einige Kunden zufriedenstellen können. Er verlangte ein Viertel Bitcoin für jeden Treffer, das entsprach derzeit rund zweitausend Euro. Wobei der Kurs extrem schwankte. Zwanzig Kunden hatte er in den vergangenen zwei Jahren erfolgreich bedienen können. Das waren vierzigtausend Euro, minus seiner Investition von fünftausend Euro. Und derzeit stieg der Wert sogar noch. Aber war er nicht genau so ein Schurke wie Janas Vater, der sich nicht an die Gesetze hielt? War das gerechtfertigt, weil er mit seinem DAK-Kärtchen niemals eine Operation in den USA bezahlt bekommen würde? Oder musste er sich, um der Gerechtigkeit halber, einfach damit abfinden?

Ben verdrängte den Gedanken abermals. Darin war er inzwischen ziemlich gut. Wie schon so oft zuvor. Er loggte sich mit seinen Zugangsdaten bei Clearview ein. Lud die Bilder von Bianca hoch.

Das Erschreckende war, dass er innerhalb nur weniger Sekunden tatsächlich den Klarnamen von Bianca auf dem Schirm hatte. Bianca Wildegans. Wohnhaft in Frankfurt.

Ben gab die Daten nun wieder bei Google ein, und die Ergebnisse prasselten auf ihn ein. Facebook-Account, Instagram-Account, Twitter-Account – Bianca Wildegans war im Netz durchaus aktiv!

Nun, da er um die Identität von Bianca Wildegans wusste, galt es, die Informationen zu ihrer Person zu sichten und zusammenzutragen. Denn auch Menschen, die etwa auf Facebook nicht mit ihr befreundet waren, konnten auf viele öffentlich freigegebene Infos zugreifen.

Ben öffnete ein Worddokument.

Er stellte einen Lebenslauf von Bianca Wildegans zusammen, wobei er zu jedem Punkt auch die Internet-Quelle angab.

Bianca Wildegans war jünger als Emil Wittkamp. Sie war 1975 geboren, also jetzt fünfundvierzig Jahre alt.

Sie war verheiratet gewesen, 2008 geschieden worden.

Seit acht Jahren war sie in einer Beziehung. Wie der Beziehungsstatus ihrer Facebook-Seite anzeigte. Doch auf der Facebook-Seite fanden sich keine Bilder, die Bianca und Emil gemeinsam gezeigt hätten. Es gab überhaupt keine Bilder von Emil. So gar keine, dass es schon wieder auffällig war. Offensichtlich hatte ihr Freund Bianca tatsächlich darum gebeten, vielleicht auch mehr als nur gebeten, dass keine Fotos von ihm auf diesen Seiten auftauchten.

Was Ben ebenfalls erfuhr, war, dass Bianca Wildegans Geschäftsführerin ihrer eigenen Boutique war. Im Loop5 – was auch immer das war.

Ben musste noch ein bisschen googeln, dann fand er heraus, dass das Loop5 ein Shoppingcenter war, unweit von Darmstadt gelegen, in Weiterstadt. Er sah sich das Einkaufszentrum mit dem seltsamen Namen etwas näher an. Es war wohl das, was einer riesigen amerikanischen Shopping-Mall am nächsten kam, unmittelbar an der Autobahn gelegen, mit kostenfreien Parkplätzen. Damit konnte man hier ganz gewiss punkten.

Die Boutique der Bianca Wildegans hatte sich auf Damenunterwäsche spezialisiert. Und ganz offensichtlich auf hochpreisige, wie ihre Webseite verriet.

Das Wichtigste hatte er der Webseite ebenfalls entnehmen können: eine E-Mail-Adresse. Und eine Telefonnummer. Nun, da er einmal Blut geleckt hatte, konnte Ben die Recherche nach Informationen nicht mehr einstellen.

Und tatsächlich, ein bisschen mehr nach rechts und links gegoogelt, schon erfuhr er, dass Bianca Wildegans privat ein paar gebrauchte, aber noch fast neuwertige Sandaletten verkaufte. Auf eBay-Kleinanzeigen. Natürlich, der Klarname tauchte dort nicht auf. Aber die E-Mail-Adresse: bianca99999@web.de. Und sogar eine Handynummer. Perfekt.

Die Sandaletten würde Ben nicht kaufen.

Aber von der Telefonnummer würde er ganz gewiss Gebrauch machen.

In diesem Moment klingelte sein Handy. Jana war am Apparat. Gleichzeitig fiel sein Blick auf die Uhrzeit: Es war bereits vier Uhr nachmittags.

»Ben?«

»Ja. Was gibt's? Ist bei dir alles okay?«

»Ja. Mir geht's gut. Katharina hat grad angerufen. Also die Studentin …«

»Haben sie was gefunden?«, unterbrach sie Ben.

»Ja. Sie sind durch. Und sie haben etwas gefunden. Und so, wie Katharina klang, haben sie wirklich was Interessantes gefunden.«

Ben überlegte kurz. Dann fragte er: »Soll ich hinfahren? Oder soll ich dich abholen und mitnehmen?«

Am anderen Ende der Leitung holte Jana tief Luft. »Meinst du wirklich, dass du da jetzt allein hinfahren kannst, nur weil du plötzlich mein Erbenermittler bist? Hol mich ab!«

Nachdem Ben das Gespräch beendet hatte, fuhr er seinen Rechner herunter. Er hatte die Nummer von Bianca Wildegans bereits in seinem Handy abgespeichert. Aber jetzt galt es erst mal, die Ergebnisse der Studenten zu sichern.

Eigentlich lag die Adresse im Lucasweg von Janas Büro aus nur sechshundert Meter zu Fuß entfernt. Wollte man hingegen die Adresse mit dem Auto erreichen, galt es einen Weg von eineinhalb Kilometern zurückzulegen, denn die Einbahnstraßen standen diesem Vorhaben definitiv entgegen. Ben fuhr verkehrsgerecht, sammelte Jana ein, die bereits vor der Haustür wartete, und sie fuhren gemeinsam zur Garage in der Heimstättensiedlung.

Als sie die Höhle der Kisten betraten, war dort nur noch Katharina. Ihre Kommilitonen hatten sich offensichtlich schon auf den Heimweg gemacht.

»Hallo, Jana, gut, dass du da bist. Ich glaube, wir haben hier ein paar wichtige Dinge entdeckt.«

Ben fragte sofort: »Super, was habt ihr herausgefunden?«

»Also, nur mal, um die Dimensionen zu zeigen. In allen Kisten war nur Schrott. Dafür interessiert sich vielleicht der Darmstädter Gewerbeverein, weil er eine lückenlose Dokumentation aller Prospekte der vergangenen zehn Jahre bekommt. Ansonsten interessiert das niemand mehr. Papier über Papier über Papier. Müll. In allen Kisten. In allen gottverdammten gefühlt tausend Kisten!«

Ja, der guten Katharina war anzumerken, dass der Job nicht ganz so einfach gewesen war, wie sie es sich erhofft hatte.

»Das klingt ja schon mal richtig gut. Dann gab es offensichtlich ein paar Kisten, in denen ihr etwas anderes gefunden habt«, beschwichtigte Ben.

»Ja, in einer Kiste. Und tatsächlich nur in einer einzigen Kiste. Da haben wir was gefunden. Aber auch nicht ganz oben, sondern zugedeckt von anderem Schrott.«

»Und was ist das?«, wollte Ben wissen.

»Zwei Dinge. Zum einen eine Dokumentenmappe. Keine Ahnung, was diese Dokumente belegen. Aber sie sind eben in einer Mappe abgeheftet. Und damit haben sie sich schon deutlich von all dem anderen Scheiß unterschieden. Es scheint sich um echte Dokumente zu handeln. Irgendwas mit St. Martin – aber, sorry, ich muss mich ja mit so was nicht befassen.«

»Alles gut«, lobte Ben die aufgeregte Studentin. »Ich bin ja froh, dass ihr diese Sachen gefunden habt. Für die Interpretation bin ich dann zuständig.«

Katharina nickte. »Unser zweiter Fund ist sehr schräg. Eine Kiste, ein Schuhkarton. Und darin nichts anderes als Polaroids. Also diese komischen Fotos aus diesen komischen Kameras, die dann ein direktes Bild auf dem Fotopapier gezeigt haben. Meine Eltern hatten auch so ein Teil. Gibt sogar von mir noch ein paar Kinderbilder in diesem Format. Aber, echt jetzt, das ist wirklich old school! Und ein bisschen spooky.«

»In welcher Kiste waren diese Bilder und die Dokumentenmappe? In ein und derselben Kiste?«

»Ja. Und es war tatsächlich der allerletzte Karton, den wir uns vorgenommen haben. Wir haben schon nicht mehr daran geglaubt, noch irgendetwas zu finden. Aber dann, Bingo, tatsächlich die Fotos und die Dokumente.«

»Wie war die Nummer der Kiste?«

Katharina sah Jana an. »349.«

Jana nickte, holte ihr iPad aus der Handtasche heraus, wischte ein paarmal über die Glasfläche, dann hatte sie die Fotos abrufbereit, die Jörn Großeimer bei der Entrümpelung geknipst hatte.

Jana zeigte das entsprechende Foto Ben. »Scheiße. Das ist eine Kiste aus dem Bad. Das ist die Kiste, die ich vom Waschbecken weggewuchtet hatte, um mir die Hände zu waschen. Es ist eine der ganz wenigen Kisten, die man frei bewegen konnte.«

»Tatsächlich«, sinnierte Ben, »alles andere um die Kisten nichts als Tarnung ...«

»Habt ihr den restlichen Inhalt aufbewahrt?«, wollte Jana wissen.

»Klar. Ich hab keinen Bock auf einen weiteren Anschiss«, entgegnete Katharina. »Kistennummer, Auffindesituation, alles ist exakt dokumentiert.«

»Hey, das habt ihr richtig, richtig gut gemacht!«, sagte Jana.

Ein Strahlen, das den ganzen Raum hätte erhellen können, überzog Katharinas Gesicht.

Bevor sie zurückgefahren waren, hatten sie sich beim Vietnamesen noch etwas zu essen bestellt. Ben hielt verbotenerweise auf dem Radweg unmittelbar vor dem Restaurant, während Jana die Speisen abholte. Danach fuhr er wieder die Einbahnstraßen-Extrarunde, bevor er den Wagen im Lucasweg abstellen konnte. Jana trug die Mahlzeiten, er hatte die Tasche mit den aufgefundenen Dokumenten unterm Arm. Sie wollte ihm die Tasche abnehmen, doch trotz Krücke bestand Ben darauf, diese Schätze selbst in Janas Wohnung zu tragen.

Zunächst aßen sie. In der Küche hatte Jana einen kleinen Esstisch aus massivem Holz platziert. Er bot Platz für zwei Personen. Passte also genau. Sie entkorkte eine Flasche Wein, schenkte beiden ein und prostete Ben zu.

»Auf den Fund und Katharinas Eifer. Und bist du mit dem Rechner von Emil Wittkamp alias Emil Kieslowski weitergekommen?«

Während er aß, berichtete Ben von seinen mühsam erkämpften, aber doch errungenen Erfolgen. Wobei er den Teil mit der Gesichtserkennung deutlich straffte. Er hatte nicht vor, ein Geständnis über sein Nebenbei-Geschäft mit Clearview kundzutun.

»Dann haben wir also tatsächlich den Namen und die Adresse der Freundin von Emil Wittkamp?«

»So sieht es aus.«

»Dann lass uns umziehen. Am Tisch im Esszimmer haben wir deutlich mehr Platz.«

Der Esstisch im Speisezimmer, das nur durch elegante, derzeit geöffnete Flügeltüren vom Salon getrennt war, war ebenfalls aus massivem Holz gefertigt. Mit ebenso alten wie schönen Stühlen. Aber mit Platz für sechs Personen. Und die Spalte auf der Tischfläche deutete darauf hin, dass er durch weitere Einlagen acht oder gar zehn Leuten Platz bieten konnte.

Jana hatte die Weingläser aus der Küche mitgenommen und auf metallenen Untersetzern platziert. Ben für seinen Teil hatte die Tasche mit den Dokumenten ins Esszimmer getragen.

Fast feierlich, wie beim Auspacken eines Weihnachtsgeschenks, legte er die beiden Gegenstände auf dem Esstisch ab: die Dokumentenmappe. Und den flachen Schuhkarton.

»Na, da bin ich ja mal gespannt«, sagte Jana.

Ben griff zum Schuhkarton. Katharina oder einer ihrer Kommilitonen hatte einen Gummiring um die Pappkiste gezogen, damit der Deckel sich nicht lösen konnte. Ben rollte den Ring ab, dann hob er den Deckel der Schachtel ab.

Weder Jana noch Ben griffen in die Kiste hinein, sondern ließen den Inhalt erst einmal auf sich wirken. Direkt über dem Esstisch war eine Leuchte installiert, die an einem weiten Bogen von sicher eineinhalb Metern neun Halogenstrahler aneinanderreihte. Die Leuchtstärke war einstellbar. Jana hatte den Dimmer auf die höchste Stufe gedreht. Dementsprechend war der Tisch gut ausgeleuchtet. Und auch das Innere des Schuhkartons.

»Was zur Hölle …«, versuchte sich Jana in einer qualifizierten Aussage. Weiter kam sie nicht. Der Inhalt war einfach zu skurril.

Auch Ben starrte ins Innere des Kartons. Er fasste hinein

und entnahm ihm ein Polaroidfoto. Die ganze Schachtel war voll davon.

»Mein Vater hat auch noch so eine Kamera gehabt«, sagte Jana.

Ben griff in die Kiste, holte fünf weitere Fotos heraus und legte sie nebeneinander auf den Esstisch. Die Motive aller Bilder glichen sich: Links war ein Mann zu sehen, der einen Zweihunderteuroschein in die Höhe hielt. Neben ihm Emil Wittkamp. Und vor ihnen ein Koffer, geöffnet, voller Geldscheine.

»Es sieht so aus, als wäre unser Herr Wittkamp der Überbringer von viel Geld«, stellte Jana fest.

Sie griff nach einem der Fotos, drehte es auf die Rückseite. »Schau mal, da hat er was draufgeschrieben.«

Ben betrachtete die Aufnahme gemeinsam mit Jana. Auf der Rückseite der Fotografien waren Daten vermerkt. 1.7.2004. 1.12.2004. Auf jedem Abzug fanden sie ein Datum. »Okay, Zeit zu sortieren«, sagte Ben und leerte den Inhalt des Schuhkartons auf den Esstisch. Er drehte alle Fotos auf die rückwärtige Seite, sodass die Daten zu sehen waren.

Jana traute ihren Augen nicht, wie schnell und präzise Ben die Fotografien in die richtige Reihenfolge brachte. Hatte er vielleicht schon eine heimliche Karriere als Hütchenspieler hinter sich? Dann lag sie vor ihnen, die Reihe von Emil Wittkamps Polaroids. Sechsundzwanzig Bilder, mit der Rückseite nach oben. Das erste Bild stammte vom 1. Juli 2004, das letzte vom 2. August 2019.

Ben drehte die Fotos eins nach dem anderen wieder um. Das Motiv war auf allen sechsundzwanzig Bildern ähnlich: Emil Wittkamp, ein geöffneter Geldkoffer, ein anderer Mann – und einmal auch eine Frau – an seiner Seite, der einen Zweihunderteuroschein in die Höhe hielt.

»Sieht für mich nach Versicherung aus«, sagte Ben.

»Versicherung?« Jana konnte ihm nicht folgen.

»Das wirkt auf mich so, als ob Emil Wittkamp, unter welchem Namen auch immer, Geldkoffer übergeben hat. Koffer voller Bargeld, Bakschisch, Bestechung, nenn es, wie du willst. Und dieses Foto ist der Beleg, dass diese Personen von Emil Wittkamp diesen Geldkoffer erhalten haben. Wenn also jemand auf die Idee kommen sollte, Emil Wittkamp ans Bein pinkeln zu wollen, dann war dieses Foto der Beleg dafür, dass diese Personen einen Koffer voller Bargeld erhalten hatten. Von Emil Wittkamp.«

»Hmm«, brummte Jana. »Aber wer sind diese Leute? Und wieso bekommen sie Geld? Und aus welchem Grund von Emil Wittkamp?«

»Keine Ahnung.«

»Zu unseren Erben wird uns das wohl auch nicht bringen …«

»Nein«, erwiderte Ben. »Aber vielleicht führt es uns zu weiterem Erbe.«

Ben fotografierte nun alle sechsundzwanzig Polaroidbilder einzeln ab. Immer zuerst die Vorderseite, dann die Rückseite. Damit konnte er alle Fotografien den jeweiligen Daten zuordnen. Und Jana nahm an, dass die Daten sich auf den Tag der Übergabe bezogen und damit auf den Tag, an dem die Fotografie aufgenommen worden war.

Nachdem Ben die Polaroidbilder abfotografiert hatte, legte er sie zurück in den Schuhkarton, platzierte den Deckel darauf, fixierte das Ganze wieder mit dem Gummiring.

»Kommen wir zur Erkenntnis Nummer zwei, der Dokumentenmappe.« Ben schlug sie mit feierlicher Geste auf.

Jana überflog das Dokument auf der ersten Seite. Es ging um die Gründung einer Firma. »Julia Real Estate« war der Name des Unternehmens. Unschwer zu erraten, dass Emil Wittkamp dahinterstand. Ein Unternehmen, das im Jahr zweitausend gegründet worden war. Aber nicht in Deutschland, sondern in Sint Maarten.

»Sint Maarten – was bitte ist denn das?«, wollte Ben wissen.

Auch Jana sagte der Begriff überhaupt nichts. »Klingt wie der Name einer Comicfigur.« Aber sie hatte das Tablet ja in der

Nähe. Es würde ihnen sicher erklären, wer oder was Sint Maarten war.

Das Netz wusste es natürlich. Bei Sint Maarten handelte es sich um den südlichen Teil einer hügeligen Insel im Karibischen Meer, im Norden der Kleinen Antillen. Die Insel mit dem Namen St. Martin lag keine zweihundert Kilometer von den Jungferninseln entfernt, keine dreihundert Kilometer von Puerto Rico und ein wenig mehr als fünfhundert Kilometer von der Ostküste der Dominikanischen Republik.

Der südliche Teil der Insel gehörte zu den Niederlanden, der nördliche zu Frankreich. Der hieß Saint-Martin. Aber Wikipedia versicherte, dass es zwischen den beiden Inselhälften kaum Grenzen gab.

»Jetzt haben wir es. Sint Maaren liegt auf St. Martin – und dort ist unser Emil Wittkamp ja als Emil Friedmann, Bürger der Dominikanischen Republik, im Oktober hingeflogen«, resümierte Jana.

»Was, bitte, hat ein Emil Wittkamp mit einer Firma auf den Antillen zu tun?«

Jana scrollte ein wenig weiter hinunter im Internet-Artikel. Dann las sie laut vor: »Sint Maarten ist eine Offshore-Zone. Die Firmen, die auf Sint Maarten registriert sind und im niederländischen Teil der Insel keine Geschäfte betreiben, sind von Steuern befreit. Weiterhin gibt es keine Eigentums- und Kapitalertragsteuern.«

Da Ben schwieg, fügte Jana hinzu: »In Ländern wie Sint Maarten kannst du Firmen gründen und Firmenkonten eröffnen, ohne dass irgendjemand erfährt, wer der eigentliche Besitzer der Firma ist.«

»So was wie ein anonymes Schweizer Nummernkonto?«

»Ja, aber seit einigen Jahren haben die Schweizer richtig Druck auf die Ohren bekommen. Das Prinzip des Nummernkontos in der Schweiz – das funktioniert heute so nicht mehr.«

»Und wie funktioniert das mit diesen Offshore-Firmen?«

»Das Prinzip ist simpel: Über eine darauf spezialisierte

Kanzlei gründest du eine Firma, für die nur ein Briefkasten existiert. Die nichts herstellt und nichts verkauft. Zumindest nicht im richtigen Leben. Es gibt keine Pflicht zur Buchführung oder zur Bilanzierung.«

»Und was habe ich davon?«, wollte Ben wissen.

»Ganz einfach: Zu jeder Briefkastenfirma gehört ein Firmenkonto. Und darauf kannst du deine Millionen bunkern. Ohne dass du irgendwelche Steuern bezahlen musst. Und da das Bankgeheimnis in diesen Ländern über allem steht – wie einstmals in der Schweiz –, kennt auch niemand, außer der Bank und deinem Dienstleister, deinen Namen.«

»Super! Warum habe ich das noch nicht gemacht?«

Jana war sich nicht sicher, ob das eine ernst gemeinte Frage war. Trotzdem antwortete sie: »Die Betonung liegt darauf, dass du zwar Steuern sparst, aber deinem Briefkastenfirmen-Dienstleister und seiner Bank richtig viel Kohle überweisen musst. Da muss schon ganz schön was auf dem Konto liegen, damit sich das für dich rechnet. Ach ja, nur am Rande: Es ist illegal, Steuern zu hinterziehen.«

Jana blätterte weiter. Es gab noch weitere Unterlagen in dem Ordner. Die nächste Firma lautete auf den Namen: »BNK Financing Group«.

Ben lachte laut auf. »Ich glaub's ja nicht«, prustete er.

»Was ist daran so komisch?«, wollte Jana wissen.

»B N K. Sprich das mal Englisch aus Bi En Käi. Bianca.«

Jetzt erkannte auch Jana das Muster.

Sie blätterten den Ordner weiter durch. Sechs Firmen waren darin verzeichnet, alle auf Sint Maarten registriert.

»Wie kriegen wir denn jetzt raus, wie viel Geld auf den Firmenkonten auf Sint Maarten liegen?«

Jana blätterte zwei Seiten zurück. Dann zeigte sie auf einen Stempel. »Das ist der Rechtsanwalt, über den die Firmengründungen gelaufen sind. Und er sitzt nicht in der Karibik, sondern auch in Frankfurt.«

Der Name auf dem Stempel lautete Hieronymus Renzel.

CAESAR VIII

Der Wagen ist repariert.

Austauschmotor. Der hat auch schon 200 000 Kilometer auf dem Buckel. Aber dafür nur zweihundert Euro gekostet.

Die habe ich von Fred gepumpt. Und Silas von der Werkstatt hat sich tatsächlich bei der Reparatur auf Ratenzahlung eingelassen. Dreißig Euro im Monat für ein Jahr. Sollte irgendwie gehen.

Hätte ich jetzt eine Bäckerei, würde es einfacher sein. Lag damals auf der Hand, dass ich das, was ich nach der Schule ohnehin die ganze Zeit getan hatte, irgendwann mal mit Brief und Siegel tun würde. Und die Bäckerei übernehmen. Das war der große Plan.

Meine Ma starb bereits, als ich noch zur Schule ging. Krebs. Also musste ich einspringen. Ich hielt es damals für eine bescheuerte Erziehungsmaßnahme meines Vaters, dass er mich vor der Schule in der Bäckerei einspannte und auch noch nach der Schule. Dementsprechend fiel mein Schulabschluss aus. Aber da ich ja bei ihm lernen würde, war die Note egal. Und die Ausbildungszeit war ohnehin nur auf dem Papier eine solche. Ich hatte in den fünf Jahren zuvor bereits alles gelernt, was es zu lernen gab. In Bio war ich ein As. Wenn es um Getreidesorten ging.

Als mein Vater starb, entdeckte ich, dass es zwei Buchhaltungen gab. Die offizielle und die inoffizielle. Nach der offiziellen würde ich jetzt ein gesundes Unternehmen übernehmen. Würde nach einer Angestellten suchen und dann die Bäckerei mit ihr weiterführen. Las man die inoffizielle Buchhaltung, die den unbestrittenen Vorzug hatte, dass sie die Realität abbildete, war klar: Mein Vater war mit einer sechsstelligen Summe verschuldet. Selbstverständlich schlug ich das Erbe aus. Ebenso selbstverständlich war die Bäckerei damit von einem auf den anderen Tag Geschichte. Aber ich musste meine Familie ernähren. Und war glücklich, dass mich der große Discounter im Nachbarort eingestellt hatte.

SAMSTAG

Jana hatte gesagt, dass sie sich mit dem Anwalt, der für die gesamten Firmengründungen verantwortlich zeichnete, auseinandersetzen würde. Arbeitsteilung. Sie kümmerte sich um die Erbschaft, Ben kümmerte sich um die Erben. Er rollte mit dem Wolga gen Nordwesten, nach Weiterstadt. Das Navi leitete ihn präzise zum Parkhaus des Loop5. Es gelang ihm, in der Parkgarage einen Platz zu finden – die Hochgarage war großzügig bemessen.

Dann machte er sich auf, Bianca Wildegans zu besuchen. In ihrer Boutique.

War der Eingang ins Einkaufszentrum vom Parkhaus aus noch einfach zu finden, war es ihm wenige Sekunden später kaum mehr möglich, sich zu orientieren. Er versuchte sich den groben Plan an einem großen Monitor einzuverleiben. Keine Chance. Dieser Einkaufstempel schien so konstruiert zu sein, dass man sich möglichst schnell verlief, ohne eine Möglichkeit zu haben, wieder zum Ausgangspunkt zurückzufinden. Schien offenbar ein Teil des Geschäftsmodells zu sein. Ben lief an seiner Krücke, fand schließlich eine Rolltreppe, die ihn zumindest ins richtige Stockwerk beförderte. Dort angekommen, brauchte er abermals mehr als zehn Minuten, bis er endlich den Modeladen von Bianca Wildegans fand.

Die Boutique war schön eingerichtet, soweit Ben, dessen Interesse an Dessous in einem Einkaufszentrum eher begrenzt war, das beurteilen konnte.

»Wie kann ich Ihnen helfen«, kam eine junge, dunkelhaarige Dame auf ihn zu.

Ben scannte sie. Nein, das war nicht Bianca Wildegans. »Sie

können mich vielleicht zu Ihrer Chefin führen, Frau Wildegans.«

»Natürlich«, sagte die junge Dame. »Folgen Sie mir bitte.«

Hinter dem Kassenbereich gab es eine Tür, und diese führte ins Büro der Chefin. »Frau Wildegans, hier ist ein Mann, der Sie gerne sprechen würde«, sagte die junge Dame, schob ihn quasi in den Raum und verließ denselben sofort wieder.

Ben erkannte Bianca Wildegans auf den ersten Blick. Er hatte ja am gestrigen Tage bereits Fotos von ihr gesehen. »Frau Wildegans?«

Sie trat hinter ihrem Schreibtisch hervor, auf ihn zu. »Ja. Was kann ich für Sie tun?«

Er gab ihr die Hand. Die rechte. Die linke krallte sich um den Griff der Krücke. »Frau Wildegans, mein Name ist Benjamin Lorenz. Ich habe Sie aufgesucht, weil ich … nun ja … ich habe keine gute Nachricht. Emil Wittkamp ist verstorben.«

Auf YouTube hatte er einmal so ein blödes Zeitraffer-Video gesehen, in dem dokumentiert worden war, was mit einer Pflanze passierte, die kein Wasser mehr bekam. Sie »schnorzelte« ein, so hatte es der Kameramann genannt. Und genau das traf auch auf die menschliche Pflanze vor ihm zu.

»Emil ist – tot?«

»Ja.«

Tränen schossen in die Augen der Frau. Sie ließ sich auf den Stuhl hinter dem Tisch fallen.

Ben wusste nicht, was er tun sollte. Sollte er sie in den Arm nehmen? Er kannte diese Frau überhaupt nicht. Und er war froh, dass er kein Kommissar bei der Mordkommission war, der solche Hiobsbotschaften immer wieder überbringen musste.

Bianca Wildegans sog noch einmal hörbar die Luft ein, tief, bis in die Lungenspitzen, dann schien das Weinen beendet. »Herr …«

Ben wiederholte: »Lorenz. Mein Name ist Benjamin Lorenz.«

»Und Sie sind noch mal was?«, wollte Frau Wildegans wissen.

Tja. Wer war er? Der Erbenermittler von Emil Wittkamp. Nun, Nachlasspfleger war er gewiss nicht. »Ich ermittle zu den Todesumständen und zu den Erben von Emil Wittkamp«, sagte er. So ganz korrekt war das nicht, aber für den Moment musste es reichen.

»Was ist passiert?«

»Soweit wir im Moment wissen, hat er sich das Leben genommen. In Darmstadt. Er ist aus dem sechsten Stock gesprungen.«

»Emil? Selbstmord? Vergessen Sie es!«

»Nein? Wie kommen Sie darauf?«

»Wieso hätte Emil sich umbringen sollen? Wir waren glücklich miteinander! Wieso sollte er sich dann plötzlich *umbringen?* Das ist doch Blödsinn! Das ist Bullshit!«

Was sollte Ben darauf sagen? Er wusste nur, dass Emil Wittkamp gesprungen war. »Frau Wildegans, hat denn irgendetwas darauf hingewiesen, dass Ihr Freund depressiv war? Probleme hatte?«

»Herr Lorenz, ich verstehe immer noch nicht so ganz, was eigentlich Ihr Job ist. Offensichtlich sind Sie nicht von der Polizei.«

»Ich ermittle gemeinsam mit der Nachlasspflegerin zum Erbe von Emil Wittkamp. Und wir wissen noch wenig über seine familiären Verhältnisse.«

Bianca Wildegans fragte nicht nach, was eine Nachlasspflegerin war. Ben hatte keine Ahnung, ob sie es wusste oder nicht. »Die familiären Verhältnisse sind ganz einfach: Wir sind seit acht Jahren ein Paar. Wir sind glücklich miteinander. Emil hätte sich niemals umgebracht. Warum auch? Er hatte mich. Und er hatte genug Geld, um sorgenfrei zu leben.«

Nun, soweit Ben die finanziellen Verhältnisse von Emil Wittkamp durchschaute, war da definitiv hinlänglich Geld vorhanden gewesen. »Das stimmt, Ihr Freund verfügte über

Liquidität.« Welch schöner Begriff für schmutzige Geldscheine. »Ich muss dennoch mehr über ihn erfahren«, sagte Ben. »Waren Sie verlobt?«

Bianca Wildegans lachte auf. »Verlobt?! Was bedeutet das? Hat rechtlich überhaupt keine Bedeutung. Ja, er hat gesagt, dass er mich heiraten wollte. Er hat mir einen Antrag gemacht vor einem halben Jahr. Nachdem er mich ein halbes Jahr davor quasi zum zweiten Mal bekommen hat. Wir wollten heiraten, jetzt, im Frühling. Auch wenn noch kein Aufgebot bestellt war. Muss man ja heute auch nicht mehr. Aber ich hätte gern in der Kirche geheiratet. War Emil recht. Ja, ich hätte Emil vor dem Altar das Jawort gegeben.«

»Was meinen Sie mit ›zum zweiten Mal bekommen‹?«

»Da bin ich dem Tod von der Schippe gesprungen, wie man so schön sagt. Durchgebrochener Blinddarm. War knapp. War sehr knapp. Ich glaube, es hat ihn mehr verändert als mich. Na ja, ein halbes Jahr danach hat er um meine Hand angehalten.«

»Haben Sie zusammengewohnt? Ich habe nur eine Adresse von Herrn Wittkamp in Frankfurt-Rödelheim. Aber da wohnte er nicht. Da wohnt nur eine junge Studentin. Und diese Wohnung ist sehr klein.«

»Rödelheim? – Unsinn! Emil hat in Bergen-Enkheim gewohnt. Auf zweihundert Quadratmetern.«

»Haben Sie einen Schlüssel zu dieser Wohnung?«

»Selbstverständlich.«

»Können Sie mir die Wohnung dann zeigen?«

»Selbstverständlich.«

»Können Sie die Boutique jetzt verlassen?«

»Selbstverständlich.«

Genau so hatte Ben es sich vorgestellt.

Wow, dachte Ben. Die Räumlichkeiten glichen mehr einem Palast denn einer Wohnung.

Ein riesiger Flur, der allein sicher fünfzig Quadratmeter maß. Von dort gingen Türen in drei Richtungen ab.

»Fünf Zimmer haben wir hier.«

»Und hier haben Sie zusammengewohnt?«

»Emil – er war ein Freigeist. Das habe ich sehr schnell verstanden. Es gab keine Chance, hinter die Mauer zu blicken. Es gab keine Möglichkeit, ihm zu sagen, wann er was wo zu tun hatte. Ich habe das sehr schnell gelernt, und ich habe das sehr schnell akzeptiert. Auf der anderen Seite war er immer für mich da, stets an meiner Seite, wenn ich ihn brauchte. Und wir haben so viele schöne Dinge miteinander geteilt.«

»Sie haben also nicht hier gewohnt?«

»Herr Lorenz, ich habe einen Schlüssel zu dieser Wohnung. Ich konnte kommen und gehen, wann immer ich wollte. Aber meine Post, die wurde nicht an diese Adresse geliefert. Schon allein, weil nicht einmal der Name Emil Wittkamp auf dem Briefkasten steht. Sein Briefkasten ist nicht beschriftet, ebenso wenig wie das Klingelschild. Ich habe eine kleine Wohnung in Langen, also genau zwischen Frankfurt und Darmstadt. Nichts Großes, eine günstige Zweizimmerwohnung, bei der mein Name auf dem Postkasten steht.«

»Und wieso steht hier kein Name am Klingelschild?«

»Emil wollte das nicht. Und ich habe es akzeptiert. Es ist seine Wohnung. Es ist sein Leben.«

Im Gegensatz zu Bianca Wildegans hatte Ben sehr wohl eine Vorstellung davon, weshalb diese Wohnung quasi anonym angemietet war. Obwohl – Ben konnte sich nicht vorstellen, dass Wittkamp diese Wohnung gemietet hatte. Vielmehr gehörte sie wahrscheinlich ihm. Auch wenn das aus dem Grundbuch nicht ersichtlich war. Vielleicht über irgendeine Firma. »Aber Sie haben die meiste Zeit hier gewohnt?«

Bianca lachte auf, ein trockenes, ein bitteres Lachen. »Ja. Und wenn Sie meine Wohnung sähen, dann wüssten Sie auch, warum. Letztlich sind all meine Sachen hier. Auf dem Weg nach Frankfurt mache ich manchmal den Schlenker an meiner Wohnung vorbei, leere den Briefkasten.«

»Hatte Ihr Freund eigentlich ein Auto?«

»Ja. Steht in der Garage. Mercedes-E-Klasse-Kombi. Ein schöner Wagen. Er hat auch bei den ganzen Extras nicht viele verschiedene Häkchen gesetzt, sondern ein ganz großes am unteren Ende der Liste, All-inclusive, sozusagen. Hat er sich vor zwei Jahren gekauft. Aber wenn er dienstlich unterwegs war, ist er auch viel mit der Bahn und auch mal längere Strecken mit dem Taxi gefahren.«

Das klang nach weiteren 100 000 Euro auf der Erbschaftsliste …

»Frau Wildegans, Sie haben vorhin gesagt, Sie könnten es sich nicht vorstellen, dass Herr Wittkamp sich umgebracht …«

Noch bevor Ben weiterreden konnte, warf sie bereits ein: »Nein. Das ist völlig absurd!« Jetzt schien sie wieder ihre Fassung zu verlieren.

Während sie Luft holte, grätschte Ben verbal dazwischen, um einen neuerlichen Gefühlsausbruch gar nicht erst aufkommen zu lassen. »Fakt ist, dass er vom Balkon des sechsten Stocks gestürzt ist. Hatte Ihr Freund denn Feinde? Hatte er sich darüber geäußert, dass ihm jemand Böses wollte?«

Bianca Wildegans und Ben hatten sich inzwischen im Wohnzimmer niedergelassen. Oder in einem der Wohnzimmer, Ben war sich da nicht ganz sicher. Der Blick ging nach Süden über ganz Frankfurt hinweg. Die Fenster reichten entlang der Wand vom Boden bis zur Decke. Auf der anderen Seite der Glasfläche befand sich über die gesamte Breite ein Balkon. »Ich weiß es nicht. Ganz ehrlich, ich kann Ihnen dazu nichts sagen. Denn darüber hat Emil mit mir nicht gesprochen. Alles, was sein Geschäft anging, war seine Sache. Er sprach nicht darüber, und ich habe auch nicht nachgefragt. Das war unser Deal.« Sie seufzte. »Wissen Sie, Emil mochte die schönen Dinge des Lebens. Er mochte es, zu reisen. Aber er mochte es nicht, allein zu reisen. Weshalb er mich immer mitgenommen hat. Was habe ich gesehen von der Welt – wir waren mehrmals gemeinsam in der Karibik. Aber er hat auch meine Sicht auf Deutschland verändert. Wir haben die ganze

Republik bereist und eben nicht nur die Metropolen wie Hamburg oder München, sondern auch kleinere, unbekanntere Orte. Unglaublich, was für unterschiedliche Landschaften dieses Land zu bieten hat.«

Ihre Augen leuchteten jetzt regelrecht. »Ich habe von all unseren Reisen kleine Reiseberichte geschrieben. Mit Fotos. Emil hat das gemocht. Und er mochte die Oper. Aber er mochte es nicht, in der Oper zu sitzen, eingequetscht zwischen Menschen, wobei der Linke nach Schweiß gerochen hat und die Rechte eine wandelnde Parfümprobe war. Also hatte er immer wieder eine Loge reserviert. Und wenn in Wiesbaden keine frei war, sind wir halt nach Paris geflogen. Aber er fragte mich auch, was ich mochte. Ich mag Irish Folk. Ich bin seit Jahrzehnten ein Fan von Paddy goes to Holyhead – heute also eher von Paddy Schmidt, dem einstigen Frontmann der Gruppe. Nun, die spielen eher nicht in der Messehalle in Frankfurt. Und so war sich Emil auch nicht zu schade, mit mir ins Green Sheep nach Darmstadt zu fahren, wenn Paddy dort aufgetreten ist. Damals nur mit seinem Geiger Ingo Gerlach. War ein tolles Konzert.« Sie hielt versonnen inne.

Dann fuhr sie fort: »Ich habe keine Ahnung, ob er sich in seinem Job irgendwelche Feinde gemacht hat. Das hatte keinen Platz in unserer Beziehung. Ich meine, seit zehn Jahren habe ich meine Boutique. Ich war von Anfang an in diesem Einkaufszentrum. War mir nicht sicher, ob ich mich nicht finanziell übernommen hatte. Hatte ich, wie sich schnell herausstellte. Aber vor acht Jahren habe ich Emil kennengelernt. Seitdem kann ich meine Boutique betreiben, und ich muss mir keine schlaflosen Nächte mehr bereiten, ob ich den Laden halten kann, ob ich meine Aushilfen bezahlen kann. Ich habe es genau ein einziges Mal versucht, Emil zu fragen, womit genau er sein Geld verdient. Er hat mir einen Kuss auf die Stirn gegeben, mir lange in die Augen geschaut, um dann zu sagen: ›Frag mich das nie wieder. Ich verdiene für uns das Geld.‹ Ich habe seinem Blick standgehalten, dann habe ich gefragt: ›Aber du verkaufst keine Frauen? Und du hast doch nichts mit Drogen zu tun? Und auch nichts mit Kinderpornos?‹ Er wollte gerade dazu ansetzen, mich zurechtzuweisen, als ich sagte: ›Sag mir, dass du in keiner dieser drei Branchen arbeitest. Dann haben wir eine gemeinsame Zukunft. Aber lüg mich nicht an.‹ In seinem Gesicht hat es gearbeitet. Er war wütend, weil ich doch nachgefragt hatte. Und gleichzeitig wusste er, dass er mir diese Fragen beantworten musste. Und er hat gesagt: ›Keine Prostitution. Keine Drogen. Keine Kinder.‹ Das hat mir genügt.«

»Sie sprachen gerade von Ihren Reiseberichten. Könnten Sie mir die vielleicht per E-Mail zusenden?« Ben dachte darüber nach, die Daten der Reisen mit den Daten auf den Polaroidfotos zu vergleichen. Vielleicht gab es da ja Übereinstimmungen.

Bianca Wildegans lachte auf. »Das wird schwierig. Ungefähr genauso schwer, wie Ihnen nach einer Bestellung in meiner Boutique die Waren per Fax zukommen zu lassen. Ich habe die Berichte als Fotobücher angefertigt und drucken lassen. Da gibt es keine Dateien mehr.«

»Würden Sie sie mir ausleihen? Ich gebe Ihnen das große Indianerehrenwort, dass Sie sie unversehrt zurückbekommen.«

»Ja«, sagte Frau Wildegans nur. »Wenn Sie wissen wollen, wie Emil war, müssen Sie verstehen, wer ich bin.« Sie erhob sich, ging auf die Schiebetür der Glasfront zu, öffnete sie, trat auf den Balkon und zündete sich ein Zigarette an. Ben folgte ihr.

»Ich habe fünf Geschwister. Mein Vater hat bei Opel gearbeitet. Am Band. Meine Mutter hat uns sechs großgezogen. Ich weiß, was es heißt, wenn kein Geld da ist. Oder zu wenig Geld da ist. Meine Boutique habe ich finanziert, weil ich einen Freund mit Geld hatte. Und der mich wie Scheiße behandelt hat. Ich habe keinen tollen Schulabschluss, ich habe keine tolle Bildung, ich habe kein Studium. Und dieser Freund – der Begriff Freund ist hier eigentlich völlig fehl am Platz –, der hat mich erniedrigt. Und er dachte, er habe das Recht dazu, weil er mir Geld gab. Ich habe mich fast wie eine Prostituierte gefühlt zu dieser Zeit. Und dann habe ich Emil kennengelernt. Er kam in meine Boutique. Sagte, er brauche ein exquisites Geschenk für eine gute Freundin. Nannte mir deren Maße. Und wir suchten gemeinsam etwas aus. Es dauerte fünfzehn Minuten. Und in diesen fünfzehn Minuten wurde uns beiden klar: er und ich. Ich und er. Wir flirteten. Und die Blicke und die Gesten sagten alles. Dann hatte er gesagt: ›Ich hole Sie heute Abend nach Geschäftsschluss ab. Dann werden wir essen gehen.‹ Macho, habe ich gedacht. Und meine Mimik hat das wohl auch deutlich gezeigt. Emil sah mich nur an und sagte: ›Sie haben jetzt die Chance, die Weiche umzustellen. Sie gehen heute Abend mit mir essen. Und Sie werden danach keine Probleme mehr haben in Ihrem Leben. Oder Sie geben mir einen Korb, und Ihr Partner wird sie weiter behandeln wie ein Stück Dreck.‹ Ich hatte ihm nichts erzählt. Aber offensichtlich konnte er so gut in meinem Gesicht lesen und in den wenigen Worten, die ich gesagt hatte, dass er mich sehr schnell sehr tief erkannt hat.« Sie blickte versonnen dem Rauch hinterher.

»Ich wusste, wenn ich meinem damaligen Freund gegenüber auch nur eine Andeutung gemacht hätte, dass ich am Abend mit einem solventen Kunden essen ginge, hätte dieser Kunde ein Problem. Und ich auch, nicht nur blaue Flecken an den Oberarmen wie meistens, sondern wahrscheinlich auch welche im Gesicht. Emil – er war ein attraktiver Mann. Aber nicht durch einen breiten Brustkorb und Muskeln wie Arnold Schwarzenegger. Sondern durch eine Autorität, die allein in seiner Ausstrahlung begründet war. Wissen Sie, so wie der Pate. Er selbst musste nicht der körperlich Starke sein. Aber er musste Leute um sich herumgruppieren, die alles für ihn gegeben hätten. Und so sagte ich zu. Für dieses Abendessen. Mein damaliger Freund hat sich danach nicht mehr gemeldet. Keine

Nachricht auf dem Handy, kein blöder Spruch auf dem Anrufbeantworter, kein Klingeln mitten in der Nacht. Ich hatte keine Ahnung, wie Emil das geregelt hatte, und es war mir völlig egal. Von diesem Moment an war ich Emil Wittkamps Freundin. Gefährtin. Frau. Es hatte ein bisschen was von Märchen. Der Prinz auf dem Schimmel, der die Prinzessin rettet. Ein Klischee. Eigentlich mehr als ein Klischee. Ein Riesenklischee, ein Doppelklischee. Keine Ahnung. Es war mir auch egal.«

Die Geschichte von Bianca Wildegans hätte durchaus in einem Märchenbuch zweihundert Jahre zuvor stehen können, wenn auch die Begriffe »Boutique« und »Einkaufszentrum« darin nicht vorgekommen wären. Aber Ben meinte zu verstehen, was sie gesagt hatte. Die gemeinsamen Opernbesuche, Besuch von Konzerten, Reisen – da drängte sich ihm bereits die nächste Frage auf: »Frau Wildegans, hatten Sie gemeinsame Freunde? Oder lebten Sie tatsächlich nur zu zweit?«

Bianca Wildegans zuckte die Schultern. »Ja, die meiste Zeit lebten wir wirklich für uns. Ich wollte Emil meinen Freundinnen vorstellen, aber das wollte er nicht. Und so habe ich meinen Geburtstag immer zweimal gefeiert. Einmal mit ihm, einmal eine Runde mit meinen Mädels. Er hat diese Mauer nie aufgegeben. Nur bei einem. Einen einzigen Mann, den haben wir zu zweit besucht. Und ihm gegenüber hatte Emil mich auch immer als seine Frau bezeichnet.«

Ben wurde hellhörig. »Und wer ist dieser Mann?«

»Hans. Dr. Hans Werder. Aus Berlin. Emil und er kannten sich schon lange. Hans wohnt in einer schönen Villa in Grunewald. Ein- bis zweimal im Jahr sind wir dorthin gefahren. Ich mochte Hans. Er ist ein bisschen älter als Emil. Und ich mochte auch seine Frau und die beiden Söhne, die immer mal wieder da waren.«

Hans Werder, da klingelte ein Glöckchen in Bens Gehirn. Wo musste er den Namen einordnen? Dann machte es klick. Der Artikel in der Diplomarbeit über die Treuhandanstalt.

Hans Werder, der Mann, der den Betrieb von Emil Wittkamps Vater schätzen sollte. Der Mann, der Emil Wittkamp einen Job bei der Treuhand in Berlin angeboten hatte. Der Mann, der Emil Wittkamp mit nach Chemnitz genommen hatte, als er dort selbst Niederlassungsleiter wurde. Offensichtlich hatten die beiden über ihre Treuhandzeiten hinaus Kontakt gehalten.

»Wissen Sie, ob diese Wohnung Emil Wittkamp gehört?«

Frau Wildegans zuckte die Schultern. »Ich habe keine Ahnung. Aber ich ziehe auch wieder in meine Wohnung zurück.«

Ben fiel eine weitere Frage ein: »Frau Wildegans, wir haben von Ihrem Freund nur einen Laptop gefunden, von dem aus er mit Ihnen per E-Mail kommuniziert hat. Wir haben keinen Rechner, der irgendwelche Rückschlüsse auf seine geschäftlichen Tätigkeiten zulässt. Und wir haben auch kein Handy gefunden. Wissen Sie darüber etwas?«

Sie inhalierte, stieß den Rauch in die Kälte und drückte die Kippe in einem bereitstehenden Aschenbecher aus. »Herr Lorenz, das ist endlich mal etwas, worauf ich eine Antwort weiß. Mein Freund Emil hatte immer das Neueste vom Neuesten. Jedes Jahr hat er seinen vermeintlich alten Business-Laptop gegen einen neuen ausgetauscht. Immer noch ein bisschen schneller, noch ein bisschen toller, noch ein bisschen mehr Speicher. Das war sein Tick. Da verstand er keinen Spaß. Ebenso wenig wie beim Handy. Immer wieder hat er auch mich dafür zu begeistern versucht. Damit kann ich Ihnen ziemlich genau sagen, womit er zu arbeiten pflegte: ein Apple MacBook Pro, mit 16-Zoll-Bildschirm, vierundsechzig Gigabyte Arbeitsspeicher und acht Terabyte SSD. Wenn Sie mich jetzt fragen, worin die Vorteile gegenüber anderen Modellen bestehen, dann kann ich Ihnen das nicht beantworten. Und das Handy natürlich auch das neueste und größte von Apple. Teuer. Sauteuer. Wenn er verreiste, und das tat er häufig, hatte er noch ein kleines MacBookAir mit. Für private E-Mails,

Musik, ein paar Filme. Er hat das Berufliche immer strikt vom Privaten getrennt.«

Sie griff in die Hosentasche. Zog ein Handy hervor. »Er hat drauf bestanden, dass auch ich ein Handy der neuesten Generation habe. Elf oder so. Keine Ahnung. Wir haben ohnehin nur telefoniert. Den ganzen Nachrichtendiensten hat er nicht getraut. Ich weiß noch, als ich ihn das erste Mal gefragt habe, ob er WhatsApp nutzt. Die Reaktion war ungefähr dieselbe, als ob ich ihn gefragt hätte, ob er den Tripper hat.«

»Wir haben keinen solchen Laptop gefunden. Und auch kein Handy.« Ben hielt sich bedeckt darüber, an welchen Orten er keinen solchen Laptop und auch kein solches Handy gefunden hatte. »Und die Polizei auch nicht ... Wir haben den privaten Laptop gefunden.«

»Na, das bestätigt dann ja eindrucksvoll, dass Emil nicht von selbst von irgendeinem dubiosen Balkon gesprungen ist. Wäre er gesprungen, hätten Laptop und Handy in der Wohnung gelegen, von der aus er gesprungen sein soll.«

Wochenende. Sie hatte wunderbar gefrühstückt. Croissants, Butter, Marmelade. Frischkäse, Gorgonzola, Scheibenkäse. Ein bisschen Schinken. Und, ja, auch zwei Laugenbrötchen. Das alles auf einem Tablett auf ihrem Couchtisch – vor dem prasselnden Kamin. Nichts sprach dagegen, ihn auch vormittags anzuwerfen.

Danach hatte sie sich der Lektüre des *Spiegels* hingegeben. Sie hatte die aktuelle Ausgabe extra zu diesem Frühstück gekauft.

Als sie die Lektüre beendete, war es bereits zwölf Uhr. Und sie stellte fest, dass sie weder in der Nacht vor Schmerzen aufgewacht war noch dass sie irgendwelche Schmerzen am heutigen Morgen beeinträchtigt hätten. Es konnte also ein gutes Wochenende werden.

Sie rief die Nummer des Frankfurter Anwalts an, der die Firmengründungen auf Sint Maarten veranlasst hatte. Doch dort meldete sich nur der Anrufbeantworter. Sprechzeiten zwischen Montag und Freitag. Jana hinterließ eine kurze Nachricht. Aber sie nahm nicht an, dass Hieronymus Renzel noch am Wochenende zurückrufen würde.

Doch was sollte sie anfangen mit diesem Wochenende? Würde sie abends tanzen gehen? Zum einen glaubte sie nicht, dass doppelte Drehungen beim Salsa ihrem Kopf derzeit guttun würden. Doch vielleicht wäre da der eine oder andere Herr, der ihrem Unterleib gutgetan hätte. Aber sie verspürte keine Lust. Nicht aufs Tanzen. Nicht auf die Herren. Was hatte dieser Schlag auf den Kopf bloß ausgelöst …

Sie zog sich warm an, Zwiebelkleidung. Inklusive Bommelmütze auf dem Kopf. Trat vor die Haustür. Spazierte über die Rosenhöhe, dann, mit einem Schlenker um den Badesee Woog herum, wieder nach Hause. Dreizehn Uhr. Hatte gutgetan. Brachte sie aber nicht wirklich weiter bei der Frage, wie sie das restliche Wochenende gestalten wollte. Dann rief Ben an. Da war es bereits halb drei. Er berichtete davon, dass er mit Bianca Wildegans gesprochen hatte. Dass es einen gemeinsamen Bekannten gegeben hatte, ebenjenen Dr. Hans Werder in Berlin. Während Ben sprach, übersandte er ihr bereits dessen Adressdaten aufs Handy. Jana war immer wieder erstaunt, was diese kleinen Geräte alles ermöglichten.

»Wenn wir mit diesem Herrn sprechen, vielleicht erfahren wir dann mehr über den beruflichen Hintergrund von Emil Wittkamp. Was er unmittelbar nach seiner Karriere bei der Treuhand gemacht hat. Vielleicht erfahren wir auch, wie viel Vermögen er wirklich besitzt.«

Ja, Ben hatte recht.

»Und es ist auch nicht wirklich gerecht, dass wir zwar über Hunderttausende Euro bei einer Bank ausgemacht haben, aber seine Freundin nichts davon sehen wird.«

Hatte er auch recht.

»Ich spreche mit dem Herrn«, sagte Jana.

»Montag?«

»Nein. Jetzt.«

Dann legte sie auf.

Das Gespräch mit Dr. Hans Werder war kurz gewesen. Sie hatte sich ausgewiesen als die Nachlassverwalterin von Emil Wittkamp. Der keine direkten Erben hinterlassen hatte. Und bei dem auch nicht klar war, über welches Vermögen er verfügt hatte. Sehr gerne würde sie mit ihm, Dr. Hans Werder, sprechen, so hatte sie es am Telefon formuliert.

»Dann kommen Sie vorbei«, hatte er gesagt.

Jana hatte auf ihre Armbanduhr geschaut. Es war drei Uhr nachmittags. »Heute Abend oder morgen Vormittag zum Frühstück?«, hatte sie geantwortet.

»Teilen Sie mir mit, wann Sie in Berlin ankommen, ich lasse Sie abholen. Und dann speisen wir zu Abend. Ich kümmere mich auch um ein Hotelzimmer. Das bin ich Emil wohl schuldig.«

Nun saß sie im Flieger. Um neunzehn Uhr würde sie in Berlin-Tegel landen. Werder hatte ihr seine Mobilnummer gesendet, auf ihr Mobiltelefon. Als sie aus dem Ankunftsbereich trat, sah sie bereits das Schild: »Jana Welzer«. Der Mann, der das Schild in die Höhe hielt, trug einen schwarzen Anzug, eine Fliege und eine Chauffeursmütze. Er war sicher sechzig Jahre alt. Und er machte schnell deutlich, dass er der Chauffeur war und nicht der Zuständige für die Konversation. Dies unterstrich auch der Wagen, dessen Fondtür er aufhielt. Ein Maybach. Die teuere Variante einer Mercedes-S-Klasse. Auch das war ein Statement.

In gänzlich unaufgeregter Fahrweise chauffierte sie der Herr in schmucker Livree hinein in die Mitte von Berlin. Um unmittelbar am Brandenburger Tor langsamer zu werden. Jana war perplex. Der Chauffeur hielt den Wagen direkt vor dem Adlon-Kempinski an. Er stieg aus, und sie hatte noch nicht den zweiten Fuß auf den Boden gesetzt, da stand schon ein weiterer Helfer neben ihr, ebenfalls in schwarzem Anzug.

»Wenn ich Sie zu Herrn Dr. Werder geleiten darf?«, sagte er. Und die Stimme passte perfekt zum tadellosen Sitz des Outfits.

Jana griff nach ihrem Handkoffer. Der Chauffeur tauchte sofort wieder neben Jana auf und nahm ihn ihr ab. »Ich veranlasse, dass er bereits auf Ihr Zimmer gebracht wird.«

Der Herr dirigierte sie in das Restaurant Quarré. Er führte sie zu einem Tisch am Rande des Raumes. Ein kleiner Tisch. Ein diskreter Ort.

Noch bevor sie den Tisch erreicht hatten, erhob sich der Herr, der bereits dort gesessen hatte. Jana schätzte ihn ein: vielleicht fünfundsechzig Jahre, wahrscheinlich eher siebzig, weil er eigentlich wie sechzig aussah. Da war kein Bauch, der Weste, Jackett oder die rote Krawatte über Gebühr nach außen gewölbt hätte. Die Haare waren grau, aber sehr kurz geschnitten. Und kein Barthaar würde sich getraut haben, auf der perfekten Haut heimlich zu sprießen.

»Frau Welzer!«, sagte Dr. Werder, nahm ihre Hand, hauchte einen Handkuss darauf. Mit einem kurzen Blick signalisierte er seinem Mitarbeiter, dass dieser nun entlassen war.

Obwohl der Stuhl am Tisch in perfekter Position platziert war, ließ es sich Dr. Werder nicht nehmen, ihn um einen halben Zentimeter nach hinten zu ziehen, sprich, der Dame das Setzen angenehm zu machen. Dann ließ auch er sich wieder auf seinem Restaurantsessel nieder, der ihr nicht exakt gegenüber platziert war, sondern vielleicht im Hundertzwanzig-Grad-Winkel.

»Sie haben am Telefon gesagt, Emil sei tot. Es ist fürchterlich. Er war mir – ein Gefährte. Und obwohl er gut fünfzehn Jahre jünger war als ich, habe ich viel von ihm gelernt.«

Mit einer winzigen Bewegung winkte er den Ober heran. »Ein Aperitif für Sie? Ich bin kein großer Freund von leichten Drinks – auch als Aperitif wähle ich gern einen Whisky.«

Jana lächelte. »Na, da haben wir doch schon eines gemeinsam. Vielleicht einen nicht so schweren? Vielleicht ein Slyrs?«

Auch Werders Gesicht überzog nun ein Lächeln. Wenngleich ein Lächeln in diesem Gesicht bedeutete, dass sich die Mundwinkel jeweils um weniger als zwei Millimeter bewegten.

Er nickte dem Ober nur zu. Und der hatte verstanden. Zweimal einen Slyrs.

»Sagen Sie mir bitte, wie ist Emil zu Tode gekommen?«

Gut, das gleich am Anfang zu klären. »Nach Angaben der Polizei hat er sich getötet, ist vom Balkon im sechsten Stock gesprungen.«

Werder schüttelte nur den Kopf. »Emil? Niemals! Emil hat sich unter keinen Umständen selbst umgebracht. Er hat das Leben geliebt. Er hat seine Frau geliebt. Er hat seine Reisen geliebt. Und er war mit seiner Arbeit – zufrieden.«

Jana stellte fest, dass diese Bezeichnung deutlich davon abwich, dass er all die anderen Dinge *geliebt* hatte …

»Frau Welzer, Emil Wittkamp hatte genug Geld, eine Frau, die er liebte. Nein. Er hätte sich nicht selbst gerichtet.«

Jana konnte das nicht einschätzen. Sie wollte vielmehr Antworten auf die Fragen, ob Emil Wittkamp vielleicht noch Erben hatte. Und was genau Emil Wittkamp alles vererben würde. »Ich bin noch auf der Suche nach seinen Vermögenswerten. Es ist bisher nicht klar, was er alles vererbt. Und, offen gesagt, es ist auch nicht klar, wer das alles erben wird.«

Werder nickte. »Es ist eine Schande. Er hätte viel früher heiraten sollen. Nun steht Bianca da – ohne alles!«

Darauf wusste Jana zunächst nichts zu antworten.

Leise, mehr zu sich selbst sagte er: »Keine Sorge. Ich werde mich darum kümmern.«

Der ältere Herr war Jana nicht unsympathisch. Sie war sich nicht sicher, wie sie ihm seine Geschichte oder vielmehr Emil Wittkamps Geschichte entlocken sollte. Sie versuchte es mit dem Anfang der Story. Der gemeinsamen Geschichte der beiden Männer. »Sie haben sich 1990 kennengelernt, ist das richtig? Damals im Volkseigenen Betrieb von Emil Wittkamps Vater. Dem VEB Leuchten und Lampen.«

Der Ober brachte die beiden Whiskys.

Werder nahm den seinen. Hob ihn an. Jana tat es ihm gleich. »Auf Emil«, sagte er nur und führte das Glas an den Mund.

Als er es absetzte, sagte er: »Ja. Ich erinnere mich sehr genau an diesen Tag. Sie hatten mich aus meiner Firma geholt. Die hatte tatsächlich auch mit Leuchtmitteln zu tun, welch Zufall. Als sie die Treuhand hochzogen, da haben sie händeringend nach Leuten gesucht, die sich mit der Materie irgendwie auskannten.«

Er hielt inne. Dann fragte er: »Sie haben kein Mikro am Leib, oder? Wir können hier offen miteinander reden? Was an diesem Tisch gesagt wird, bleibt an diesem Tisch?«

Jana nickte. Verkabelt? Auf die Idee wäre sie nie gekommen. »Ich trage keine Mikros.«

»Ich auch nicht«, sagte er. »Dürfte ich Sie bitten, Ihr Mobiltelefon auszuschalten und auf den Tisch zu legen?«

Jana zog ihr Handy aus der Tasche, schaltete es aus und legte es auf den Tisch.

»Darf ich das mit dem Mikro bitte auch überprüfen lassen?«

Jana war irritiert. Dann sah sie eine Frau in schickem Business-Dress, die, gleich einem Flaschengeist, aus dem Nichts aufgetaucht war.

»Wenn es sein muss.« Jana stand zögerlich auf. Und neben dem Tisch war tatsächlich ein Vorhang. Die Dame dirigierte sie sanft dahinter. Dann tastete sie Janas Körper ab. Gründlich. Eine Minute später saß Jana wieder an ihrem Platz.

Als ob sie sich überhaupt nicht erhoben hätte, fuhr Werder fort: »Ja. Damals haben wir uns kennengelernt. Ich war beeindruckt. Schwer beeindruckt. Wie dieser junge Mann für den völlig heruntergekommenen Laden seines Vaters kämpfte. Er hatte Ideen, Visionen, Utopien, wie man die Firma hätte retten können. Und Jahre später hat er mir immer noch vorgeworfen, dass durch die Übernahme der Firma seines Vaters – vielmehr des Volkseigenen Betriebs – einfach nur ein ostdeutscher Konkurrent eines großen westdeutschen Unternehmens plattgemacht worden wäre. Und so nüchtern der Blick von Emil auf alle anderen Unternehmen war, so verblendet war seine Sicht auf den VEB Lampen und Leuchten in Zwickau.«

»Und warum haben Sie ihn dennoch mit nach Berlin genommen?«

Werder lachte kurz auf. Dann sagte er: »Wittkamp war das, wovon wir geträumt haben: ein Ostdeutscher, der einen Hauch von Ahnung von freier Marktwirtschaft hat. Und das meine ich nicht überheblich. Das meine ich ganz im Ernst. All diese Betriebe sind über Jahrzehnte gelaufen, ohne dass jemals jemand die Frage gestellt hätte, ob das Geld, das man in die Betriebe hineinsteckte, auch nur annähernd das erwirtschaftete, was am Ende rauskam. Was nützt es, wenn eine Glühbirne für eine Ostmark verkauft wird und für ihre Produktion vier Ostmark reingesteckt werden müssen? Nein, es waren definitiv nicht alle Betriebe, deren Bilanz so schlecht war. Bei den guten musste man nur eineinhalb Ostmark reinstecken, um Waren im Wert einer Ostmark zu bekommen. Aber Wittkamp, er hatte sich wenigstens ein bisschen Wissen angelesen. Keine Ahnung, wie er an die Bücher gekommen war, die er da gelesen hatte. Ich meine, Internet gab es ja noch nicht. Und, ja, noch während Emil Wittkamp versuchte, die Firma seines Vaters zu retten, wusste ich schon, dass ich ihn in Berlin bei der Treuhand haben wollte. Eben genau deshalb, weil er nicht nur den Wessi-Blick hatte, sondern auch Ostvergangenheit. Beides. Und das war, naturgemäß, selten.«

»Er ist dann ja tatsächlich mit Ihnen nach Berlin gegangen. Und ein Jahr später nach Zwickau.«

»Ja. Die Treuhandanstalt wurde aufgeteilt. Es gab fünfzehn Niederlassungen in den ehemaligen Bezirksstädten der DDR. Chemnitz war eine davon. Da wurden alle Betriebe abgewickelt, die unter einer gewissen Millionengrenze waren. Für Wittkamp war das gut. Seine Familie kam aus Zwickau, das ist ja nah bei Chemnitz. Er hat dann dort auch geheiratet. Seine

Julia. War die große Liebe. Was für eine Tragödie, als sie und das Kind starben … Hat er sich nicht mehr von erholt.«

»Was war nach der Treuhand? Da wissen wir nicht wirklich viel über Herrn Wittkamp. Weder über sein Privatleben noch über sein berufliches Leben.«

Werder zuckte die Schultern. »Er ist seinen Weg gegangen.«

Vielleicht ein wenig Zeit für Provokation: »Den Weg entlang der Briefkastenfirmen in der Karibik?«

Werder sah ihr in die Augen. Sagte für einige Sekunden nichts. Und dann: »Frau Welzer, Emil Wittkamp hat seine Schäfchen ins Trockene gebracht. Wie viele von uns. Wie auch ich. Sie können sich das nicht vorstellen, damals, 1990. Die Prager Botschaft wurde 1989 von DDR-Bürgern quasi gestürmt. Im Oktober reisten sie durch DDR-Gebiet in die Bundesrepublik. Im November '89 fällt die Mauer. Die Menschen in der DDR wollten drei Dinge: Sie wollten die D-Mark, in den Westen reisen können. Und sie wollten dasselbe wirtschaftliche Niveau wie in der Bundesrepublik. Möglichst morgen. Und wenn nicht das, dann übermorgen.

Ich sage: Es war ein Irrsinn. Dieses schnelle Zusammenführen zweier Staaten. Diese Übernahme des einen Staats, der BRD, die sich in Raubtier-Absicht die DDR einverleibt hat. Aber was wäre denn die Alternative gewesen? Was wäre in der DDR passiert, wenn unser Kanzler Kohl damals gesagt hätte: Sorry, Freunde, aber D-Mark ist nicht. Fahrt ihr noch mal ein paar Jahre Trabbi, lebt mit eurer Ostmark, und in zwei Jahren sehen wir dann mal weiter. Das hätte auch nicht funktioniert. Das hätte Bürgerkrieg gegeben.

Und dann kamen wir. Von der Treuhand. Sollten den Volksbesitz der DDR – tja, was eigentlich? Zuerst war die Treuhandanstalt eine sogenannte Holding, der Dachverband aller Volkseigenen Betriebe. Daher ja auch der Name. Wir sollten die Betriebe treuhänderisch verwalten. Privatisieren. Und dann stellte sich raus: Die DDR war pleite. Aber Kohl wechselte die Ostmark eins zu eins in Westmark. Das konnte, wirtschaftlich gesehen, nicht gut gehen. Aber es war politisch nicht anders möglich. So sehe ich das jedenfalls.«

»Und Emil Wittkamp?«, versuchte Jana Werders Ausführungen wieder auf ihr Thema zu lenken.

Werder sah ihr direkt in die Augen. Dann sagte er: »Da waren viele, die profitiert haben. Emil Wittkamp gehörte dazu. Ich gehöre auch dazu. Wir haben unseren Job gemacht, haben die Privatisierung durchgezogen. Und wir haben auch unseren Lohn dafür bekommen. Und Wittkamp – er und einige andere haben sich daran gesundgestoßen. Trotzdem glaube ich, bei allen kriminellen Vorgängen: Der Preis für die Privatisierung war billiger, als es ein Bürgerkrieg gewesen wäre. Da hätten die Amis ganz bestimmt nicht ruhig zugeschaut. Und die Russen wahrscheinlich auch nicht.«

Dann schwieg er. Als ob es einen Regisseur in der anderen Ecke des Raumes gäbe, trat ein Ober an den Tisch. »Das Horsd'œuvre?«

Die Vorspeise.

»Was möchten Sie trinken? Eher einen roten Wein oder einen weißen?«

»Ich hätte gern ein Pils. Eher ein herbes.« Jana hatte das Gefühl, sie müsse dem doch etwas selbstgerechten Weltbild mit teuren Speisen und teurem Wein etwas entgegensetzen. Und musste schmunzeln. Als sie im Delfino den teuren Rotwein getrunken hatte, hatte Ben sich für ein Bier entschieden. Vielleicht wollte auch er ihr Weltbild zurechtrücken.

»Gern«, sagte der Ober, nahm die Bestellungen auf und verließ den Tisch.

»Was hat Wittkamp nach seiner Tätigkeit für die Treuhand gemacht?«, kam Jana auf ihre ursprüngliche Frage zurück.

Werder hob eine Augenbraue. »Ich weiß es nicht. Er hat nicht darüber geredet. Ich habe nicht danach gefragt. Ich weiß nur, dass er damals, zu Treuhandzeiten, sein eigenes Netzwerk aufgebaut hat. Er hatte Freunde. Das Kleeblatt bestand aus ihm, einem Banker, einem Rechtsanwalt, und der Vierte im

Bunde war Unternehmer. Und, nein, wenn Sie mich jetzt fragen, ich kann Ihnen die Namen nicht sagen. Und ich kann Ihnen auch die Unternehmen nicht nennen, in die Emil Wittkamp involviert war. Und ich habe auch keine Ahnung, wo und wie er sein Geld untergebracht hat. Ich kann Ihnen nur sagen: Wenn Sie einen Erben glücklich machen wollen, dann graben Sie ein bisschen tiefer. Denn ich bin ziemlich sicher, dass Emil Wittkamp ein großes Vermögen auf die Seite geschafft hat.«

Das war das letzte Statement, das Werder zu Emil Wittkamp abgegeben hatte. Sooft Jana auch versuchte, das Thema nochmals auf ihren Klienten zu lenken, sie scheiterte.

Der Abend war angenehm gewesen. Jana hätte lügen müssen, behauptete sie, dem wäre nicht so gewesen. Werder war gebildet, er hatte durchaus kluge Sätze gesagt. Auch wenn sie seiner Verklärung der Treuhandanstalt nicht so ganz zustimmen konnte.

Als sie im Bett der kleinen Suite lag, die Werder für sie angemietet hatte, ließ sie den Abend Revue passieren. Nein, viel hatte sie nicht herausbekommen. Doch eine Aussage hatte sie stutzig werden lassen: Wittkamp war Teil eines Quartetts. Bestehend aus ihm, einem Rechtsanwalt, einem Banker und einem Unternehmer. Mit einem Banker aus Wittkamps Umfeld hatte sie bereits zu tun gehabt. Ein Rechtsanwalt stand ebenfalls Gewehr bei Fuß, er hatte sich um die Offshore-Konten gekümmert. Fragte sich, wer der Unternehmer war. Und welche Rolle Emil Wittkamp in diesem Kleeblatt gespielt hatte.

CAESAR IX

Ich kann nicht mehr für uns sorgen.

Ich bin ein Mann. Habe drei Kinder. Meine Frau hat sich umgebracht. Davongestohlen, so könnte man es auch formulieren. Meinen Job bin ich auf jeden Fall los. Zu viel Fehlzeiten wegen der Eskapaden der Kinder.

Toll.

Ich kann jetzt jeden Mittag kochen.

Und dadurch, dass ich jetzt Vollzeit zu Hause bin, habe ich nur hundertfünfzig Euro weniger im Monat von dem wenigen, das ich bislang verdient habe. Denn ich muss auch die Schulbetreuung nicht mehr zahlen. Vielleicht ist es tatsächlich ein Nullsummenspiel.

War mir vorher gar nicht bewusst. Der Vierzig-Stunden-Fulltime-Job unterscheidet sich von der Stütze durch genau hundertfünfzig Euro. Aber auch vorher konnte ich Chris kein iPhone kaufen. Nicht mal ein gebrauchtes.

Meine Töchter sind noch zu klein, um solche Ansprüche zu stellen, aber, garantiert, auch die wachsen da rein …

Ich kriege jetzt Stütze. Trotz meiner Ausbildung, trotz meines Jobs, den ich ja immerhin neun Jahre lang zu aller Leute Zufriedenheit gemacht habe.

Was habe ich Chris in den Senkel gestellt! Ich habe ihn geschlagen! Ich habe mein Kind geschlagen! Das Schlimme daran: Er hat sich überhaupt nicht gewehrt. Er hat sich das Taschentuch an die blutende Nase gehalten und hat gesagt: Mama ist dran schuld.

Dadurch, dass seine Mama nicht mehr da ist, bekamen wir Unterhaltsvorauszahlungen vom Jugendamt. Wie von einer

Frau, die sich durch eine Scheidung davongestohlen hätte. Nicht durch Selbstmord.

Und jetzt, wo sie mich auch geschasst haben, da springt endgültig die Stütze ein.

Aber, Scheiße, ich will doch irgendwie meine Familie ernähren! Oder? Hat mein Vater gemacht. Hat mein Großvater gemacht. Muss ein Mann doch irgendwie gebacken kriegen!

Aber nein. Mein Job ist flöten.

Und wenn ich mich jetzt bewerbe, alleinstehender Papa mit drei Kindern, zwei, neun, zwölf Jahre alt – o ja, die werden mich mit Handkuss nehmen. Das Familienmanagement inklusive des Jobmanagements, sie werden vor mir niederknien, dass ich das alles einmal gebacken bekommen habe.

Bis meine Kleine krank wurde.

Bis der Große geklaut hat.

Bis die Mittlere zugeschlagen hat.

MONTAG

Rechtsanwalt Hieronymus Renzel hatte Jana noch am Sonntagabend zurückgerufen. Jana war gerade unter der Dusche gewesen, als das Handy geklingelt hatte. Renzel hatte eine Nachricht hinterlassen, sie könnten am kommenden Morgen miteinander telefonieren. Jana hatte sonntags ein hervorragendes Frühstück im Hotel genossen und dann beschlossen, noch ein wenig durch Berlin zu flanieren. Die Sonne hatte geschienen und die Stadt in majestätisches Licht getaucht. Am frühen Nachmittag war sie wieder Richtung Tegel gefahren, zurückgeflogen und am Abend in ihrer Wohnung angekommen.

Sie hatte gerade die Tür zum Büro aufgeschlossen, als sie das tiefe Blubbern von Bens Wolga vernahm. Sie hatten gestern ebenfalls noch miteinander telefoniert.

Er stellte den Wagen auf einem der beiden offiziellen Parkplätze vor dem ehemaligen Café ab. Dann humpelte er mit seiner Krücke auf Jana zu. »Guten Morgen«, sagte er und lächelte etwas gequält. Vielleicht sollte nicht sie, sondern er mal zu einer Schmerztablette greifen.

Während Jana für beide Kaffee zubereitete, sprachen sie sich kurz über das weitere Vorgehen ab. Jana würde mit dem Rechtsanwalt telefonieren, Ben mit dem Standesamt in Zwickau Kontakt aufnehmen.

Jana stellte die Kaffeetasse ab, schloss die Tür zu ihrem Büro und ließ sich hinter ihrem Schreibtisch nieder. Vor einem Jahr hatte sie einmal in eine Fortbildung investiert. Sie hatte ein Programm installiert, mit dem man Videokonferenzen abhalten konnte. Mit ihrem Handy hatte sie privat bereits Facetime genutzt. Vor einem Jahr war Jana krank geworden, musste jedoch einige Besprechungen führen. Ihr damaliger EDV-Unterstützer hatte ihr davon berichtet, dass es eben auch Programme gab, bei denen man sich nicht nur auf dem Bildschirm gegenseitig sehen, sondern auch den eigenen Bildschirm freigeben konnte, sodass das Gegenüber den eigenen Monitorinhalt sah – und man so eigene Dateien allen zeigen und vor allem bearbeiten konnte.

Ben hatte ihren Schreibtisch wieder so eingerichtet, dass sie den Unterschied zu vorher kaum spürte. Auf der Mailbox hatte Anwalt Renzel neun Uhr als Gesprächstermin vorgeschlagen. Jetzt war es fünf Minuten vor neun, und Jana hatte ihm per Mail einen Link geschickt, damit er mit ihr in die kleine Videokonferenz einsteigen konnte. Keine zwei Minuten später erschien das Gesicht von Hieronymus Renzel auf dem Monitor ihres Laptops. Er grüßte freundlich: »Guten Tag, Frau Welzer, schön, Sie kennenzulernen, auch wenn die Umstände nicht so erfreulich sind.«

Renzel saß mit Hemd, Krawatte, Weste und Jackett perfekt gekleidet vor der Webkamera. Die Kamera schien auch ein besseres Modell zu sein, Jana erkannte sogar einen kleinen Leberfleck auf der linken Wange. Ein wenig erinnerte Renzel sie auch an Dr. Werder, in einer rund fünfzehn Jahre jüngeren Version. Zu Treuhandzeiten musste dieser Mann ein sehr junger Anwalt gewesen sein.

Jana grüßte zurück und sagte: »Herr Renzel, ich bin als Nachlasspflegerin von Emil Wittkamp eingesetzt. Und in seinem Nachlass sind wir auf ein paar Unterlagen gestoßen, auf denen Ihr Name vermerkt ist. Vielleicht können Sie uns ein bisschen bei der Aufklärungsarbeit unterstützen.«

»Selbstverständlich, was kann ich für Sie tun?«, fragte er.

Jana hatte die Unterlagen über die Offshore-Firmen und deren Bankverbindungen bereits eingescannt und in einer PDF-Datei zusammengefasst. Sie hatte sie auf dem externen Monitor aufgerufen, der links neben dem Laptop stand, und gab jetzt den Bildschirm frei, sodass Renzel die Unterlagen sah. Natürlich hätte Jana Renzel auch die Datei schicken können. Aber der Vorteil dieser Online-Lösung lag darin, dass beide immer denselben Ausschnitt der Datei im Blick hatten. Sie konnte auch den Mauszeiger für Wenzel freigeben, sodass der nun mit seiner Maus die Datei auf Janas Monitor nach oben und unten bewegen konnte. Was er auch tat.

Insgesamt belegte das Dokument, dass Emil Wittkamp der wirtschaftliche Eigentümer und damit der alleinige Chef von sechs Firmen war. »Das ist faszinierend. Darf ich fragen, wo in seinem Nachlass Sie diese Unterlagen gefunden haben? Hatte er sie in einem Bankschließfach deponiert?«

Das war eine interessante Frage. Vor allem aber war interessant, weshalb sich der Anwalt dafür interessierte. Jana schwieg einfach.

Und der Anwalt verstand. »Okay. Das tut ja auch nichts zur Sache. Wie kann ich Ihnen nun helfen?«

»Nun, Sie sind die Kanzlei, über die diese Firmen gegründet wurden. Daher meine Frage, ob Sie mir Auskünfte über diese Firmen geben können respektive mitteilen können, wie hoch das Vermögen dieser Unternehmen ist.«

»Herr Wittkamp ist ja nun verstorben. Das könnte schwierig werden.«

»Ja, aber Ihnen gegenüber sitzt jetzt quasi der Klon von Herrn Wittkamp. Ich habe die Aufgabe und auch die Befugnis, sämtliche Rechtsgeschäfte für Emil Wittkamp abzuwickeln. Dazu gehört natürlich auch, Einsicht in seine Firmen zu bekommen. Die derzeit quasi meine Firmen sind. So lange, bis irgendwelche Erben gefunden wurden. – Was mich gleich zu meiner zweiten Frage bringt: Ist Ihnen bekannt, ob es noch lebende Verwandte von Emil Wittkamp gibt?«

»Aus Ihrer zweiten Frage entnehme ich, dass er noch nicht geheiratet hatte.«

Oh, dachte Jana. Wieder saß ein Mann vor ihr, der bezüglich des Privatlebens von Emil Wittkamp offensichtlich über

Detailkenntnisse verfügte. »Nein. Wir stehen zwar in Kontakt mit seiner Freundin – wir reden von Bianca Wildegans, nicht wahr?«

»Ja, das ist der Name, den er mir nannte.«

»Die beiden hatten noch nicht geheiratet. Sie kommt also als Erbin nicht in Betracht. Was mich wieder zu Frage eins zurückbringt.«

»Diese Firmen haben alle ihren Sitz auf Sint Maarten. Selbstverständlich kann ich den jeweiligen Banken ein Dokument zusenden, dass Sie die Rechtsnachfolgerin von Emil Wittkamp sind. Ich bin mir nur nicht sicher, ob unser deutsches Recht für diese Banken irgendeine Relevanz hat. Das Bankgeheimnis wird dort großgeschrieben. Wobei sich auch die Frage stellt, ob diese überhaupt in der Lage wären, ein deutsches Dokument zu lesen.«

Jana übersetzte den Redebeitrag von Anwalt Renzel in das, was er eigentlich bedeuten sollte: »Frau Welzer, vergessen Sie es. An diese Firmen und an diese Gelder kommen Sie von hier aus nicht ran.«

»Oh, es wäre für mich überhaupt kein Problem, eine beglaubigte niederländische oder englische Übersetzung anfertigen zu lassen. Zumal es ja nur eine Bank ist, die die Konten aller sechs Firmen verwaltet.«

»Stimmt, da haben Sie recht, alle Konten sind bei der EBC-Bank eingerichtet.«

Renzel sah Jana an, Jana den Anwalt. Wobei das Sich-Ansehen bei solchen Videokonferenzen immer so eine Sache ist. Da die Kamera meist oben auf dem Monitor angebracht war, wirkte es bei einer Videokonferenz immer so, als ob man seinem Gegenüber aufs Kinn schaute, obwohl man eigentlich auf die Augen des Gesprächsteilnehmers auf dem Bildschirm sah. Wenn Renzels Kanzlei für Wittkamp solche Firmen organisiert hatte, dann hatte er das ganz gewiss auch für andere Klienten eingerichtet. Zahlreiche Klienten. Und Jana war sich sicher, dass es für den Anwalt Hieronymus Renzel ziemlich unangenehm sein musste, dass solche fast intimen Unterlagen in ihre, Janas, Hände gelangt waren. Und er dadurch mit Offshore-Konten in Verbindung gebracht wurde.

»Haben Sie noch weitere Unterlagen, die belegen, dass Emil Wittkamp mehr Firmen unter Palmen besessen hat?«, fragte Renzel.

»Bislang nicht, weshalb?«

Renzel antwortete nicht sofort. Sein Gesichtsausdruck veränderte sich. Hatte er in den vergangenen Minuten eher unangenehm berührt gewirkt, so wandelte sich sein Gesicht nun zu einem freundlichen Lächeln, das sogar echt wirkte. Entweder er hatte den Fortgeschrittenenkurs für »Authentisch lächeln« mit einer Eins absolviert, oder es war tatsächlich aufrichtig.

Jana verstand seine Frage nicht. Wenn es weitere Firmen gab, so musste doch gerade er davon Kenntnis haben. Oder hatte Emil Wittkamp bei anderen Kanzleien ebenfalls Unternehmen und Konten eingerichtet?

»Frau Welzer, Sie haben Glück. Herr Wittkamp hat für den Fall eines Unfalls oder Ähnlichem vorgesorgt. Er hat mit mir einen Vertrag abgeschlossen, der mich berechtigt, dass ich, falls er für den Moment oder grundsätzlich nicht mehr in der Lage sein sollte, Entscheidungen zu treffen, als Treuhänder für ihn tätig werden kann und Zugriff auf diese Firmenvermögen habe. Ich kann Ihnen also tatsächlich über diese sechs Firmen eine Aufstellung der Vermögenswerte zukommen lassen. Und es wird mir auch möglich sein, eventuelles monetäres Vermögen auf ein Treuhandkonto Ihrer Wahl überweisen zu lassen.«

Hoppla! Das war ja eine ganz neue Entwicklung. Keine, mit der sie gerechnet hätte. Sie fragte nach, nur um sicherzugehen, dass sie nichts missverstanden hatte: »Sie haben Zugriff auf die Konten von Emil Wittkamp?«

»Ja.«

»Wunderbar! Wann darf ich mit Ihrer Aufstellung rechnen?«

»Nun, bitte geben Sie mir einen Tag Zeit.«

»Sehr gern«, sagte Jana und verabschiedete sich. Von Renzel. Und aus der Konferenz.

Jana konnte sich den plötzlichen Sinneswandel von Renzel nicht erklären. Aber sie konnte sich kaum vorstellen, dass er innerhalb von zwanzig Sekunden sein Gutmenschentum entdeckt hatte. Wie dem auch war, sie würde über die Vermögenswerte informiert werden. Und das Geld würde tatsächlich auf das von ihr verwaltete Treuhandkonto überwiesen.

»Mona Lindner, Standesamt Zwickau, wie kann ich Ihnen helfen?«

Ben war von der Zentrale direkt mit der zuständigen Mitarbeiterin verbunden worden. »Guten Morgen, Frau Lindner, mein Name ist Ben Lorenz. Ich rufe Sie an in meiner Tätigkeit als Erbenermittler. In Darmstadt ist eine Person gestorben, die in Zwickau geboren wurde und auch in Zwickau geheiratet hat. Ich bin auf der Suche nach Erben, denn der Herr war Witwer und hat keine Kinder hinterlassen.«

»Sie haben eine Vollmacht?«

»Selbstverständlich. Soll ich sie Ihnen faxen? Oder per E-Mail schicken?«

»Schicken Sie sie mir per E-Mail. Und bitte auch die Sterbeurkunde.«

Ben ließ sich die E-Mail-Adresse von Frau Lindner durchgeben, dann sendete er alle Dokumente, die er bereits in den vorigen Tagen digitalisiert hatte, an die Standesbeamtin.

Zwei Minuten später klingelte sein Telefon. Vorwahl 0375 – Zwickau. »Benjamin Lorenz, Erbenermittlung, guten Tag?«

»Hallo. Hier spricht Mona Lindner. Vom Standesamt in Zwickau.« Dann schwieg sie.

»Haben Sie meine Unterlagen erreicht?«

»Emil ist tot?«

Wieso fragte die Standesbeamtin das? Und warum nannte sie ihn Emil und nicht bei seinem Nachnamen?

»Ja. Emil Wittkamp. Geboren am 7. Juli 1971.«

»Ja, ja«, stammelte die Frau am anderen Ende. »Ich muss mich erst mal wieder fangen. Emil und ich – wir sind zusammen zur Schule gegangen. Haben auch eine Zeit lang in derselben Clique abgehangen, wie man das heute so schön nennt.«

Na, da hatte Ben ja wohl den Jackpot geknackt.

»Der Arzt hat auf dem Totenschein ›Unnatürlicher Tod‹ angekreuzt. Darf ich Sie fragen, was passiert ist?«

Als frisch gebackener Erbenermittler hatte Ben noch keinen Grundkurs in Datenschutz absolviert. Deshalb entschloss er aus dem Bauch heraus, Frau Lindner aufzuklären: »Er hat sich umgebracht.«

»Mein Gott! Emil? Sich umgebracht? Mir wird ganz schwummerig … Ich war sogar auf seiner Hochzeit! Also, weil er so eine riesige Hochzeit veranstaltet hatte. Er hat so glücklich ausgesehen. Hab dann auch noch gehört, dass seine Frau und seine Tochter bei einem Unfall gestorben sind. Furchtbar! Noch mal geheiratet hat er dann offensichtlich nicht. Sonst würden Sie sich ja jetzt nicht bei mir melden.«

»Genau. Leben denn seine Eltern noch?«

Mona Lindner musste allem Anschein nach nicht einmal in der Datenbank nachschauen. »Nein. Seine Mutti ist bereits ein Jahr nach seiner Frau gestorben. Krebs halt. Ist keine sechzig geworden. Sein Vati, der wurde so um die achtzig, ich suche Ihnen das gleich genau raus. Er ist 2012 gestorben. Ich war bei beiden auf der Beerdigung. Wir haben ja im selben Haus gewohnt, nur zwei Stockwerke auseinander. Plattenbau. Man kannte sich.«

»Hatten denn seine Eltern noch Geschwister?«

»Einen Moment, jetzt muss ich doch mal in die Datenbank rein. Sekündchen …«

Ben hörte das Klappern der Tastatur. Dann wieder Frau Lindners Stimme: »Emils Mutter, die war ein Einzelkind. Stammte auch hier aus Zwickau. Und, Sekunde, auch ihre Eltern sind beide in Zwickau gestorben. Die Richtung scheint also eher eine Sackgasse zu sein. Und Emils Vati …«

Es folgte wieder die akustische Kulisse klappernder Tasten. »Ja, Emils Vater Robert Wittkamp, der hatte noch einen Bruder. Andreas Wittkamp. Ist auch in Zwickau gestorben, 1965 bereits. Geboren 1940 in Breslau. Da stammte übrigens auch Emils Vati her. Ich erinnere mich. Emil hatte ein paarmal davon erzählt. Dass seine Großmutter kurz vor Kriegsende vor den Russen geflohen ist. Was man hier damals ja so eher nicht formuliert hat … also vor dem Mauerfall. Emil hat gesagt, dass er Angst habe, irgendwann mal Blutkrebs zu bekommen. Weil daran sein Onkel gestorben ist. Also Andreas Wittkamp. Als Emil so fünfzehn, sechzehn war, da war das ein Thema, das ihn gar nicht mehr losgelassen hat.«

Mona Lindner legte wieder eine Pause ein, dann sagte sie: »Ich kann das immer noch gar nicht fassen, dass Emil sich umgebracht haben soll. Aber ich habe ihn ja auch seit fünfzehn Jahren nicht mehr gesehen. Auf der Beerdigung seines Vatis, da haben wir uns noch mal die Hand geschüttelt. Er musste es zu was gebracht haben. Ich erinnere mich noch, wie beeindruckt ich war von seiner Kleidung. Kaschmirmantel und ein Anzug, den er definitiv nicht von der Stange gekauft hatte. Aber auch schon, als er geheiratet hatte, da musste er viel Geld gehabt haben, um so eine Hochzeit ausrichten zu können. Also, ich war ja nicht neidisch. Habe ihm sein Glück gegönnt.«

»Können Sie mir denn noch mehr zu Emils Großeltern väterlicherseits sagen?«

Diesmal erst das Klappern, dann die Antwort: »Also, seine Großmutter Magdalena Wittkamp, die ist 1975 in Zwickau gestorben. Ich weiß nur, dass sie bereits Witwe war, als sie hier in Zwickau gemeldet wurde. Aber wer der Vater war, das kann ich hier nicht sehen. Aber vielleicht versuchen Sie es einfach beim Standesamt in Breslau. Die können Ihnen sicher weiterhelfen. Brauchen Sie halt jemanden, der für Sie übersetzt.«

Ja, das könnte zum Problem werden, dachte Ben. Aber er hatte schon eine andere Strategie in petto. »Haben Sie ganz herzlichen Dank. Wäre es Ihnen möglich, mir von den jeweiligen Personen, über die wir gerade gesprochen haben, einen Auszug der Daten aus dem Einwohnermeldeamt und dem Standesamt zuzusenden?«

»Klar. Mache ich. Auf Wiederhören.«

»Danke nochmals.«

Als Jana die Tür zu ihrem Büro wieder öffnete, hörte sie gerade, wie Ben ebenfalls sein Telefonat beendete.

»Und, bist du weitergekommen?«, fragte sie, als sie sich ihm gegenübersetzte.

»Ein Stück weit. Die Frau vom Standesamt Zwickau kannte Emil sogar persönlich. Sie sind zusammen in die Schule gegangen. Die gute Nachricht: Ich habe jetzt Namen und Daten von Emils Familie in Zwickau. Die schlechte: alle tot. Emils Großeltern väterlicherseits, die kamen aus Breslau. Da werde ich jetzt mal mein Glück versuchen.« Ben hatte Emil Wittkamp nur noch beim Vornamen genannt. War ihr auch schon so gegangen. Vor zwei Jahren. Ein nicht einmal vierzig Jahre alter Mann, der bei einem Unfall ums Leben gekommen war. Nicht verheiratet, keine Kinder, keine Geschwister, nur der fast neunzigjährige Vater hatte noch gelebt. Und hatte ein Vermögen von fast 300 000 Euro geerbt. Während sie das Leben dieses Mannes – Peter hatte er geheißen – recherchiert hatte, hatte sie ihn auch irgendwann in Gedanken nur noch Peter genannt. Denn mit wem sie auch gesprochen hatte – der Kerl war durch und durch gewinnend gewesen. Wobei Jana nicht glaubte, dass Emil Wittkamp Ben wirklich sympathisch war. Doch wenn man sich so intensiv mit dem Leben eines Menschen beschäftigte – irgendwann wurden die Anrede »Herr« und der Nachname auf eines der hinteren Regale im Gehirn verbannt.

»Sind wir mit den Polaroids schon weitergekommen?«, wollte sie von Ben wissen.

»Nein. Die nehme ich mir vor, wenn ich mit Breslau weitergekommen bin.«

»Wie gehst du das denn jetzt an? Willst du dort auch beim Standesamt anrufen? Kannst du Polnisch?«

Ben grinste verschmitzt. »Nein. Datenbanken. Ich habe mir am Wochenende bereits bei den wichtigsten einen Account angelegt, sodass ich jetzt Zugang habe.«

»Was für Datenbanken meinst du denn?«

»Datenbanken zur Ahnenforschung.«

»Und du vermutest, da findest du etwas über Breslau?«

»Ich probier's halt mal. Denn es gibt sogar eine eigene Datenbank, die sich ausschließlich der Familien aus dem ehemaligen Schlesien angenommen hat. Wenn es nicht klappt, kann ich immer noch Polnisch lernen.«

Ein wenig wusste Jana, worüber Ben sprach. Ihre Großmutter mütterlicherseits stammte auch aus Breslau in Schlesien. Heute Wrocłav in Polen. Vor dem Zweiten Weltkrieg gehörte das Gebiet zum Deutschen Reich. Gegen Ende des Zweiten Weltkrieges rollte die Sowjetarmee von Osten her durch das Gebiet – und viele Deutschstämmige erkannten zu Recht, dass mit dem Begriff »deutsch« nun weniger »Übermensch« assoziiert wurde als vielmehr »Weltenbrandentfacher«. Und viele der Deutschen, die nicht in den Westen flohen, wurden nach dem Ende des Krieges aus der alten Heimat nach Westen umgetopft. Auch ohne ihre Zustimmung. Wie etwa Janas Oma. Als Greisin war sie nach dem Fall der Sowjetunion tatsächlich noch einmal in die alte Heimat gereist. Wenige Wochen danach starb sie. Vielleicht auch aus Trauer darüber, dass ihr ehemaliger Gutshof einer Plattenbausiedlung gewichen war.

»Gut, dann forsche du mal nach den Schlesiern.«

»Und was machst du?«

»Du wurdest verfolgt. Ich wurde niedergeschlagen und ausgeraubt. Das Schloss in der Wohnung, aus der Emil Wittkamp gesprungen ist, wurde geknackt. Ich nehme mir jetzt mal ein bisschen Urlaub. Spiele Privatdetektiv. Und mach simples Klinkenputzen in meiner Straße. Vielleicht ist da ja doch jemand, dem noch irgendetwas aufgefallen ist an dem Tag, an dem unser Emil gesprungen ist. Die Polizei hat damals ja gar nicht in diese Richtung ermittelt. Aber das war auch vor Verfolgung, Schlossknacken und Überfall.« Außerdem wusste Jana, dass Ben einer sitzenden Tätigkeit derzeit viel lieber nachging als Treppensteigen in Altbauten.

Sie lief über die Mathildenhöhe. Als sie am Fuß des Hochzeitsturms auf der Nordseite angekommen war, schaute sie den Lucasweg hinab. Die Straße fiel nach unten steil ab. Auf der linken Seite, auf halber Höhe der Straße, sah sie den steinernen Balkon, der zu ihrer Wohnung gehörte. Und ungefähr auf derselben Höhe, nur auf der rechten Seite, schaute sie direkt auf den Balkon im sechsten Stock, von dem Rainer Hauptmann alias Emil Wittkamp gestürzt war.

Aus ihrer Perspektive behinderten da noch die Bäume die freie Sicht. Aber im Gegensatz zum Frühjahr oder zum Sommer verbarg jetzt kein Blätterwald den Blick auf die Fenster. Also würde sie am obersten Haus auf der linken Seite anfangen. Am besten bei den Nachbarn, die unterm Dach wohnten. Jana drückte auf die oberste Klingel. »Wiedenbrück« stand auf dem Klingelschild. Aber es meldete sich niemand. Sie wartete noch einige Sekunden. Konnte ja sein, dass dort oben eine alte Dame wohnte, die es nicht ganz so schnell vom Wohnzimmersofa zur Gegensprechanlage schaffte. Aber auch zwanzig Sekunden danach erfolgte keine Reaktion.

Jana hatte den Finger schon auf den darunterliegenden Klingelknopf gelegt, als aus dem Lautsprecher plötzlich doch eine Stimme ertönte. »Ja?«

Jana bemerkte die Kamera über den Klingeln. Hier hatte jemand in Sicherheitstechnik investiert. »Guten Tag, mein Name ist Jana Welzer. Ich ermittle in einem Todesfall, der sich vor zwei Wochen in dieser Straße ereignet hat.«

Schweigen am anderen Ende.

»Hallo? Frau Wiedenbrück?«

»Sind Sie von der Polizei?«

»Nein. Ich bin Nachlasspflegerin.« Jana mochte ihre Berufsbezeichnung. Fünfundneunzig von hundert Leuten hatten keine Ahnung, was sich hinter dem Begriff verbarg. Aber gleichzeitig klang er so offiziell und vertrauenerweckend, dass die meisten Menschen mit ihr sprachen.

»Nachlasspflegerin? Wieso ermitteln Sie dann in einem Todesfall? Sie sind doch nur dafür zuständig, den Nachlass zu sichern und Erben zu finden. Zu Todesfällen müssen Sie überhaupt nichts ermitteln.«

Oh. Sie sprach definitiv mit einer Dame, die zu den anderen fünf Prozent gehörte. »Frau Wiedenbrück, ich ermittle auch nicht direkt in dem Todesfall. Ich eruiere die Erben. Dürfte ich bitte persönlich mit Ihnen sprechen?«

»Wissen Sie, das Fernsehen und Facebook sind voll von den ganzen Betrügern. Ich falle darauf nicht rein!«

»Frau Wiedenbrück, ich möchte gar nichts von Ihnen. Ich werde Sie nicht nach Ihrem Bargeld fragen, nicht nach Ihrem Schmuck, ich bin keine Enkeltrickbetrügerin, ich bin Nachlasspflegerin.«

Wieder ein kurzes Schweigen.

»Ihren Ausweis. Haben Sie einen Ausweis dabei? Dann halten Sie ihn bitte vor die Kamera.«

»Kein Problem«, sagte Jana. Zum Glück hatte sie alle relevanten Ausweise stets zur Hand. Sie hielt das Dokument in Richtung Kamera – wobei sie sich kaum vorstellen konnte, dass eine solche Haustürkamera über die nötige Auflösung verfügte, um die Schrift auf ihrem Ausweis scharf darzustellen. Schließlich ging es bei solchen Anlagen ja nur darum, Gesichter deutlich erkennen zu können.

»Ist gut. Kommen Sie hoch. Ganz oben.«

Der Türsummer tat seinen Job, Jana öffnete die Tür. Sie stieg die Stufen empor. Auch wenn sie körperlich fit war, als sie oben ankam, hatte ihr Puls ein paar Takte zugelegt.

Frau Wiedenbrück stand im Türrahmen, reichte ihr die

Hand. »Wiedenbrück. Angenehm. Ich bekomme ja nicht so oft Besuch. Also, wenn wir den Pflegedienst jetzt mal außer Acht lassen. Das ist natürlich auch Besuch, aber nichts, was den Intellekt in irgendeiner Weise weiterbringt.«

Auch Jana stellte sich vor. Frau Wiedenbrück ging durch den Flur in Richtung eines Wohnzimmers. Dabei machte sie kleinste Trippelschritte. Jana konnte sich nicht vorstellen, dass sie mit dieser Art zu gehen auch nur noch ein Stockwerk des Treppenhauses bewältigen könnte. Gleichgültig ob hinab oder hinauf.

Obwohl Frau Wiedenbrück Jana nicht sehen konnte, sagte sie: »Ja, schauen Sie nur auf meine Beine. Das ist der schlechteste Teil von mir. Aber ich sag mir immer: lieber die Beine als das Gehirn. Nur wenn es hier mal anfängt zu brennen, dann habe ich wahrscheinlich schlechte Karten, wenn die Feuerwehr nicht ratzfatz ihre Leitern hochfährt.«

Schon die Möbel im Flur machten deutlich, dass Frau Wiedenbrück den Großteil ihres Lebens hier gewohnt hatte. Abermals überraschte sie Jana, indem sie sagte: »Sechzig Jahre lebe ich bereits hier. Bin damals mit meinem Mann hier eingezogen. Da hatten wir gerade geheiratet. Drei Kinder haben wir hier großgezogen. Aber vor zwei Jahren, da hat der Herrgott meinen Mann schon zu sich gerufen. Und mich hier allein übrig gelassen. Nein, dankbar bin ich dafür nicht. Aber – ändern kann und will ich es auch nicht. Wer weiß, was das Leben noch an Überraschungen für mich bereithält. Zum Beispiel diese hier.« Nun drehte sie sich zu Jana um. »Dass eine Nachlasspflegerin mich aufsucht, um den Job einer Polizistin zu machen. Das nenne ich mal beflügelnd.«

Mit einer Hand deutete sie ins Wohnzimmer, dessen Möbel anstandslos zu ihrer Aussage passten, dass sie bereits seit sechzig Jahren hier lebte. Ein Großteil der Ausstattung wahrscheinlich auch.

Der Sessel, auf den sie sich setzte, war fürchterlich durchgesessen. Sie versank förmlich darin.

Frau Wiedenbrück ließ sich auf dem Sofa nieder. Und das schien deutlich besser in Form zu sein. »Sie reden von dem Mann im sechsten Stock, nicht wahr?«

Das, was die Beine nicht mehr hergaben, machte das Gehirn auf jeden Fall wett, stellte Jana beeindruckt fest. »Ja. Der Mann, der vor zwei Wochen vom Balkon gestürzt ist.«

»Gestürzt wurde.«

»Wurde?«

»Na ja, er war auf jeden Fall nicht allein, kurz bevor er auf den Boden geknallt ist.«

Sprach Jana hier mit der Augenzeugin eines Mordes? »Sie haben einen anderen Mann in der Wohnung gesehen?«

»Von einem Mann habe ich nichts gesagt. Aber ja, Sie haben recht. Da war ein anderer Kerl in der Wohnung. Ich habe ihn fotografiert.«

»Sie haben – was?«, fragte Jana ungläubig.

»Also, in Ihrem Alter hätte ich noch kein Hörgerät gebraucht. Ich habe ihn fo-to-gra-fiert«, betonte die Dame jede Silbe des letzten Wortes.

»Fotografieren Sie viel?«

»Wie man es nimmt. Halt so das, was in den anderen Wohnungen geschieht. Hab ja sonst nicht mehr viel zu tun. Und wie Sie vielleicht bemerkt haben, ist mein Aktionsradius etwas eingeschränkt. Ich komme aus dieser Wohnung nur noch einmal heraus, und zwar dann, wenn man mich mit den Füßen voraus runterträgt. Wobei ich die Sanitäter oder die Bestatter, die das mal machen müssen, um ihren Job nicht beneide. Das Treppenhaus ist steil. Und es ist eng. Und für meine Beine ist es völlig unpassierbar. Im Übrigen schon seit fast zehn Jahren. Aber dafür haben mich meine Beine mindestens fünfundsiebzig Jahre lang gut über die Erde getragen. Ich beklage mich nicht. Nun, zumindest nicht viel und nicht laut.«

»Sie fotografieren also in fremde Wohnungen hinein?«

»Nur in die, in die ich gut einsehen kann. In die Wohnung des Herrn, der gesprungen wurde, da geht das ganz gut. Aber die Wohnungen darunter – da sind dann schon die Bäume im Weg. Da sieht man im Sommer gar nichts. Also, so viele Wohnungen sind das gar nicht.«

»Und was genau fotografieren Sie da?«

»Kommen Sie mit, ich zeige es Ihnen.« Die Dame erhob sich mit Mühe von ihrem Sofa.

Jana tat es ihr nach, ebenfalls unter Mühen, woran nicht ihre Beine schuld waren, sondern eher der Sessel, der sich mehr wie eine Fallgrube anfühlte.

»Entschuldigen Sie bitte, Frau Welzer. Hätte ich gewusst, dass Sie sympathisch sind, hätte ich Sie auf dem anderen Sessel sitzen lassen. Aber das können wir ja nachher ändern.«

Sie tippelte voran in ein Nebenzimmer. In der Dachschräge war eine Dachgaube eingelassen. Und vor dem Fenster stand eine Spiegelreflexkamera auf einem Fotostativ.

»Die Kamera habe ich vor zwei Jahren gekauft. War mir wichtig, dass das Display dreh- und schwenkbar ist. Denn ich selbst bin nicht mehr so dreh- und schwenkbar.«

»Dann sind Sie jetzt sozusagen Fotografin?«

»Was habe ich sonst noch für Abwechslungen? Ich zahle jeden Monat meine Rundfunkgebühren. Aber mal ehrlich – ist der öffentlich-rechtliche Rundfunk fünfzig Euro im Quartal wert? Ach, das ist eine rhetorische Frage. Das führt auch sehr schnell zu politischen Diskussionen. Wissen Sie, andere Seniorinnen füttern ihre Vögel, ich fotografiere eben meine Mitmenschen.«

»Und was machen Sie mit den ganzen Fotos?«

»Na, ich stelle sie ganz gewiss nicht bei Facebook online. Aber ich schaue sie mir an. Ich habe für jede Wohnung ein eigenes Album. Und betrachte, wie diese Menschen ihr Leben leben. Vergessen Sie die Lindenstraße. *Das hier* ist das richtige Leben. Das echte Leben. Im Guten wie im Schlechten.«

Jana war völlig perplex. »Wie meinen Sie das, im Guten wie im Schlechten?«

»Na ja, manchmal kann ich mich freuen. Da ist dieser

Mann, schauen Sie, in der Wohnung da unten«, sagte Frau Wiedenbrück und deutete in Richtung einer Wohnung. Genau konnte Jana nicht ausmachen, auf welches Apartment Frau Wiedenbrücks Finger zielte, aber es war ihr auch nicht wichtig.

»Dieser Mann hat eine fürchterliche Frau. Ich verstehe nicht, warum er noch mit ihr zusammen ist. Zumal die beiden keine Kinder haben. Sie keift und kreischt, nichts kann er ihr recht machen. Zweimal in der Woche, da geht diese Frau weg. Ich weiß nicht, wohin, aber der Tasche nach zu urteilen in ein Fitnessstudio oder was Ähnliches. Und kaum ist die raus, ist zehn Minuten später die andere Frau bei ihm. Und die ist eine gute Frau. Die behandelt ihn gut. Ich habe sie auch schon gesehen, wie sie Liebe gemacht haben. Und das war wirklich Liebe machen. So etwas erfreut das Herz. Wenn zwei Menschen einander wirklich guttun.«

Jana hatte bislang eher Bedenken gehabt, dass ein Hacker das Mikro in ihrem Smartphone aktivierte und ihre Wohnung abgehört wurde. Oder dass die Kamera auf ihrem Monitor sie filmte, obwohl das rote Ich-bin-aktiv-Licht gar nicht leuchtete. Darauf, dass jemand von der gegenüberliegenden Straßenseite einen Fotoapparat in ihre Wohnung gerichtet hätte, diese Idee war ihr bislang wahrlich nicht in den Sinn gekommen.

»Und Sie wollten auch wissen, was das Schlechte ist. Das war der Mann in dieser Wohnung direkt nebenan.« Wieder zeigte ihr Finger in eine unbestimmte Richtung des achtstöckigen Hauses gegenüber. »Der sein Kind aus dem Bettchen genommen und geschüttelt hat wie verrückt. Das ist der Moment, in dem ich mich freue, dass dieser tolle Fotoapparat gleichzeitig auch eine tolle Videokamera ist. Ich hab das gefilmt. Und hab es anonym der Polizei geschickt. Es hat noch ein paar Tage gebraucht, aber dann wurde er abgeführt. Auch davon habe ich ein Bild. Und dass sie ihm Handschellen angelegt haben, das habe ich besonders genossen.«

»Und wie schauen Sie sich die Bilder an? Ich meine, dieser

kleine Monitor der Kamera – Sie können sich zum Anschauen doch nicht hier hinstellen, oder?«

»Ja, Frau Welzer, Sie sind eine Frau, die mitdenkt. Das gefällt mir. Wissen Sie, was wichtig ist? Familie! Familie, Familie, Familie! Mein Mann und ich, nein, eigentlich mehr ich, ich habe drei Kinder großgezogen. Und ich habe jetzt neun Enkelkinder. Und diese Enkelkinder sind auch alle schon junge Erwachsene. Und die kommen mich immer wieder besuchen. Und Bastian, verzeihen Sie, wenn ich es so ungeniert zugebe, er ist mein Lieblingsenkel. Er ist auch der, dem ich immer mal wieder was zustecke. Hier mal einen Fünfziger, da mal einen Hunderter. Wir beide, wir sind so«, sagte Frau Wiedenbrück und hakte ihre beiden Zeigefinger ineinander. »Er hat mir das eingerichtet. Er hat mich auch beraten beim Kauf der Kamera. Wie Sie gerade gesehen haben, funktionieren meine Hände und Finger ja noch ziemlich gut. Und da hat er mir ein Tablet gekauft. Also, er hat es ausgesucht, ich habe es gekauft. Für ihn dann auch gleich eins. Dann kann er neben mir auf dem Sofa sitzen und mir alles beibringen. Und ich muss es dann gleichzeitig mit ihm selbst machen. Nur so lernt man!

Und auf diesem Tablet, da ist irgend so eine App drauf. Wenn ich da drauftippe, dann kann ich auf die Bilder zugreifen, die meine Kamera gemacht hat, und auch auf die Videos. Und ich kann die Kamera sogar über dieses Tablet fernsteuern. Ich sitze auf dem Sofa und sehe dort, was meine Kamera sieht. Bastian hat jetzt ein neues Projekt auf Lager: Er will mein Stativ mit einer Fernsteuerung versehen. Sodass ich die Position der Kamera sogar noch verändern kann. Cool, nicht wahr?«

Auch dieses Wort schien sie von Bastian übernommen zu haben.

»Können Sie mir die Bilder zeigen, die Sie gemacht haben an dem Tag, als Emil Wittkamp vom Balkon gestürzt ist?«

»Junge Frau, die Frage müssten Sie sich doch jetzt selbst beantworten können, oder?«

Jana antwortete nicht.

»Natürlich kann ich das! War der Montag vor zwei Wochen. So gegen sechs Uhr fünfundvierzig. Einen Moment.« Sie tapste wieder aus dem Zimmer hinaus, in Richtung Wohnzimmer. Während sie lief, sagte sie: »Ich habe das Tablet im Wohnzimmer liegen. Kommen Sie doch bitte mit.«

Jana folgte ihr. Im Wohnzimmer angekommen, deutete Frau Wiedenbrück auf den zweiten Sessel. Jana ließ sich darauf nieder, und dieser Sessel war nicht nur nicht unbequem, sondern passte sich sehr angenehm dem Körper an.

Frau Wiedenbrück setzte sich wieder auf ihr Sofa. Der Couchtisch hatte unter der Tischplatte noch eine Ablage. Von dort zog sie ein Tablet hervor. Es hatte eine beachtliche Diagonale. »13 Zoll, hat Bastian mir gesagt. Somit das größte, was man im Moment bekommen kann. Meine Augen sind zwar deutlich besser in Schuss als meine Beine, aber auch nicht mehr so super wie meine Hände und meine Finger. Man muss sich anpassen.«

Frau Wiedenbrück faltete mit geübtem Griff die Hülle des Tablets zu einem Standfuß nach hinten und stellte es vor sich auf. Sie wischte und tippte auf der Oberfläche herum, dann drehte sie das Tablet in Richtung Jana. Jana sah das Bild. Und sie zuckte zusammen. Sie sah Emil Wittkamp. Und sie sah ihm gegenüber einen Mann, der mehr als einen halben Kopf größer war. Mit dunklem Haupthaar. Und mit einem Vollbart. Dies alles gestochen scharf.

»Haben Sie, ich meine, wollten Sie …?«, stammelte Jana.

Frau Wiedenbrück übernahm die Vervollständigung der Sätze. »Nein, ich habe die Polizei nicht informiert. Und, nein, ich wollte nicht eingreifen. Was Sie hier sehen, ist kein Moment der Gewalt. Die beiden Männer haben sich unterhalten. Und ich – es ist mir fast peinlich, das zu sagen –, ich musste auf die Toilette. Nicht für dreißig Sekunden, sondern eher für hundertzwanzig, wenn Sie wissen, was ich meine. Als ich zurückkam, war keiner der beiden Männer mehr zu sehen. Ich habe die Kamera dann abgeschaltet. Ging in die Küche. Und keine fünf Minuten später kriege ich mit, wie all die Lalü-Lalas hier auffuhren. Ich kann Ihnen nicht sagen, was passiert ist, als ich nicht zugeschaut habe. Aber der Mann mit dem Bart – er war auf jeden Fall in der Wohnung.«

»Könnten Sie mir die Bilder zur Verfügung stellen?«

»Ja. Und ich mache das auch. Was haben Sie für ein Handy?«

»Was für ein Handy? Wieso fragen Sie mich das?«

»Ich habe ein iPad. Wenn Sie auch ein Handy von Apple haben, dann kann ich Ihnen die Bilder über AirDrop schnell und direkt auf Ihr Handy schicken. Sie wissen doch, was AirDrop ist?«

Ja, Jana kannte die schnelle Datenübertragung zwischen Produkten der Apple-Familie. Aber sie war völlig perplex, dass Frau Wiedenbrück ebenfalls Ahnung davon hatte.

Sie grinste breit, als Jana ihr iPhone aus der Tasche zog. »Ich sag nur: Bastian! Jede Oma sollte so einen Enkel haben!«

Als Jana wieder zurück ins Büro kam, saß dort nicht nur Ben, sondern auch Irina an seiner Seite.

»Und? Was entdeckt?«

Irina wandte sich zu ihr um. »Ja! Wir sind ein richtiges Stück weitergekommen!«

Wir. Da hatte Ben offensichtlich Unterstützung bekommen.

»Und du?«, wollte Irina wissen.

»Ja, ich auch. Emil Wittkamp war nicht allein, als er starb. Da war ein Mann bei ihm.«

Jetzt drehte sich auch Ben um.

»Ein Mann, mindestens eins neunzig groß. Dunkelhaarig. Mit Bart.«

Ben riss die Augen auf. »Der Kerl, der dich überfallen hat?«

»Weiß nicht, ich konnte ihn ja bei dem Überfall nicht genau erkennen.« Janas Knie zitterten ein wenig. Wie schon auf dem ganzen Weg vom Lucasweg zum Büro.

Er stand auf, rückte einen Stuhl zurecht, sodass Jana sich setzen konnte.

»Käffchen? Du siehst so aus, als könntest du einen gebrauchen!«

Jana nickte. Zwei Minuten später setzte sich Ben ihr gegenüber. »Erzähl«, sagte er. Und Jana erzählte von der bemerkenswerten Begegnung mit der alten Dame.

»Zeig mir die Fotos«, sagte Ben.

Jana nahm ihr Handy aus der Tasche. Ben klappte seinen Laptop auf. AirDrop. Ratzfatz ließen sich die Bilder übertragen. Ben schaltete auch das Smartboard ein. Das Bild war in voller Auflösung auf dem riesigen Bildschirm zu sehen.

»18 Megapixel, hat mir Frau Wiedenbrück gesagt.«

»Ist das der Kerl, der dich überfallen hat?«, wollte Ben wissen, als er auf das gestochen scharfe Konterfei des Mannes sah.

Jana zuckte die Schultern. »Er hat die richtige Größe. Er hat die richtige Haarfarbe. Und er hat auch einen Bart. Das sind die Merkmale, die übereinstimmen. Mehr habe ich nicht gesehen. Wie gesagt, es war ja nur der Bruchteil einer Sekunde, bevor er die Taschenlampe in meine Richtung geschwenkt hat.«

Sie erklärte, dass das Bild ein paar Minuten vor Wittkamps Sturz entstanden war. »Der Moment, in dem Emil Wittkamp gestürzt ist, der ist leider nicht dokumentiert.«

»Na, dann formuliere ich das mal wie ein *Tatort*-Kommissar: ganz schön starke Indizien!«

»Und was habt ihr herausgefunden?«

»Wir sind durch die Datenbanken gepflügt«, sagte Irina. Sie wirkte begeistert wie ein kleines Kindergartenmädchen, das mit stolzgeschwellter Brust die erste, selbst gebastelte Laterne vor dem Martinsumzug präsentiert.

Bens Tonfall war sachlicher. »Wir haben die Großeltern mütterlicherseits in Zwickau abgehakt. Da gibt es keine Seitenlinien, die man noch weiterverfolgen kann. Dann haben wir Breslau beackert und geklärt. Und sind jetzt wieder irgendwo kurz vor der Gegenwart.«

Jana runzelte die Stirn. »Das verstehe ich nicht. Was heißt das?«

»Nun, in diese Ahnenforschung-Datenbanken, da kannst du nicht alles eintragen, wie du willst. Es gibt ja den Datenschutz. Du kannst also nicht von jedem Menschen die aktuellen Daten inklusive Wohnort einfach veröffentlichen. Die grobe Regel sagt: Ein Fall für das Archiv – also für jeden zugänglich etwa in so einer Datenbank – werden die Daten dann, wenn sie dreißig Jahre nach dem Tod liegen, achtzig Jahre nach der Eheschließung oder hundertzehn Jahre nach der Geburt. Nach Ablauf dieser Fristen wird das Personenstandsregister zu Archivgut und damit, vereinfacht gesagt, für die Öffentlichkeit nutzbar.«

»Und was bedeutet das für deine Recherchen?«

»Die Daten aus Zwickau waren alles andere als Archivgut. Die Daten aus Breslau schon. Dort habe ich über die Datenbanken einiges über die Familie Wittkamp herausgefunden. Auf der Ebene von Wittkamps Großeltern väterlicherseits und deren Familie. Und auch auf der Ebene einer Tante zweiten Grades von Emil Wittkamp.«

In Janas Augen zeigten sich Fragezeichen.

Irina sprang auf, drückte auf ein paar Tasten des Smartboards, dann zeigte sich das Bild eines Stammbaums. »Wir haben das schon mal ein bisschen aufbereitet.«

Ein bisschen aufbereitet – das war wohl die Untertreibung des Tages.

»Ich habe recherchiert, Irina hat alles aufgezeichnet. Inklusive der Links zu den entsprechenden Dokumenten. Unglaublich, was man in diesen Datenbanken alles findet.«

Irina strahlte vor Freude. Und zwischen Irinas Strahlen und Bens Sachlichkeit sah Jana bereits das Druckgefälle und die sich dadurch auftürmenden Gewitterwolken eines neuen Konflikts. Aber darum würde sie sich jetzt nicht kümmern.

»Hier ist Emil Wittkamp«, sagte Irina und zeigte auf das gelbe Kästchen unten links in der Ecke. »Mit Geburts- und

Sterbedatum. Sein Vater ist 1932 in Breslau geboren. Sein Großvater, Andrzej Wittkamp, 1902 in Breslau. Er ist schon 1939 gestorben. Anfang September. Darüber gibt es keine weiteren Unterlagen, zumindest nicht auf die Schnelle, aber die Vermutung liegt nahe, dass er ein polnischer Soldat war, der gestorben ist, als Deutschland Anfang September 1939 Polen überfallen hat.«

Jana nickte. Und fragte sich, ob Ben auf dieses Geschichtswissen gestoßen war oder ob es Irinas Wissen war. Irina deutete auf drei Kästchen, die direkt nebeneinander angeordnet waren. »Das sind Emils Großvater Andrzej und seine Geschwister: Zehn Jahre nach ihm, am 8. August 1912, hat er noch zwei Geschwister bekommen. Die Zwillinge Marian und Beate. Sein Bruder Marian ist ebenfalls Anfang September 1939 verstorben. Blieb die Schwester Beate. Die hat auch in Breslau geheiratet. Und zwar im Jahr 1932. Einen Roman Krieger.«

In Janas Kopf drehten sich die Namen. Irina schien das zu sehen. »Ich kürze das jetzt mal ab. Beate Krieger ist eine Großtante von Emil Wittkamp. Und Beate Krieger hat zusammen mit Roman Krieger eine Tochter. Milena Krieger. Die wurde 1937 auch in Breslau geboren. Und das ist der Moment, wo die Eintragungen in den Ahnenforschung-Datenbanken versiegen.«

»Nicht ganz«, unterbrach Ben. »Über die Eltern dieses Roman Krieger findet sich in den Datenbanken auch noch etwas Interessantes. Dessen Eltern – und wir befinden uns jetzt auf der Ebene der Urgroßeltern aus der Perspektive von Emil Wittkamp – stammen nicht nur aus Breslau. Roman Kriegers Vater schon, aber Roman Kriegers Mutter, Mirjam, ist eine geborene Leutkirch. Und sie wurde 1888 in Reinheim geboren.«

Das war der Moment, in dem sich auch Jana wieder aktiv an der Diskussion beteiligen konnte. »Reinheim? Unser Reinheim? Das ist doch hier um die Ecke.«

»Ganz genau!«, sagte Irina.

»Und habt ihr mit dem Standesamt in Reinheim gesprochen?«

Nun war es wieder an Ben, einen Gesprächsbeitrag zu leisten, denn Irinas Gesichtsausdruck wandelte sich im Bruchteil einer Sekunde von euphorisch zu niedergeschlagen. »Klar. Haben wir. Ist aber eine Sackgasse. In Reinheim gibt es keine Kriegers, die zu unseren Ergebnissen passen würden. Und auch mit den Leutkirchs sind wir nicht weitergekommen.«

Jana gab die Pragmatikerin: »Und jetzt?«

»Es gibt ja unterschiedliche Datenbanken für Ahnenforschung. Jene, die direkte Daten präsentieren. Es gibt aber auch jene, die darauf verweisen, wenn ein Ahnenforscher bereits zu einer bestimmten Person geforscht hat. Dann kann man Kontakt mit diesem Forscher aufnehmen«, sagte Ben.

Und Irina fügte an: »Und über diesen Roman Krieger, da hat schon jemand geforscht. Und den haben wir jetzt angeschrieben. Per E-Mail. Hoffentlich antwortet er bald.«

Das hoffte Jana auch. Für Ben.

Diesen Teil der Ermittlungen wollte Ben auf jeden Fall allein machen. Und auch nicht in Janas Büro. Schließlich lag der Firmensitz seines eigenen Büros in seiner neuen Wohnung im Richard-Wagner-Weg in Darmstadt. So richtig konnte sich Ben damit noch nicht anfreunden. Aber auf jeden Fall eher als mit dem Gedanken, wieder nach Berlin zurückzufahren.

Er hatte mit Janas Mutter gesprochen. Hatte ihr mitgeteilt, dass der Internetzugriff über WLAN im Souterrain nicht gut funktioniert. Hatte sie um ihr Einverständnis gebeten, dass er das einfach regeln dürfte. Ohne dass ihr, Helena, Kosten entstehen würden.

»Ach, Ben, Kosten – ich bin froh, in einer Position zu sein, in der mich dieses Wort nicht wirklich schreckt.«

Unverzüglich war Ben noch mal in den Computerladen gefahren. Hatte sich dort einen Verstärker für das WLAN-Signal gekauft. Diesen dann im Treppenhaus zum Souterrain installiert. Und gleich noch einen zweiten direkt in seinem neuen Arbeitszimmer. Und siehe da: Es funktionierte.

So saß er jetzt am Schreibtisch, den Janas Eltern in diese Wohnung gestellt hatten. Ein neues Möbelstück. Und es sah aus, als wäre er direkt einem Hochglanzwerbeprospekt entsprungen.

Wie auch bei dem Foto von Bianca Wildegans ging Ben systematisch vor. Er hatte alle Polaroidfotos abfotografiert und damit digitalisiert. In einem ersten Schritt schnitt er die Porträts der abgebildeten Männer aus.

Im zweiten Schritt versuchte er über die öffentliche Google-Bilddatenbank Treffer zu finden. Aber das war wenig erfolgreich.

Womit er sich wieder zu Clearview begab. Nacheinander speiste er alle Bilder ein. Das Ergebnis war dürftig, aber zumindest nicht gänzlich erfolglos.

Er hatte jetzt drei Namen auf der Liste.

Das erste Foto gehörte zu einem gewissen Jörg Wendlinger. Zu dem Namen samt Bild fand Ben im Netz dann doch einige Informationen: Jörg Wendlinger war Geschäftsführer einer Metzgerei. Die befand sich in Mecklenburg-Vorpommern, nicht weit von der polnischen Grenze entfernt. Viel erfuhr Ben nicht im Netz. Eine Metzgerei, die ihre Produkte unter das Siegel »Bio« gestellt hatte, mit eigener Schlachtung. Das Ganze keine zwanzig Kilometer entfernt von Stettin. Das Polaroidfoto mit Jörg Wendlinger war im Jahr 2010 entstanden.

Das zweite Foto gehörte zu einer Stefanie Weberzoll. Über sie erfuhr Ben ein paar Fakten auf der Xing-Plattform, dem Facebook fürs Business. Hier konnte man geschäftliche Kontakte knüpfen, weniger Freunde oder die Frau fürs Leben finden. Stefanie Weberzoll arbeitete im Bereich der Öffentlichkeitsarbeit für einen Sportartikelhersteller in der Nähe von Köln. Und das bereits seit fünf Jahren. Das Bild mit ihr war vor sieben Jahren aufgenommen worden. Zu diesem Zeitpunkt, so der Lebenslauf bei Xing, war sie Geschäftsführerin eines Fleisch verarbeitenden Betriebs. Wenn das mal kein Zufall war … Ben grub noch ein bisschen tiefer und konnte auch den Namen des Betriebs ausfindig machen: Weberzoll. Welch Überraschung! Der Betrieb befand sich – oder vielmehr, hatte sich befunden – in Frechen, unweit von Köln.

Nummer drei auf der Liste war Lutz Verheugen. Sein Foto datierte auf die Zeit vor vier Jahren. Es war eines der jüngeren. Was Verheugen derzeit beruflich machte, war im Netz nicht auf den ersten Blick zu sehen. Aber zu der Zeit, als das Foto geknipst worden war, war er Geschäftsführer des Fleischereibetriebs Dommbacher-Wurst. Dommbacher-Wurst residierte in Nordhessen. Ein wenig war Ben frustriert. Sechsundzwanzig Fotos, nur drei Treffer. Clearview war auch nicht allmächtig. Aber Ben konnte kaum an einen Zufall glauben, wenn alle drei Personen irgendwie mit der Fleisch verarbeitenden Industrie zu tun hatten. Das Gute an diesem Programm war jedoch, dass er zumindest von zweien sogar eine Handynummer hatte. Die er jetzt gleich ausprobieren würde. Auch wenn es bereits zweiundzwanzig Uhr war.

»Wendlinger, guten Abend, mit wem spreche ich bitte?«

»Guten Abend, Herr Wendlinger, mein Name ist Benjamin Lorenz. Ich bin Erbenermittler und arbeite derzeit am Fall eines unlängst Verstorbenen.«

Eine Pause entstand am anderen Ende der Leitung. »Und wie kann ich Ihnen da helfen?«

»Nun, Sie standen in Geschäftsbeziehungen zu diesem Herrn. Sein Name ist Emil Wittkamp. Vielleicht kennen Sie ihn auch unter dem Namen Rainer Hauptmann.«

Ein Piepton im Lautsprecher machte deutlich, dass Jörg Wendlinger das Gespräch beendet hatte.

Nun, er hatte ja noch eine weitere Handynummer. Die er wählte.

»Weberzoll.« Mehr sagte die Angerufene nicht.

Ben wiederholte seinen Spruch vom vorigen Telefonat. Und

als ob es ein heimliches Drehbuch gäbe, wiederholte sie exakt den Satz ihres Vorgängers: »Und wie kann ich Ihnen da helfen?«

Ben fühlte sich in einer Zeitschleife gefangen: »Nun, Sie standen in Geschäftsbeziehungen zu diesem Herrn. Sein Name ist Emil Wittkamp. Vielleicht kennen Sie ihn auch unter dem Namen Rainer Hauptmann.«

Es war wirklich wie im Film mit dem Murmeltier: Auch Stefanie Weberzoll beendete einfach das Gespräch.

Von Verheugen hatte er keine Handynummer. Zumindest nicht über Clearview. Also bemühte Ben seine Fähigkeiten bei der gewöhnlichen Internetrecherche. Er fand die Internetpräsenz eines Verheugen-Fleischereibetriebs. Auch Verheugen war seiner Branche treu geblieben. Er leitete jetzt einen Bio-Betrieb wie jener von Lutz Wendlinger im Osten der Republik. Und Ben traute seinen Augen kaum: Im Impressum waren nicht nur die Geschäftsadresse und die Festnetz-Telefonnummer angegeben, sondern auch eine Handynummer. Vielleicht war das die Chance.

»Verheugen. Mit wem spreche ich, bitte?« Die Sätze zur Eröffnung eines Telefongesprächs waren irgendwie uniform. Fünf Möglichkeiten, bitte wählen Sie aus unter A bis E. Und auch die Entgegnung bot Ben nicht viele Alternativen. Abermals versuchte er es mit den Sätzen, die die vorigen beiden Gesprächspartner stante pede zur Beendigung des Gesprächs veranlasst hatten: »Guten Abend, Herr Verheugen, mein Name ist Benjamin Lorenz. Ich bin Erbenermittler. Und arbeite derzeit am Fall eines unlängst Verstorbenen.«

Ein wenig surreal war es schon, als Verheugen antwortete: »Und wie kann ich Ihnen da helfen?«

In Ermangelung einer neuen, originelleren Antwort wiederholte Ben: »Nun, Sie standen in Geschäftsbeziehungen zu diesem Herrn. Sein Name ist Emil Wittkamp. Vielleicht kennen Sie ihn auch unter dem Namen Rainer Hauptmann.« Vielleicht sollte er einen Teleprompter installieren …

Das war der Moment, in dem sein Telefon anzeigen müsste, dass das Gespräch beendet war. Doch Verheugen legte nicht auf. Aber er sprach auch nicht. »Herr Verheugen?«

»Ja, ich bin noch da. Ich bin nur ein bisschen – überrascht.«

Ben war sich nicht sicher, wie er weiter vorgehen sollte. Forsch? Zurückhaltend? Tastend? Erstaunlicherweise war es sein Gegenüber, das sprach: »Hauptmann, er war nur der Bote.«

Ben runzelte die Stirn. »Ich verstehe nicht ganz, was Sie meinen.«

»Ich habe keine Ahnung, wer Sie sind. Aber wenn Sie mich anrufen und Rainer Hauptmann erwähnen, dann kann es sich nur darum handeln, dass mir damals meine Firma – tja, wie nennt man das? – abgekauft wurde? Geklaut wurde? Dass ich gerettet wurde? Oder in die Tonne getreten?«

Wieder ein paar Sekunden Schweigen, dann fuhr Verheugen fort: »Was wollen Sie von mir?«

In ihrer gemeinsamen Firma war es immer Kevin gewesen, der auf solche Fragen von Kunden eine Antwort gewusst hatte. Immer präzise formuliert, immer im richtigen Tonfall, immer genau so, dass Kunden Kunden blieben und über Mundpropaganda Neukunden empfahlen. Und jetzt? Jetzt war er ein verdammter Erbenermittler, der ganz auf sich allein gestellt mit der Kundschaft kommunizieren musste. »Ich möchte Gerechtigkeit. Und die Wahrheit.«

»Sie sind kein Journalist der *Bild*-Zeitung? Denn dort möchte ich mich nicht sehen.«

»Nein. Ich versuche Erben von Rainer Hauptmann zu finden. Und dabei kremple ich gerade völlig unfreiwillig sein ganzes Leben um.«

»Er war ein Arschloch«, sagte Verheugen. »Er hing mit drin – in diesem System.«

»System?«

Wieder Pause.

»Herr Lorenz? Das war Ihr Name? Vielleicht haben Sie

mich genau im richtigen Moment angerufen. Vor vier Stunden hat mich meine Frau verlassen. Nicht zuletzt wegen Rainer Hauptmann. Wenn Sie mich jetzt aufsuchen, dann werde ich reden.«

»Gut. Ich habe allerdings nur die Adresse ihrer Firma. Verheugen-Fleischerei. Edersburg.«

»Dann stimmt das. Ich wohne im selben Gebäude.«

»Das sind zweihundert Kilometer. Ich werde zwei Stunden brauchen.«

»Und ich werde wach sein. Bis gleich.«

Obwohl Jana müde war, war an Schlaf nicht zu denken. Sie hasste diese Momente. Sie hatte sich geduscht, gesalbt und sich dann ins Bett gelegt. Doch kaum befand sich ihr Körper in der Waagrechten, schien im Innern irgendein Adrenalintröpfchen überzulaufen, und schwups, war sie wieder hellwach.

Sie entstieg dem Bett, schlüpfte in einen Bademantel und zog um ins Wohnzimmer. Sie hatte keine Lust, den Fernseher einzuschalten. Sie hatte auch keine Lust, Musik zu hören. Und sie hatte keine Lust, zu lesen.

Sie sah auf die Uhr: Es war zwei Minuten nach zehn. Jana seufzte tief. In diesem Moment vibrierte das Handy, das mit dem Display nach unten auf dem Tisch lag. Sie drehte es um. Bens Foto war auf der Glasoberfläche zu sehen. Jana nahm das Gespräch an.

»Jana, ich bin ein gutes Stück weiter mit den Polaroidfotos!« Er berichtete, dass er drei der Gesichter identifiziert habe. Alle drei waren ehemals Geschäftsführer von Unternehmen aus der Fleischbranche.

Auf ihre Frage, wie er das denn geschafft habe, sagte er nur, dass sie doch wisse, dass er zaubern könne. Und er fuhr fort, dass er jetzt einem dieser Herren noch einen Besuch abstatten würde. »Vielleicht wissen wir danach ein bisschen mehr über die Geschäfte des Herrn Wittkamp.« Ben wünschte ihr eine gute Nacht, dann hatte er auch schon aufgelegt.

Jana wollte das Handy gerade wieder auf den Tisch legen, als es nochmals kurz vibrierte. Kein Anruf, sondern eine Nachricht. Sie sah, dass eine Mail von Ben eingegangen war. Im Anhang ein Worddokument, das sie sogleich öffnete. Darin die Tabelle mit den sechsundzwanzig Polaroidfotos in der linken Spalte. Und neben dreien der Aufnahmen in der rechten Spalte die Informationen, die Ben eben angesprochen hatte.

Die Reisebücher von Bianca Wildegans hatte Ben ins Regal des Büros gelegt. Jana musste nur kurz überlegen: Eine realistische Chance auf Schlaf innerhalb der nächsten eineinhalb Stunden war gering. Dann konnte sie die Zeit auch nutzen. Sie ging ins Schlafzimmer, zog den Schlafanzug aus und die Klamotten an.

Eine Viertelstunde später knipste sie das Licht im Büro an. Für einen Moment hielt sie inne. Nachts allein im Büro, das war ihr vor ein paar Tagen nicht gut bekommen. Jana musste sich zwingen, gleichmäßig und tief zu atmen. Der Dieb hatte mitgenommen, was er hatte mitnehmen wollen. Es gab keinen Grund für ihn, nochmals hierher zurückzukehren. Eine Minute später hatte Jana sich wieder im Griff. Doch sie legte nun die Lichtschalter in allen Räumen um, drehte die Dimmer auf die höchste Stufe, sodass jeder Winkel der Geschäftsräume hell illuminiert war.

Sie ging zum Regal und lud sich den Stapel der Reisebücher auf die Arme. Der Stoß wog ein paar Kilo, denn Bianca Wildegans war fleißig gewesen und hatte über dreißig dieser Reisetagebücher drucken lassen.

Jana legte den Stapel auf dem Besprechungstisch ab. Dann schaltete sie das Smartboard an, griff zu ihrem Laptop und öffnete die Datei mit den Aufnahmen aus der Sofortbildkamera. Sie extrahierte die Spalte mit den Aufnahmedaten und fertigte daraus eine neue Tabelle.

Ben hatte auf dem Server gleichfalls die PDF-Dateien der Ausweise von Emil Wittkamps Scheinidentitäten abgelegt. Sie öffnete die Dateien der Reisepässe, eine nach der anderen.

Und ergänzte die Tabelle mit den Reisedaten, die sie den Reisepässen entnehmen konnte.

Dann begann sie die Reisetagebücher durchzugehen. Bianca Wildegans hatte nicht nur jeweils ein paar Fotos und eigene Texte beigefügt, sondern bei der Darstellung der Reisen auch ganz akkurat auf die richtige Chronologie geachtet.

Sie arbeitete sich von der Gegenwart in die Vergangenheit zurück. Im Oktober des vergangenen Jahres war Frau Wildegans mit Emil Wittkamp in die Dominikanische Republik geflogen. Für zwei Wochen. Bilder vom Strand, Bilder von Wanderungen, Bilder von Touren im Leihwagen. Bilder von feinen Abendessen in guten Restaurants. Die Daten des Berichts stimmten exakt mit den Angaben aus dem Reisepass von Rainer Hauptmann überein.

Jana warf einen Blick in ihre Tabelle: Rainer Hauptmann war von der Dominikanischen Republik aus für drei Tage auf die Insel St. Martin geflogen. Sie blätterte zu dem Datum im Reisetagebuch. Dort auch die passende Eintragung: »Emil muss für drei Tage geschäftlich fort.« Dieses Hin und Her in ihrem Kopf zwischen all den Namen, unter denen Emil Wittkamp gelebt hatte, verursachte manchmal ein Gefühl, als ob ein Flummi zwischen den Innenseiten ihres Schädels hin- und hersprang. Die Bilder der folgenden drei Tage ohne Emil waren fast ausschließlich Selfies von Bianca Wildegans am Pool, an der Bar, allein im Restaurant.

Rainer Hauptmanns Reise in die Dominikanische Republik vier Monate zuvor hatte er offensichtlich allein unternommen. Dazu gab es kein Reisetagebuch. Aber er war insgesamt auch nur fünf Tage in der Karibik unterwegs gewesen.

Buch für Buch übertrug Jana die Daten in die Tabelle. Am Ende hatte sie zwanzig der sechsundzwanzig Termine auf den Polaroidfotos gemeinsamen Reisen zuordnen können – und damit einem konkreten Ort. So war Frau Wildegans etwa im Dezember 2015 an der Seite von Emil Wittkamp nach Edersburg gefahren. Wo am vierten Dezember ein Geldkoffer an einen gewissen Herrn Verheugen übergeben worden war. Jana fragte sich, ob Bianca Wildegans vielleicht mehr dazu sagen konnte.

Inzwischen war es dreiundzwanzig Uhr dreißig. Nun, wenn Bianca Wildegans durchschlafen wollte, würde sie das Handy bestimmt auf lautlos gestellt haben. So handhabte es zumindest Jana. Ben hatte ihr die Kontaktdaten der Dame bereits auf ihr Handy geschickt. Sie wählte die Nummer von Frau Wildegans.

Diese ging schon nach dem zweiten Freizeichen an den Apparat. »Hallo?«

»Guten Abend, Frau Wildegans, mein Name ist Jana Welzer. Ich bin die Kollegin von Benjamin Lorenz, mit dem Sie vorgestern gesprochen hatten. Ich hoffe, ich habe Sie nicht geweckt?« Eine etwas dreiste Frage um diese Uhrzeit …

»Nein, ich gehe selten vor Mitternacht zu Bett. Was wollen Sie?«

»Frau Wildegans, zunächst auch von meiner Seite erst mal ein herzliches Dankeschön dafür, dass Sie uns die Reisebücher ausgeliehen haben. Dabei ist mir eine Sache aufgefallen, zu der ich Ihnen gerne eine Frage stellen würde.«

Das kurze Schweigen am anderen Ende der Leitung interpretierte Jana als Aufforderung, weiterzusprechen: »Einige Ihrer Reisen korrespondieren mit geschäftlichen Aktivitäten, die Herr Wittkamp zur selben Zeit an Ihrem Reiseort abgewickelt hat. Wissen Sie davon etwas?« Jana hielt sich zunächst bewusst bedeckt. Sie wollte herausfinden, was Bianca Wildegans von den Geldkoffern wusste.

»Ich weiß, dass er bei diesen Reisen das Geschäftliche mit privater Zeit für uns verband.«

»Wissen Sie, was er da genau gemacht hat?«

»Nein. Wie ich Ihrem Kollegen schon sagte, sprach Emil mit mir überhaupt nicht über sein Geschäft. Wenn wir auf Reisen waren, sagte er mir immer, dass er sich jetzt für drei oder vier Stunden ausklinken müsse. Dann verschwand er. Und exakt nach der genannten Zeit war er wieder da.«

»Nahm er für diese Stunden eine bestimmte Ausrüstung mit?«

»Ja. Bei den meisten Reisen nahm er einen Trolleykoffer mit. Was sich darin befand, weiß ich nicht.«

»Sie haben nie mal – nachgeschaut?«

Die Sprachtemperatur der Dame am anderen Ende der Leitung fiel in Richtung Gefrierpunkt. »Nein. Die Basis unserer Beziehung war unbedingtes Vertrauen. Daran habe ich mich selbstverständlich gehalten.«

Jana sprach noch zwei weitere Minuten mit Bianca Wildegans, aber sie konnte ihr keine weiteren Informationen entlocken.

Ben sah auf seine Armbanduhr. Es war zweiundzwanzig Uhr. Auch wenn die Autobahn frei war, würde er knapp zwei Stunden brauchen, bis er in Edersburg ankam. Pfeif drauf! Dann würde es zwei Stunden dauern.

Das Navi teilte ihm mit, dass er eine Stunde und fünfundvierzig Minuten brauchen würde. Die acht Zylinder des Wolgas teilten ihm mit, dass es keine achtzig Minuten gedauert hatte, bis er die Adresse in Edersburg erreicht hatte.

Ben stieg aus, nahm seine Krücke, trat auf die Wohnungstür zu. »Verheugen« zeigte das Klingelschild. Und Ben drückte auf die Klingel.

»Sie sind's?« Die Stimme von Verheugen, die er ja aus dem Telefonat von vor knapp zwei Stunden bereits kannte.

»Ich bin's«, gab sich Ben zu erkennen.

Der Türsummer summte, Ben trat ein. Die Marmortreppen führten in den ersten Stock. Im Türrahmen stand ein Mann von vielleicht fünfundvierzig Jahren. »Benjamin Lorenz?«, vergewisserte er sich.

»Ja.«

»Kommen Sie rein«, sagte der Mann, und Ben brauchte nicht viel Menschenkenntnis und Erfahrung, um zu erkennen, dass dieser Mann nicht mehr ganz nüchtern war. Er folgte ihm ins Wohnzimmer. Verheugen ließ sich auf ein Sofa plumpsen, auf dem er dann mehr lag als saß.

Ben setzte sich auf einen der Sessel, legte die Krücke daneben ab.

»Verdammt, Ihnen geht's ja noch schlechter als mir«, brummte Verheugen.

Ben zuckte die Schultern. Was sollte er darauf antworten?

»Und Sie suchen Erben von diesem Hauptmann?«

Ben nickte. »Ja. Das ist mein Job.«

»Hauptmann war ein Arschloch. Aber eines der kleineren Sorte.«

Ben hob eine Augenbraue, und seinem Gegenüber war klar, dass er noch ein bisschen nachlegen musste, um dieses Statement zu unterfüttern. »Hauptmann – das war der Kerl mit dem Geldkoffer. Also der Good Cop, der Samariter. Der Kerl, der das Positive zu vermitteln versuchte. Und da gab es natürlich auch den Bad Cop, den Mann fürs Grobe. Der auch zu Ackermann gehörte. Ein Riese mit schwarzen Haaren und Vollbart, der mir alle vier Reifen zerstochen hat.«

Ackermann? Riese? Vollbart? Ben wurde hellhörig. »Herr Verheugen, vielleicht erzählen Sie mir das alles mal der Reihe nach?«

»Warum sollte ich das tun?«, brüllte der wahrlich nicht mehr nüchterne Verheugen in den Raum.

Gern hätte Ben seinem Gegenüber das Foto des Bärtigen in der Wohnung von Rainer Hauptmann gezeigt. Aber so, wie Verheugen gerade reagiert hatte, war das sicher der falsche Zeitpunkt. Ben war nicht geschult für solche Situationen. Das hatte er bereits vorhin am Telefon gespürt. Und gleichzeitig wusste er, dass er sich jetzt auf sein Bauchgefühl verlassen musste. »Sie wollen reinen Tisch machen? Dann machen Sie reinen Tisch. Herr Verheugen, ich bin kein Pfarrer. Aber ich bin auch kein Polizist. Und auch nicht verkabelt. Und ich höre Ihnen einfach zu.«

»Was zu trinken?«

Ben schüttelte den Kopf. »Ich muss heute Nacht noch zurückfahren.«

»Aber ich darf?«

Ben zuckte nur mit den Schultern. Mehr Absolution war nicht möglich.

»Delikatess-Leberwurst zu siebenundfünfzig Cent pro hundert Gramm. Für den Endkunden im Discounter. Das ist etwa so viel wie der Preis für Nutella, das nur aus Zucker, Aroma, Farbstoff und Fett besteht. Herr Lorenz, wie soll das funktionieren? Wir reden hier über ein Produkt, das aus Tieren erzeugt wird. Und ich habe mitgemacht in diesem Getriebe.

Ich kam 2013 in das Unternehmen Dommbacher-Wurst. War ein altes Familienunternehmen. Ein Unternehmen mit Tradition. 1934 eröffnete Metzgermeister Stefan Dommbacher seine Fleischerei hier im Ort. Damals hatte er fünf Schweine, ein Rind und ein Kalb pro Woche geschlachtet und verarbeitet. Und er hat den Betrieb in den kommenden Jahren richtig ausgebaut. 1959 trat sein Sohn Ludwig in den Betrieb ein. Er hat die Schlachterei geschlossen. Und nur noch Waren aus angekauftem Fleisch hergestellt, für Großkunden aus der Hotelbranche, für Kantinen, für Krankenhäuser, für Altenheime.

Aber der Markt war schwierig, sehr schwierig. 2005 hat Ludwig Dommbacher schließlich verkauft. An ein Fleischkontor, das bundesweit agierte. Und dann wurde ich Geschäftsführer 2013. Sollte mehr Effizienz in den Laden bringen. Schon damals gab es im Betrieb kaum mehr Fachkräfte. Denn wer kann die schon bezahlen? Wir hatten Arbeiter aus Rumänien und Bulgarien über Subunternehmer. Mein Job war es, das Unternehmen weiter und weiter auf Effizienz zu trimmen. Delikatess-Leberwurst unseres Unternehmens konnte man für sechzig Cent pro hundert Gramm beim Endverbraucher anbieten. Ich musste drei Cent drunter kommen. Und ich machte das. Und das hieß: Delikatess-Leberwurst so herstellen, dass man sie an den Endverbraucher für siebenundfünfzig

Cent pro hundert Gramm verkaufen kann und dabei selbst nicht pleitegeht. Ein Scherz. Entweder Sie haben die Qualität auch bei der Herstellung, oder Sie haben weniger als sechs Euro pro Kilo an der Ladentheke. Entweder. Oder. Es gibt kein Dazwischen. Und ich schaffte das. Und ich sah, dass die Firma den Bach runterging.

Wir sind der Feuchtigkeit nicht mehr Herr geworden. Schimmel auf dem Fleischkäse, Mäusekot in den Räumen. Ich wusste nicht mehr weiter. Denn wenn der Laden dichtmachte, wären auch all die Rumänen und Bulgaren arbeitslos geworden. Wäre das besser gewesen? Es war mir erlaubt, an allen Stellschrauben zu drehen. Nur nicht an der einen: Achtundfünfzig Cent für hundert Gramm Delikatess-Leberwurst, das war inakzeptabel, ein Cent zu viel. Das war die rote Linie. Also blieb die Feuchtigkeit, damit auch die Arbeiter bleiben konnten.

Das war der Moment, in dem ich das Angebot von Herrn Jonas Ackermann bekam, zu verkaufen. Ich sagte, ich wäre gar nicht in der Lage, zu verkaufen, weil ich nur der Geschäftsführer wäre. Und man machte mir klar, dass eine Firma, die finanztechnisch gegen die Wand gefahren würde, viel besser zu verkaufen wäre als eine gesunde Firma.

Ich meine, wir standen schon mit dem Rücken zur Wand. Viel mehr gab es aus unserem Laden nicht mehr rauszupressen. Alle Facharbeiter waren inzwischen gegangen oder gegangen worden. Dennoch waren wir wieder sehr nah an der achtundfünfzig Cent pro hundert Gramm-Grenze, an dem Cent zu viel.

Dann kam dieser Typ, der mir die Reifen zerstochen hat. Ein Kleiderschrank mit fettem Rauschebart. Er sah mir in die Augen, während er das Messer in die Reifen meines Wagens gestochen hat. Und ich fuhr keine Mercedes-S-Klasse. Ich fuhr einen verdammten Passat. Aber ich wollte nicht aufgeben. Ich dachte immer noch, irgendwie kriege ich die Firma wieder auf Kurs.«

Jetzt war der richtige Moment für das Foto gekommen. Ben zog das Handy hervor, entsperrte es, tippte und wischte zwei Sekunden, dann hatte er die Fotografie des Mannes, der Hauptmann wohl aus dem Fenster geschubst hatte. »Herr Verheugen, schauen Sie mal. War das der Mann?«

Verheugen nickte. »Woher haben Sie denn dieses Foto?«

Ben machte nur eine wegwerfende Handbewegung und sagte: »Erzählen Sie einfach weiter.«

»Ein paar Tage nach dem Messerstecher kam dann Hauptmann zu mir. Mit seinem Köfferchen.«

»Das war am 4. Dezember 2015?« Ben nannte das Datum, das auf der Rückseite des Polaroidfotos notiert gewesen war.

»Ja, kann sein. Dezember 2015 stimmt auf jeden Fall. Ich hätte jetzt zwei Möglichkeiten, hat er gesagt. Entweder ich ließe die Firma komplett gegen die Wand fahren – und dann könne sie zu einem günstigen Preis verkauft werden, zum Beispiel an Ackermann. Oder ich könne mich weiter sträuben, dann würde die Firma ganz von selbst in drei Jahren gegen die Wand gefahren sein, aber ich hätte keinen Cent davon. Hauptmann hat mit seiner Polaroidkamera zwei Fotos geschossen. Und betont, wenn ich meinen Teil des Deals nicht einhalten würde, dann geriete dieses Foto in die *Bild*-Zeitung. Und, viel schlimmer, auch ins Netz.«

Verheugen schwieg.

»Sie haben den Koffer genommen?«

»Ich habe den Koffer genommen. Sechs Monate später war Dommbacher-Wurst pleite, und Jonas Ackermann hat übernommen. Derzeit melken sie den Betrieb immer noch weiter. Sie sind spätestens in vier Jahren pleite. Oder in zwei Jahren, wenn wieder irgendein Fleischskandal aufpoppt.«

Verheugen stand auf, verließ den Raum, kam zwei Minuten später mit einer ledernen Dokumentenmappe zurück. Er schlug sie auf, blätterte darin herum, dann zeigte er mit dem Finger auf ein Dokument in Klarsichthülle. »Der Kaufvertrag. Ich habe mir eine Kopie gemacht. Heimlich. Soll mich immer daran erinnern, mich auf so etwas nicht noch mal einzulassen.«

»Darf ich?«, fragte Ben.

Verheugen nickte nur.

Ben friemelte den Vertrag aus der Hülle, überflog ihn.

Die beiden interessanten Dinge standen auf der letzten Seite: Die Bank, über die der Verkauf abgewickelt wurde, war eine GLF-Privatbank aus Frankfurt. Die Bank des Vertrauens auch von Emil Wittkamp. Da überraschte der zweite Name nicht: Die Anwaltskanzlei, über die der Verkauf abgewickelt wurde, hieß Hieronymus Renzel. Hatte Jana nach ihrem Trip nach Berlin nicht von dem Kleeblatt erzählt? Wittkamp, dazu ein Banker, ein Anwalt und ein Unternehmer? Wittkamp, die GLF-Privatbank, Renzel als Anwalt und dieser ominöse Ackermann, der Unternehmer? Das war's wohl.

»Und Sie? Was machen Sie jetzt?«

»Ich? Ich habe das Geld aus dem Koffer genommen und meine Einstellung und mein Geschäftsmodell verändert. Ich bin immer noch in der Branche, wie Sie ja wissen. Aber bei mir wird selbst geschlachtet. Und gleich darauf in der Metzgerei angeboten. Nein, das geht nicht für siebenundfünfzig Cent pro hundert Gramm Delikatess-Leberwurst. Das kostet fast das Doppelte. Aber wissen Sie, was? In den ganzen Diskussionen geht es immer nur um das Tierwohl. Das ist ja auch richtig. Auch wir schlachten unsere Tiere so, dass sie davon nichts mitbekommen, dass sie nicht leiden müssen. Aber es geht auch um die Menschen! Bei uns arbeiten Menschen aus der Region. Und sie bekommen bei mir eine Festanstellung mindestens zum Tariflohn. Wir stellen nicht so viel her, aber wir haben treue Kunden. Das funktioniert. Aber bei siebenundfünfzig Cent pro hundert Gramm Delikatess-Leberwurst – da stimmt etwas nicht in der Lieferkette.«

CAESAR X

Das Auto ist schon wieder kaputt. Der Auspuff. Der Twingo klingt wie ein Panzer.

Und ich habe keine Kohle, um ihn reparieren zu lassen. Und es ist nur eine Frage der Zeit, bis mich irgendjemand anzeigt. In Ober-Klingen fährt man leise.

Stehe auf dem Aldi-Parkplatz. Habe eingekauft. Wir brauchen ja was zu essen. Auf Mineralwasser verzichte ich schon lange, das Wasser aus dem Hahn muss es tun. Coca-Cola gibt es auch nicht. Aber vom Billigplagiat habe ich zwei Flaschen mitgenommen. Chris wird nur mit den Augen rollen, wenn er die Flasche sieht, aber Cassy wird sich freuen. Wollte Reis kaufen. Aber sie hatten nur noch Bio-Reis. Dreimal teurer. Von der Liste gestrichen. Müssen es Nudeln tun.

Ich rolle den Einkaufswagen in Richtung Kofferraum, da fällt es mir auf, das Portemonnaie, das neben der Fahrertür auf dem Boden liegt. Es ist ein Reflex, dass ich hingehe, mich bücke und es aufhebe. Es ist auch ein Reflex, dass ich in das Fach mit den Geldscheinen schaue.

Was dann passiert, ist alles andere als Reflex: In dem Fach befinden sich sechs Fünfzigeuroscheine. Mein Herz beginnt zu rasen, ich werde rot. So, als ob mir irgendetwas peinlich wäre. Dabei ist mir nur peinlich, was ich denke: Fahrertür auf, Portemonnaie rein.

Ich öffne die Fahrertür.

Werfe das Portemonnaie rein.

Schließe die Fahrertür wieder, öffne die Heckklappe. Lade meine Einkäufe in den Plastikkorb. Schließe die Heckklappe, bringe den Einkaufswagen zurück. Und jeder, der mich ansieht, muss denken, dass ich gleich an Bluthochdruck sterbe. Aber es schaut mich niemand an. Auf einem Aldi-Parkplatz schauen sich die Menschen zum Glück selten an.

Ich setze mich in den Wagen, lasse den Motor nicht an. Schaue mich um wie ein Dieb, der ich vielleicht gleich sein werde. Aber niemand hat unmittelbar neben mir geparkt.

Ich greife nach dem Portemonnaie, das unter dem Beifahrersitz gelandet ist.

Bis zu diesem Moment hoffe ich noch, dass die Ehre über die Versuchung siegen wird. Weiß ich, wie nötig der Mensch, der das Portemonnaie verloren hatte, die dreihundert hatte? Und ich bin kein Dieb. Von der Bäckerei aus bin ich damals schon Kunden hinterhergerannt, die das Wechselgeld auf der Theke liegen gelassen hatten.

Leider ist das nicht alles, was sich im Portemonnaie befindet. Natürlich sind auch noch EC-Karte, Personalausweis und Führerschein in dem edlen Lederetui. Und ich kenne den Namen des Mannes, der auf dem Personalausweis abgebildet ist. Manfred Leon. Ein ganz hohes Tier in der Stadtverwaltung Darmstadt. Steht immer mal wieder in der Zeitung. Ein Mann, dem das Fehlen von sechs Fuffis sicher auch nicht gleichgültig ist. Für den dieser Betrag jedoch sicher nicht existenziell ist.

Ich treffe eine Entscheidung. Ich nehme die Scheine aus dem Fach. Ziehe mein eigenes Portemonnaie aus der Innentasche, stecke das Geld hinein. Die Chance, den Auspuff reparieren zu lassen. Und dann immer noch ein klein wenig Reserve zu haben.

Ich überlege, was ich mit dem Portemonnaie mache. Ich habe es angefasst. Greife zu einem Brillenputztuch, wische meine Fingerabdrücke ab. Lege das Etui ins Handschuhfach.

Ich fahre direkt zu Silas' Werkstatt. Als er mich sieht, neigt er den Kopf. Als ich aussteige, begrüßt er mich mit den Worten: »Du willst mir jetzt nicht sagen, dass du nicht mal die Raten bezahlen kannst, oder?«

»Nein. Ich möchte dir die erste Rate geben. Und dich bitten, den Auspuff zu schweißen. Und das werde ich auch sofort bezahlen.«

Silas zieht eine Augenbraue nach oben: »Du hast keine Bank überfallen oder so?«

Und schon wieder werde ich rot wie Rotkäppchens Mütze.

Silas deutet meine Gesichtsfarbe wohl als aufkeimende Wut: »Bleib ruhig, war nur ein Scherz.«

Tatsächlich macht er sich gleich daran, den Wagen zu reparieren. Eine halbe Stunde später klingt der Wagen wieder nach Twingo. »Gib mir einen Fuffi – und die Rate. Dann passt das.«

Ich bedanke mich bei ihm, gebe ihm zwei Fünfziger, bekomme tatsächlich einen Zwanziger zurück.

Ich fahre zur Gemeindeverwaltung. Die hat bereits geschlossen. Ich funktioniere wie auf Autopilot. Mit dem Putztuch greife ich das Leder. Werfe das Portemonnaie in den Briefkasten. Es wird seinen Besitzer erreichen. Ohne Kohle.

Die Fahrt nach Hause fühlt sich an wie auf einer Achterbahn. Ich haue mit der Faust aufs Lenkrad. Ich schreie.

So tief bin ich gesunken.

Was habe ich meinen Sohn angebrüllt, als er das Geld für die Monatskarte unterschlagen hat! Und immer wieder habe ich betont, dass er jetzt ein Dieb sei.

Und ich?

Ich kaufe zwei Flaschen echte Cola.

Als ich sie beim Abendessen auf den Tisch zaubere, freut sich Cassy. Und Chris guckt mich skeptisch an. Als ob er direkt in mein Gehirn blicken könnte.

Dann gießt er sich auch ein Glas ein.

Ich trinke Wasser.

DIENSTAG

Das Erfolgserlebnis, den Polaroidfotos zumindest zum großen Teil Orte zugeordnet zu haben, hatte Morpheus so milde gestimmt, dass er Jana sogleich in seine Arme schloss, kaum dass sie sich gegen ein Uhr ins Bett gelegt hatte.

Als sie um neun Uhr wieder das Büro betrat, saß ein Ben mit dicken Augenrändern und deutlich sichtbaren Bartstoppeln am Besprechungstisch. »Wir brauchen hier mehr Monitore«, hatte er in einem Tonfall gesagt, der Jana an einen Zombie erinnerte.

»Hast du etwa die ganze Nacht durchgearbeitet?«

Ben nickte und deutete mit dem Finger auf das Smartboard. »Ich bin von Verheugen aus wieder hier vorbei. Und deine Tabelle war immer noch geöffnet. Ich habe dann halt weitergesucht und zumindest acht Orten auch Firmen zuordnen können. Und die ehemaligen Geschäftsführer oder Inhaber von unseren Fotos.«

Jana schaute auf die Tabelle, die das ganze Smartboard wie ein riesiges Poster ausfüllte. Bad Bevensen war der nördlichste Ort in der Republik, Friedrichshafen am Bodensee der südlichste. »Wie war das Gespräch mit diesem Verheugen heute Nacht? Edersburg! Das ist ja oben am Edersee. Da musst du ja sicher zwei Stunden für eine Richtung gebraucht haben …«

»Nicht ganz. Der Wolga kann auch schneller, wenn er muss.« Bens Gesichtsmuskeln waren zu müde, um das, was er als Lächeln begonnen hatte, auch zu Ende zu führen. Dann berichtete er kurz über Verheugen und die Art und Weise, wie Jonas Ackermann sich dessen Firma unter den Nagel gerissen hatte. »Und er erkannte auch den Bärtigen auf dem Foto von dieser Nachbarin. Also den Typen, der dich überfallen hat. Aber er wusste nicht, wie der Typ heißt. Doch es spricht sehr viel dafür, dass dieser Kerl im Auftrag von Ackermann arbeitet. So, wie Verheugen berichtet hat, klang es, als ob der Bärtige der Mann fürs Grobe gewesen wäre und Wittkamp der Geldbriefträger.«

»Was sind das für Firmen, die du identifiziert hast?«, brachte Jana das Thema wieder auf die Tabelle des Smartboards zurück.

»Da sind noch drei weitere Betriebe aus der Fleischbranche, dann zwei Unternehmen aus der Automobilzuliefererindustrie. Und die drei Firmen aus Frankfurt sind Schuppen aus dem Bahnhofsviertel. Ein Puff, ein Restaurant, eine Bar. Alle acht haben eins gemeinsam: Sie haben eine Insolvenz hinter sich und sind aufgekauft worden. Günstig.«

»Wow! Da hast du etwas geleistet!«

»Ja. Ich frage mich nur, wieso ich das eigentlich gemacht habe. Hat so was von einem Puzzle, dass man einfach zu Ende legen möchte, auch wenn einem das Bild darauf ziemlich gleichgültig ist.«

Jana verstand, was er meinte. Weder für die Höhe des Erbes noch zum Auffinden weiterer Erben war dieser Job notwendig.

»Aber ich hab da noch etwas, was wahrscheinlich nicht ganz so unnütz ist: die Privatadresse und die Handynummer von Jonas Ackermann. Hat mich zwei Stunden gekostet, aber hier ist sie, voilà«, sagte er, und die Tabelle auf dem Smartboard verschwand. Es erschien eine riesige Visitenkarte mit dem Konterfei ihres Besitzers: Jonas Ackermann, wohnhaft in Königstein bei Frankfurt. Dort, wo die Reichen und Schönen ihre Domizile aufschlugen. Na ja, auf jeden Fall die Reichen.

»Gratuliere! Und was weißt du noch über diesen Jonas Ackermann?«

»Er ist der Unternehmer unseres Kleeblatts. Von den Firmen, die ich identifizieren konnte, gehören vier zu Unternehmen, bei denen Jonas Ackermann entweder im Vorstand sitzt oder die ihm direkt gehören. Die Besitzverhältnisse der anderen vier sind nicht so eindeutig zu klären.«

»Firmen auf Sint Maarten?«, spekulierte Jana ins Blaue.

»Genau. Firmen in der Karibik, die anderen Firmen in der Karibik gehören. Aber da stößt man schnell an die Grenzen, das alles auseinanderzudröseln und nachzuverfolgen. Mein Tipp, auch wenn ich ihn nicht belegen kann: gehört auch alles Jonas Ackermann.« Ben gähnte.

»Pass auf, du legst dich jetzt für zwei Stunden auf die Couch in meinem Büro. Ich arbeite von hier aus.«

Ben holte Luft, um etwas zu erwidern, doch Jana sprach weiter, bevor er auch nur ansetzen konnte: »Keine Diskussion. Diskussionen erst nach den kommenden zwei Stunden.«

Ben trollte sich in Janas Büro und schloss die Tür.

Irina hatte sich für den heutigen Tag abgemeldet, sie hatte einen Arzttermin. Somit war Jana jetzt allein im Großraumbüro. Wenn man vierzig Quadratmeter mit vier Schreibtischen und einem Besprechungstisch so nennen durfte.

Sie blickte zum Smartboard, griff zum iPhone, gab die Handynummer von Jonas Ackermann ein und drückte auf den grünen Button zum Verbindungsaufbau.

»Ackermann. Mit wem spreche ich bitte?« Die Tonlage ihres Gesprächspartners machte mit den ersten beiden Silben deutlich, dass ihr Besitzer es nicht gewohnt war, Anrufe von Menschen zu empfangen, deren Handynummer er nicht kannte.

»Guten Tag, Herr Ackermann. Mein Name ist Jana Welzer.« Sie folgte einem Instinkt, als sie ihre Stimme ein wenig weicher klingen ließ, als sie von Natur aus war. Fügte ihr einen Schuss Erotik hinzu. Hoffte sie zumindest.

»Frau Welzer, einen guten Tag wünsche ich Ihnen auch. Darf ich fragen, woher Sie diese Nummer haben und woher ich Sie kennen sollte?« Der Schuss hatte gewirkt. Auch Ackermanns Stimme klang nicht mehr autoritär verärgert, sondern eher – flirtend.

»Selbstverständlich. Ich bin die Nachlasspflegerin von Emil Wittkamp.« Mehr sagte sie zunächst nicht.

»Ja, das ist traurig, das mit Emil. Ich habe es auch schon gehört. Nachlasspflegerin – verwalten Sie Emils Erbe?«

Jana beantwortete die Frage nicht, sondern fragte ihrerseits: »Herr Ackermann, wäre es vielleicht möglich, dass wir persönlich miteinander sprechen? Ich komme gerne nach Königstein.«

»Hoho! Sie haben also auch meine Privatadresse. Jetzt beginnt es, spannend zu werden. Gehe ich recht in der Annahme, dass Sie mir am Telefon nicht verraten werden, wie Sie daran gekommen sind?«

Jana antwortete nicht. Fragte nur: »Fünfzehn Uhr?«

Sie konnte das Grinsen ihres Gegenübers fast sehen. »Fünfzehn Uhr. Seien Sie pünktlich.« War klar gewesen, dass so ein Spruch hatte kommen müssen, der die Stellung in der Hackordnung verdeutlichte. Das Bild, das Ackermann in diesen wenigen Sekunden von sich gezeichnet hatte, machte auf Jana den Eindruck eines selbstverliebten Gockels. Konnte vielleicht für das Gespräch ganz nützlich sein.

Nachdem Ackermann das Telefonat beendet hatte, überlegte Jana kurz, was sie jetzt tun würde. Vielleicht war es an der Zeit, das Repertoire an Toilettenartikeln in dem kleinen Bad noch um einen Gegenstand zu erweitern: Wenn Ben aufwachte, würde er sich sicher über einen Rasierapparat freuen.

Jana hatte Ben schlafen lassen, bevor sie sich auf den Weg nach Königstein machte, also bis halb zwei. Dann hatte sie ihm den Rasierapparat in die Hand gedrückt. »Kleines Einstandsgeschenk, sozusagen.«

Ja, es hatte ihn gerührt. Und selbstverständlich hatte er das Gerät gleich eingeweiht.

Als er wieder aus dem Bad kam, sagte Jana: »Na ja, so ganz

uneigennützig war die Investition nicht«, und blinzelte ihm zu.

Jana hatte ihn noch schnell über das Gespräch mit Ackermann unterrichtet, dann war sie losgefahren. Ben dachte kurz darüber nach, ob er etwas essen sollte. In dem Augenblick meldete sich sein Smartphone. Eine Nummer, die zwar angezeigt wurde, die er aber nicht kannte. Er nahm das Telefonat an.

»Guten Tag, hier spricht Karl Küvemann. Sie haben mich gestern angeschrieben. Wegen meiner Ahnenforschung zu Roman Krieger.« Die Stimme des Mannes war die tiefste Stimme, die Ben je in seinem Leben gehört zu haben glaubte. Bei jedem Wort, das er sagte, vibrierte das Handy regelrecht.

»Ja. Ist nett, dass Sie sich melden.«

»Sie haben geschrieben, Sie sind Erbenermittler? Das klingt ja richtig aufregend!«

»Na ja, so aufregend ist es nicht. Ist halt viel Detektivarbeit.«

»Und wie sind Sie auf Roman Krieger gekommen?«

»Roman Krieger ist der Ehemann einer Großtante eines Mannes, dessen Erben wir suchen«, fasste Ben kurz zusammen. »Und der hat keine eigenen Kinder, hinterlässt keine Frau, die Eltern sind lange tot – na ja, Sie können sich das sicher vorstellen. Und was haben Sie selbst mit Roman Krieger zu tun?«

»Roman Krieger ist eigentlich nur ein Nebenprodukt meiner Forschungen. Er ist der Sohn von Mirjam Krieger. Die wiederum über drei Ecken mit den Vorfahren meiner Mutter verwandt ist. Ich bin da einfach ziemlich gründlich. Und wenn ich Daten bekomme, so füge ich sie gern in den Stammbaum ein.«

»Was können Sie mir denn über Roman Krieger sagen? Ich weiß nur, dass er 1909 in Breslau geboren wurde. Wie auch seine Frau, Beate Krieger, und ihre gemeinsame Tochter Milena. Ab da stecke ich in einer Sackgasse. Doch es gab noch eine weitere Spur, Romans Mutter Mirjam, sie wurde in Reinheim geboren, also bei uns quasi um die Ecke.«

»Stimmt, Sie wohnen ja in Darmstadt. Uns hat es nach Hamburg verschlagen, aber schon vor mehr als zwanzig Jahren. Ja, dann schaue ich mal, ob ich Ihnen helfen kann. Ich fang am besten von vorne an: Mirjam Krieger, sie wurde, wie Sie ja schon herausgefunden haben, 1888 in Reinheim geboren. Über ihren Vater, der Beziehungen nach Breslau hatte, hat sie dort eine Stelle als Hausmädchen in einem größeren Gutshof bekommen. Sie hat dort Antek Krieger geheiratet und vier Kinder geboren, doch die ersten drei haben den ersten Geburtstag nicht erlebt. Roman hingegen, 1909 dort geboren, hat überlebt. Wie sein Vater, der Knecht auf dem Hof war, trat Roman in dessen Fußstapfen, arbeitete sich aber hoch und leitete schließlich die Landwirtschaft des Gutes. Eines Tages kam die Freundin einer der Töchter der Herrschaften zu Besuch auf das Gut. Ihr Name war Beate Wittkamp. Von Mirjam Krieger gibt es ein paar Tagebuchaufzeichnungen. Und sie war überhaupt nicht begeistert davon, dass ihr Sohn Roman sich offensichtlich in diese Freundin verliebt hatte. Es beruhte aber auf Gegenseitigkeit, auch wenn Beate Wittkamp in der gesellschaftlichen Hierarchie deutlich über Roman stand. Nichtsdestotrotz haben die beiden geheiratet, 1932, ebenfalls in Breslau.«

»Aber ich habe von Roman Krieger kein Sterbedatum. Sind er und seine Frau in Breslau geblieben?«

»Ja. Bis 1945. Da war Romans Vater bereits verstorben. Und Roman und seine Frau Beate sind geflüchtet. Gemeinsam mit Romans Mutter Mirjam und der gemeinsamen Tochter Milena, geboren 1937. Und jetzt kommt Reinheim ins Spiel: Dort lebte die Familie von Mirjam, aber eben nicht wirklich in Reinheim, sondern in Ober-Klingen. Ein kleines Dorf, gehört zu einer Nachbargemeinde von Reinheim, nämlich Otzberg. Dass Mirjam in Reinheim geboren wurde, das lag nur daran, dass ihre Mutter und ihr Vater Bekannte in Reinheim besucht hatten und das Baby Mirjam zwei Wochen zu früh und daher dort zur Welt kam. Die Familie von Mirjam wohnte seit Generationen in Ober-Klingen.«

»Und leben dort heute noch Nachfahren der Familie?«

»Das weiß ich nicht. Aber vielleicht kann Ihnen das Standesamt in Otzberg weiterhelfen. Ich weiß, dass Milena dort geheiratet hat. Ich glaube, sie hieß danach Strauß. Aber da bin ich mir nicht sicher.«

»Das hilft mir aber schon ein großes Stück weiter! Haben Sie ganz, ganz herzlichen Dank!«

»Gern, jederzeit wieder«, sagte Karl Küvemann.

Ben hatte die Informationen, die er gerade bekommen hatte, bereits in eine Datei eingetragen. Dann suchte er die Nummer des Standesamtes in Otzberg heraus.

Auch wenn die postalische Adresse den Ort Königstein auswies, so befand sich das Anwesen von Jonas Ackermann im Ortsteil Falkenstein, jenem Stadtteil, in dem sich die Villen befanden, die eher Schlössern ähnelten. Ben hatte Jana von der edlen Wohnung Wittkamps in Frankfurt berichtet. Doch gegen diese Gebäude hier im Eugen-Kogon-Weg wirkte auch eine Zweihundert-Quadratmeter-Wohnung provinziell. Was Jana sofort auffiel: Am Bürgersteig waren keine Autos geparkt. Alle Wagen hausten in Garagen. Nun, sie als Besucherin würde ihren Jaguar am Trottoir abstellen. Sie musste schmunzeln. In dieser Umgebung schien sich ihr Auto wohlzufühlen. Fiel auf jeden Fall nicht negativ auf.

Jana hatte noch nicht einmal das Eingangstor des Vorgartens erreicht, da öffnete es sich bereits. Und noch bevor sie an der Haustür ankam, tat diese sich ebenfalls auf.

»Frau Welzer, nehme ich an?« Der Mann im Türrahmen ging durchaus als attraktiv durch. Gute Figur, breite Schultern, das schwarze Haar gegelt und akkurat nach hinten gezogen. Jonas Ackermann trug eine Brille, und der Dreitagebart stand ihm. Das Haus bildete den passenden Rahmen für diesen

Mann. Insbesondere die beiden Säulen aus anthrazitfarbenem Marmor, die das Vordach stützten.

Jana reichte ihm die Hand.

»Schön, dass Sie Zeit finden konnten«, sagte er, ganz so, als habe er um dieses Treffen gebeten.

»Gern«, spielte Jana das Spiel mit.

»Treten Sie ein«, sagte Ackermann. »Ich bin allein im großen Haus. Also, normalerweise bin ich tagsüber überhaupt nicht hier. Obwohl ich in den vergangenen zwei Jahren die Möglichkeiten des Homeoffice sehr zu schätzen gelernt habe. Ist schon erstaunlich, was die heutige Technik da so alles möglich macht.«

Jana folgte ihm, er führte sie durch das große Haus, stieg die Treppen hoch, und sie fanden sich schließlich in einem Raum unterm Dach. Große Fensterfront nach draußen, drinnen alles eher spartanisch eingerichtet, mit viel Platz. Eine Couchgarnitur stand in der Mitte. Ansonsten nur ein Schreibtisch mit Laptop und Monitor. Irgendwie erinnerte Jana dieser Raum an ihr eigenes Büro, zumindest was die Einrichtung anging. Allerdings stand hier den Möbeln locker die fünffache Grundfläche zur Verfügung.

»Möchten Sie etwas trinken?«, wollte der Hausherr wissen.

Würde Jonas Ackermann ihr jetzt einen Kaffee zubereiten? »Ja, gern, einen Cappuccino?«

»Kein Problem.« Ackermann nahm das Handy aus der Hosentasche, drückte einen Button und sagte nur: »Zwei Cappuccini, bitte.« Ganz offensichtlich gab es in diesem Haus Bedienstete, die auch tagsüber da waren, wenn niemand anderes im Haus weilte. »Meine Frau arbeitet, der Große ist im Sportverein. Glaubt immer noch, dass er irgendwann mal Profifußballer wird. Dauert noch zwei Jahre, bis er kapiert, dass er das nicht schaffen wird. Und die Kleine übt fleißig Klarinette. Ja, sie könnte mal eine zweite Sabine Meyer werden. Oder vielleicht sogar eine Irith Gabriely. Wer weiß? Sie ist ehrgeiziger als ihr Bruder. Und ich bin nun wirklich nicht der

Musikkenner, aber ihre Lehrerin ist voll des Lobes. Und natürlich kenne ich die beiden Klarinettistinnen, die ich eben genannt habe, auch nicht. Aber die Lehrerin meiner Tochter sagt, dass die beiden die besten ihrer Zunft wären.«

Womit Jana jetzt auch einen kleinen Einblick in die Familiensituation ihres Gegenübers gewonnen hatte.

Die Tür öffnete sich, eine Frau, tatsächlich in schwarzem Kleid und weißer Schürze, brachte die Cappuccini. Stellte sie auf den Couchtisch, Zucker dazu und verschwand, ohne ein Wort gesagt zu haben. Jana fühlte sich wie mit einer Zeitmaschine um hundertfünfzig Jahre in die Vergangenheit gebeamt.

»Nachlasspflegerin sind Sie, haben Sie gesagt. Ich hatte ja ein bisschen Zeit und habe ein wenig recherchiert. Interessanter Beruf. Kann man davon leben?«

»Nun, das hängt von den Ansprüchen ab.« Jana machte eine ausladende Handbewegung. »So was wird man sich davon nicht leisten können.« Sie wusste, dass er ihren Wagen gesehen hatte, deshalb setzte sie hinzu: »Aber am Hungertuch nage ich nicht.« Auch wenn ein Teil ihres finanziellen Polsters ihrem Vater zu verdanken war, sosehr sie auch verachtete, wie es zustande gekommen war. Oder zumindest ein Teil davon.

»Und Sie sind für den Nachlass von Emil Wittkamp verantwortlich?«

»Ja. Ich versuche, den Nachlass zu sichern – wobei es dabei einige Unwägbarkeiten und offene Fragen gibt. Und zum anderen bin ich auf der Suche nach Erben.«

»Zuerst zu Letzterem: Da kann ich Ihnen überhaupt nicht behilflich sein. Emil hat seine Bianca ja nicht geheiratet. Er hat keine Geschwister, und auch seine Eltern leben nicht mehr. Und über weitere Verwandte bin ich nicht informiert.«

Jana setzte ein Lächeln auf. »Aber Sie kennen seine Lebenssituation sehr gut. Waren Sie eng befreundet?«

»Ja, vielleicht einmal, vor ein paar Jahren. Oder eher vor zwei Jahrzehnten. Heute – nun, Freundschaften verändern sich. Werden gekündigt, manchmal einseitig, wandeln sich in reine Geschäftsbeziehungen oder in nähere oder entferntere Bekanntschaften.«

»Und was trifft auf Ihre Beziehung zu Emil Wittkamp zu?«

»Sie sind neugierig.«

»Das ist mein Job«, lächelte Jana und sah ihm in die Augen. Ja, dieser Mann wollte ihr gefallen. Der Vorteil der Salsa-Tanzerei war unbestritten, dass sie das andere Geschlecht im Laufe der Jahre eingehend studiert hatte. Und dieser Gockel ihr gegenüber, der wollte eines: Sie ins Bett bekommen. Nicht weil sie so unglaublich attraktiv war – was sie natürlich war, wie sie sich selbst gegenüber zumindest erhoffte. Sondern vielmehr, weil sie die Starke und gleichzeitig Unnahbare gab. Eine Nuss, die es zu knacken galt.

»Ein Spiel macht nur dann Spaß, wenn jeder abwechselnd einen Zug macht. Also spielen wir: Ich beantworte eine Ihrer Fragen, Sie beantworten eine meiner Fragen«, sagte er jovial.

»Gibt es ein Vetorecht?«

»Einmal darf die Beantwortung einer Frage abgelehnt werden.«

»In Ordnung. Ich fange an.«

Ackermann machte nun die einladende Handbewegung.

»Wie ist das Kleeblatt mit dem Banker Liedtke, dem Anwalt Renzel, dem Unternehmer Ackermann und dem – was immer er auch genau war – Emil Wittkamp entstanden?«

»Hui – Sie haben Ihre Hausaufgaben gemacht. Ich frage gar nicht erst, wie Sie an all diese Informationen gekommen sind, denn dann würden Sie wahrscheinlich acht Stunden sprechen müssen. Und das würde mich ermüden. Ich nehme also zur Kenntnis, dass Sie vom Kleeblatt wissen.

Wie es dazu kam? Ich habe viele Jahre mit niemandem mehr darüber gesprochen. Und ich merke, ich werde langsam zu einem alten Mann, dem es Spaß macht, über die Vergangenheit zu reden. Kein gutes Gefühl. Aber gut, ich werde Ihre Frage beantworten.«

Er schlug ein Bein über das andere.

»Emil saß damals in der Treuhandanstalt in Berlin. Und in den einschlägigen Bars, Restaurants und Kneipen lief man sich über den Weg. Und Emil – er war auf der Suche. Denn er wollte reich werden. Zunächst nur, um seinem Vater einen würdigen Lebensabend zu ermöglichen. Doch dann wurde auch er gierig, wie wir alle es waren. In der Treuhandanstalt musste er dafür sorgen, dass alles privatisiert wurde. Und da gab es kleine, völlig unbedeutende Unternehmen. Aber es gab auch fette Brocken. Und es gab Diamanten. Und er saß an der Quelle. Er hatte alle Informationen über diese Unternehmen. Er brauchte also Anwälte, die ihrerseits aufgrund ihrer Kompetenz die Unternehmen bewerteten. Er brauchte Banker, die in der Lage waren, große Summen hin und her zu schieben. Und er brauchte jemanden wie mich, der in der Lage war, Unternehmen hin und her zu schieben, aufzuteilen, neu zusammenzusetzen, aufzukaufen, abzustoßen, wie auch immer. Hauptsache, es rechnete sich. Ich glaube, er hat keine drei Monate gebraucht, bis er bei seiner Suche nach den richtigen Partnern die Spreu vom Weizen getrennt hatte und wir vier eine eingeschworene Gemeinschaft bildeten. Emil hatte mit angesehen, wie das Unternehmen seines Vaters in Grund und Boden gekloppt worden war, nur um einen Konkurrenten des Westens auszuschalten. Und er schwor Rache. Und bekam sie.

Es war eine irre Zeit damals. Da war auf der einen Seite der unglaubliche Zeitdruck, mehr als achttausend Unternehmen möglichst vorgestern privatisiert zu haben. Und es gab viel zu wenig Leute, die das konnten. Woher sollten sie denn alle kommen, gerade die Anwälte, die Unternehmensberater, die mit fundiertem Wissen salomonische Empfehlungen aussprechen konnten? Hätten wir für die Privatisierung der DDR-Unternehmen zwanzig Jahre Zeit gehabt, die Sache wäre deutlich gerechter über die Bühne gegangen. Aber auch deutlich weniger lukrativ für uns, die jungen Wilden, die Geld machen wollten. Und Geld gemacht hatten. Frau Welzer, es gab Berater, nur Berater!, die Millionenbeträge eingefahren haben. Denn die Kontrollen waren, gerade in den Anfangsjahren, lasch bis überhaupt nicht vorhanden. Wir haben für marode Unternehmen Millionensummen für Neuinvestitionen erhalten. Die wir nur zum Teil getätigt haben. Und wir haben viel Geld verdient, ganz besonders, wenn die Unternehmen schließlich bankrott waren.

Heute würde ich vielleicht einiges anders machen. Aber wir hatten damals nur das Geld im Blick, nicht die Menschen, die ihre Jobs verloren haben. Was aber nichts daran änderte, dass die meisten Jobs spätestens fünf Jahre später ohnehin obsolet gewesen wären … So viel hätte man gar nicht investieren können, als dass sich das nach marktwirtschaftlichen Gesichtspunkten gerechnet hätte.

Egal. Das Kleeblatt hat sich gesundgestoßen an der Privatisierung der Unternehmen in der ehemaligen DDR. So war das. Und ich kann Ihnen das Ganze ungenierter sagen, denn heute ist alles, was man damals als strafrechtlich nicht korrekt hätte bewerten können, verjährt.«

Er machte eine kurze Pause, dann sagte er: »Jetzt bin ich dran mit einer Frage: Wie alt war Ihr erster Freund? Und mit wie viel Jahren sind Sie entjungfert worden?«

Arschloch, dachte Jana, lächelte und sagte: »Das sind zwei Fragen. Ich beantworte die erste. Achtzehn.«

Und noch bevor Ackermann intervenieren konnte, legte sie nach. »Mitte der Neunziger war die Treuhand-Geschichte. Wie ging es mit dem Kleeblatt weiter?«

Ja, Ackermann hätte auf die Beantwortung auch der zweiten Frage bestehen können. Aber er war Gentleman genug, sich an die Regeln, die er selbst aufgestellt hatte, zu halten: »Wir hatten in den fünf Jahren, in denen die Treuhand existierte, genug Zeit, uns ein solides finanzielles Polster zu schaffen. Danach? Freie Marktwirtschaft ohne die Treuhand. Wenn Sie genug Geld haben, fällt es Ihnen nicht schwer, es zu vermehren. Die

Schwierigkeit ist, eine solide Basis an Kapital zu schaffen. Fünfzig Millionen sollten es schon sein, dann können Sie schalten und walten, es vermehren bei relativ geringem Risiko. Und genau das haben wir vier gemacht. Und uns gegenseitig unterstützt.«

Mehr wollte er offensichtlich nicht dazu sagen. Es folgte aber auch keine Frage.

»Ihre Frage?«, hakte Jana nach.

»Nun, Sie haben völlig recht. Ich hatte zwei Fragen gestellt, die erste haben Sie beantwortet, die zweite noch nicht.«

»Dreizehn«, sagte sie. Ackermann hob beide Augenbrauen. Aber niemand hatte bei der Aufstellung der Regeln definiert, dass man nicht lügen dürfe. Und trotzdem glichen die Augen von Ackermann nun eher Kinoleinwänden, auf denen man sehen konnte, welche Filme gerade in seinem Gehirn abliefen.

»Ich verstehe die Rolle des Anwalts, des Bankers und des Unternehmers. Aber ich verstehe nicht so ganz die Rolle von Emil Wittkamp nach der Zeit bei der Treuhand. Was war sein Job?«

Janas Frage schien die Vorhänge vor die Leinwand zu ziehen. Die Vorstellung war zu Ende. Auch in Ackermanns Gehirn, zumindest vorläufig. »Emil, er war unsere Verbindung zur richtigen Welt. Er hatte unglaublichen Ehrgeiz. Er hat in einem Jahr Englisch gelernt. War ja damals in der DDR nicht so die erste Fremdsprache. Klar, Russisch konnte er, das war für uns aber nicht ganz so wichtig. Deshalb hat er neben Englisch auch noch Spanisch gelernt. Denn es war schon damals klar, dass wir auch in der Karibik Firmen gründen würden. Und in einem großen Teil der Karibik wird Spanisch gesprochen. Und, Emil, er war unser Kofferträger. Das ist nicht beleidigend gemeint, sondern anerkennend. Wie schaffen Sie zwei Millionen D-Mark in die Schweiz? Heute gar nicht mehr, was nicht nur daran liegt, dass es keine D-Mark mehr gibt. Aber auch früher gab es an den Grenzen strenge Kontrollen. Die ersten Geldspürhunde sind damals ausgebildet worden und nicht zufällig an den Grenzen zu Liechtenstein, Luxemburg und der Schweiz eingesetzt worden. Was hat Emil gemacht? Er hat sich in Wandermontur geworfen, einen fetten Rucksack aufgesetzt und ist über die grüne Grenze in die Schweiz. Auch er wurde angehalten. Aber er wanderte ja gern, er kannte sich aus, er konnte alle Fragen nach ›Wohin gehen Sie?‹, ›Welche Wanderrouten bevorzugen Sie?‹ beantworten, ohne auch nur mit der Wimper zu zucken.

Und dann war er derjenige, der in der Karibik die Kontakte zu den Banken hergestellt hat. Renzel, er hat die Firmen in der Karibik gegründet. Aber er sprach kein Wort Spanisch. Und er hatte zunächst auch keine Kontakte zu den Geldinstituten. All das hat Emil übernommen. Vor fünfzehn Jahren hat er sogar noch Holländisch gelernt, als wir Sint Maarten als Firmenstandort entdeckt haben. Emil war sozusagen das Schmieröl der finanziellen Transaktionen.«

Ackermann schwieg.

Jana schwieg. Dann sagte sie: »Ihre nächste Frage?«

»Ich überlege gerade. Ich muss gestehen, die beiden vorigen Fragen waren deutlich unterhalb des Niveaus, auf dem wir uns hier bewegen. Deshalb bemühe ich mich jetzt um etwas mehr intellektuellen Anspruch. Und schon habe ich die nächste Frage parat: Welches private Erlebnis hat Sie am meisten enttäuscht? Nein, ich präzisiere: Welches private Ereignis hat Sie am meisten *geprägt?*«

Die einzig richtige Antwort darauf wusste Jana sofort: Der Moment, als der Betrug ihres Vaters glasklar auf dem Tisch lag. Aber das würde sie hier nicht sagen. Ein privates Ereignis – auf die Schnelle konnte sie sich keines ausdenken. Doch dann fiel ihr etwas ein, was sie auch Ackermann mitteilen würde. »Der Moment, in dem ich erfahren habe, dass ein sehr guter Freund einen Tumor im Rückgrat hat. Der auf seine Nerven drückt. Der ihn an einer Krücke laufen lässt. Und der gerade all unsere Sorge um Geld oder nicht Geld in eine andere Perspektive rückt.«

Ackermann schwieg. Dann sagte er tonlos: »Ich weiß, wovon Sie reden. Meine Tochter hat Leukämie. Als kleines Kind sind die Chancen, die Krankheit zu besiegen, höher. Aber meine Frau und ich wissen nicht, ob Veronika alt genug werden wird, um jemals in Konkurrenz zu Sabine Meyer und Irith Gabriely zu treten.«

Ein wenig war Jana schockiert. Sie hätte niemals gedacht, dass in die Festung dieser Villa das Schicksal einschlagen könnte wie eine Kanonenkugel.

»Aber das war jetzt keine Antwort auf eine Ihrer Fragen. Sie sind dran.« Ackermanns Stimme hatte sich verändert. Immer noch gab er sich nonchalant. Immer noch markierte er den Eroberer. Und dennoch – die Stimme war weicher geworden.

»Sie haben Emil Wittkamp damit beauftragt, Koffer mit Schmiergeld an Geschäftsführer zu überbringen, damit diese die Unternehmen herunterwirtschafteten, um sie dann möglichst billig an Unternehmen, an denen Sie beteiligt waren, zu veräußern.«

Jana wartete.

Ackermann fragte: »Wo ist jetzt die Frage?«

Sie hatte sich eine Blöße gegeben. Was sie gesagt hatte, war eine blanke Behauptung. Es fehlte das Fragezeichen. Sie lieferte es nach. »Stimmt das?«

Ackermann sah auf die Uhr. Zögerte kurz und theatralisch. Um Jana dann direkt anzusehen. »Verjährt. Ja.« Er pausierte für einen Moment, dann fragte er: »Sind Sie verheiratet?«

Mein Gott, wie profan! Sollte sie aufrichtig antworten? Oder einen Ehemann erfinden? »Nein.«

Ackermann nickte nur. Sagte nichts. Warum auch? Jana war wieder dran.

Sie nahm ihr Handy aus der Tasche, tippte und wischte ein paarmal darauf herum, dann zeigte sie Ackermann das Bild des Bärtigen in der Wohnung von Emil Wittkamp alias Rainer Hauptmann. »Kennen Sie diesen Mann?«

Ackermanns Augen weiteten sich. »Er hat Emil umgebracht?«

Jana antwortete nichts darauf, aber sie wiederholte ihre Frage: »Kennen Sie diesen Mann?«

»Woher haben Sie dieses Bild?«

Jana schüttelte den Kopf. »Eine Antwort, dann eine Frage.«

»Ist das Bild entstanden an dem Tag, als Emil Wittkamp vom Balkon stürzte?«

Jana hätte den Satz von gerade eben wiederholen können, aber sie antwortete: »Ja.«

»Scheiße. Dann hat er es doch getan.«

»Was hat er getan? Und vor allem, was hat *wer* getan?«

»Sein Name ist Oliver Esser. Eigentlich war unser Kleeblatt ein fünfblättriges Kleeblatt. Olli, er hat immer die Aufgaben übernommen, wenn mal etwas nicht mit Banküberweisungen zu regeln war. Er ist mein Cousin. Und gerade zu Treuhandzeiten hat es sich bezahlt gemacht, wenn man jemanden hatte, der nicht nur über ein Scheckbuch verfügte, sondern auch über Muskeln. Muss ich das jetzt näher ausführen?«

»Und was hatte dieser Oliver mit Emil Wittkamp zu tun?«

»Wann ist das Bild aufgenommen worden?«

»Keine fünf Minuten bevor Emil Wittkamp auf dem Boden vor dem Haus aufgeprallt ist.«

Ackermann schloss die Augen. Öffnete sie wieder. »Irgendwie hatte Emil etwas gegen Oliver in der Hand. Ich weiß nicht, was, ich weiß nicht, weswegen, Oliver hat mir nur gesagt, dass Emil ihn erpresste.«

»Innerhalb des Kleeblatts? Waren Sie nicht über ein Vierteljahrhundert hinweg eine verschworene Gemeinschaft gewesen?«

Ackermann zuckte die Schultern. »Oliver hat mich nicht eingeweiht. Er hat nur Andeutungen gemacht. Aber gleichzeitig hat er gesagt, dass ihm irgendwann der Geduldsfaden reißen würde.«

»Haben Sie die Adresse von Oliver Esser?«

»Natürlich. Die gebe ich Ihnen.«

»Jetzt. Gleich. Hier«, sagte Jana.

Jonas Ackermann stand auf, ging zum Schreibtisch, griff aus der Schublade einen Zettel, schrieb etwas darauf und reichte das Blatt Jana.

Jana griff zum Handy, wählte die Nummer ihrer Polizeifreundin Melanie Tröger. Jetzt war vielleicht der Moment gekommen, in dem sie ihr einen Tipp geben konnte, den sie nicht würde bereuen müssen.

»Hallo, Jana, lange nichts gehört!«, sagte die Stimme am anderen Ende der Leitung.

»Melanie, ich gebe dir jetzt eine Adresse durch. Ihr solltet den Mann festnehmen. Er hat Emil Wittkamp ermordet.«

»Wovon redest du?«

»Organisiert das MEK. Ihr müsst den Kerl festnehmen. Wohnt in Offenbach. Hat aber in Darmstadt einen Mord begangen. Und mich überfallen, auch in Darmstadt. Ist also eure Zuständigkeit.«

»Ich verstehe nicht ganz«, sagte Melanie.

»Musst du auch nicht. Ich sende dir die Daten, dann bereitest du alles für den Zugriff vor. Später erkläre ich dir alles. Du bist auf dem Präsidium in der Klappacher Straße?«

»Ja.«

Jana verabschiedete sich von Jonas Ackermann. Der sich nicht entblödete, sie zu fragen, ob sie nicht einmal mit ihm essen gehen wolle.

Sie würde sich melden, sagte Jana, dann ging sie zu ihrem Auto und fuhr nach Darmstadt.

Eine Sitzung, leider, die Dame im Standesamt von Otzberg sei gerade unabkömmlich, hatte der Herr an der Rezeption der Gemeindeverwaltung Ben wissen lassen. Aber er war so freundlich gewesen, ihm die Durchwahl der zuständigen Beamtin mitzuteilen. Frau Regina Neider, so lautete der Name, wäre aber ab sechzehn Uhr wieder zu sprechen.

Es war Viertel vor vier, als Ben den ersten Versuch startete. Es war der fünfte Versuch um zehn Minuten nach vier, als er Frau Neider an den Apparat bekam. Er begrüßte die Dame freundlich, erklärte, wer er war und was er wollte. »Ich bin auf der Suche nach lebenden Nachfahren von Mirjam Krieger. Sie wurde 1937 in Breslau geboren. Und sie soll in Ober-Klingen geheiratet haben. Eventuell lautet der neue Nachname Strauß. Können Sie mir da weiterhelfen?«

Frau Neiders Stimme war freundlich: »Na, da schau ich doch mal, was ich für Sie tun kann.« Allein die Stimmlage veranlasste Ben zu einer großen Portion Optimismus. »Strauß, sagten Sie?«

»Ja. Milena Strauß.«

»Na, da muss ich doch gar nicht nachschauen. Also, nach den genauen Daten schon, aber die Familie Strauß betreibt seit Generationen die Bäckerei im Dorf. Also, betrieb. Der jüngste Strauß musste verkaufen.«

Ben wollte nachfragen, dass es also einen lebenden, jüngsten Strauß gab, aber Frau Neider war schneller: »Ich leg Sie grad mal zur Seite und schau mal, was ich finde.«

Ben kannte das schon. Schweigen. Klappern der Tastatur. Und dann wieder die Stimme des Gegenübers: »1955 haben sie geheiratet. Der Frieder Strauß und Milena Strauß, geborene Krieger. Ich hab bei der alten Frau Strauß selbst noch Brötchen gekauft. Erinnere ich mich gut dran. Sie stand immer noch hinter der Theke, als ihr Sohn Wilfried die Bäckerei bereits übernommen hatte.«

»Milena Strauß lebt also nicht mehr?«

»Nein, sie ist vor genau zehn Jahren gestorben. Und ihr Mann, der Frieder, der verstarb bereits im Jahr 2000. Und bevor er starb, hat er die Bäckerei an Wilfried weitergegeben.«

»Hatten sie noch mehr Kinder?«

»Nein. Man hat im Dorf erzählt, dass Milena Fehlgeburten hatte. Sie hatten nur einen lebenden Nachfahren, und das war Wilfried Strauß.«

»Und Wilfried Strauß lebt noch?«

»Nein, er ist vier Tage nach seiner Mutter gestorben. Auch im Jahr 2010.«

Die Hoffnung auf Erben sank. Aber Ben fragte weiter: »Und dieser Wilfried, hat der noch Kinder?«

»Ja. Da gibt es einen Sohn. Caesar. Er wollte die Bäckerei weiterführen. Was er aber nicht wusste, war, dass sein Vater hoch verschuldet gewesen ist. Der Caesar, der kann einem leidtun. Seine Mutter wurde keine fünfzig Jahre alt. Krebs. Und seine Frau hat sich das Leben genommen und ihn mit drei Kindern allein gelassen. Aber das darf ich Ihnen ja eigentlich gar nicht erzählen ... Na, zu spät«, lachte sie auf.

»Und hat Caesar noch Geschwister?«

»Nein, er ist auch ein Einzelkind. Warten Sie mal, wenn Sie Erbenermittler sind, dann haben Sie jetzt einen Erben gefunden?«

»So scheint es. Könnten Sie mir bitte Auszüge aus dem Register des Meldeamtes und des Standesamtes zusenden, sodass der Stammbaum eindeutig nachverfolgbar ist?«

»Ja, klar, das mache ich sofort fertig. Das ist ja ein Ding! Da erbt der Caesar! Also das gönne ich ihm! Wie viel ist es denn?«

»Frau Neider, erstens weiß ich das selbst noch nicht genau. Und zweitens dürfte ich es Ihnen gar nicht sagen.«

»Hach, Sie haben ja recht. Ich würde ihm aber gar nichts verraten!«

Das, liebe Frau Neider, das glaube ich Ihnen ganz gewiss nicht, dachte Ben. Und er war sich sicher, dass Frau Neider in der nächsten Stunde bereits Kontakt mit Caesar Strauß aufnehmen würde. Es wäre völlig sinnlos, sie zu bitten, das nicht zu tun. Es war also höchste Zeit, herauszufinden, was Caesar Strauß erben würde. Und dann einen Vertrag aufzusetzen, dass er dreißig Prozent davon bekommen würde, wenn Ben Caesar Strauß über den Erblasser informieren würde.

Er schickte Frau Neider noch eine E-Mail mit seinen Kontaktdaten.

Dann lehnte er sich auf dem Bürostuhl zurück und verschränkte die Arme hinter dem Kopf.

Er schien tatsächlich seinen ersten Fall als Erbenermittler gelöst zu haben.

Fühlte sich gut an.

Fühlte sich sogar besser an als der Sieg über irgendwelche Bits und Bytes.

»Ich habe gerade mit Hieronymus Renzel telefoniert«, sagte Jana.

»Und was hat er gesagt?«

»Er hat die Vermögensaufstellung der sechs Konten auf Sint Maarten gemacht.«

»Und das Ergebnis?«

»Ich kann das kaum glauben. Drei Millionen Euro. Und die kann Renzel tatsächlich einfach flüssigmachen und auf unser Treuhandkonto überweisen.«

»Wow!«

»Das ist noch nicht alles. Die Wohnung in Frankfurt, die gehört ebenfalls einer dieser sechs Firmen.«

»Warum überrascht mich das nicht?«, fragte Ben.

»Und trotzdem frage ich mich, warum Renzel das so bereitwillig offenlegt.«

Ben musste nur kurz überlegen. Dann sagte er: »Wir haben die Unterlagen über sechs Firmen gefunden. Ich würde mal unterstellen, Emil Wittkamp hat an anderer Stelle noch einmal eine Dokumentenmappe mit weiteren sechs Firmen versteckt gehabt. Und für alle zwölf Firmen wurde Renzel als Treuhänder eingesetzt. Wenn er uns das Vermögen der ersten sechs Firmen gibt, fragt niemand mehr nach, ob es weitere Firmen gab. Und so bringt auch er seine Schäfchen ins Trockene. Also nicht ins Trockene, sondern mitten hinein in die Sahara-Wüste.«

Jana dachte nur kurz nach, dann sagte sie: »Wahrscheinlich hast du recht.«

»Aber wie auch immer das ausgeht, wir haben einen Erben. Und der erbt jetzt vor Steuern drei Millionen Euro, eine Wohnung, die mindestens eine Million Euro wert ist, und den E-Klasse-Kombi – der hätte eigentlich mich verdient.«

Jana grinste.

»Und gleichzeitig haben wir noch einen Mord geklärt!«, sagte Ben.

»Du bist ja ganz euphorisch! Dein Job scheint dir Spaß zu machen!«

Von einem Moment auf den anderen wurde Ben ernst. »Wenn dieser Caesar Strauß die Vereinbarung mit mir als Erbenermittler unterzeichnet, dann habe ich genug Kohle, um den Chirurgen in den USA an mein Rückenmark treten zu lassen. Ja. Das macht mir Spaß.«

Jana griff nach seiner Hand. »Komm, lass uns zusammen zu diesem Caesar Strauß fahren.«

Ben nickte.

CAESAR XI

Es ist der Lottogewinn, den man bekommt, wenn man niemals Lotto gespielt hat. »Drei Millionen?«

»So hoch ist die Summe des Barvermögens. Und es gibt noch eine Mercedes-E-Klasse drauf. Einen Kombi. Und eine Wohnung in Frankfurt.«

»Und das soll ich erben? Ich kenne den Typen doch gar nicht, der da gestorben ist! Wie bin ich mit dem verwandt?«

»Das ist in diesem Falle irrelevant. Aber ich sage es Ihnen gern, wenn Sie den Vertrag unterzeichnen«, sagt der Herr, der sich als Benjamin Lorenz vorgestellt hatte. Die nette Dame an seiner Seite hieß Jana – und wie weiter? In der Aufregung habe ich den Namen schon wieder vergessen.

»Und wie komme ich an dieses Erbe?« Ich flüstere nur noch.

»Wir haben keine Kosten und Mühen gescheut, Sie ausfindig zu machen. Deshalb würde uns ein Honorar in der Höhe von dreißig Prozent zustehen, nach Steuern. Denn Sie werden ganz bestimmt einiges an Steuern bezahlen müssen.«

»Steuern?« Wovon redet der Typ da?

»Ja. Zunächst einmal die Erbschaftssteuer. Um es salopp zu sagen: Da Sie nur über ein paar Ecken mit dem Erblasser verwandt sind, dürfen Sie da mit dreißig Prozent rechnen. Es gibt einen kleinen Freibetrag, aber den können Sie vergessen. Dann stellt sich die Frage, ob auf das Geld, das derzeit auf Konten in der Karibik geparkt ist, Einkommensteuer fällig wird.«

»Einkommensteuer?« Ich habe echt keine Ahnung mehr, worüber er da redet.

»Nun, irgendwie muss dieses Geld erwirtschaftet worden sein. Ich würde Ihnen empfehlen, sich einen guten Anwalt zu nehmen, denn es lässt sich sicher kaum nachweisen, wie und wodurch das Geld auf den Konten in der Karibik gelandet ist. Ein Anwalt an Ihrer Seite ist da sicher keine falsche Entscheidung. Kostet ein paar Euro, spart Ihnen aber wahrscheinlich die tausendfache Summe.«

Ein Anwalt. Eine Million. Ein Auto. Eine Wohnung. Alles dreht sich um mich.

»Papa?«

Cassy. »Jetzt nicht!«, brülle ich. »Bleib in deinem Zimmer!« Tatsächlich tut sie, was ich sage.

Ich wende mich wieder an den Herrn, von dem ich kaum glauben kann, dass er mir leibhaftig gegenübersitzt, auf dem abgewetzten Sofa in meiner Wohnung. Das alles erinnert mich irgendwie an den Film *Himmel über Berlin* von Wim Wenders, irgendwann aus den Achtzigern, als die Engel auf die Erde kamen. In Gestalt von Menschen. Und so ganz langsam sickert die Erkenntnis in mein Gehirn, Tröpfchen für Tröpfchen, wie der schmelzende Schnee im Frühling, dass ich keine Geldsorgen mehr habe. Dass Chris ein iPhone bekommen wird. Vielleicht nicht das neueste, das täte seiner Entwicklung bestimmt nicht gut. Dass ich Fred die zweihundert Euro mit zwanzig Prozent Zinsen zurückzahlen werde und auch Silas die Kohle für die Reparatur auf einen Wutsch in die Hand drücke. Dass ich Manfred Leon einen Umschlag mit seinen dreihundert Euro in den Briefkasten werfen werde. Dass ich mir dann in aller Ruhe überlegen kann, was ich als Nächstes tun möchte. Ohne Geldsorgen im Nacken! Dass ich für meine Kinder werde sorgen können …

Ich greife nach dem Papier, nehme den Stift aus der Hand des Mannes und unterzeichne den Vertrag, der vor mir auf dem Tisch liegt.

»Hat dieser Mann, von dem ich erbe, denn allein gelebt?«, frage ich noch. Natürlich hat er keine Kinder gehabt, sonst säßen dieser Lorenz und diese Welzer – genau, das war ihr Name – jetzt nicht vor mir. Trotzdem frage ich.

Die Frau an der Seite des Herrn Lorenz hat bislang nichts gesagt, außer ihrem Namen. »Nein. Er hatte eine Lebensgefährtin. Aber sie hat keine Ansprüche.«

In meinem Kopf startet ein Karussell. Darauf eine Frau, bislang offensichtlich finanziell abgesichert, denn sonst hätte dieser Emil Wittkamp nicht so viel Geld vererben können. Und sie stand jetzt vor dem Nichts? »Können Sie mir den Namen der Frau geben? Ich möchte ihr auch etwas zukommen lassen. Und mir jetzt vielleicht sagen, wie ich mit dem Mann verwandt bin?«

Frau Welzer nickt nur. Und auch dieser Herr Lorenz. »Klar, wir schicken Ihnen die Kontaktdaten der Lebensgefährtin von Emil Wittkamp. So heißt der Verstorbene. Er war ein Onkel von Ihnen. Über ein paar Ecken. Ich schicke Ihnen ein Diagramm. Und in den kommenden Tagen wird das alles abgewickelt. Herr Strauß, ich freue mich, dass dieses Erbe Ihnen zuteilwird. Sie können es wirklich gebrauchen!«

Ja. Ich kann es gebrauchen. Und ich muss lächeln bei dem Gedanken daran, dass ich in ein paar Tagen meinen Sohn Chris mit einer E-Klasse vor der Schule absetzen würde. Und er diesmal nicht darauf bestehen wird, dass ich hundert Meter vor der Schule halte. Sondern eher, dass ich ihn erst direkt vor dem Eingangsportal rauslasse. Und ich denke daran, dass ich das Wort »Loser« aus dem Munde meines Sohnes mir gegenüber hoffentlich nie mehr werde hören müssen.

MITTWOCH

»Jana, kannst du vorbeikommen?« Melanie Tröger war am Apparat. Und die Stimme klang seltsam. Sie kannte Melanie seit mehr als zwanzig Jahren. Aber diesen Tonfall in der Stimme, den hatte sie noch nie vernommen.

»Ja, klar, ist irgendwas?«

»Komm einfach zu mir. Ich muss dir was zeigen.«

»Okay«, sagte Jana und zog das Wort in die Länge, mit der Betonung auf dem Y am Schluss.

Jana war ein wenig erstaunt. Melanie rief um zweiundzwanzig Uhr bei ihr an. Keine Zeit, zu der sie sich anriefen. Zumal sie in den vergangenen Monaten und Jahren nur selten miteinander telefoniert hatten.

Melanie Tröger wohnte in Bessungen. In der Herrngartenstraße 19. Wobei diese Straße unmittelbar am Park Orangerie lag und damit mehr als anderthalb Kilometer entfernt vom namensgebenden Herrngarten. Aber die Namensgebung der Darmstädter Straßen und Plätze, die musste man nicht immer verstehen.

Jana setzte sich in den Jaguar, fuhr in den Stadtteil, fuhr in die Straße, suchte nach einem Parkplatz und fand schließlich einen, locker einen Viertelkilometer entfernt von Melanies Wohnung. Melanie wohnte zusammen mit ihrem Freund in einer lichten Mehr-als-hundert-Quadratmeter-Wohnung. Im Erdgeschoss, mit großzügiger Terrasse.

»Komm rein«, sagte Melanie, nachdem sich Haus- und Wohnungstür aufgetan hatten.

»Was tust du denn so fürchterlich geheimnisvoll?«, wollte Jana wissen.

»Ich möchte dir etwas zeigen, was ich dir nicht zeigen darf«, sagte sie. Und fügte hinzu: »Wenn du jemals sagst, dass du das bei mir gesehen hast, werde ich es abstreiten. Aber der Kerl hat dich überfallen. Ich finde, du solltest das sehen.«

»Ihr habt diesen Esser erwischt?«

»Ja. Und ich möchte dir zeigen, was er zu sagen hatte.«

Melanie deutete auf einen Platz am Esstisch. Jana setzte sich. Und Melanie stellte das Tablet direkt vor ihr auf.

Das Video zeigte Oliver Esser bei der Vernehmung im Polizeipräsidium Darmstadt. Ganz offensichtlich hatte Melanie bereits einen Teil des Vorgeplänkels vorgespult oder weggeschnitten.

»Sie sind in das Büro von Jana Welzer eingebrochen?«

»Ja.«

»Sie haben sie niedergeschlagen?«

»Ja.«

»Warum?«

»Ich sollte die Rechner einsammeln. Alles, was irgendeine Festplatte beinhalten konnte. Und das habe ich getan.«

»Warum haben Sie das getan?«

»Ich hatte den Auftrag.«

»Von wem?«

»Von Jonas Ackermann. Er wollte, dass ich das mache.«

»Hatten Sie eine Ahnung, warum Sie das machen sollten?«

Der Angesprochene zögerte. Dann sagte er: »Ja.«

»Also? Weshalb?«

»Jonas hatte ein Problem mit Emil.«

»Was für ein Problem?«

»Emil wollte nicht mehr mitmachen. Er wollte keine Kurierdienste mehr übernehmen. Geldkoffer und so – Sie haben das ja bestimmt schon rausbekommen. Und er wollte auch nicht mehr der Verbindungsmann sein in die Karibik und so. Hat gesagt, dass er sich jetzt komplett zurückziehen wird. Weil seine Freundin vor einem Jahr fast gestorben wäre. Und er den Rest des Lebens mit ihr einfach nur genießen wolle. Man wisse eben nie, wie lang dieser gemeinsame Rest des Lebens dauere. Und da ist Jonas ziemlich stinkig geworden.

Emil hatte ja Belege für diese Übergaben – er hatte sich immer abgesichert. Das hätte Jonas schaden können. Er wollte Emil dazu bringen, entweder weiterzumachen als Kurier oder ihm alle Beweise zu übergeben, die ihn irgendwie mit Bestechungen in Verbindung bringen konnten.«

»Und deshalb hat Jonas Sie beauftragt, bei Jana Welzer einzubrechen?«

»Ja.«

»Warum? Ich frage Sie das nochmals.«

»Ich sollte für Jonas noch mal in die Wohnung von Emil Wittkamp. Bin ich rein. War die Wohnung aber komplett leer. War gerade raus, da kam auch schon diese Jana Welzer und der Typ mit der Krücke. Jonas hat gesagt, ich soll die beiden im Auge behalten. Und dann hat Krücke in der Wohnung in Frankfurt den Laptop mitgenommen. Jonas war in Panik, dass diese Welzer auf Wittkamps Aufzeichnungen stoßen könne.«

»Kommen wir zum 13. Januar. Der Tag, an dem Emil Wittkamp verstarb.«

Esser nickte nur.

»Oliver Esser wird das Beweisstück mit der Nummer SN423 vorgelegt.« Der Polizist, der das Verhör führte, schob den Ausdruck eines Fotos im DIN-A4-Format zu Esser.

»Scheiße«, sagte der.

»Sind das Sie auf dem Bild?«

»Ja. Das bin ich.«

»Und Sie haben Emil Wittkamp über die Brüstung gestoßen?«

»Nein, nein, das habe ich nicht!«, brüllte Oliver Esser in die Kamera. »Ich hab niemand umgebracht! Ich hab doch nur mit ihm geredet! Weil Jonas das wollte.«

»Beruhigen Sie sich. Und erzählen Sie uns, was dort passiert ist.«

»Jonas hat mich angerufen an diesem Tag. Er hat gesagt,

dass er Emil zur Vernunft bringen müsste. Er hatte einen Termin mit Emil gemacht. In dieser komischen Wohnung in Darmstadt, die ihm als Versteck diente oder sonst was, ich bin da nie dahintergestiegen. Jonas schickte mich hoch. Ich sollte mit Emil reden. Ihm Druck machen. Also bin ich hoch. Emil hat mich reingelassen. Ich hab mit ihm gesprochen. Hab ihm gesagt, dass Jonas stinksauer wäre. Dass Jonas nicht akzeptieren würde, dass er einfach aufhörte. Und dass Jonas schon gar nicht akzeptieren würde, dass er irgendwelche Beweise gegen ihn aufhob. Er sollte mir das jetzt geben. Auf dem Sekretär lagen sein Laptop. Und sein Handy. Ich wollte danach greifen.«

Er machte eine Pause.

»Und?«

»Ich bin der Mann fürs Grobe. Ich klaue Rechner. Ich verfolge Leute. Ich hau auch mal jemandem aufs Maul. Aber ich bringe keine Leute um. Ich griff nach Laptop und Handy. Und Emil sagte nur: ›Stopp.‹ Und fuhr fort: ›Oliver, ich glaube nicht, dass du meinen Laptop und mein Handy mitnehmen willst.‹ Da lag dann auch noch ein dickes Bündel Geldscheine. ›Oliver, du willst mich nicht zum Feind haben. Du bist stark. Und du bist schnell. Aber auch du hast keine Augen im Hinterkopf.‹ Wenn ich jetzt einfach ginge, dann wäre zwischen ihm und mir immer noch alles in Ordnung. Und genau das habe ich dann auch gemacht.«

»Sie sind einfach gegangen?«

»Ja. Ich bin einfach gegangen.«

»Sie haben Wittkamp nicht über die Brüstung gestoßen?«

»Nein.«

»Und Jonas Ackermann – er hat das einfach akzeptiert?«

»Er war sauwütend, als ich ihm sagte, er solle den Laptop und das Handy selbst holen. Es war mir ganz klar: Lieber ein stinkiger Jonas als Emil, der mir Rache schwört.«

»Ist er hochgegangen?«

»Ja. Ich habe unten auf ihn gewartet. Stand neben dem

Auto, eine rauchen. Dann habe ich gesehen, wie plötzlich beide an der offenen Balkontür im Wohnzimmer standen. Also, was man so als Wohnzimmer bezeichnen konnte. Emil hatte ja alles mit Kisten zugestellt. Auf jeden Fall standen die beiden am Balkon. Und Jonas, er hat Emil eine reingehauen. Offenbar auf den richtigen Punkt, denn Emil ist in die Knie gegangen. Und dann hat er ihn übers Geländer gestoßen. Wenig später kam er mit Laptop und Handy wieder runter. Die Zwanzigtausend hat er oben gelassen, hat er gesagt, damit jeder auf Selbstmord tippt.«

»Und das sollen wir Ihnen glauben?«

»Darf ich an mein Handy?«

»Wieso? Sie können jetzt ganz bestimmt niemanden anrufen.«

»Nein, ich will niemanden anrufen. Ich will Ihnen was zeigen.«

Der Verhörende nickte in Richtung Kamera. Eine halbe Minute später brachte ein Kollege das Handy in den Verhörraum.

Oliver Esser griff danach. Dann sagte er: »Als ich die beiden am Balkon gesehen habe – das war unheimlich. Ich weiß nicht, welche Eingebung ich hatte. Aber ich hab das Handy genommen und draufgehalten. Ich hab gefilmt, wie Jonas Emil über die Brüstung stürzt.«

Er wischte über das Display des Smartphones.

Jana traute ihren Augen kaum.

Und auch ihren Ohren nicht.

EPILOG

Das Feuer prasselte im Kamin. Verbreitete Gemütlichkeit. Wärme. Wenn auch nicht in ihrer eigenen Wohnung. Sondern im Haus ihrer Eltern. Ein seltsames Gefühl für Jana. Es war inzwischen Jahre her, dass sie diese Wohnung, dass sie das Haus betreten hatte.

»Wird er wegen Mordes angeklagt?«, fragte Ben. In der Hand hielt er ein Glas Rotwein. Ihre Mama duldete kein Bier vor dem Kamin. Daran hatte sich sogar ihr Vater immer gehalten. Er hatte jedoch zumeist den Stiel eines Whiskyglases zwischen den Fingern gehabt.

»Wahrscheinlich«, antwortete Jana.

»Mein Gott, wer hätte das gedacht«, sagte Ben. »Echt, du bist davon ausgegangen, dass Rainer Hauptmann sich vom Balkon gestürzt hat. Weil er ein Messie war, der mit seinem Messietum nicht mehr zurechtgekommen ist. Und nun haben wir einen steinreichen Emil Wittkamp, der von Jonas Ackermann ermordet worden ist. Schon krass«, resümierte Ben – nur wenig literarisch.

Ihre Mama saß ebenfalls in der Runde. Janas Blick fiel auf sie. Älter geworden. Aber immer noch die wandelnde Definition von Würde.

Auch Irina war mit von der Partie. Ohne ihren Mann. Der die Kinder hütete. Sie alle vor dem Kamin im riesigen Wohnzimmer im Richard-Wagner-Weg 87. Jana sah sich um. Seit Jahren hatte sie nicht mehr hier gesessen. Und es fühlte sich immer noch komisch an. Noch komischer war, dass Ben die Souterrainwohnung gemietet hatte. Und gleichzeitig als Firmensitz nutzte. Ein bisschen sauer durfte sie schon auf ihn sein, oder?

Da saßen sie nun, dass dreiblättrige Kleeblatt. Sie. Ben. Irina. Und der gute Geist ihrer Ma nicht als viertes Blatt. Vielleicht als Stiel.

Nein, ihre Mama hatte sie nicht überreden können, an diesem doch etwas seltsamen Abend teilzunehmen. Es war Ben gewesen. »Komm, lass uns zusammen anstoßen. Ein bisschen feiern«, hatte er gesagt. Jana war froh, dass er zunächst hierblieb. Als Geschäftspartner. Vielleicht auch als ein Freund … *Ein* Freund.

Zunächst hatte sie gedacht, man träfe sich im Büro. Dann verkündete Ben, dass Janas Ma sie eingeladen hätte. Kein Cateringservice. Ihre Ma hatte selbst die Häppchen zubereitet. Den Wein ausgesucht – alles schön gemacht. Ihre Ma eben …

»Verstanden habe ich das noch nicht«, unterbrach Janas Mama Janas Gedanken. »Diese ganzen Wohnungen, die Decknamen, die Verstecke – ich meine, dieser Wittkamp, er war doch kein Geheimagent!«, fasste sie ihre Gedanken zusammen.

Jana hatte darauf auch keine Antwort.

Aber Ben griente breit. »Ich bin ja nun ein Ossi-Kind. Und wie ich erst viel später erfahren habe, war mein Onkel alles andere als ein treuer DDR-Staatsbürger gewesen. Er war in Leipzig einer derjenigen gewesen, die die allerersten Demos initialisiert hatten. Als darauf noch Knast stand. Und diese Art von Scharaden – Emil Wittkamp war einfach ein Kind des Ostens. Lieber fünfmal absichern als wegen der nur doppelten Absicherung einfahren …«

Jana war das alles, was Ben berichtete, fremd. Sie verstand es in der Theorie. Und war froh darüber, dass sie es in der Praxis nicht verstand. Und nie hatte verstehen müssen.

»Und, Ben, du gehst jetzt nach Amerika?«, wechselte ihre Mutter abermals das Thema. Offenbar hatte Ben ihr inzwischen auch vom Chirurgen in den USA erzählt. Und seinen damit verknüpften Hoffnungen. Und davon, dass sein neuer Job als Erbenermittler und der erste erfolgreich abgeschlossene Fall ihm diesen Trip und die Hoffnung finanzierten.

»Ja. In zwei Monaten. Da habe ich einen Termin. Sie wollen meinem Rückgrat noch mal etwas zu nahe treten. Hoffentlich erfolgreich.«

Die Krücke lag auf dem Boden, neben Bens Sessel.

»Und du? Begleitest du ihn?«, wollte ihre Mutter von Jana wissen.

Nach Amerika?

Sie mit Ben nach Amerika?

Es war das erste Mal, dass Irina sich zu Wort meldete. Ihr Blick wanderte von Ben zu Jana, dann zu Helena: »Klar fährt sie mit.«

ENDE

# DANK

Eine Nachlasspflegerin als Heldin eines Romans, einer Romanserie. Mal was anderes als nur Polizisten. Nachlasspfleger rollen Lebensgeschichten auf, auf der Suche nach Erben. Für mich eine interessante Konstellation. Aber ich bin kein Nachlasspfleger. Und damit auf viele Helfer angewiesen. Und somit beginnen auch schon die Dankesworte nach diesem Roman.

Angelika von Wilcke ist tätig beim Nachlassgericht in Dieburg. Ihr Pech. Denn sie war damit meine primäre Ansprechpartnerin nicht nur, während ich den Roman schrieb, sondern bereits, während ich den Roman entwickelt hatte.

Frank Völger ist Erbenermittler und Insolvenzverwalter. Und damit genauso oft mit Fragen bombardiert worden, okay, fast genauso oft, wie Angelika. Danke euch beiden, ohne euch hätte ich nicht nur den Roman nicht schreiben können, sondern noch nicht einmal die Idee zu einem Exposé verarbeiten können! Auch Silke Thorke vom Amtsgericht Darmstadt möchte ich für ihre Unterstützung herzlich danken.

Ein großer Dank geht natürlich auch in diesem Fall an die Polizei, zum Beispiel an Markus Mathis, der mich in die Details der Dokumentenprüfung eingeweiht hat. Und auch wenn die Polizei in diesem Roman nicht unmittelbar ermittelt: Silvia Kominek hat mir für jede Frage, wie die Polizei ermittelt, welche Spuren für sie verwertbar sind, immer und immer und immer wieder Rede und Antwort gestanden. Danke, Silvia!

Günter Miksch ist Logistikprofi. Und er hat mir verraten, wie man Zigarettenschmuggel literarisch professionell aufziehen könnte. Nicht, dass ich dieses Wissen nutzen würde. Und auch in meinem Roman, da kommt all das, was er mir erzählt hat, viel zu kurz. Dennoch: Danke!

Und wie in jedem Roman gibt es natürlich viele körperliche Leiden. Oder Todesmerkmale. Ich differenziere das jetzt nicht im Einzelnen, sondern sage Barbara Pregowska, Simon Gniewoß und Benedikt Preisler ein dickes Dankeschön dafür, dass sie mich über alle Unzulänglichkeiten des menschlichen Körpers beraten haben.

Über Steuerfahndung und Bankwesen hingegen haben mich Markus Laumann, Ralf Baumann, Jens Wöber und Peter Weiland bestens informiert. Hätte ich ein paar Millionen zu verstecken, wüsste ich jetzt, dass Steueroasen in der Karibik vielleicht doch nicht der Weisheit letzter Schluss sind. Danke dafür.

Eine neue Buchreihe bedarf auch einiger neuer Orte. Im Lucasweg 13, da haben meine Großeltern einmal gewohnt. Jetzt wohnen da Michael und seine Frau. Die ihre Wohnung nun freundlicherweise mit Jana Welzer teilen. Cornelia und Volker haben ihr Haus an die Eltern von Jana Welzer abgetreten. Und das Team der Jürgen Wolf Kommunikation GmbH ist freundlicherweise ausgezogen, um Jana und ihrem Team die Büroräume zur Verfügung zu stellen. Euch allen ganz herzlichen Dank!

Tja, und wie sieht es aus mit den Menschen, die hart an der Hartz-IV-Grenze arbeiten? So wie Caesar? Ganz im Gegensatz zum Kleeblatt? Helen Krisztian, Susanne Lode und Andreas Müller haben mir hier die harten Fakten geliefert. Danke euch!

Und zuletzt? Hanne, ich glaube, dir gilt das dickste Dankeschön von allen. Mit deinen Fehler findenden Argusaugen hast mir geholfen, das bestmögliche Manuskript zu erstellen, das möglich war. Ich drücke dich dafür! Und auch Christina Hucke hat im Manuskript noch so manchen Fehler ausgemerzt. Merci!

Und natürlich: Ein herzliches Dankeschön an den Verlag, mit dem ich schon so lange meine Bücher in die Welt schicke. Isabelle Toppe – es war schön, mit dir zu arbeiten! Natürlich auch ein dickes Dankeschön an Sie, Christine Neumann, die Sie dieses Buch lektoriert und dadurch deutlich besser gemacht haben!

Tja, und dann der Dank an die aller-, allerbesten Rücken-Freihalter dieser Welt: Georg Simader, Felix Rudloff und ihr Team von copywrite! Ich bin froh, dass ich euch habe! Ohne euch alle hinter mir hätte das Buch nie entstehen können. Deshalb danke ich euch für eure Unterstützung und für euer Wissen.